ВИКТОР ПЕЛЕВИН

ВИКТОР ПЕЛЕВИН

KGBT+

МОСКВА
2022

УДК 821.161.1-31
ББК 84(2Рос=Рус)6-44
П24

В оформлении переплета использованы изобразительные работы *В. Пелевина*

В коллаже на обложке использована фотография и иллюстрации:

Пелевин, Виктор Олегович.
П24 KGBT+ / Виктор Пелевин. — Москва : Эксмо, 2022. — 560 с. — (Единственный и неповторимый. Виктор Пелевин).

ISBN 978-5-04-169174-5

Вбойщик KGBT+ (автор классических стримов «Катастрофа», «Летитбизм» и других) известен всей планете как титан перформанса и духа. Если вы не слышали его имени, значит, эпоха green power для вас еще не наступила и завоевавшее планету искусство B2B (brain-to-brain streaming) каким-то чудом обошло вас стороной.

Но эта книга — не просто очередное жизнеописание звезды шоу-биза. Это учебник успеха. Великий вбойщик дает множество мемо-советов нацеленному на победу молодому исполнителю.

KGBT+ подробно рассказывает историю создания своих шедевров и комментирует сложные факты своей биографии, включая убийства, покушения и почти вековую отсидку в баночной тюрьме, а также опровергает многочисленные слухи о своей личной жизни.

Настоящее издание впервые включает повесть «Дом Бахии» о прошлой (предположительно) жизни легендарного вбойщика в Японии и Бирме.

Книга не только подарит вам несколько интересных вечеров, но и познакомит с аутентичными древними психотехниками, применение которых позволит пережить нашу великую эпоху с минимальным вредом для здоровья и психики.

УДК 821.161.1-31
ББК 84(2Рос=Рус)6-44

ISBN 978-5-04-169174-5

Описанные в книге люди, баночно-мозговые сущности, события и обстоятельства – вымышлены. Всякое сходство с экстралингвистической действительностью случайно. Любая попытка обнаружить в книге какие-то намеки и параллели является рептильной проекцией антинародного ума и подсознательным вредительством (статья 83.34 уголовного уложения Доброго Государства).

Said the straight man
To the late man:
«Where have you been?»
I've been here and I've been there,
And I've been in between.

King Crimson

THE STRAIGHT MAN. ДОМ БАХИИ

В наш грозный двадцатый век с его верой в могущество разума и «коллективное творчество масс» (певцы прогресса отчего-то не узнают в нем отката к пирамидам), солдатом быть почетно, а служителем культа стыдно. Достоинства и недостатки моего происхождения, таким образом, уравновешивали друг друга.

Не буду называть своего прежнего имени. Оно теперь не играет роли (в конце рассказа причина станет ясна). Я отпрыск самурайского рода, отличившегося в войнах, давшего стране много воинов и – нелепое, но обычное соседство – буддийских бонз. По семейной традиции я должен был стать священником, а со временем – настоятелем небольшого храма недалеко от Токио.

С раннего детства я мечтал о творчестве. Увы, я был начисто лишен талантов. Кое-чего достиг только в каллиграфии и, как ни странно, кукольном искусстве.

Недалеко от моего дома жил старый мастер, делавший кукол *хина* и *муса* для ежегодного кукольного фестиваля. Он трудился целый год и продавал весь запас за несколько первых дней марта. Работал он не спеша.

Я приходил к нему и подолгу смотрел на его труд, подавая материалы – ткани, набитые соломой мешочки, кусочки дерева (они были окрашены в белый цвет ракушечным пигментом), крохотные прически, сделанные из черного шелка или женских волос. Император, императрица, придворные...

Особенно мне нравились куклы воинов. Я помогал мастеру, когда он делал фигурки Тоетоми Хидэеси и его генералов. Меня волновал блеск лака на шлемах и доспехах. Оружие из тонких металлических пластинок было по-настоящему острым – один раз я здорово порезал палец крохотным мечом.

Я знал, что эти куклы живы – хоть, может быть, и не так, как я. Практически без помощи старика я сделал из отходов его производства пару самураев, сидящих на походных стульях. Старик одобрил мою работу, сказав, что у меня есть призвание к этому искусству.

Сам же я был куклой не вполне для Японии обычной. Воспитывали меня в вольнолюбивом светском духе – и образование мое было весьма глубоким, с европейским уклоном. Я несколько лет посещал Токийский императорский университет.

Выучив английский (и немного немецкий), я прочел в оригинале уйму великих книг, обучавших жителей Европы убивать своих королей и жечь города. В китайской древности жечь предпочитали именно смутные книги – и с превосходным для общественной нравственности результатом. Но времена изменились.

Латинские буквы всегда напоминали мне крохотные сосуды – бутылочки, чашки, изогнутые мензурки и витые пробирки. Содержащийся в них яд сомнения и свободы отравил мой доверчивый юный мозг, и я стал воспринимать духовную традицию, которой призван был служить, с известной долей скепсиса.

Выйдя из университета, я провел несколько лет в монастырях, где постигал учение Будды – вернее, его недостоверное, но прекрасное эхо, распространившееся в Китае и стране Ямато. Вместе с другими монахами я стучался в двери минувшего, решая учебные загадки-коаны и предаваясь созерцанию.

До сих пор помню узор на досках пола, куда я смотрел из-под опущенных век, держа в уме *му-коан* – такой же неизбежный в Дзен, как прыщи в юности.

Мастера Джошу спросили, обладает ли собака природой Будды. Он сказал «му», то есть «нет». В чем смысл такого ответа?

Как решал этот парадокс двадцатый век?

На самом деле мастер Джошу иногда говорил «да», иногда «нет». Природу Будды имеет все живое; обладать природой Будды нельзя, ибо кто есть обладатель, и так далее – эти инстинктивные движения ума ведут к ошибке. Ум при решении коана должен молчать. Отвечать нужно точно так же, как Джошу: звуком «му», не вкладывая в него ни «да», ни «нет». «Му» – это просто «му».

В школе Риндзай это знает любой служка. Учитель проверяет, насколько яростно и непобедимо мычит ученик, до какой степени он растворяется в своем мычании; звук «му» должен исходить из низа живота и обладать несокрушимой силой...

Вдумавшись в происходящее, уже тогда можно было понять, что Империю готовят к страшной бойне. Но задним умом сильны мы все.

Мое «му» никогда не было особенно сильным. Ум не желал умолкать – и видел в практике коанов удобный бюрократический протокол, за которым целые поколения настоятелей и бонз могли без труда спрятать свою тупость.

Секта Дзен, отрицая ритуалы, сводит к ритуалу вообще все; но ритуал этот засекречен и ученики гадают о том, как бы им не сесть в лужу. А старшие монахи и мастера, знающие секретный протокол, тем временем выпивают, спят и изображают мудрость. Когда понимаешь это, становится смешно.

Сводить коаны к ритуалу, конечно, неверно – в них был когда-то смысл, и глубокий. Но за века их лезвие затупилось. Где сегодня взять монаха, подходившего к Джошу со своей заботой о природе Будды? Фальшь здесь в том, что тебя заставляют отвечать на вопрос, который перед тобой не стоит, и просветление от такого метода будет в худшем случае декоративным, а в самом лучшем – еле слышным эхом чужих озарений.

«Не опираться на слова и писания...»

Эх-эх, шептала европейская часть моего ума, вот насмешили. Ведь и коан про «му» – это из области слов и писаний. Откуда же еще? Секта Дзен не опирается на слова Будды, это факт – но очень ценит черные сопли собственных бонз, размазанные по бумаге.

Слова и писания занимают в секте Дзен такое же место, как половые сношения в викторианской Англии: все тщательно делают вид, что подобного не существует, но хорошо знают, вокруг чего вертится на самом деле жизнь.

Мой вольнолюбивый скепсис, однако, проявлялся не в том, что я подвергал сомнению постулаты Учения, а в том, что я презирал условности, которые следовало – хотя бы внешне –

соблюдать монаху и священнику. Лицемерие казалось мне отвратительным.

Я не делал особых усилий, чтобы скрывать обычные для молодого человека наклонности и импульсы, и в результате одной некрасивой, но не слишком серьезной истории, получившей огласку, распрощался и с монашеской робой, и с семейной привилегией.

В семье мне этого не простили. Оправдываться я не стал.

Сейчас это кажется странным, но я почти не ощутил горя от разрыва с близкими. Да что там, я почти не заметил случившегося. В то время воздух был пропитан электричеством; мир стоял на пороге величайших перемен, и страна Ямато готовилась сказать человечеству свое грозное непререкаемое «му».

Монастырская жизнь, что бы про нее ни говорили, закалила меня. Я привык вставать в предутренней темноте, мыться ледяной водой и довольствоваться простой и грубой пищей. Эти навыки вряд ли пригодились бы мне, стань я действительно настоятелем храма – но в армии они кстати.

По случаю своего вступления в ряды императорской армии я написал стихотворение, подводящее итог моим душевным метаниям:

Пистолет
системы «Намбу».
В обойме восемь «му».

Так я оказался младшим офицером в Бирме.

Сразу получить чин помогло знание английского и немецкого. Меня планировали использовать для допросов пленных англичан и коммуникаций с германским союзником. Поэтому на передовую я не попал.

*

Я уже говорил, что считал себя европейцем в душе – но мысль о надвигающейся битве с англичанами, владыками морей и хозяевами мира, наполняла меня одновременно восторгом и страхом.

Европейской стороной своего ума я понимал эту раздвоенность вполне: *эдипусу-компурексу*, или, говоря проще, мазакон. Аффект, связанный с фигурами отца и матери.

Как учит пророк психоанализа Фрейд, человек испытывает к отцу противоречивые чувства, смесь почтения с подсознательным желанием убить старика и занять его место (я сам не читал Фрейда, но часто наталкивался на пересказ этих идей в популярных журналах).

Я вспомнил об этом, когда впервые увидел в бирманских джунглях мертвого англичанина.

Меня поразил цвет его кожи – темный, почти коричневый. Он был еще молод, но лицо его выглядело морщинистым и старым, как бы задубевшим под ветром и солнцем. Он походил на мумию, колдовством поднятую из праха и отправленную воевать.

Его форма была выцветшей и старой, а голову покрывала белая тряпка, которую я сперва принял за марлевую повязку. Но это оказался тюрбан – он, видимо, хотел защитить себя от солнца. На его рукаве была странная нашивка со злобно выгнувшей спину черной кошкой.

Все в его облике выдавало такую обездоленность и нищету, такое личное ничтожество, что меня передернуло от отвращения и сострадания.

И эти люди владеют миром? Если так, пришло время бросить им вызов... Впервые в жизни я ощутил себя частью восходящей нации, вышедшей биться за великое будущее. Самое главное, я почувствовал наше право на такое будущее. Что бы ни шептала моя европейская часть, теперь она будет знать свое место.

Через несколько минут мне объяснили, что передо мной всего лишь мертвый индус из семнадцатой дивизии – англичане, как обычно, сумели заставить одних азиатов убивать других.

Ощущение морального превосходства над культурой белого человека, испытанное из-за глупой ошибки, было, конечно, сладким, но недолгим; это была галлюцинация голодного матроса, увидевшего на горизонте соткавшуюся из тумана землю и решившего, что на нее можно поставить ногу.

Наивно полагать, что военная пропаганда не действует на мозги. К счастью, я понял это сам.

Случай этот заставил меня задуматься и о другом.

Эти люди – индусы, чьи неубранные трупы лежали в джунглях – когда-то подарили миру учение Будды. А потом вернулись к провинциальному водевилю индуизма с его карнавальными мифами и зооморфными богами, поступив с дарованной им истиной примерно как иудеи с приходившим к ним Христом. Я в некотором смысле был духовным наследником древних индусов, жильцом пещер, покинутых ими еще в Средние века.

Это было поразительно.

Впрочем, так же обстояло и с христианством в Европе. Современный европеец не видит ничего странного в том, чтобы поедать отвергнутое евреями тело их пророка. Пути культуры и духа неисповедимы. Но все-таки, все-таки... Неужели прекрасный бронзовый будда из Камакуры родом из нищей тьмы?

Вся Бирма полна изваяний Будды – сидящих, стоящих, лежащих в паринирване: их здесь больше, чем статуй Ленина и Сталина в большевистской России. Но раньше я не задумывался над тем, что учение Будды сохранилось в этих джунглях почти в том самом виде, в каком существовало при его жизни.

Это был буддизм Малой Колесницы, которую Большая Колесница презирала.

Редкий мастер Дзен не уделит нескольких ядовитых слов «последователям сутр», и отношение, конечно, передается ученикам. Сарказм этот даже не направлен на адептов Малой Колесницы: поговорив со здешними монахами, немного знавшими английский, я понял, что «сутрами» мы называем совершенно разные вещи.

Никто здесь слыхом не слыхивал про Сутру Сердца, заучиваемую в нашей секте наизусть. Я прочитал одному монаху мантру оттуда – самую распространенную в дальневосточной Махаяне. Ее они точно должны были знать:

Gyate Gyate Haragyate Harasogyate Bojisowoka...

Но оказалось, что у них в ходу другая главная мантра, почти повторяющая этот ритмический рисунок:

Namo Tassa Bhagavato Arahato Samma Sambuddhasa...

Мантра из Сутры Сердца, если попытаться перевести ее (что сложно сделать точно), означает следующее: «уходящее, уходящее, далеко уходящее, дальше далекого уходящее, просветление, славься». Бирманцы же говорят нечто вроде: «поклон ему, благословленному, совершенному, самопробужденному».

Как будто кто-то подменил старинное заклинание другой последовательностью слов, близкой по длине и звучанию.

Высокая поэзия – и ритуальная формула, возвеличивающая Будду. И в том и в другом была красота, но такая разная.

В мантре из Сутры Сердца билось сердце возвышенной эпохи Нара, там были треск сверчков, рябь ветра на воде, отразившаяся в пруду луна – вся поэзия страны Ямато.

Бирманская формула как бы впитала в себя пыль веков, она завораживала своей древностью – была, кажется, старше Римской Империи и даже походов Александра Македонского.

Я мало знал про учение Малой Колесницы. Слышал только, что оно опирается на сутры Палийского канона и содержит строгие правила, регламентирующие каждый монашеский чих. Мне казалось, это просто набор архаичных форм, пустая шелуха зерна, из которого выросло великое дерево Махаяны. Все, что было в этом зерне живого, давно уже приняло другие формы... Так меня учили.

*

Пока я разглядывал статуи Будды, беседовал с монахами и размышлял о высоком, война разгоралась – но я оставался в тылу.

До меня доходили смутные слухи о зверствах, совершаемых нашими солдатами на материковом Китае. Я не знал, правда это или военная пропаганда врага. Но, если честно, кого из солдат, пригнанных на убой, заботят такие вещи? Мир слишком жесток к ним, чтобы они заботились о других. Лучшие из военных думают о судьбах Империи, худшие – о своей шкуре...

Я был, пожалуй, из худших, хотя шкурой своей полагал скорее совесть, чем тело. Я не мог остановить маховик смерти, но решил в душе, что умру по своей воле, если меня заставят убивать мирных людей. К счастью, благодаря хорошей карме я был избавлен от соучастия в жестокостях. Из-за статуса переводчика мне не нужно было обагрять руки кровью.

Англичане отступали по всему фронту. Наши лихо обошли Рангун – но после этого германского по своей стремительности маневра зачем-то сняли блок-посты на ведущем из города шоссе, позволив врагу уйти. Произошло это, как часто бывает, из-за слишком буквального следования приказу. Но Рангун в любом случае достался нам, английский радар в нем больше не работал, и наши летчики смогли наконец взяться за работу.

Вроде бы кампания развивалась по плану, но в середине апреля произошло событие, в котором можно было увидеть тревожное предвестие будущего. Американцы в первый раз бомбили Японию с воздуха – им удалось поднять с авианосцев дюжину средних бомбардировщиков, ушедших потом в Китай и Россию. И хоть ущерб был невелик, это казалось дурным знаком.

Но у нас в Бирме все было в порядке – пока что. Мы побеждали. Враг уходил в Индию. Мы гнали бы его и дальше, но поступил приказ остановить наступление.

Начался муссон.

*

С мая по сентябрь в Бирме идет дождь. С неба льет вода, и сильный ветер заносит ее во все щели. Все гниет; жить становится настолько противно, что война как-то сама затихает – ведь главная ее цель в том, чтобы причинять людям муку, а какой в боевых действиях смысл, когда всем плохо и так?

Мои функции штабного переводчика сводились к переводу вражеских радиограмм. Перехватывали их редко, пленных не было, немецкие подводные лодки не делали в наши джунгли дружеских визитов (хотя в дни сильных ливней мне казалось, что могли бы вполне), и я бездельничал даже не днями, а целыми неделями.

Официально мы боролись не то с партизанами, не то с китайскими диверсантами. Наше подразделение оставалось на месте почти полгода, и за это время я завязал несколько прекрасных, но не слишком приличествующих солдату знакомств.

Я говорю не про местных женщин, чьи неискренние стоны так уютно сливаются по вечерам с шумом дождя и ликующим блеяньем жаб. Менять продукты питания на любовь – это для солдата обычное дело, но сам я подобных связей избегал.

Рядом с деревней, где разместился наш штаб, был монастырь со странным названием «Дом Бахии». Мне сказали, что в нем живет ученый монах из Рангуна. Говорили, прежде он служил профессором философии в местном университете.

Монах свободно изъяснялся по-английски, и мы могли общаться без труда. Он был образованным человеком, но я называю его «ученым» не в мирском, а в монастырском смысле. Он помнил палийские сутры, комментарии к ним и вообще весь древний канон. Еще он многое знал о западной философии.

Я провел много вечеров в беседах с ним. Мы говорили об Учении – одновременно общем и разном для нас. Я узнал уйму интересного и нового.

После смерти Будды его слова долго передавали устно и записали только через пятьсот лет – примерно тогда, когда Клеопатра травила себя змеями, а римляне убивали Цезаря.

Поэтому в палийских текстах много мнемонических блоков – повторяющихся однообразных периодов, которые легче было запомнить декламаторам времен Александра и Дария, учившим сутры наизусть.

Разница между соседними абзацами часто заключена в одном-двух словах, и для неподготовленного человека смысл учения легко может затеряться между этими словесными жерновами.

По этой причине в текстах Малой Колесницы почти нет высокой и волнующей красоты Праджняпарамиты. Палийский канон – своего рода словесная руина, древняя и величественная; подлинная речь Будды была, скорей всего, иной, и сутры в лучшем случае передают общий ее смысл. Они похожи на громоздкие телеги с каменными колесами, доставившие из прошлого несколько драгоценных обломков истины...

Услышав от меня такое сравнение, монах оскорбился и выразил сомнение в подлинности сутр Большой Колесницы, в том числе Сутры Сердца.

– Ваша бодхисатва Каннон, – сказал он, – несомненно, постигает пустоту всех феноменов, иное было бы удивительно. Вот только приведенная в Сутре Сердца беседа с учеником Будды Шарипутрой нигде больше не задокументирована. А сама Сутра Сердца, скорей всего, написана уже в нашу эру в Китае и задним числом переведена на санскрит.

С точки зрения монаха это был ядовитейший сарказм, от которого мне следовало позеленеть и скончаться на месте. Думаю, говоря это, он готовился встать к стенке под японские пули.

Я собирался ответить, что дело не в прозрении пустоты феноменов, а в бесконечном милосердии Каннон ко всему живому – но вовремя сообразил, что в устах офицера оккупационной армии это прозвучит неуместно. Поэтому я рассмеялся, налил себе местного самогона и сказал:

– Моя секта не привязана к словам и писаниям.

Этих слов хватило.

Японские бонзы вели подобные споры много сотен лет и в совершенстве научились в них побеждать. От этого умения зависели благосклонность правителей и еда.

Я попробовал расспросить монаха, в чем заключается реальная практика их секты, отличная от чтения сутр – но внятного ответа не получил. Тогда я предложил собственный: они заняты соблюдением кодекса монашеских правил. Их в Малой Колеснице так много, и они так строги, что на другое времени не остается.

Обменявшись этими любезностями, мы разошлись.

Потом мы встретились опять, и диспуты между нами продолжились. Я повторял, что Большая Колесница неизмеримо превосходит Малую, а все палийские сутры можно без всякого ущерба заменить одной-единственной «Сутрой Сердца» – неважно, где, когда и кем она написана. Ветхим палийским прописям далеко до высокой и тонкой мудрости Махаяны...

– Не будем спорить о подлинности ваших писаний, – сказал монах примирительно. – В конце концов, все существующее подлинно уже потому, что существует. Поговорим о другом. Как вы понимаете «Сутру Сердца»? Что это значит – все формы, все восприятия, переживания и мысли пусты?

Я ответил ударом ладони в пол.

– Вы убили муху? – спросил монах.

Я почти разозлился. Как он говорит с японским захватчиком... Впрочем, это было забавной реакцией на дзенское клише.

– Таков принятый в нашей секте ответ, – сказал я. – Вернее, один из возможных ответов. Путаться в болтовне считается у нас недопустимым.

– Почему?

– Мы теряем путь. Кажется, что смысл уловлен в словах, но это просто облепившая ум паутина.

– Может быть, вы все же снизойдете к моей неотесанности? Попробуйте ответить иначе.

– Му, – сказал я.

Монах засмеялся.

– Слышал, слышал и такое... Это высокая мудрость вашей секты. Я догадываюсь, на что указывают подобные парадоксы. Но не могли бы вы сделать исключение для деревенского дурня и объяснить в простых словах – как же вы все-таки понимаете свою главную сутру?

– Хорошо, – сказал я. – Я попробую. Суть Сутры Сердца выражена в самой первой ее строчке. Бодхисатва Каннон постигает пустоту всех вещей и спасается от страданий и несчастий... Мудрому достаточно одной этой строки, все остальное – комментарий.

– А что это значит – пустота всех вещей?

– Говорить об этом сложно.

– А вы попробуйте. Лучше всего на какомнибудь примере из личного опыта.

Я задумался.

– Ну хорошо, вот недавний случай. Кто-то из моих солдат повесил тряпку сушиться на дерево. Утром я вышел из дома и мне показалось, что это огромная птица, готовая на меня кинуться. Никакой птицы там не было, только тряпка. Но пару мгновений я был уверен, что меня вот-вот клюнет огромный ястреб.

– Очень хорошо, – кивнул монах, – продолжайте...

– Мы, люди, проводим жизнь среди подобных птиц, созданных нашим собственным умом. С рождения до смерти человек занимается тем, что разводит у себя в голове воображаемых ястребов, размышляя, какой клюнет больнее и как ему среди них жить. Мало того, сам человек есть такая же точно птица. Эти фантомы просто мерещатся сознанию – и ответить на вопрос, из чего они сделаны, нельзя, потому что их нет нигде, кроме воображения. Они сделаны из познавательного усилия нашего ума, из переживаний и концепций. Это и называется пустотой.

– Да, но из чего сделаны сами переживания?

– Вглядываясь в них, – сказал я, подумав, – мы не видим никакого материала, никакой реальной основы, никакой сохраняющейся сути. Переживания сделаны из чистого восприятия, и таким переживанием является весь мир. Можно было бы сказать, что переживания сделаны сами из себя, но никакого «себя» в них нет. Это и означает пустоту всего сущего. Наши жизни призрачны и мимолетны, как сон.

– Такова мудрость Праджняпарамиты?

– Это мое несовершенное понимание, – ответил я, – кое-как облаченное в слова по вашей просьбе.

– Замечательно, – сказал монах, – замечательно. Не так уж и глупо. Тряпичных птиц не существует, согласен. Но все равно они пугают нас каждый день, и многие гибнут от страха. Страдание с философской точки зрения тоже пусто. Но от этого оно не перестает быть страданием. А Будда учил одному – прекращению страданий. Каков практический способ его прекращения, следующий из вашего понимания вещей?

– Я уже говорил, – ответил я. – Бодхисатва Каннон постигает пустоту всех переживаний и через это спасена от боли... Если вы прозреваете нереальность феноменов сознания, они не способны более вас терзать.

– А сами вы уже спаслись от страдания подобным образом?

– Не полностью, – сказал я. – Но путь Махаяны таков.

– Я пытаюсь понять, что это значит на практике, – сказал монах. – Когда вы испытываете печаль или утрату, вы должны напомнить себе о нереальности этих чувств? И они перестанут вас мучить?

Я засмеялся.

Вот поэтому лучше ограничиваться ответом вроде «му» или удара ладонью в пол. Откроешь рот, скажешь что-нибудь о смысле Учения – будешь потом объясняться всю жизнь. Учителя Дзен не хотели осложнять себе жизнь и правильно делали.

– Нет, – ответил я, – спасение происходит не так. Вы развиваете общее видение пустоты, оно становится непосредственным, постоянным и безусильным, и любая душевная боль теряет жало. Вы сразу видите ее как пустую и нереальную...

– Высокий идеал, – сказал монах.

Кажется, в его тоне была издевка. И издевался он уже не над нашей сектой, а надо мною лично. Я почувствовал себя глупо. Конечно, я был очень далек от нарисованного моими словами образа.

– Страдание, – сказал монах, – возникает непосредственно и внезапно. Оно никогда не является нашим выбором. Только когда страдание уже присутствует, вы способны напомнить себе, что оно пусто. Разве не так?

– Ну в общем да, – ответил я. – Наверное.

– Значит, вы не спасаетесь от страдания. Вы вешаете на него другой ярлык. Если бы у вас во дворе жила бешеная собака, стали бы вы защищаться от ее укусов, давая ей другое имя или вспоминая ее происхождение от волка?

– А как спасаются от укусов в вашей обители? – спросил я.

– Приходите завтра, – сказал монах. – Я дам вам ответ.

*

Прийти на следующий день я не смог.

В нашем подразделении застрелились два молодых солдата. Они ушли глубоко в джунгли, договорившись, видимо, вместе покинуть мир. Оружие и амуниция покойных остались при них.

Командование подозревало китайских партизан, с которыми нам следовало бороться (их на нашем участке не было, но мы не афишировали этот факт). Мне поручили казенную переписку. Милосердие заставляло меня использовать максимально уклончивый язык – так, чтобы бедняги могли считаться погибшими в бою и на их семьи не свалилось дополнительных невзгод.

Должен признать, что я испытал за это время много неприятных чувств, знакомых любому военному писарю. Особенно имеющему дело с безумной штабной корреспонденцией.

Фальшь моих заявлений про «прозрение пустоты» стала для меня очевидной. Монах не зря смеялся надо мной. Если я, практически буддийский бонза, потративший на практику Учения много времени и сил, до сих пор не освободился от мук, кто же тогда на это способен?

Мое раздражение, как часто бывает, нашло себе внешний повод – этого самого монаха. Я решил, что моя тонкая поэтичная душа не понята им и он смеется надо мной без всякой причины, в силу своего характера.

Мысль о том, что ему может быть неприятно общество офицера оккупационной армии, меня даже не посетила. В то время бирманцы относились к нам хорошо, видя в нас освободителей от британского владычества. А может быть, просто считали нас новыми хозяевами и заискивали... В общем, я проскучал в одиночестве неделю, а потом монах пришел ко мне сам.

Я обрадовался его визиту. Ему нужен был йод, и он менял на него самогон из сахарного тростника. В ветреную мокрую погоду этот омерзительный напиток превращается в лекарство, поэтому в таком обмене не было ничего, выходящего за рамки военной необходимости. Я почувствовал, что моя обида уже прошла.

Монах пригласил меня в гости.

– Приходите. Вы не забыли наш последний разговор?

– Нет, – ответил я. – Вы обещали рассказать про вашу высшую практику.

– Высшую или нет, это мне неведомо, – засмеялся монах. – Но я расскажу вам про Бахию, в честь которого названа наша обитель.

На следующий день я навестил его – и даже не взял с собой флягу с самогоном. Я чувствовал, что услышу что-то интересное и важное.

– Вы говорили про какого-то Бахиро...

– Бахию, – поправил монах. – «Про Бахию» – это короткая сутра из Уданы. Так называется раздел Трех Корзин. Многие находят в этой сутре сходство с учением вашей секты.

– О чем она?

– Я могу прочесть ее целиком – или вы предпочитаете послушать мой пересказ с комментариями?

– Лучше коротко перескажите, – ответил я, – я плохо воспринимаю священные тексты в оригинале. Особенно когда они состоят из мнемонических блоков.

– Хорошо. В общем, во времена Будды на побережье Индии жил один... скажем так, подвижник по имени Бахия. В самой сутре про это не говорится, но, по сведениям из других частей канона, Бахия был моряком и поселился на берегу после того, как его корабль потерпел крушение. Ему поклонялись местные жители, носили еду, лекарства и так далее...

Монах поднял руку и указал на небольшую картину, висевшую на стене его кельи. Она изображала бородатого полуголого человека, вместо одежды обмотанного множеством ремней с одинаковыми коричневыми патронташами (такой была моя первая ассоциация).

Человек в патронташах стоял на деревенской улице рядом с Буддой. Деревня походила на современную бирманскую. Краски были яркими, вульгарными и неприятно резали глаз. Раньше я не обращал на картину особого внимания, полагая, что ее тема – проповедь Учения варварам.

– Почему Бахии поклонялись? – спросил я.

– Возможно, он обладал психическими силами. Кроме того, он одевался в древесную кору и отказывался носить нормальную одежду, хотя ему постоянно ее жертвовали.

– Так это кора, – сказал я, глядя на картину. – А я подумал... Почему он так одевался?

– Об этом спорят, – ответил бирманец. – Многие считают, что таким образом Бахия стремился поддержать интерес местных жителей. Индийский святой должен быть эксцентричен, иначе дела пойдут плохо.

– Любой святой, – засмеялся я.

– Да. Но, по заслуживающим доверия сведениям, Бахия одевался в кору по другой причине.

Это прозвучало загадочно.

– И по какой же?

– Бахия, – ответил монах, – был последователем Упанишад. Это священные индийские учения той эпохи. Некоторые их направления, например, Брихадраньяка-упанишада, отводят деревьям особую роль в мироздании. Древесная кора Бахии была частью обета, обычного в этой традиции.

– То есть он не был жуликом? – спросил я.

– Нет. Он был искренен в своем духовном поиске. Окружающие даже называли его архатом – то есть святым, дошедшим до самого конца пути. Слово повторяли так часто, что у Бахии возник вопрос – правда ли это? Архат ли он на самом деле? Тогда в сновидении его навестил дэва, бывший в прошлых жизнях близким ему человеком...

– Что такое дэва?

– Сверхъестественное существо вроде духа или мелкого бога. Этот дэва заявил, что Бахия еще не встал на путь, ведущий к окончательной реализации. Бахия спросил, кто может ему помочь, и дух направил его к Будде. Бахия отправился в путь и проделал длинную дорогу – практически половину Индии – за день и ночь, в чем многие видят свидетельство его магических сил.

– Да-да, – сказал я. – В прошлом жили одни чудотворцы.

Монах улыбнулся.

– Возможно, смысл этого отрывка в том, что Бахия очень спешил. Когда он нашел общину последователей Будды, оказалось, что сам Будда ушел собирать милостыню в город. Бахия не стал ждать его возвращения и кинулся следом. Догнав Будду на улице, он попросил немедленно дать ему спасительное высшее учение. Будда дважды отказался, говоря, что сейчас не время, но Бахия настаивал, повторяя, что нет способа узнать, где и когда нас встретит смерть.

Я вдруг вспомнил, что идет война, и мокрое затишье за окном может в любой момент превратиться в ревущий огнем ад.

– Будда согласился, – продолжал монах. – И тут же, прямо на улице, объяснил Бахии, в чем заключена высшая практика. Поскольку время и место не вполне подходили для передачи учения, Будда говорил совсем коротко, только самую суть. И вот что он сказал... Я постараюсь максимально точно передать смысл по-английски.

Бирманец закрыл глаза, вспоминая палийский текст перед тем как перевести его.

– Ты, Бахия, должен практиковать так. В увиденном будет только увиденное. В услышанном – только услышанное. В ощущаемом – только ощущаемое. В осознаваемом – только осознаваемое. Так и тренируйся, и если достигнешь подобного, тебя в этом уже не будет. Когда тебя не будет в этом, тебя не будет нигде – ни здесь, ни там, ни где-либо между. Это, вот именно это, и есть конец страдания...

Монах замолчал, давая мне время погрузиться в смысл древних слов.

– Весьма походит на учение моей секты в том смысле, что ставит ум в тупик, – сказал я.

– Некоторые интерпретируют последнее предложение по-другому. «Тебя не будет ни здесь, ни в трансцендентном, ни где-либо еще...» Но это уже детали. Вы понимаете общий смысл наставления?

Я почувствовал себя уязвленным.

Это был, конечно, не обычный бирманец из джунглей, а бывший университетский профессор, образованный и умный человек, но мне не хотелось отказываться от идеи о превосходстве моей доктрины (чтобы не сказать – расы, но это я понял позже). С другой стороны, в том, что говорил монах, определенно была глубина. Но сразу объяснить смысл слов из сутры я не мог, хотя интуитивно его чувствовал.

– Попробую помочь, – сказал монах. – Вы когда-нибудь задумывались о том, каким способом существует человеческая личность? Только не говорите, что она пуста, это я понимаю. Мы, несомненно, имеем дело с иллюзией. Но как эта иллюзия появляется и исчезает?

Я молчал.

– Возьмите мираж, – продолжал монах. – Он нереален, конечно, но у него есть понятный способ возникновения: он появляется, когда из-за атмосферных явлений искривляются лучи света. А каков, по-вашему, механизм личности?

– Скажите вы, – ответил я.

Монах назидательно поднял палец.

– Личность всегда возникает как набор внутренних комментариев к прямому восприятию. Подумайте – разве это не так?

Я пожал плечами.

– Вот, например, вы едите местный рис. Вы ощущаете его вкус. Само непосредственное переживание будет одинаково для бирманца и японца. Но бирманец, скорей всего, задумается, где бы ему найти рис на завтра. А японец решит, что рис приготовлен неправильно. И вспомнит про обстоятельства, из-за которых он ест неправильно приготовленный рис в мокрых джунглях...

Мне опять показалось, что в словах монаха мелькнула острая как бритва издевка, но придраться было не к чему – он был прав. Примерно это со мной и происходило, когда я ел комковатую кашу из местного риса.

– Как только ум отказывается от комментариев, – продолжал монах, – остается лишь чистый вкус риса, и личность исчезает. А как только исчезает личность, естественным образом исчезает страдание, потому что оно – я говорю не о физическом неудобстве, а именно о страдании – тоже имеет природу внутреннего комментария к происходящему. Личность и страдание – это сестры-близняшки. Они сделаны из одного и того же материала. Расставаясь с одним, мы расстаемся с другим...

– Я в целом понимаю, – сказал я. – Не сумел бы так быстро сформулировать, но мысль точная. А на каком этапе подобной практики личность исчезает окончательно? Через сколько лет?

Монах засмеялся.

– Вот типичное заблуждение ума, привыкшего ковыряться в концепциях. Думать, что личность исчезнет в результате практики когда-то в будущем, означает признавать за ней устойчивую реальность. А личность на самом деле просто вредный эффект, возникающий каждый раз, когда вы морщитесь или улыбаетесь. Она исчезает, как только вы перестаете рефлексировать по поводу своих рефлексий. Это как запах подмышек. Он пропадает всякий раз, когда вы находите время помыться, а не через много лет после того, как вы начинаете священный путь к чистоте.

– В осознаваемом – только осознаваемое, – повторил я. – Но эти слова относятся и к мыслям тоже. Разве нет?

– Конечно. А что плохого в мыслях? Проблема не в спонтанно возникающей мысли. Проблема в том громоздком и длинном внутреннем комментарии, который она вызывает в омраченном рассудке. Одна тащит за собой другую, другая третью, и возникает лавина. Мысли размножаются как кролики. В языке пали есть даже специальное слово для такого процесса, «папанча».

– С мыслями надо бороться? – спросил я.

– Нет. Если в мысли будет только мысль, она исчезнет сразу после появления. Есть огромная разница между одной мыслью и трансом, где самоподдерживающиеся гирлянды мыслей комментируют друг друга и заставляют нас совершать ужасные вещи. Человеческая личность и есть этот транс.

– Понимаю, – сказал я. – Что же, вы совсем запрещаете уму комментировать происходящее?

– Нет, – ответил монах. – Вы ничего никому не запрещаете. Запрещать некому. Но если ваша практика успешна, внутренний комментарий высыхает и отпадает как корка. Это и есть прекращение страдания. Или прекращение личности.

– А как это соотносится с пустотой?

– Никак, – улыбнулся монах. – Практикуя как Бахия, вы не даете возникнуть ни «уму», ни «пустоте», ни «природе Будды», ни прочим игрушкам Махаяны. Философские концепции оказываются лишними. Разница между постижением пустоты и практикой Бахии в том, что вы не пытаетесь увидеть происходящее как «пустое». Вы сливаетесь с непосредственной реальностью момента. С тем, что проявляется прямо сейчас, чем бы оно ни было – увиденным, услышанным или подуманным. Вы больше не видите «ястреба», «дерево» или «тряпку», потому что все это лишь концепции.

– А что вы видите вместо этого? – спросил я.

– «Вот это» или «вот то». Но вы обходитесь даже без такого названия и комментария. Сначала вы приближаетесь к непосредственному опыту вплотную, сняв очки концепций и идей. А потом оказываетесь так близко, что полностью исчезаете как наблюдатель – остается только сам акт восприятия. Вы не говорите, что «реальность пуста». На ярлыки, предисловия и послесловия времени не остается.

– Но природа ума действительно пуста, – сказал я.

– Что вы сейчас сделали? – засмеялся монах. – Вы на ровном месте создали две концепции... нет, четыре – «природа», «ум», «действительность» и «пустота». А потом перекинули между ними абордажные мостики. Теперь вам необходим пират, который станет по ним бегать. Вы будете кормить его всю жизнь. Пират проживет ее вместо вас, а перед вашей смертью виновато разведет руками и скажет, что ничего не вышло. Вот, если коротко, обычный путь последователя Махаяны.

Он так и выразился – «boarding bridges». Я понял его только потому, что читал в детстве книги про пиратов.

– Хорошо, – сказал я. – Допустим. Но вы не ответили. Если вы больше не видите «ястреба» или «дерево», что вы видите вместо них?

– Вот тут самый раз было бы ударить ладонью в пол, – засмеялся монах. – Но мы договорились беседовать по-человечески... Вы видите то, что видите. Вернее, видите уже не вы. Видимое просто проявляется. Вы становитесь потоком быстро сменяющихся восприятий в той последовательности, в какой они происходят сами по себе. Вы не пристегиваете к ним воспринимающую личность, созданную из комментариев ума.

– А если комментарии все же возникают? – спросил я.

– Тогда это просто другая последовательность сменяющихся восприятий. Вы не делаете исключений ни для чего.

– Увидеть человека таким образом будет сложно, – сказал я. – Когда мы воспринимаем другого, он почти весь состоит из наших комментариев и оценок.

– Да, но я ведь говорю – примените тот же принцип. В комментариях, о Бахия, только комментарии. Вы можете присутствовать в каждой из этих мыслей точно так же, как в прямых восприятиях всего остального. Вернее, – он снова поднял палец, – не присутствовать, а полностью отсутствовать. Это и есть настоящее присутствие.

– С мыслями это сложно.

– Но возможно. Суть практики в том, что вы не прыгаете за концепциями и оценками, а ввинчиваетесь в реальность так плотно и непосредственно, что исчезаете. Вернее, вы не ввинчиваетесь в реальность – скорее, вы перестаете из нее ежесекундно вывинчиваться. На прокладку из «я» просто не остается времени. Его не остается даже для вашей любимой пустоты.

– А если «я» все же возникает?

– Если вы поняли суть метода, когда «я» возникает, это просто «я».

– А обычное «я» разве не просто «я»?

– Вы должны почувствовать различие сами. Происходит то, что происходит, и вас в этом совсем нет – так можно сказать и про грешника в аду, и про архата в восьмой джане. Разница, однако, значительна.

Я кивнул.

– Будет лучше, – добавил монах, – если для начала вы станете тренироваться, опираясь не на мысли, а на звуки или ощущения тела.

Я догадывался, о чем он говорит. Когда я практиковал в молодости, частью моей медитации было дыхание через равновесную точку «хара» под пупком. Стараясь настроиться на нее, я отслеживал возникавшие там ощущения. Часто бывало, что они сменялись очень быстро, и, следя за ними, я терял контроль над происходящим. Чтобы восстановить его, я переходил к глубоким вдохам и мантрам. Бирманец предлагал, так сказать, уволить контролера. Но ведь практике необходим какой-то якорь, иначе...

Я вдруг увидел мысль про контролера просто как мысль, и она сразу исчезла. Осталось только слегка саднящее ощущение – словно лопнули схватившие меня перед этим за солнечное сплетение мягкие щупальца – но и оно тут же прошло. Тут я понял наконец, что бирманец имеет в виду и каким должен быть якорь.

Теперь мне казалось, что старый бирманец прекрасно выразил сокровенную суть Дзен, которую сам я видел прежде не до конца. Вернее, это сделал Будда, говоря с Бахией...

– Мы заперты здесь на время дождей, – сказал монах. – Если вас интересует практика учения, данного Буддой Бахии, приходите и занимайтесь вместе со мной.

– Я не всегда могу отлучиться из части.

– Тогда практикуйте у себя. Я дам вам необходимые наставления.

Из вежливости я выразил сомнение, что обладаю достаточной подготовкой – хотя, конечно, сам так не думал. Но монах отнесся к моим словам серьезно.

– Судя по вашим рассказам, – сказал он, – у вас есть все необходимые навыки. Вы много лет постигали учение Большой Колесницы, а значит, можете долго сидеть на полу скрестив ноги. Это в вашем случае главное.

Да, состязаться с этим человеком в язвительности было трудно. В первую очередь потому, что она могла существовать только в моем воображении, возникая как комментарий к услышанному и порождая мою уязвленную личность...

В услышанном должно быть только услышанное, вспомнил я и сказал:

– Почту за честь пройти эту тренировку, когда позволит служба.

На самом деле служба позволяла. Но я все еще сомневался в глубине души, стоит ли мне, японцу, учиться чему-то у этого старика.

*

На мое решение повлиял вроде бы никак не связанный с этим случай.

Рядом с нами упал английский «Харрикейн».

Два истребителя обстреляли наши автомобили, стоявшие на деревенской улице без маскировки, а потом один из самолетов врезался в деревья. По нему даже не успели открыть огонь – пилот не справился с управлением, выходя из атаки.

Схватив винтовки, мы побежали в лес.

– Наконец-то будет кого допросить, – сказал один из наших.

Но надежда, увы, не оправдалась.

Самолет развалился на части – крылья сшибло стволами, но фюзеляж был цел. Пилот погиб от удара. Его молодое лицо с открытыми глазами, прижатое к стеклу кабины, казалось живым. Можно было подумать, что из свойственного англичанам высокомерия летчик просто не желает замечать направленных на него взглядов, делая вид, будто он в джунглях один.

Выглядело это очень живописно.

По причине этой самой живописности начальство запретило вытаскивать пилота из кабины – и мы выставили возле самолета караул. Ждали кинохронику из Рангуна, чтобы запечатлеть бесславный конец врага для поднятия духа нации, но дни шли, а киношники все не ехали.

Пилот между тем стал понемногу разлагаться. Я взял себе за привычку ходить к самолету перед закатом, наблюдая за трансформациями мертвого лица.

В первый день, когда я только увидел его, оно было удивительно спокойным и даже красивым (насколько это слово применимо к европейцам). Потом глаза мертвеца подернулись непрозрачной пленкой. Затем по лицу пошли буроватые пятна – как будто проступили синяки от удара.

Скоро лицо потеряло свою тонкую форму и разбухло. На нем появилась как бы пресыщенная гримаса... Еще через день в кабину нашли ход насекомые, и за стекло стало противно смотреть.

Сделалось ясно, что хронике этот парень уже не пригодится. Когда я в очередной раз пришел к самолету, кабина была открыта, а мертвец исчез. Его похоронили где-то в джунглях.

Наши говорили, что «Харрикейн» – паршивый самолет, сильно уступающий нашим «Оскарам» и тем более «Зеро». У американцев, однако, были машины лучше.

Когда я рассказал о мертвом летчике старому монаху, тот напомнил, что у древних буддистов была специальная практика – ходить на пустыри, куда выбрасывали мертвецов, чтобы наблюдать за трансформациями мертвых тел. Конечно, это наводило на раздумья.

Сутра Сердца не врет, думал я. Все мы иллюзорны и мимолетны, наши жизни пусты – это совершенно ясно. Но этой декларации недостаточно для того, чтобы избежать страдания. Восторженные прихожанки, повторяющие «пусто, все пусто, а ум подобен сияющей во мгле лампе...» смешили меня еще в Японии. Как будто это бормотание что-то меняло в идиотизме их жизней.

Но не был ли такой прихожанкой я сам?

Буддийскую премудрость легко превратить в божка вроде тех, что примитивные народы делают из глины и ракушек. Развитые культуры используют вместо ракушек слова и концепции – и лепят своих идолов из них. Разве слово «пустота» разрушает мглу, где мы скитаемся? Наоборот, она становится только чернее.

Труп этого молодого англичанина оказался лучшим из моих наставников. Я понял, что за всю свою жизнь так и не научился ничему стоящему.

*

Я получил у монаха инструкции для медитации и начал практику. Прошло всего несколько дней, и я стал замечать удивительные вещи.

Я понял, что в обычном состоянии человек практически не видит происходящего на самом деле. Скорее, он похож на императора, во дворец которого присылают доклады о положении в стране. Слуги рисуют на основе этих сообщений картину, подносят ее сыну Неба в тронном зале, и тот погружается в созерцание.

Пока император смотрит на картину, она не меняется. Сын Неба водит по ней глазами, ему приходит в голову одно, потом другое... Он морщится, когда долетающий из внешнего мира звук отвлекает его. Глядя на картину, он мыслит... За это время во дворец поступают новые донесения. Слуги рисуют еще одну картину и приносят ее императору вместо прошлой. Тот опять начинает шарить по неподвижному образу глазами, забывая про все остальное...

Мой ум работал так же. Он не сканировал постоянно меняющуюся реальность, а получал некую статичную ее картину – иногда чаще, иногда реже – и цепенел над ней до тех пор, пока ему не присылали новую. Я жил в этих неподвижных репрезентациях, выдуманных замороженных мирах.

Я был обитателем фиктивных пространств, появляясь и исчезая вместе с ними. Такими же были и другие люди. И единственным результатом моей многолетней тренировки в секте Дзен было слово «пустота», намалеванное поверх моих миражей.

Я рассказал о своем переживании монаху.

– Чтобы разрушить этот механизм, – ответил тот, – достаточно отвернуться от нарисованной умом картины и отслеживать сами феномены. Будда говорил Бахии, что это и есть конец страдания.

– Оно прекратится сразу же? – спросил я.

– Неудовлетворительность, безличная и тонкая, никуда не денется, потому что она неотделима от жизни. Но подобная практика уведет ее из числа ваших личных проблем. Хозяин и жертва этого «страдания» исчезнут полностью. Это невыразимое облегчение. Вы увидите жизнь как она есть – и перестанете слишком переживать по ее поводу.

Я уже понимал, о чем он говорит.

– Вы движетесь в правильном направлении, – добавил монах. – И гораздо быстрее, чем обычные медитаторы.

– Почему?

– Осмелюсь предположить, – улыбнулся он, – что это связано не с вашей предыдущей практикой, а с моим обществом. Мой ум хорошо знает похожие состояния и маршруты – рядом со мной вы видите, куда и как повернуть. Вы учитесь, не задавая вопросов. В физике это называют резонансом. Скоро мы с вами сможем перейти к действительно серьезным вещам...

Я получил новые инструкции и стал проводить вечера в наблюдении быстро сменяющих друг друга телесных переживаний.

Тело, если вглядываться в него подобным образом, превращается в целый космос. Вместо звезд и планет здесь были еле заметное покалывание, зуд, всплески тепла и холода, боли и удовольствия. Для многих телесных ощущений я даже не мог подобрать подходящего слова. Иногда я опирался на дыхание, находя быструю смену ощущений в нем, иногда – на звуки, иногда – на пятна света перед закрытыми глазами.

Следовало замечать каждый мимолетный объект, а после его исчезновения переходить к любому другому, за который цеплялось внимание. Все внутренние комментарии к происходящему надо было рассматривать в качестве таких же безличных феноменов, наблюдая не за их «смыслом», а за способом их появления и исчезновения. В этом и заключалось самое главное.

«В мысли – просто мысль...»

Императорская картина понемногу исчезала – вернее, рассыпалась на множество мгновенных сцен, существовавших крохотную долю секунды.

Через неделю интенсивной практики я погрузился в переживания весьма необычной природы. Думаю, человек другой эпохи подобрал бы иные сравнения – но вот что пришло в голову мне.

Мне стало казаться, будто реальность (я имею в виду себя, мир и все воспринимаемое) похожа на огромную комнату с кривыми зеркалами, куда падают сознающие лучи света. Игра отражений в зеркалах кажется жизнью, мирозданием, потоком событий и мыслей, но это просто дрожь и рябь света, не обладающая практически никакой длительностью. Анализировать эти блики – как ловить солнечный зайчик, желая устроить ему вскрытие...

Но главное оказалось даже не в этом.

Мои чувства – радость и печаль, отвращение и привязанность, надежда и страх – имели ту же внешнюю по отношению ко мне природу.

Они казались «моими» просто потому, что их преломления в зеркалах сопровождались как бы теплым приятным сиянием, утверждавшим их в этом качестве, но теплое приятное сияние тоже не было мной. «Я, мой, мое» – все это были оптические эффекты, навязанные мне неизвестностью...

Вернее, не мне. То, что я прежде полагал движениями своего духа, возникало непонятно где по неизвестной причине. Я целиком состоял из сигналов и зарниц, приходящих из неведомого, и мои рефлексии и прозрения – верные и неверные, умные и глупые – прибывали оттуда же. Все мои «решения» тоже.

Мое чувство «себя» не было ни истиной, ни заблуждением. Оно было наваждением, но не моим. Все это приходило из неизвестности, и у меня не было никакой власти над происходящим. Была лишь иллюзия контроля, которую делали в той же лавке.

Меня, как истребитель «Оскар», ежесекундно собирали из готовых деталей, доставленных на завод из секретной локации, и мое упорное непонимание этого обстоятельства входило в комплект поставки. Меня, можно сказать, имитировали вместе с моей свободной волей, с моей верой в то, что я есть *делатель* и *думатель* (заимствую эти слова у монаха-бирманца), и даже мои прозрения по этому поводу были такой же фабричной поставкой. Но обижаться я не мог: таков оказался единственный способ возникновения и существования в этом мире.

Все происходило само.

Я был, конечно, знаком с похожими воззрениями и прежде – во всяком случае, в их поэтическом аспекте. И примерял их к себе. Человек – просто кукла, танцующая на веревочках в лучах софитов, думал я в юности, понимать это и есть мудрость.

Но прежде я не видел, что само подобное понимание (плюс сопутствующее ему тонкое самодовольство) тоже рождается не во мне, а в создающих куклу прожекторах.

И даже теперь, когда я окончательно перестал принимать этот вихрь безличного света за «себя», причина опять была не во мне, а в источнике. Тень могла понять, что она тень, только если этого хотел свет...

Но что такое источник? Не есть ли это бог европейской культуры? Что это за материал, из которого сделана реальность? Кто ею управляет? Зачем и кому нужна иллюзия мира, населенного толпой галлюцинирующих фантомов?

Я, конечно, задал все эти вопросы монаху, чем сильно его развеселил.

– Уж кто-кто, – сказал он, – а вы должны знать, что Будда не отвечал на вопросы относительно источника мироздания и его цели. Он был практиком. Другими словами, его интересовало не то, откуда приходят эти, как вы говорите, зарницы и вспышки, а как, наблюдая за ними, прекратить страдание.

– Да, – согласился я, – конечно. Но были, наверно, и мудрецы, использовавшие это знание для каких-то иных целей.

Монах посмотрел на меня с любопытством.

– Верно, в древности они были. Но даже эти мудрецы не гадали о непостижимом. Они просто пользовались тем, что им удавалось подглядеть. Подобный прагматизм, кстати, существовал не только в Азии. Вы, я полагаю, знакомы с греческой философией?

– Почему вы так думаете?

– Говоря о приходящем из непонятного измерения свете, вы почти повторили «Пещеру» Платона.

– А что это такое? – спросил я.

Монах засмеялся.

– Платон первым описал универсальное для всех культур и эпох прозрение в нашу природу, которое вы пережили. Но есть и более интересные параллели. Через пару столетий после Будды в Греции жил Пиррон из Элиса. Первый философ-скептик – в современном курсе философии ему уделяют всего несколько минут. Пиррон говорил так: «Я воздерживаюсь от любых оценок и суждений, ограничивая себя простым восприятием объектов и феноменов по мере их появления. Независимо от того, чем они являются на самом деле, так можно избежать душевного неустройства и обрести неколебимое спокойствие духа...» Похоже на подход Будды, не правда ли?

– Да, – согласился я. – Я не читал Платона, но знаю про него, конечно. А про второго философа не слышал. Это действительно оригинальная европейская мысль?

– Про Пиррона говорили, что он набрался мудрости в Индии, куда попал с солдатами Александра.

– Это маловероятно, – сказал я. – Индийские аскеты вряд ли сумели бы обучить греческого солдата тонкостям своих доктрин – английского языка тогда не было. Да и зачем?

Монах улыбнулся.

– Возможно, в древности такое понимание витало в воздухе.

После этого разговора я получил от монаха новые инструкции, изменил свою медитацию, и реальность повернулась ко мне еще одной неожиданной стороной...

Так повторялось несколько раз, но не буду обременять читателя деталями.

*

Примерно через месяц после начала интенсивной практики я проснулся дождливым утром с мыслью, что скоро умру.

Меня мучило эхо сновидения, важного и точного. Я знал, что моя судьба решена. Но само содержание сна начисто стерлось из памяти. Единственное, что я помнил – это слово «Гуаданканал».

Я знал, конечно, про захваченный нами остров недалеко от Новой Гвинеи. Кто-то говорил мне, что наши войска строят там аэродром.

Встретившись с монахом, я сказал, что чувствую близость смерти.

– Смерть – естественная граница телесного опыта, – ответил монах. – Вы умрете, как и все. Практика позволяет яснее ощутить приближение этого момента. Сейчас идет война. Смерть приплывает по воде и прилетает на крыльях...

Эти слова словно сдернули с моей памяти вуаль, и я вспомнил свой сон.

Мне снилось, что мы высаживаемся на заросший пальмами остров, а нас атакуют уродливые пузатые истребители. Это были уже не английские «Харрикейны», а что-то мне неизвестное. Самым страшным были не крупнокалиберные пули, режущие воду и человеческое мясо, а рисунки на бортах – голые женщины, оскаленные акулы, порочные пеликаны, какие-то нелепые обезьянки.

Когда самолеты проносились низко над пальмами, рисунки делались отчетливо видны. Это убивало магию боя, превращало войну, где мы отдавали жизни за страну и императора, в позорный балаган. У японского солдата отнимали последнее, что можно отнять – достоинство смерти. Герои духа дрались с мультфильмом для мещан... Понятно было, кто победит.

Сон этот имел особую патину достоверности. Дело в том, что я никогда не видел подобных изображений на самолетах. Мой мозг вряд ли сумел бы нарисовать такую картину сам.

С другой стороны, если мне снился Гуадалканал, было непонятно, почему мы высаживаемся на этот остров. Мы занимали его и так.

– Смерть от вражеской пули – то, что написано у вас на роду, – сказал монах, выслушав мой рассказ. – Вы много жизней были воином, убили уйму людей, и ваши расчеты с миром еще не завершены.

– Я не боюсь умереть.

– Дело не в том, боитесь вы или нет. Дело в том, чтобы сделать осознанный выбор.

– А он у меня есть?

– Да, – ответил монах. – Благодаря нашему знакомству, мой друг, он у вас есть. Вы можете ждать, пока вас убьет война. А еще вы можете встретить *корову с теленком*...

Похоже, он говорил со мной дзенскими коанами, как когда-то я с ним.

– Какую корову?

– Я не завершил историю про Бахию, – сказал монах. – А вы не поинтересовались тем, что случилось дальше.

– Я думал, – ответил я, – сутра кончается тем, что Бахия получил учение.

Монах засмеялся.

– Нет. Там есть продолжение, и довольно любопытное. Услышав слова Будды, Бахия немедленно освободился от всех загрязнений ума. А Будда продолжил свой путь по городу.

– То есть Бахия стал архатом? – спросил я. – Вполне ожидаемый конец.

– Это еще не конец. Сутра сообщает, что как только Будда ушел, Бахию убила корова с теленком. Возвращаясь домой, Будда увидел его труп. Он велел ученикам взять его, кремировать – и воздвигнуть над ним ступу. А когда ученики спросили, в каком направлении ушел Бахия и каково его будущее состояние, Будда сказал так: «Бахия, одетый в кору, был мудр. Он следовал Дхарме как надлежит и не досаждал мне расспросами об учении. Бахия, одетый в кору, теперь полностью свободен...»

– Да, – сказал я. – Понимаю. Не досаждал расспросами. Просто не успел. Будда был благодарен за передышку и посмертно произвел его в архаты.

– Не следует распространять циничные нравы нашего века на древность, – ответил монах. – Люди тогда были другими. Это все, что вам приходит в голову?

Я пожал плечами.

– Бородатый отшельник, одетый в куски коры, должно быть, выглядел жутко. Теленок испугался. А корова за него заступилась.

– Но почему это произошло сразу после встречи с Буддой? Вот просто немедленно? И почему Бахию не убили коровы, встреченные раньше? Коров в Индии много, а он ходил в коре много лет.

– Вы видите в этих словах какой-то другой смысл? – спросил я. – Символический или вроде того?

– Именно, – ответил монах. – Сутра говорит только это: «убит коровой с теленком». Разве не странно? Бахия умер после беседы с Буддой, во время которой окончательно прозрел. А перед этим, настаивая на немедленной передаче учения, он говорил с Буддой о скорой смерти.

– Он был ясновидящим? – спросил я. – Или у вас есть другое объяснение?

– Да, – сказал монах. – Я точно знаю, в чем было дело. Но вы, боюсь, не поверите.

– Расскажите.

– Во-первых, как вы знаете сами, нет ничего особенного в том, чтобы ощутить приближение смерти. На это способны люди, даже не обладающие психическими силами.

– Да, – согласился я, – во время войны так бывает часто.

– Бахия знал, что его срок в этом теле кончается, и хотел узнать главное. Он успел. А дальше произошло нечто такое, что древний хронист мог объяснить только аллегорически.

– Вы про корову?

– Про корову с теленком. Сутра не говорит, что Бахия был убит коровой. Там сказано, что Бахия был убит коровой с теленком. Будто теленок тоже участвовал в убийстве... Мало того, как утверждают комментарии, та же самая корова с теленком убила сразу несколько великих подвижников. Но ведь такого не может быть. Подумайте, что значат эти слова.

– Ну, корова с теленком – это... Что-то из индусского пантеона?

Монах отрицательно покачал головой.

– Постарайтесь понять метафору.

– Нечто порождающее и порождаемое?

– Вот, уже ближе.

– Причина и следствие? Взаимозависимое возникновение?

– Совсем близко.

Мне казалось, что я вот-вот угадаю. Но точные слова никак не приходили.

– Корова с теленком, – заговорил монах, – это шифр, понятный древним аскетам. Это практика, где вы создаете условия для своего появления в нужном образе и месте, а затем освобождаете ум от пут прежнего тела. Корова здесь – прежнее существование. Теленок – новое, возникающее с опорой на предыдущее. Когда сутра говорит, что Бахия был убит коровой с теленком, это значит, что сразу после того, как его ум прояснился, он отбыл из нашего мира в избранном им направлении, оставив здесь мертвое тело.

– А кто его этому научил?

– Будда.

– Когда?

– Во время их единственной беседы.

– Но Будда не говорил о перевоплощениях.

– Наш век плохо представляет людей того времени. Они обладали другими способностями. И учились совсем иначе, чем мы. Одно точное слово меняло все. И в жизни, и в смерти. Бахия не был обычным индийским шарлатаном.

– Откуда вам это известно? – спросил я.

– Знаете, что говорится в каноне о его предыдущей жизни? Он умер, подвижничая на горе, где несколько его товарищей по практике добились окончательного освобождения. А перед встречей с Буддой, хоть вы над этим и смеетесь, он перенесся через всю Индию за одну ночь. Ему поклонялись люди на побережье – в Индии, где святых больше, чем лягушек после дождя... Все это было не просто так. Ум Бахии уже был подобен отточенному мечу. Слова Будды лишь помогли вынуть его из ножен. Кроме того, связь с Упанишадами...

Монах махнул рукой и замолчал.

– Что? – спросил я.

– Боюсь, японцу трудно будет понять.

– Расскажите, – ответил я с досадой, – я попытаюсь.

– Ладно. Я говорил, что Бахия одевался в древесную кору, поскольку был последователем Брихадраньяка-упанишады. Будда, естественно, был знаком с Упанишадами, их языком и образностью. Особенностью Будды как учителя была его способность вписывать радикально новое учение в контекст современной ему мысли, искусно полемизируя с нею. Поняв по наряду из коры, кто перед ним, Будда дал Бахии инструкции в терминах знакомой тому духовной традиции... Вы успеваете за мной?

– Пока да, – сказал я.

– В Брихадраньяка-упанишаде говорится: «невидимый наблюдатель, неслышный слушатель, немыслимый мыслитель, неощутимый ощущатель... Нет наблюдателя, кроме него, нет слушателя, нет мыслителя. Это и есть твое «я», твой внутренний владыка, бессмертная сущность...»

Я вдруг поразился нереальности происходящего: старый бирманец рассказывает мне, японскому офицеру, об Упанишадах – на хорошем английском языке. И происходит это во время унылой мокрой войны в бирманских джунглях. Да, мир еще способен был меня удивить.

– А дальше, – продолжал монах, – там же сказано: «твоя бессмертная сущность и есть невидимый наблюдатель, неслышный слушатель, немыслимый мыслитель, неощутимый ощущатель... Кроме нее, некому наблюдать, мыслить...» и так далее.

– Откуда вы так хорошо знаете древнеиндийские тексты? – спросил я. – Я понимаю – буддийские сутры. Это ваша область. Но знать еще и Упанишады... Вы их изучали как философ?

Монах засмеялся.

– Я помню не все Упанишады, – сказал он. – Только то, что знал сам Бахия. Теперь вы понимаете, о чем на самом деле говорил Будда?

– Прошу вас, объясните.

– В Упанишадах, как и во всех древнеиндийских текстах, говорится об атмане, бессмертной внутренней сущности. Душе, если угодно. Именно она якобы является свидетелем человеческого опыта, трансцендентным наблюдателем. Теперь представьте Бахию. Он знает Упанишады наизусть и буквально пропитан их мудростью. И вдруг Будда говорит – в увиденном нет наблюдателя. В услышанном нет слушателя. Нет ни субъекта, ни объекта. Есть только непостижимые изменчивые феномены, озаренные собственным светом, и свет этот не отличается от самих феноменов...

– Что значит – собственным светом?

– Это значит, – ответил монах, – что они не появляются в сознании человека, как учит западная мысль, а сами есть сознание, полностью лишенное наблюдателя и хозяина – но способное порождать любые фантомы, любые вселенные, любых богов и героев. Концепция «субъекта восприятия» просто мелькает иногда между ними.

– А почему феномены непостижимы?

– Потому что в них нечего постигать, и некому. Попытка «постигнуть» волну на поверхности моря будет просто созданием другой волны. В этом главная оплошность западной мысли. Не будите во мне профессора философии, мой друг...

– Отчего же. Мне интересно, что он скажет по этому поводу.

– Западный мыслитель Кант, – ответил монах, – говорил про «вещь саму по себе» и «вещь для нас». Для него это были как бы разные аспекты объекта, к которому он назначал себя субъектом в ранге генерал-губернатора. Неудивительно – он жил в эпоху раннего капитализма. Должен же кто-то был философски обосновать эксплуатацию колоний, двойную бухгалтерию и изъятие прибавочной стоимости у пролетариата...

– Никогда не задумывался об этом в таком ключе, – сказал я.

– А зря. Будда жил в другой культуре, гораздо более свободной и светлой. Поэтому он говорил, что у вещей нет никакого «себя», а в нас нет никаких «нас». С этой высочайшей точки зрения «мы» вообще никогда не рождались в «этом мире». Слышанное осознается, и все – но, даже говоря так, мы рассекаем единую истину на две ложные части. Способ, каким слышанное возникает и исчезает, заключается просто в том, что оно то слышно, то нет.

– Кому? – спросил я.

– Кому смеркается? Кому рассветает? Этот «кто» – такое же волшебное наваждение, как ли мне про огни, которые создают мир...

– Лучи, – сказал я. – Сознающие лучи.

– Лучи, огни, неважно. В образах этого мира нет ничего, о чем можно спорить. Все есть просто то, что оно есть в этот самый миг. Кстати, именно так древние евреи определяли бога. Мы тоже часть этой тайны.

– Понимаю, – сказал я.

– Будда говорил с заблуждающимся, но могучим магом. И невероятно изящным способом выбил из-под него фундамент его заблуждений. Бахия понял тайну сознания. После этого ему больше нечего было делать в этом мире. Он увидел перед собой путь, и... Выражаясь фигурально, на месте «атмана» возникла дыра, и он в нее шагнул.

– Куда?

– Сюда, – ответил монах.

– Простите?

Монах смерил меня взглядом.

– Бахия – это я.

*

Эти слова произвели оглушительное впечатление. Я не сомневался ни секунды, что он сказал правду. Это объясняло, откуда он так хорошо знает фрагменты Упанишад – нечто, крайне нетипичное для бирманского монаха, пусть даже с университетским прошлым.

– Я был Бахией, – повторил монах. – И многими другими людьми, например, Пирроном из Элиса, о котором я вам говорил.

– И профессором философии тоже?

– Тоже, – кивнул монах. – Изучать человеческие заблуждения – одна из моих слабостей. Вообще-то я редко становлюсь человеком, потому что не слишком люблю это состояние. Но это не важно. Важно другое. Я знаю, как пригласить сюда корову с теленком.

– Вы имеете в виду смерть? – спросил я.

– И новую жизнь. Бахия чувствовал, что его время подходит к концу. Сегодня нечто подобное ощутили вы сами. Вы можете дождаться своего срока и умереть от пули. А можете повстречать корову с теленком.

– Что это значит?

– Это значит, вы доведете свою практику до такого рубежа, когда станет возможным мгновенный переход в другую жизнь. Я могу научить вас.

– Мне, конечно, интересно. Но с какой стати вы будете меня обучать?

– Видите ли, – сказал монах, – когда я был Бахией... Вернее, Бахией в той его жизни, где он практиковал на горе и умер, вы были моим товарищем по затворничеству. И хоть вы остались весьма далеки от реализации, вы умерли вместе со мной, пытаясь меня спасти. Это мой неоплаченный долг.

– Хорошо, – сказал я. – Проверить ваши слова мне сложно. Я не вижу прошлых существований, да и не понимаю до конца, что именно перерождается.

– Пустота, – улыбнулся монах. – Пустота, забывшая, что ее нет. Это доктрина вашей собственной секты.

– Возможно... Но в нашей секте говорят – если вы задели кого-то локтем на улице, вы уже встречали этого человека в пятистах прошлых жизнях. Так что наша встреча, конечно, не случайна. Если вы можете обучить меня своей мудрости, я буду признателен.

– Я сделаю это, – ответил монах, – но с одним условием. Вам не разрешается передавать это знание никому. Оно не должно существовать в современном мире. Оно принадлежит иным циклам и эпохам, далеким временам – еще до прихода Будды. Возможно, оно вновь будет открыто в будущем. Но в наше время это умение не должно проявляться никак.

– Согласен, – ответил я.

– Тогда слушайте...

Объяснение было необычным. Монах часто замолкал, подыскивая слова. Я задавал вопросы, он отвечал – и постепенно в моем уме забрезжило понимание того, что такое эта «корова с теленком».

Это было не что иное, как путешествие между мирами. Даже, наверное, между разными измерениями. Речь шла не о перерождении в следующей жизни, а о прямом переносе сознания в другое существование.

Мне трудно было поверить в такую возможность.

– Но я не знаю о другом мире ничего, – сказал я. – Я что, буду учиться говорить на другом языке, жить в чужом теле, существовать в другой среде и так далее?

– Вам не придется ничему учиться, – ответил монах. – Когда вы проснетесь там, это будете вы сами. Вы и никто другой. Но ваша здешняя жизнь покажется вам сном. Надо испытать это, чтобы понять.

– Я проснусь? В каком смысле?

– Не в том, в каком пробудился Будда. Вы просто перенесетесь из одного сна в другой.

– Буду ли я помнить свой прошлый сон? В смысле, жизнь в этом теле?

– Да, несомненно. Во всяком случае, некоторое время после трансмиграции. Но вам не придется учиться жить в новом мире, потому что вы окажетесь его частью. У вас будут глубокие корни в нем и свое законное прочное место... Вы вернетесь домой.

– Каким образом такое возможно?

– Я затрудняюсь истолковать это научно, – сказал монах. – Но могу попробовать объяснить в ваших собственных образах.

– Попробуйте.

– Вы говорили, что все сущее – просто вспышки и блики в зеркалах. В каждый момент вы представляете собой определенную конфигурацию этих вспышек и бликов.

– Да, – сказал я.

– Где-то во вселенной может возникнуть на миг полностью совпадающая с вами конфигурация световых узоров. Она будет подчиняться другой карме, поэтому в следующий момент изменится иначе, чем ваша. Но на миг два паттерна совпадут. А когда они совпадут, они будут одним и тем же, потому что в увиденном только увиденное, в услышанном только услышанное, и так далее...

– Кажется, понимаю, – сказал я.

– Секрет в том, что ваша корова может родить теленка в другом мире. Секундного тождества конфигурации феноменов достаточно. На миг возникнет дверь – и, шагнув в нее, вы станете жителем иного пространства. Судьба ваша сделается совсем другой.

– Но каким образом живой и сложный человек может так запросто стать кем-то еще?

– Живой и сложный человек, – сказал монах выразительно, – этого не может. Мы с вами не говорим о живых и сложных людях. Живые сложные люди торгуют всякой дрянью на блошином рынке в Рангуне или убивают друг друга на безумной войне. Мы говорим о тех, кто видит «я» просто как «я». Знаете, почему это так важно?

– Почему?

– Чувство «я» – клей. Тот самый корень, что прикрепляет вас к месту и времени, которое вам грезится. Если вы обрываете корень, вы способны исчезнуть без следа. Собственно, это и происходит на миг с любым медитатором в момент вхождения в поток. Секрет в том, что, исчезнув, вы можете заново собраться не здесь, а в другом мире.

– Вы все это вполне серьезно? – спросил я.

– Вспомните, что Будда сказал Бахии. «Так и тренируйся, и если достигнешь подобного, тебя в этом уже не будет. Когда тебя не будет в этом, тебя не будет нигде – ни здесь, ни там, ни где-либо посередине...» Понимаете? Когда вас больше нет, вы равны нулю. А ноль в одном месте – это то же самое, что ноль в любом другом. Когда вы становитесь нулем, вы становитесь всем возможным. А возможное безгранично.

– Но любая комбинация феноменов слишком сложна, чтобы...

– Сложное для вас, – перебил монах, – просто для вечности. Представьте, что вы идете по улице и ваша тень на стене совпала с тенью другого прохожего. Если вы полностью отказались от себя, это уже не ваша тень. Поэтому в следующий момент она может продолжить путь в качестве тени другого прохожего. Так объяснил бы Платон.

– А моя прошлая жизнь?

– Ваша прошлая жизнь окажется чужим сном.

– Трудно поверить, – сказал я, – что моя тень полностью совпадает с чужой.

– Ошибаетесь. Таких совпадающих теней бесконечное число в любой момент. Вы можете выбирать между разными мирами и локами. Больше того, вы сами можете придумать практически что угодно, и это окажется реальностью. Корова способна родить какого угодно теленка.

– А что будет с моим телом? Я имею в виду, с этим телом?

– Для кого?

– Для меня.

– Вы его забудете через пару дней.

– А для моих солдат?

– Наверно, для них вы умрете. Приличия должны быть соблюдены... Но если честно, я не знаю, что случается с прошлым телом. Я вообще не уверен, что это правильная постановка вопроса – вы говорите про то, чего в реальности вашего сознания уже нет. Я бы на вашем месте поспешил получить окончательные инструкции, мой друг.

– Хорошо, – сказал я, – хорошо... Я помню про нашу общую карму, но все же зачем вы стремитесь мне помочь? Есть ли у вас еще какая-то цель?

Монах улыбнулся.

– Нет такого, что «я» помогаю «вам». Происходящее – просто часть общего плана мироздания. Грядет темный век, настолько чудовищный и смехотворный, что вы даже представить этого не можете. Вы принесете его обитателям пользу через много сотен лет, действуя тайными и непостижимыми методами.

– Это будет мой долг перед вами?

– Не передо мной, – ответил монах. – Перед вашим собственным будущим. Хотя никакого собственного будущего у вас, конечно же, нет. Да и пользу в этой Вселенной приносить некому.

Это объяснение устроило меня вполне. Хотя бы потому, что в нем присутствовал знакомый мне с детства дух «Большой Колесницы».

*

Поскольку я обещал монаху не раскрывать самой техники, ограничусь самым общим описанием.

Сначала следовало перейти в состояние скоростного просмотра, где вместо «я», возникающего как комментарий к фильму про реальность, оставались только быстро сменяющие друг друга феномены-кинокадры.

Следовало укорениться в этом надежно и устойчиво, так, что полностью исчезали эмоциональные реакции и сделанная из них личность, а оставался поток мгновенных трансформаций реальности, освещенный своим собственным светом.

Эта первая фаза медитации называлась «коровой» и служила фундаментом тайной техники.

Наблюдение феноменов ускорялось до максимально возможного предела. А потом – благодаря странному, не похожему на знакомые мне буддийские методы, но довольно простому перцептуальному трюку (освоенному мною за день) – наблюдение феноменов как бы делалось быстрее их возникновения, становясь предвосхищением. Или, как утверждал монах, созданием. В это время нельзя было терять высочайшей концентрации, что и оказалось для меня самым сложным, несмотря на весь мой прежний опыт.

Перед открытием следовало отчетливо представить себе конечную точку путешествия. Это бирманец называл английским словом «resolve». Во время медитации, естественно, думать об этой точке было невозможно – надо было определиться с пунктом назначения заранее.

Тогда ум мог шагнуть в новое пространство автоматически – вернее, даже не шагнуть, а вывалиться туда без всяких размышлений, как только мгновенная конфигурация феноменов делала это возможным. Медитатора как бы засасывало в новый мир из прежнего, а брошенное тело оставалось здесь...

Вернее, как я понял из объяснений монаха, все это «здесь» оказывалось сном, от которого практик пробуждался; если во сне вы были кошкой, тело кошки оставалось во сне, но где оставался сам сон со всеми своими физическими уравнениями, бухгалтерскими балансами и материальными незыблемостями? Да там же, где остальные сны.

Я сразу почувствовал в этой технике невероятную силу. За гранью, где кончалось известное, была смерть – и, может быть, новая жизнь. Но делать последний шаг следовало с осторожностью.

С точки зрения монаха, выбор маршрута был прост.

– Зачем вам становиться зверем? Зачем падать в ад или мир голодных духов? Человеком вы являетесь и так. Значит, вы можете стать либо асурой, либо богом. Это интересные путешествия. Пространства этих лок неизмеримы...

Кажется, монах не допускал мысли, что мне покажется привлекательной другая версия человеческого существования, и рассказывал в основном о том, как войти в пространство асуров.

– Самый легкий способ – это представить, как катишься вниз по бесконечному зеленому склону и клянешься больше не пить вина, – сказал он. – Звучит глупо. Но попробуйте настроиться на это восприятие, и вы сразу ощутите отклик с той стороны. Только не ошибитесь с визуализацией. Вообразите, что зеленый склон огромен, просто бескраен – а рядом катятся вниз ваши соплеменники. Происходящее должно казаться вам трагедией. Смеяться над этим ни в коем случае нельзя, иначе можно стать богом... Есть и другие методы, конечно, но этот самый древний и действенный. То, что подходит новичку.

Мир сражающихся демонов, однако, меня не привлекал. Когда монах спросил почему, я ответил, что военная служба похожа на него и так.

Монах был озадачен.

– Я думал, именно это и покажется вам интересным. Всякое там фехтование, и вообще...

– Вы сами бывали в мире асуров? – спросил я.

– Я переношусь в это измерение весьма часто, – сказал бирманец. – И проживаю там целые жизни.

– А потом?

– Потом возвращаюсь. Например, сюда.

– Но корова с теленком убивает на самом деле, разве не так?

– Да, – ответил монах. – Но если вы выберете вернуться в ту же точку, откуда отбыли, окружающие не заметят вообще ничего. Главное, чтобы оставался кармический ресурс существования в прежней форме.

– То есть вы хотите сказать, что каждый раз после вашего отбытия вы умираете, вас хоронят, прощаются с вами и так далее, а потом вы, прожив целую жизнь в другом месте, возвращаетесь назад и отменяете всю историю с похоронами?

– Вероятно, – сказал монах. – Повторяю, я не задумывался, что происходит после моего ухода. И происходит ли что-то вообще. Это вопрос настолько мутный, что на него не брался отвечать сам Будда. Поскольку я знаю, как вернуться в такое же точно место и в такое же точно тело, я возвращаюсь прямо туда, откуда отбыл. В следующий миг остается лишь память, еще через миг – память о прошлой памяти, и так далее. Безличные феномены, над которыми ни у кого нет контроля. Вы, как опытный медитатор, должны понимать.

– Я понимаю. Но ведь это значит, что вы можете перемещаться в пространстве и времени как вам угодно.

– А что вас удивляет? Бахия перенесся за ночь через всю Индию, чтобы поговорить с Буддой. Я просто воссоздал себя в другом месте. Такое в те дни умели многие – и это не считалось чем-то особенным. Будда лишь объяснил мне, что возможно большее.

– Но почему вы... Бахия умер сразу после встречи?

– Моя жизнь в одежде из коры подходила к концу, вот и все. Но Бахия мог вернуться в наш мир в другом облике. И он это сделал. Через двести лет я прошел всю Азию с солдатами царя Александра и почти возвратился домой.

– Верится с трудом, – сказал я. – Но хотелось бы, конечно, научиться подобному.

– Сложно стать опытным путешественником без тренировки, – ответил монах. – Лучший выход – переселиться в более спокойное место, где вы сможете продолжить практику. Это дело многих жизней, мой друг.

– Но идет война.

– Я говорю не об этом мире и не об этом времени, – ответил монах. – Я помогу вам совершить первый прыжок, а дальше вы должны тренироваться сами.

Я сказал, что мне нравится человеческое измерение, так как оно больше всего подходит для практики. Это говорил сам Будда.

– Верно, – вздохнул монах. – Больше здесь делать особо нечего.

– А можно ли, – спросил я, – перенестись в мир собственной конструкции?

– Что вы имеете в виду?

– Я имею в виду, придумать новый дом самому, а потом туда попасть. Кажется, вы упоминали такую возможность.

– Все, что можно вообразить, существует. Представьте себе пункт назначения, и наверняка это место найдется.

– А как узнать точно?

– Если такой мир есть и сформированное медитацией притяжение достаточно для прыжка, вы это ощутите. Если ваше воображение создаст невозможную конструкцию, вы тоже поймете. Это как простукивать стену. По звуку понятно, есть за ней пустая полость или нет.

– Простукивать стенку, – повторил я задумчиво.

– Не самое удачное сравнение, конечно. Но вы поймете, есть ли дверь, соответствующая вашему ментальному усилию... Если ее нет, теленок не родится.

– Я могу перенестись в качестве человека куда угодно?

– Да. В любое место, которое вы представили себе достаточно хорошо, чтобы сформировать притяжение. Можно стать человеком другой эпохи. Как прошлой, так и будущей.

– Прошлое? – изумился я. – Но ведь оно уже случилось.

– Из уважения к вам оно случится еще раз. И окажется, что вы всегда были его частью.

*

Я еще не верил до конца, что подобное осуществимо. Но все равно стал думать по ночам – есть ли у меня мечта? Кажется, ответить несложно. Но я считал так потому, что никто не предлагал мне исполнить мою мечту.

Махаяна учит нас ставить выше всего благо других.

Освободить человечество... Кто в двадцатом веке не думал о подобном? Вникая в риторику революционных вождей и европейских политиков, я представлял себе источник мирового зла в фантастических и мрачных образах – наполовину людей, наполовину демонов ада. Я думал, что достойной участью было бы пожертвовать собой, чтобы найти и вырезать эту опухоль. Поразить ее сверкающим мечом справедливости и умереть.

Судьба героя казалось мне прекрасной. Выслушав меня, монах развеселился. Он предупредил, что подобные планы строить опасно – им свойственно сбываться даже после того, как мы про них забудем.

– Хотите победить владыку демонов и спасти человечество? – смеялся он. – Да сколько угодно. Ум создаст целый мир со своим добром и злом, где главный демон будет просто жуткой куклой, сотворенной вашим собственным воображением. А умирать придется по-настоящему.

Услышав слово «кукла», я понял, что он прав. Мне грезилось романтичное, но глупое приключение. Следовало стремиться к чему-то другому.

В целом я знал, какой сон мне хочется увидеть.

Его сюжет был так же прост, как невозможен.

Открыть глаза однажды утром и понять, что гнилые джунгли, куда нас пригнали умирать, коварные англичане, наивные американцы, идиотская война, да и вообще весь страшный двадцатый век с его ложью, кровью и мерзостью – просто привидевшийся мне кошмар, от которого я навсегда проснулся.

Это не означало умереть. Наоборот, это было полной противоположностью смерти. Умереть означало заснуть. А я хотел очнуться.

Пробудиться от мира – да, это было главное. Но куда?

Я размышлял об этом наполовину в шутку, как в детстве, когда воображаешь себя то морским волком, то дирижером, то летчиком. Мысли эти, зарождаясь веселыми пузырями, мгновенно набирали вес и превращались в надежду. Доктора называют такую работу мозга шизофренией. Но ведь любой человек, твердящий «вижу будду Амида» в надежде на западный рай, занят в точности тем же самым...

Меня не привлекали высшие миры чувственного наслаждения. Искуситель Будды Мара, как мы знаем, и есть господин одного из них. Я хотел остаться человеком и догадывался почему – лишь так могла сбыться моя мечта о творчестве. Единственной магии, в ценность которой я по-настоящему верил.

Я вспоминал свой восторг и ужас от вида куклы Тоетоми Хидэеси, сидящей на крохотном стуле. Хоть и сделанная с моей помощью, она была для меня так же жива, как родители или старый мастер-кукольник. Ничего сравнимого с этим упоением с тех пор я не переживал.

Я полагаю, что в способности к творчеству наша раса (я имею в виду людей, а не японцев) не уступает ни богам, ни асурам. Наоборот, мы их превосходим.

Человеческий удел горек. Искусство заставляет нас плакать, когда мы узнаем в чужих невзгодах свои (это называется «трагедией»). Еще мы умеем весело хохотать над чужими бедами (это называется «комедией»). В мире, где горя нет, такое невозможно.

Мало того, мы считаем себя способными меняться и верим в постепенное движение к совершенству. Поэтому наше искусство еще и назидательно.

Бронзовый будда из Камакуры, которого я почитал вершиной человеческого творения, указывал людям путь, ведущий к избавлению от скорби. Таким же был христианский канон с его культом божественных ран. Правда, Возрождение заменило высокую трагедию обещанием телесного наслаждения, замаскировав его под духовную притчу. Европейские нобили платили художникам за молоденьких Св. Себастьянов, как богатые азиаты – за возбуждающий порошок из кости носорога.

Да, думал я, мы мечемся между радостью и мукой, мы лукавы даже наедине с собой, но именно это и делает наш опыт несравненным. Наша боль отмерена ровно в той пропорции, чтобы мы всю жизнь на что-то надеялись – и, как моллюски, выделяли из себя перламутр, пытаясь запечатать им навсегда источник страдания. Так растет великий коралл искусства. Ради этого, верно, нас и создали высшие силы.

Миры, стоящие над нами, никогда не превзойдут людей в творчестве – их обитатели счастливы. А что может создать счастливое существо? Зачем ему высекать что-то в камне или браться за кисть?

Кажется, Лев Толстой писал в одной из своих сатир, что счастливые люди радостны одинаково, а у боли и неурядиц множество оттенков. Да, это так. Искусство счастливого мира будет просто довольным мычанием. В аду сил хватит только на стон. Лишь в точке баланса радости и горя возможно чудо истинного творчества.

Чтобы моя мечта осуществилась, следовало остаться человеком. Но было бы хорошо освободиться от связанных с телом невзгод. Я хотел уйти в счастливый сон, в реальность, где исчезает грань между действительностью и мечтой.

Я допускал, конечно, что у подобной утопии будут свои тайные шипы. Но думать о них мне не хотелось. Соблазн был слишком велик, и дождливыми ночами я стал понемногу воображать своего «теленка», настраивая окончательную медитацию.

Я создавал новый мир постепенно и тщательно, как когда-то в детстве – куклу самурая.

Я представлял себе место, где люди остаются людьми, но не зависят от своего животного каркаса. Где любовь совершенна и ее не оскорбляет телесное безобразие. Где человеческое тело – не обязательство умереть в муках, а всего лишь одна из возможных форм проявления, и смерть не нависает над каждым днем и часом, как красная луна над гравюрами безумного Цукиоки Еситоси.

Пусть моя жизнь здесь, в Бирме, станет просто одним из кошмаров, от которых просыпаешься в холодном поту, а потом хохочешь...

Впрочем, если честно, совсем просыпаться я не хотел. Скорее, я хотел видеть один за другим волшебные сны.

Мне представлялась последовательность погружений в новый опыт, где спящий знает, что спит, и может управлять своими видениями. У такого сновидца будут прекрасные любовники и любовницы. Он будет избавлен от телесных невзгод. В творчестве же его не превзойдет никто (правда, думая о творчестве, я до сих пор думал только о куклах). Если подобное существование возможно, не так уж важно, на каком фундаменте оно основано...

Поразительно, но такой мир, похоже, существовал. Это показывала моя практика. Я понял, что бирманец имел в виду, обещая, что «реальность ответит».

Чем точнее становился чертеж воображаемой вселенной, тем головокружительней (в самом прямом смысле) делалась моя медитация. За стеной, которую я простукивал, определенно скрывалась тайная комната.

Я мог в нее войти. Создаваемый мною «теленок» уже способен был подхватить меня, сделав мою прежнюю жизнь сном. Когда я сливался с потоком трансформаций, он подходил к грани, где кончалось все известное.

В одном мире я был японским офицером в бирманских джунглях, в другом мои природа и статус были пока не ясны. На самой границе притяжение этих пространств уравнивалось. Стоило пересечь ее, и...

*

Я думаю, что долго флиртовал бы с неизвестным, но помогла война.

Мой вещий сон продолжал сбываться. Скоро я увидел фотографии снившихся мне самолетов. Это были американские истребители «F4F-Wildcat». Дикие кошки. Про них говорили, что они хуже и медленнее наших «Зеро» в воздушном бою, но тяжелее, прочнее и могут пережить намного больше попаданий.

По виду этот «Вайлдкэт» напоминал разбухший на жаре труп нашего «Зеро» – тот же тупой нос с радиальным двигателем, но неприятно пузатый фюзеляж. Вид этой машины вызывал во мне инстинктивное отвращение и напоминал о мертвом английском летчике в джунглях. Армия летающих трупов против Империи Солнца...

В первых числах сентября я получил приказ о переводе на Соломоновы Острова. Там нужны были переводчики. На сборы давали три дня.

Гуаданканал. Этого слова в приказе не было, но все сразу стало ясно. Остров был уже захвачен врагом, и теперь мы пытались отбить его назад. Вот почему в моем вещем сне наши высаживались на полосу песка перед пальмами. Битва за остров разгоралась и становилась главным театром войны.

Сомнений больше не было – я действительно видел той июльской ночью свою смерть. Мало того, думал я, если бы я доложил о своем видении по инстанции, мы, возможно, сумели бы предотвратить августовскую высадку врага... Вот только вряд ли в Генштабе прислушались бы к моему докладу. Так что совесть меня не мучила.

Когда солдат получает предписание начальства, у него остается две возможности. Выполнить его или умереть. Смерть ждала по-любому.

Я рассказал монаху о полученном приказе.

– Когда вы отбываете? – спросил он.

– Сегодня. Во всяком случае, я попробую это сделать.

Мы обменялись долгим взглядом. Монах улыбнулся. Мы понимали друг друга без слов.

– Вы полагаете, – спросил я, – что я приживусь на новом месте?

– Повторяю в какой уже раз, – ответил монах, – оно не будет для вас новым. Вы вернетесь домой... Мы всегда возвращаемся домой. Надеюсь лишь, что выбранное вами направление подойдет для продолжения практики. Вам еще многое нужно понять. Очень многое.

Я совершил перед ним тройной поклон, как перед статуей Будды в храме. Он помахал мне рукой, закрыл глаза и застыл в неподвижности.

Вернувшись к себе, я побрился, надел форму (не стал только натягивать сапоги, потому что в них сложно сесть в лотос) и велел вахтенному солдату никого не пускать. По его восторженному виду я догадался, о чем он подумал. Но делать харакири я не собирался.

Я планировал куда более глубокий разрез.

– Корова с теленком, – прошептал я вместо обычной в начале медитации мантры, – я засыпаю здесь, чтобы проснуться там!

Каким окажется это «там», я точно еще не знал, но мне довольно было, что оно будет не таким, как «здесь».

Помню свои чувства в тот момент. Так, должно быть, ощущал себя нищий европеец, отправляясь на корабле в Америку со всем своим скарбом на спине...

За окном погромыхивало. Это упражнялась расквартированная неподалеку батарея. И хоть канонада не несла в себе прямой угрозы, голос судьбы был различим в ней ясно.

Война эта кончится для Империи плохо. И счастье, если наша нация вообще сохранится на Земле. Я хотел бы, конечно, возродиться японцем, но в другой, мирной и счастливой Японии... Если она будет в том странном сновидческом мире, который нарисовало мое воображение.

Более не колеблясь, я начал медитацию. Звуки далеких разрывов мешали, и через несколько минут мне пришлось встать, чтобы заткнуть уши хлопковой ватой. Дальше все развивалось по обычной схеме – но в этот раз, дойдя до точки неуверенного баланса на границе двух реальностей, я сосредоточился и решительно обрушил свой ум за край возможного.

Крохотному сохранившемуся от меня осколку стало страшно от необратимости того, что я сделал. А потом мне – вернее, тому же осколку – представился Будда Сакьямуни в добела выцветшей робе, с неровно обритой головой и горшком для подаяния в руке. Он посмотрел на меня, улыбнулся и сказал:

– In the mad cow, o Bahiya, only the mad cow...[1]

Меня не удивило, что Будда говорил по-английски.

Меня к этому моменту уже не было.

*

Кажется, я плавал в большой ванне с подогретой водой. Я не чувствовал тела. Моя голова, однако, была четко зафиксирована перед экраном, где возникали объемные цифры:

9... 8... 7...

---

[1] В бешеной корове, о Бахия, только бешеная корова...

Я подумал, что англичане взяли меня в плен – и теперь допрашивают по одной из тайных методик, о которых в войсках ходило столько жутких слухов. Вероятно, мне сделали специальный укол, и я не смогу сохранить ни одного секрета...

Впрочем, я не знал никаких особых секретов, кроме того, что Империя ввязалась в войну и хорошим это не кончится. Но англичане, скорей всего, были в курсе и так.

6... 5... 4...

Нет, это никакая не ванна. Я не мог отвернуться от мелькающих передо мной цифр. Мне казалось, что я мотаю головой из стороны в сторону, но цифры все равно оставались прямо перед моими лицом, смещаясь вместе с ним.

3... 2... 1... 0

Раздался зуммер – нежный, мелодичный, совсем не похожий на резкие военные звуки. И тогда мои глаза наконец открылись по-настоящему.

Я лежал на удобной кушетке в большом бледно-зеленом зале с занавешенными окнами. Зал напоминал додзо, где тренируются фехтовальщики и борцы. Вдоль стен на возвышениях стояли воины древности в грозных позах. Они выглядели живыми.

Но я знал, что это просто куклы.

Я знал, потому что сделал этих кукол сам. Это было мое искусство, мой заработок и моя роковая страсть. Самураи напоминали крохотных воинов-маса, которых я мастерил в детстве, но были устроены куда сложнее.

На одной из тумб стоял голый пластиковый эндоскелет с электромоторами. На другой – такой же скелет, обтянутый сеткой фальшивых вен и артерий... Эти каркасы были внутри у всех моих кукол. Благодаря им они сражались друг с другом, и я хорошо зарабатывал на их поединках.

Впрочем, нет – не у всех. На двух постаментах стояли одетые в матроски школьницы с мечами в руках. Их порочная красота напоминала, что некоторые из моих созданий были не механическими манекенами, а живыми существами – выращенными в специальной жидкости человеческими телами, лишенными думающего мозга... Такими же машинами, просто сделанными из костей и мяса.

Но кто я сам?

На мне была обтягивающая синяя пижама из незнакомого легкого материала. Я поднял руку и поднес ее к лицу.

Она вообще не походила на руку живого человека. Кожа выглядела слишком молодой и гладкой. На ней не было ни морщин, ни углублений, ни пор – ладонь казалась вырезанной из безупречно отполированного мрамора телесного цвета. У меня были тонкие изящные фаланги и голубоватые длинные ногти со сложной сиреневой росписью.

Я щелкнул пальцами и услышал положенный щелчок. Мои пальцы ощутили друг друга. Но у живого человека не могло быть таких рук.

Дверь открылась, и в зал вошли два незнакомца в наряде синтоистских жрецов-каннуси: просторные белые робы, массивные черные башмаки и черные шапочки. В руках, как и положено, они держали церемониальные деревянные жезлы. От настоящих священников их отличали только странные черные иероглифы на одежде.

Сперва эти иероглифы показались мне похожими на знаки корейского алфавита – а потом я понял, что это две латинские буквы, «Т» и «Н», наложенные друг на друга.

Жрецы остановились перед моей кушеткой и поклонились, выставив жезлы перед собой.

– Вы уже пришли в себя, – сказал один из них. – От имени «TRANSHUMANISM INC.» поздравляем вас с завершением Большого Путешествия, Сасаки-сан!

Имя «Сасаки» не удивило меня. Это было мое имя. Мое имя в *этом* мире... Я помнил его так же точно, как то, что был создателем стоящих у стен механизмов.

– Память будет возвращаться к вам постепенно, – сказал жрец. – Полностью процесс может занять несколько дней. Сейчас я коротко расскажу вам, что произошло, и вы вспомните главное.

– Вы жрецы Синто? – спросил я. – Каннуси?

– Нет, – ответил жрец с улыбкой. – Мы сотрудники «TRANSHUMANISM INC.» Этот наряд выражает уважение к вашей национальной культуре и идентичности. Вы – клиент третьего таера, вернувшийся из глубокого погружения.

Второй жрец молчал. Я подумал, что из двух навестивших меня кукол говорить умеет только одна. Видимо, экономия.

– Вы понимаете, о чем я? – спросил жрец.

– Пока не особо. Что за третий таер?

– Это ранг вашего бессмертия. Вы добились успеха в земной жизни и приобрели билет в вечность. «TRANSHUMANISM INC.» хранит ваш мозг. Вы, как выражаются на земле, баночник третьего таера. Ваше тело давным-давно умерло. Но мозг жив и позволяет вам существовать в особом измерении полной свободы. Где мы сейчас и находимся.

– А что это за глубокое погружение?

– Вы купили полный тур на «Сансаре», – ответил каннуси. – Так называемое Большое

Путешествие. «Сансара» – один из самых дорогих и популярных баночных аттракционов. Им можно пользоваться множеством разных способов. Вы, например, решили заново пережить свою прошлую жизнь.

– Вы хотите сказать, это действительно было одно из моих рождений?

– Мы не можем дать такой гарантии, – сказал каннуси. – Это вопрос веры. У «TRANSHUMANISM INC.» есть технологии, позволяющие испытать некий опыт, основанный на глубочайших откликах памяти. Это уже не физическая память, запечатленная в нейронных связях, а нечто другое, связанное с полями ауры вашего мозга. Научных доказательств достоверности такого опыта не существует. Но переживания, возникающие при глубоком погружении, настолько необычны и правдоподобны, что многие клиенты, особенно с высоких таеров, повторяют этот опыт несколько раз, спускаясь все глубже и глубже... Больше того, утверждают, что так можно переместиться и в следующее возможное рождение. Многие баночные гуру удостоверяют подлинность такого опыта. Вы довольны?

– Все было как в жизни, – сказал я. – Вернее... Все это было жизнью. Моей жизнью. Другой я пока не помню.

– Прекрасно, – ответил каннуси. – Радость клиента – высшая награда для «TRANSHUMA-

NISM INC.» Сейчас мы вас покинем, а вы увидите записанный перед погружением меморолик...

После этих слов оба каннуси просто исчезли.

Только тут я сообразил, что они даже не куклы. Они не обладали никакой материальностью вообще и мало отличались от мелькавших передо мной при пробуждении цифр.

На месте жрецов возник юноша с чрезвычайно смазливым лицом, одетый в желтое шелковое кимоно. Он был настолько совершенен и красив, что его трудно было назвать человеком – он походил на ожившую фарфоровую куклу.

– Здравствуй, Сасаки, – сказал юноша, улыбаясь. – Как мне объяснили, несколько дней ты ничего не будешь помнить о том, кем ты был до своего путешествия – временное забвение защищает мозг от перегрузки. Если все получилось, как я хотел, ты видел свою прошлую жизнь. После нее ты стал сначала вот таким...

Юноша превратился в мужчину с седыми висками и решительным суровым лицом. На нем была одежда для фехтования, а в руке он держал решетчатый шлем.

– А потом – вот таким, – сказал фехтовальщик и снова стал фарфоровым юношей. – Но последнее изменение не было перерождением в обычном смысле. Твой мозг просто переехал в банку. Ты потерял пол, возраст и все связанные с ними проблемы. Но это не значит, что проблем у тебя больше нет.

Фарфоровый юноша усмехнулся.

– Они есть, но другого рода, чем прежде... Говорят, ты будешь хорошо помнить прошлую жизнь три или четыре дня. Поэтому надежно зафиксируй все случившееся прямо сейчас – пока оно живо в твоей памяти. Используй кисть и стопку рисовой бумаги. Здесь она тоже есть, хотя сделана не из риса, а даже не знаю из чего... Из мозгового электричества, наверное. Напиши отчет о том, что ты пережил. Придай ему форму литературного произведения. Таким образом ты развлечешь наших подружек и получишь небольшую передышку в своем тяжком ежедневном труде...

Юноша засмеялся и исчез.

Каких подружек, подумал я со странной тревогой, каких таких подружек...

Лицо юноши казалось смутно знакомым – и мне захотелось посмотреть на собственное отражение.

Прежде чем я сообразил, что происходит, моя воля содрогнулась в легком спазме (это было привычное, наизусть знакомое движение духа, выполненное машинально) и прямо передо мной возникла зеркальная плоскость. Я увидел лицо фарфорового юноши.

Это был я. Новый я. Или, вернее, прежний.

Я вспомнил, что в этом мире нет и не может быть настоящих зеркал, поскольку здесь нет ничего, способного отражаться. Зеркала здесь похожи на проекторы, показывающие закрепленный за человеком образ. То есть они все-таки есть, но...

Я был прежде художником, делавшим фехтующие друг с другом куклы – и одновременно мастером фехтования. Но это было еще до банки. А потом Сасаки (то есть я) попал в банку третьего таера и стал говорящей куклой сам. Кажется, мне это даже нравилось.

В дверь постучали опять.

Я вспомнил, что жрецы Синто появились в зале после щелчка моих пальцев. Подняв руку, я щелкнул ими опять.

Дверь раскрылась, и в зал вошла девушка. Очень красивая и совсем молодая, в короткой красной юбке и полупрозрачной белой кофточке.

Она не была человеком в обычном смысле слова. Похоже, она относилась к той же кукольно-фарфоровой расе, что и я сам. На ее милом личике с огромными фиолетовыми глазами и острыми как у сказочного оборотня ушами не было ни одной морщинки. Тонкая талия, длинные ноги, идеальной формы грудь (может быть, слишком крупная для такого юного существа) – и ни малейшего следа обычных недостатков человеческой телесности.

Девушка помахала мне ладошкой и спросила:

– Сасаки, ты меня узнаешь?

У нее был нежный мелодичный голос, такой же фарфоровый, как она сама. Услышав его, я вспомнил, кто она такая.

– Да, оябун... То есть... Да, Кира. Конечно, я тебя помню. Как можно тебя забыть.

– Если ты еще раз назовешь меня словом «оябун», Сасаки, – нежно прошептала Кира, – я отвезу тебя за город в старую авторемонтную мастерскую, зажму твои яйца в тиски, дам тебе пилу и подожгу дом.

– Я просто не поеду с тобой за город, Кира, – сказал я. – Спасибо, что предупредила.

Кира засмеялась.

Когда я жил на земле, я знал это существо как баночного якудзу – он был известен в Токио как оябун Нарита. А когда с помощью Нариты и других якудз я переехал в банку сам, грозные и неумолимые баночные якудзы оказались... девочками из манги.

Кира объяснила, что это был своего рода лечебный косплей, разработанный для якудз лучшими баночными психотерапевтами. Он стал любимым способом бывших гангстеров уйти от последствий своего жестокого прошлого.

Женские гормоны оказались эффективнее любых транквилизаторов, а память о пролитой крови сделалась просто воспоминанием об обычном женском недомогании (как говорили терапевты, подсознательный архив памяти нельзя стереть, не разрушив личность, но можно переместить в шкаф с другой биркой).

Хитрый способ обмануть судьбу и карму. Стать стрекозой и освободиться от ответственности за совершенные личинкой убийства.

Якудзы помогли мне накопить денег на банку, и теперь из верности клану я стал их дружком. Поскольку в прошлом я не был жестоким убийцей, я мог остаться мальчиком и в новом счастливом мире. Но это оказалось довольно утомительной работой, потому что девочек-якудз в нашем клане было много, а мальчик один.

Кира была доброй и покладистой девочкой – всерьез она обижалась только на слово «оябун». Но во всем, что касалось земных дел, она осталась прежним гангстером, и описанная ею поездка в автомастерскую относилась к категории «business as usual». Просто этот бизнес стал теперь игрой.

– Как прошло твое путешествие, Сасаки? – спросила Кира. – Мы с девчонками думаем, может, нам тоже попробовать?

– Это отдельный долгий разговор, – сказал я.

– Он обязательно у нас будет, – улыбнулась Кира. – Ты все-все нам расскажешь, Сасаки. А сегодня приглашаем тебя на ужин в честь твоего возвращения. Мы очень соскучились...

Ее рука опустилась на мой живот и поползла ниже. Я вздрогнул и сел.

Кира звонко засмеялась.

– Ты совсем от нас отвык.

– Нет, – сказал я, – ничего подобного. Просто...

– Что?

– Просто я буду помнить свое путешествие в подробностях всего пару дней. И я хотел бы успеть записать его на память. Как только закончу, я...

– Ты дашь нам все прочесть, – сказала Кира, убирая руку, и на ее переносице на секунду возникла грустная морщинка. – Ты нашел то, что искал?

– А что я искал?

– Я не знаю, – ответила Кира. – Ты в последнее время стал тревожиться, что упустил в жизни самое главное. Или оставил его где-то в прошлых рождениях. Я хотела узнать, нашел ты это главное или нет?

– Я запишу все, что помню, – сказал я, – и тогда вы решите сами, оябун... То есть Кира. А где я могу найти рисовую бумагу?

Кира захихикала.

– Ты правда забыл? Да где хочешь. Надо

захотеть, чтобы она там нашлась. То же касается твоей комнаты, одежды и еды – ты можешь сделать все это каким угодно.

Она была права. Блокнот из рисовой бумаги и фломастер-кисточка уже лежали на полу.

Кира погрозила мне фарфоровым пальчиком.

– У тебя три дня, Сасаки. Ровно три дня.

Послав мне воздушный поцелуй, она вышла из комнаты.

Я открыл блокнот, снял с фломастера колпачок, закрыл на миг глаза, вспоминая себя-офицера – и вывел:

«В наш грозный двадцатый век с его верой в могущество разума...»

*

Отчет написан, и нейросеть уже подобрала для него уместный эпиграф из карбоновой классики.

Мой рассказ кончается теми же словами, какими начинается, а этот постепенно дописываемый аппендикс я не покажу ни оябуну, ни другим якудзам.

Теперь я полностью вспомнил свою токийскую жизнь, где делал боевых кукол для развлечения баночных якудз. В ее конце я совершил харакири семейным мечом, но убил только тело.

Вместо смерти я обрел новую жизнь в банке.

Вполне допускаю, что во время сеанса на аттракционе «Сансара» я действительно вспомнил свою прежнюю жизнь в Бирме. В реальном времени весь опыт занял несколько секунд. Никакой мистики, это популярное на третьем таере развлечение.

Многие верят, что таким образом действительно можно вспомнить прошлую жизнь. Другие считают, что сценарий путешествия составляют скрипт-боты «TRANSHUMANISM INC.», анализируя глубокий профайл клиента – и это всего лишь идеально выстроенное наваждение. Сон, точно подогнанный под ум и душу.

В молодости монахи говорили, что в прошлой жизни я был дзенским послушником, а затем служил в Бирме. Считать это совпадением трудно (хотя скрипт-машина, конечно, могла попросту вытянуть эти данные из моей памяти).

Принять существование живого Бахии в нашем мире еще труднее. Возможно, в прошлой жизни я действительно говорил с бирманскими монахами в джунглях, и даже медитировал вместе с ними – но путешествовать таким образом между мирами?

Если верить моему сну, я прыгнул из Бирмы сороковых годов двадцатого века прямо в выдуманный мною мир, весьма похожий на тот, что рисовало мое воображение. Если так, то вся моя токийская жизнь в качестве изготовителя кукол, мастера меча и подручного баночных якудз – просто фиктивная прокладка, соединительный мостик между реальностями, те самые «корни», о которых говорил старый монах.

«После прыжка у вас будет свое место в новом мире, законное прочное место...»

Оно действительно нашлось. Мало того, в этом новом мире я купил билет на аттракцион «Сансара» и самым чудесным образом прокатился на нем в прошлую жизнь, сумев таким образом ее вспомнить, как и обещал старый монах. Стык двух существований был оформлен безупречно.

Я мог прибыть в свое настоящее двумя маршрутами – через смерть в Бирме или через смерть своего тела в Токио много столетий спустя. Мало того, я мог приехать сюда по множеству других маршрутов, которых даже не представлял. Старый монах, называвший себя Бахией, говорил, что путешествует в миры богов и асуров, а потом возвращается в ту же точку, откуда отбыл.

Но так ли важно, что случилось прежде, если настоящий момент остается тем же самым? Не совершаем ли мы все бесчисленное количество подобных путешествий каждую секунду? И было ли действительно хоть что-нибудь определенное прежде того, что есть прямо сейчас?

Вот это настоящий вопрос. Но нынешние шекспиры его не задают.

С творчеством, о котором я мечтал, мне повезло не слишком – в этом мире (или сне) я по-прежнему занимался куклами. Только, конечно, уже серьезно и по-взрослому. Когда я жил на земле, якудзы смотрели бои моих механических воинов, и именно в результате их щедрот я в конце концов накопил на банку.

А потом я и сам стал фарфоровой куклой, живущей среди таких же кукол – бессмысленных, веселых и прекрасных, наслаждающихся своей и чужой красотой. Видимо, этого в глубине души мне и хотелось... Как-то мелковато, пожалуй, но все лучше, чем гнить на войне в джунглях.

Как тут не поверить в карму?

Теперь я попытаюсь ответить на вопрос Киры хотя бы самому себе.

Нашел ли я то, что искал?

Думаю, да.

И вот чем это оказалось: Будда с коротким ежиком на голове, в выцветшей робе, с горшком для подаяния в руке, говорящий на утренней улице одетому в кору человеку:

– В увиденном, Бахия, только увиденное. В услышанном – только услышанное. В ощущаемом – только ощущаемое. В осознаваемом – только осознаваемое. Так и тренируйся, и если достигнешь подобного, тебя в этом уже не будет. Когда тебя не будет в этом, тебя не будет нигде – ни здесь, ни там, ни где-либо посередине. Это, вот именно это, и есть конец страдания...

Теперь, после своего путешествия, я понимаю смысл этих слов поистине глубоко. Это действительно конец страдания. Но еще и начало счастья: спокойного и легкого, не боящегося за себя и не стремящегося ни к чему.

И еще я понял, насколько бессмыслен спор между сектами о том, какое из учений выше.

Есть озарение, свобода и счастье, к которым приходят через практику Большой Колесницы. Есть озарение, свобода и счастье, достигаемые через практику Малой. Как можно ставить одно выше другого? Дерево, выросшее из посаженного Буддой семени, огромно. Крона его не похожа на корни. Но это одно дерево, и целебный для нас плод может оказаться на любой его ветке.

Нет двух колесниц. Есть два колеса. Но, чтобы убедиться в этом, надо хоть немного проехать в экипаже Победоносных самому, а не просто шлепать губами, разглядывая его со стороны.

Мне хватило бы слов, сказанных Буддой Бахии. Но я помню и все остальное, чему учил меня старый монах. И еще я помню его слова про грядущий темный век. Похоже, он уже наступил – хотя выглядит не так, как предполагали.

Посмотрим, смогу ли я сделать в этом мире что-нибудь стоящее.

Можно ли перенести древнюю мудрость Бахии в наше выродившееся время? Как сделать ее понятной другим? Самое главное, как вспомнить ее в будущей жизни самому, чтобы продолжить практику?

*

Я больше не могу перемещаться между мирами и эонами, как бирманский монах. Теперь у меня нет тела с прежними энергетическими каналами – и что-то в моей медитации нарушилось. Но кое-чему я все же научился. Я знаю, как родиться заново по своему выбору.

Я планирую новое рождение в человеческом теле. Это интереснее, чем с утра до вечера обслуживать банду трансгендерных якудз, хотя мои киски, конечно, удивительные милочки.

Надеюсь, после моего ухода они будут страдать, как им положено по карме. Но перед тем, как бросить прежнее тело вместе со всей его обширной клиентурой (мозг ведь тоже просто тело, а наши так называемые убеждения и идеалы – лишь ползающие по нему электрические вши), я создам *маяк*.

Это будет сетевой робот, способный выйти на связь с моим новым воплощением и напомнить ему то, что я постиг в прошлых жизнях. Духовный линк между двумя рождениями, опирающийся на современные технологии. Это не особо сложно технически – в моем новом теле, несомненно, будет стоять мозговой имплант. Маяк нужен, поскольку вспомнить прежнюю жизнь сам я вряд ли смогу.

Учение утверждает, что в будущем умы людей погрузятся во тьму и практика будет невозможна или крайне затруднена – поэтому я настрою маяк таким образом, чтобы до моего нового бытия долетел хоть какой-то отблеск истины. Я попытаюсь продолжить практику.

Перед окончательным прыжком, кстати, было бы полезно смоделировать свою будущую жизнь на баночной «Сансаре», уже подарившей мне погружение в военную Бирму. Кататься можно в обе стороны – в прошлое и будущее, нейросети предсказывают его с высокой точностью. Денег еще на один трип хватит, а зачем они потом?

Но я не уверен, что хватит сил и времени. Само путешествие длится всего несколько секунд, но приходить в себя придется долго.

Да и захочу ли я в будущее, если смогу его увидеть?

*

Я уже определился со своим новым воплощением и настройкой маяка. Это оказалось проще, чем я думал. Помогла случайность – если, конечно, допустить, что они бывают.

Когда у меня было тело, якудзы подарили мне одну дорогую игрушку. *Сакудо*, или канатная дорога. Две стальные пилюли, соединенные проводом.

Достаточно вставить одну пилюлю в свое ухо, а другую в чужое, и становятся доступны телесные переживания и даже эмоции другого человека. Эти игрушки в ходу у любовников и шпионов. Ирония, однако, заключалась в том, что *сакудо* работает только вместе с имплантом, а у меня в земной жизни импланта не было.

В чем тогда был смысл подарка?

Кира объяснила, что провод между пилюлями очень прочен, и этой бесценной электронной безделушкой можно пользоваться как удавкой. Мне такое даже в голову не пришло, но гангстеры любят использовать экстравагантно дорогие вещи для простых кинетических решений. Размозжить голову античной статуэткой. Заколоть бриллиантовой ручкой. Задушить канаткой.

После смерти тела мое имущество было распродано, чтобы покрыть долг за последнюю партию биороботов – тех самых школьниц в матросках, которых я заставлял драться на мечах. Должен сказать, что при жизни эти безмозглые девы все же волновали меня. Не столько своей юной телесностью, сколько сплавом красоты и смерти, так что не удивлюсь, если увижу что-то похожее в следующем рождении. Таков закон кармы.

Вместе с остальными принадлежавшими мне вещами продали и мою *сакудо*. Это электронная система с массой функций – я смог отследить ее прямо из банки и нашел новых хозяев. Они пользовались моей канаткой по прямому назначению.

Я увидел молодую русскую пару, занимающуюся любовью на чертовом колесе в одном из московских парков. Колесо это пользовалось бешеной популярностью среди местной молодежи. Сеанса как раз хватало на полную культурную программу – покурить и перепихнуться.

Меня поразило, что аттракцион тоже назывался «Сансара» (духовного смысла в русской версии не было, только декоративный – маршрут включал шесть зон подсветки, как на старых буддийских иконах, и кабинки ненадолго зависали в каждой из них).

Я дал русской парочке ощутить свое присутствие через *сакудо*, проделав одно из духовных упражнений своей секты прямо в поле их слипшегося внимания. Я уверен, что они это почувствовали. Потом я установил связь с их имплантами – помогли баночные хакеры.

А через несколько дней я увидел, что девушка, завладевшая моей канаткой, беременна. Все произошло во время того самого сеанса, свидетелем которого я оказался.

Это было несомненным знаком.

Медитация показала, что я могу родиться в качестве их сына (или дочери – у девушки была двойня), прыгнув в оформляющееся тело по методике, кое-как изученной мною в бирманских джунглях. Но это будет не мгновенная трансмиграция, а обычное человеческое рождение.

Все придется начинать с нуля.

*

Я решился. Я опять стану мужчиной.

Надеюсь, что в новой жизни сбудется наконец моя мечта об истинном творчестве. Старый монах называл это словом «resolve»: определиться с целью заранее. Я попытаюсь реализовать себя в самом новом, самом современном и актуальном виде искусства.

И еще, конечно, я постараюсь посвятить новую жизнь практике – надеюсь, что смогу вспомнить хоть что-то из услышанного в бирманских джунглях. Тут тоже должен помочь маяк.

Если я действительно собираюсь родиться у этой пары, отправляться следует очень скоро. А я еще не закончил работу над маяком.

Надо спешить.

Или все-таки прокатиться еще раз на «Сансаре»?

THE LATE MAN. KGBT+

Я покрыт позором. Я лучусь им, как гнилушка зеленым болотным светом.

Формально упрекнуть меня не в чем. Но я знаю, что это я, лично я виновен в бедах, постигших моих сограждан. Я даже не пытаюсь спихнуть вину на кого-то другого. Мне нет прощения. То, что я был обманут – не оправдание.

Так мне объясняли восемьдесят два тюремных года, и сегодня это моя официальная позиция. В том числе и по поводу стоящего на мне рептильного штампа.

Я – тот самый KGBT+.

Перед вами мои воспоминания и размышления, издаваемые по случаю юбилея. Я хочу честно вспомнить свою жизнь и время.

Попутно, чтобы сделать эту книгу полезной для самого широкого круга потребителей (мой труд позиционируется не только как публичное покаяние на коленях, но и как практическое пособие по жизненному успеху), я постараюсь изложить главное, что понял за время своей карьеры. Если юный читатель захочет пойти по моему пути, лучшего руководства он не найдет (к сожалению, по независящим от автора обстоятельствам возрастной ценз этой книги «28+»).

Про свои труды и дни рассказать просто. Про время сложнее. Особенно про наше время. Почему это так?

В карбоне жило много разных умников, размышлявших о будущем. Неудивительно – о собственной эпохе люди тогда знали мало. Все важное рассекречивалось в среднем лет через сто, и открывалось много интересного про великие танковые победы, убийства президентов, лунные высадки, контакты с рептилоидами и так далее.

Но, хоть люди жили во мгле, кое-что про свое настоящее и прошлое они знали. Например, что некое великое танковое сражение действительно произошло такого-то числа в таком-то месте. Или что такого-то президента действительно убили в таком-то городе.

Рудименты свободы у тогдашних людей тоже оставались. Спорить друг с другом и даже с официозом еще получалось, хоть это было связано с массой рисков.

А про будущее можно было болтать что угодно – оттуда валенком не пнут. Поэтому в карбоне постоянно писали статьи и романы о грядущих эпохах. Мол, то у них будет так, а это эдак.

Ну вот мы и приехали в будущее. И выясняется, что даже с самыми наивными предсказаниями наших предков нам сложно спорить.

Потому что сегодня мы не знаем про мир ничего. Ну вообще. Но говорить про это нельзя – сама вера в существование «секретов» строго карается и называется «конспирологией» (да, я намекаю на свою известнейшую вбойку, но о ней потом).

Список того, что нам известно доподлинно, очень короток. Можете посчитать на пальцах вместе со мной. Хватит одной руки.

1) Добрым Государством (бывшей Россией) правят сердобол-большевики во главе с Дядей Отечества – баночным генералом Судоплатоновым (такова официальная позиция, но все знают, что Судоплатонов умер, а правит генерал Шкуро, хотя сомнения есть и в этом). В Европе демократический ислам, Америка скрыта за атлантическим файерволом. За степями Курган-Сарая – великая азиатская империя Да Фа Го (если не путаю орфографию), про которую мы знаем и того меньше. На планете гуманная зеленая эра на ветряках и лошадиной тяге.

2) Все богатые люди давно отъехали в банки. Их мозги хранятся под землей в специальных цереброконтейнерах, и у них своя иерархия – целых десять таеров.

3) Заправляют нашим экологическим раем «TRANSHUMANISM INC.» и «Открытый Мозг». Что по сути одно и то же, просто трансгуманисты специализируются по подземным мозгам в банках, а «Открытый Мозг» – по мозгам живых людей (нулевой таер).

4) Владеет всеми таерами, кроме нулевого, Прекрасный Гольденштерн (он же Гоша, если не боитесь минусов в карму) – личность легендарная и, скорей всего, мифическая: эдакий корпоративный хай-тек-Санта-Клаус. Говорить про него вслух без крайней необходимости не рекомендуется. С ним связано сразу несколько баночных культов, а что бывает за оскорбление технорелигиозных чувств, вы знаете без меня.

5) Оставшихся на поверхности земли *гомиков* (от «homo sapiens») держат на электронных ошейниках-кукухах как собак на цепи – разумеется, для нашего же удобства. В Добросуде нас контролируют одновременно сердоболы и «Открытый Мозг», враждующие между собой – чтобы понять, как такое возможно, надо здесь немного пожить. В голове у каждого гомика стоит работающий вместе с кукухой имплант, разворачивающий консумерические, политические и прочие предпочтения в пользу властей, «Открытого Мозга» или тех, кто за это платит (это деликатно называется «подсветкой»).

Все. Нет, правда – все.

Думали, будет больше? Проверьте сами.

На остальные вопросы, которыми задавались наши пытливые предки: мыслят ли машины, каковы пределы технологического роста, у кого реальная власть над миром и Облаком, как выглядит точная политическая карта пространства и кто здесь бенефициар – ответа мы не знаем.

Но не потому, что от людей что-то скрыто. Сейчас ничего не нужно скрывать.

Кукуха с имплантом не подсвечивают слишком далекие экспедиции человеческого любопытства. Мы даже не знаем, что у нас за экономический строй – феодализм? Капитализм? Пост-капитализм? Мета-социализм? Может, вообще клепто-корпоративный коммунизм? Я лично пытался выяснить это для одной своей вбойки и не смог.

Вопросы больше так не стоят.

Они теперь вообще никак не стоят потому что их перестали ставить.

Вот твоя лошадь, вот твоя усадьба, вот твоя фема, вот твоя контора. Суди, дружок, не выше сапога, а конкретно – крокодилового голенища генерала Судоплатонова, на которое так любят плевать в криптолиберальных кругах. Хотя какие, если вдуматься, у того могут быть сапоги, если его мозг уже второй или третий век плавает в банке под Лондоном (по официальной версии, хотя все знают, что на самом деле его слили).

Любому элементу реальности сегодня разрешено проникать в человеческое сознание только в том случае, если это диктуется политической необходимостью или коммерческой выгодой. Вы начинаете видеть новые кусочки пазла, когда вам положено по чину – или когда пазл пытаются вам продать. Целиком ситуацию не понимает никто.

Своего рода исключением здесь являются творческие люди. Особенно вбойщики нулевого таера.

Партия сердобол-большевиков, «Открытый Мозг», «TRANSHUMANISM INC.» и прочие рептилоиды доверяют нам мыслить максимально свободным образом, иначе мы не смогли бы творить. Да, мы видим смутно и гадательно, но иногда интуичим всю панораму целиком. Поэтому автобиография вбойщика – всегда интересное чтение.

А уж когда она совмещена с селф-хелп-инструкцией и практическим мемо-пособием о том, как прийти к окончательному финансово-творческому успеху оптимальным путем, продукт становится и вовсе уникальным.

Именно его, читатель, ты и держишь сейчас в руках.

Я стараюсь помочь тебе стать вбойщиком – поэтому с самого начала обращаюсь к тебе как к одному из нас.

МЕМА 1

Вбойщик!

Книги о пути к успеху обычно пишут люди, чей главный жизненный успех – нормально продать книгу о пути к успеху. Если ты не планируешь писать подобных книг сам, читай только тех, кто чего-то реально достиг. От них ты узнаешь об успехе больше, даже если само это слово не всплывет ни разу.

Про титана вбойки под ником «KGBT+» читатель, конечно, знает, так что в дополнительной рекламе мой продукт не нуждается.

Я видел много смешных и диких спекуляций на тему того, как были созданы мои «Катастрофа» и «Летитбизм», а особенно – мой огромный тюремный цикл. Теперь пришла пора рассказать об этом правду.

Конечно, я расскажу про барона Ротшильда и его роль в моей судьбе, а то вокруг развели столько лжи и слэша, что противно.

Самое же главное, я изложу стратегические принципы успеха в нашем тесном и злом бизнесе. Гарантирую, что любой, кто применит мою мемо-мудрость на практике, окажется на две головы впереди конкурентов. Если, конечно, конкуренты не прочтут тот же самый мануал.

Эта книга может оказаться самой важной в твоей жизни – если ты из тех, кому адресовано ее послание. Она может оказаться и простой развлекухой на пару вечеров, что тоже неплохо по нашим мрачным временам.

В общем, все зависит от твоих потребностей в настоящий момент, милый читатель, читательница и читательницо.

Сразу прошу извинить меня за нежелание перегружать текст морзянкой добродетели. Я буду обращаться к читателю на «ты», в каком-нибудь одном роде, не перечисляя каждый раз всех возможных местоимений. Кто бы ты ни был гендерно или вендорно, мой далекий друг, это не значит, что я твоефоб. Я люблю тебя. Правда. Но еще я люблю деревья, из которых делают бумагу и ветер.

Теперь о моих политических и социальных взглядах. У меня их нет. Какие-то были перед тюрьмой, но сейчас я их не помню.

Еще один важный момент. Во всех биографиях вбойщиков Зеленой Эры есть обязательные мотивы, детали и сюжетные повороты – их требуют маркетологи. Если убрать их, читатель ощутит себя обманутым. Даже в том случае, если ему предложат подлинный мемуар вместо обычной нейросетевой подделки (а я пишу эту книгу сам, разве что чуть помогают контент-бустеры).

Поэтому я не стану избегать обязательных для жанра тем, подсказываемых нейросетью, но честно предупреждаю, что буду отрабатывать их экономно и быстро, чтобы поговорить о том, что кажется мне более важным.

Нейросеть уже намекает, что начать следует с первого детского воспоминания – так делают все.

Засим погнали.

*

Мне четыре года. Вокруг двор нашей подмосковной фазенды. Улыбающаяся мама держит меня на руках. От нее исходят тепло и любовь. Рядом стоит папа, и от него разит уже хорошо знакомым мне к этому возрасту гневным электричеством.

Родители о чем-то спорят. Постепенно мать тоже пропитывается грозой – улыбка исчезает с ее лица, она сажает меня на траву, и они с отцом уходят в дом.

Я обижен, испуган, но и обрадован тоже. Я могу самостоятельно исследовать мир. Я уже умею ходить, но сейчас мне хочется ползать (отчасти чтобы отомстить маме, заставив ее стирать лишний раз мои тряпки) – и я ползу в направлении хлева по влажной земле со следами тележных шин.

Дальше в моей памяти пробел. Следующее, что я помню – я в хлеву. Я прячусь в углу и с веселым ужасом гляжу на идущего по проходу хелпера-биоробота. Это битюг в грязной марлевой маске и рваной сермяге. Во время ходьбы он раскачивается всем торсом, словно набирая кинетическую энергию для нового шага. В руках у него керосиновая лампа.

Дойдя до стены, он вешает лампу на высокий крюк, складывает огромные исцарапанные руки на груди и замирает, вглядываясь в огонек.

Я перевожу взгляд на белое керосиновое пламя. И вдруг что-то происходит. Мне кажется, хлев куда-то исчез, мое тело тоже, и я стал просто восприятием, чистым зрением, глядящим на висящую в пространстве яркую звезду.

Я знаю, что там мой настоящий дом, и хочу вернуться к этой звезде, попасть туда, откуда начался мой путь. Но тут же понимаю, что это невозможно. Я живой свет, сорвавшийся с ее поверхности. Я протянутое в бесконечность щупальце. Мне некуда возвращаться, потому что я и есть эта звезда – ее дотянувшийся до места моей высадки луч, ни на миг не переставший быть ею...

Когда я излагаю свой опыт в словах, кажется, что это сложные взрослые мысли. Вернее, они становятся такими при попытке их сформулировать, но само переживание было простым, даже базовым, как запах сена или вечерняя прохлада. И оно было настолько непохожим на все, знакомое мне прежде, что я заревел.

Этим и кончилось. Я напугал хелпера – до этого он не подозревал, что я прячусь рядом. Дальше он действовал по программе: вышел из хлева и нажал на гашетку сигнальной сирены.

Мать нашла меня, слегка отшлепала и сделала мне горячую ванну. Ей казалось, что я продрог. Но на самом деле меня трясло от нового опыта.

Через много лет мне объяснили, что это могло быть телепатической наводкой от хелперского импланта – так случается иногда с нечипованными маленькими детьми.

Еще, конечно, таким могло быть первое включение маяка господина Сасаки, но об этой странной теме, то и дело мелькавшей в моей судьбе, я расскажу позже.

Сверкнувшая из лампы звезда запомнилась мне навсегда.

Что у нас вторым обязательным для автобиографий пунктом, дорогая нейросеть?

Читательницу интересует, был ли в моем детстве сексуальный абьюз. Да, милочка, само собой – и вообще мое детство было ужасным.

YoASS, TREX, PSRT и другие титаны вбойки уже пожаловались человечеству в мемуарах на свою препубертатную боль. Пора и мне расстегнуть на душе все пуговки, чтобы предъявить общественности уходящий глубоко в трусы незаживающий шрам.

Когда мне было десять лет, меня поймала на деревенском сеновале пьяная фема-*корма (*это случилось уже не под Москвой, а в Сибири). Она заперла ворота и заставила меня трогать себя за нейрострапон, а потом начала мазать его черничным вареньем, чтобы я его слизывал, и скормила мне таким образом почти две банки.

Не скажу, чтобы я вообще не понимал, что происходит. Я догадывался, но особого ужаса не испытывал. Одинокие фемы в сибирских деревнях часто абьюзят таким образом детишек, которые, если честно, очень это любят. Фемы победнее мажут страпон сгущенкой, те, что побогаче – медом. Официально эта девиация называется «кормосексуализм» или «кормофилия», но не от слова «карма», как думают многие, а от глагола «кормить».

Конспирологи с «Ватинформа», естественно, обвиняют во всем «Открытый Мозг» – якобы так проявляет себя изувеченный имплантом материнский инстинкт. Некоторые вуманистки борются за легализацию подобных практик (хотя при нынешнем режиме это вряд ли произойдет).

Что я могу сказать, как *выживший*? Варенье было вкусным, тетка показалась мне доброй, несчастной и одинокой, ее нейрострапон был отстегнут – да и держала она его скорее как ложку. В общем, тогда я не слишком рефлексировал по этому поводу. Но со временем я понял, конечно, какую незаживающую рану мне нанесли.

Ее прибор («FEMA++», такие здоровые елдаки не рассчитаны на мужчин, так что это была, скорей всего, нейролесбиянка) работал в сухом интернет-режиме, из чего следовало, что меня абьюзят еще и дистанционно, снимая через ее кукуху иммерсивный клип. Его я потом нашел в даркнете. Мало того, из клипа сделали дарк-промо для варенья, которое я с удовольствием уплетал – недаром она все время держала банку в кадре.

А значит, на моем детстве оттоптались грязные подошвы не только тех, кто смотрел и смотрит этот клип, но и всех тех, кто ест это варенье (бренд не называю по досудебному соглашению с производителем).

Не буду приводить другие подробности. Читатель хорошо знает, где такие клипы висят в даркнете. Просто зайдите в эту клоаку, сделайте поиск по «KGBT+ABUSEJAM002», заплатите за просмотр, и сами все увидите.

Хейтеры, утверждающие, что это нейрогенерация с моим программно омоложенным дублем и унылый маркетинговый ход, повторяемый в каждой музыкальной биографии (последнее, увы, правда), просто не понимают, через какое унижение и боль мне пришлось пройти. А что касается распространенности подобных сюжетов, то шеймить лично меня по этому поводу не надо. Видимо, есть глубинная связь между жизненным успехом и детской сексуальной травмой.

Нейросеть говорит, что засим тема абьюза тоже закрыта. Теперь, успокоившись и смахнув слезы сострадания, читательница может ознакомиться с остальными фактами моего мрачного детства.

Отец думал назвать меня Иваном, а мама – Няшем: оба хотели подарить мне свои имена. Но договориться они не смогли и после серьезной ссоры решили, что дадут мне первое мужское имя, которое услышат в новостях.

А там, естественно, начали рассказывать о баночном террористе Салавате Страшном. Это был один из нулевых лейтенантов баночного вождя Средних тартаренов шейха Ахмада.

Так я стал Салаватом, хоть по происхождению и взглядам мои родители ничуть не тартарены.

Салават – древнее и славное имя. Наши предки давали его повстанцам и футболистам. Оно оказалось обоюдоострым в том смысле, что одновременно выбешивало своими семантическими полями и папу, и маму. Дело в том, что оно как бы состояло из двух слов: «сало» и «вата».

Отец, человек прогрессивных взглядов и член секты «Свидетелей Прекрасного», любил сало – как и все, ассоциативно связанное с волшебным светом Европы. Но ему не слишком нравилось слово «вата», как на Руси когда-то звали обскурантов, ненавидящих либеральную повестку.

Мама же была в молодости сердомолкой, зачитывалась Шарабан-Мухлюевым (эту привычку, кстати, у нее перенял и я), и с ней все обстояло наоборот. Слово «вата» она с охотой примеряла на себя. А вот «сало» было для нее ругательством.

Интересно, что у каждого из родителей оставалась возможность полюбить мое тартаренское имя хотя бы на пятьдесят процентов – тем более что они дали мне его сами. Но мама с папой предпочитали на пятьдесят процентов им раздражаться. В остальном они жили дружно, поскольку у них полностью совпадали профайлы во всем, что касалось еды и секса.

Оба были старомодных фрумерских вкусов. Мама терпеть не могла нейрострапоны. Папа тоже – он клялся, что ни разу в жизни так и не лег под *кнут*. Поэтому они были счастливой парой. Часто они специально начинали спор о политике, чтобы между ними разгорелся доходящий почти до драки конфликт – а потом все разрешалось через бурный, долгий и шумный секс.

Когда я был мал, я не до конца понимал, что в это время происходит. Мне казалось, они дерутся до полного изнеможения. Это была особая и крайне неприличная взрослая драка, доходившая до выковыривания внутренностей. Еще мне казалось, что похожее случается в природе во время грозы.

Отец говорил, что они с мамой зачали меня на самом первом свидании в Парке Культуры, катаясь на колесе «Сансара» (названном так в честь знаменитого баночного аттракциона: нулевому таеру такое льстило). Мама, когда я спрашивал ее об этом, только улыбалась.

Один раз она сказала, что в день моего зачатия лично видела *закат Гольденштерна*, причем впервые в жизни.

По приметам из сонников это значило, что я попаду в банку. Но мама добавила, что все случилось не во сне, а наяву. Сначала я решил, что она хочет зарядить меня оптимизмом. А став старше, понял настоящий смысл ее слов. Я был зачат по укурке туманом – иначе Прекрасного Гольденштерна на нулевом таере не увидеть.

Ах мама, мама...

Напившись один раз, папа привел дополнительные подробности: мама хотела детей и наврала ему, что на таблетке. Узнав, что она беременна, он смирился, подставив выю под семейное ярмо. А зря, как он часто повторял, зря.

Родив двойню, мама замкнулась и стала быстро увядать.

Причина была не в родах или семейных тяготах. Ее отца арестовали в Сибири по делу пивной оппозиции. А потом в жандармерию поступил донос, что в его загородном имении собираются поэты-метасимволисты, которых к тому времени уже запретили. Случилось это после падения бро кукуратора и воцарения Дяди Отечества – баночного генерала Судоплатонова.

Удар судьбы оказался для мамы слишком тяжелым.

Из убежденной сердоболки она за день превратилась в дочь предателя. Дедушка сгинул в лагерях (шептались, что мозги умерших зэков продают трансгуманистам для опытов), и мама растеряла весь свой задор.

Оптимизм был его частью: перестав улыбаться, она постарела на десять лет. Они с отцом все чаще курили вдвоем и прямо из спальни смотрели на невидимый мне закат Гольденштерна, соединив руки в бугрящийся венами двойной кулак.

У Свидетелей Прекрасного эта практика так и называется – «взяться за руки». Они обожают втягивать окружающих в свой глюк, а сцепка пальцев дает усиление эффекта. Родители в это время выглядели жутковато, прямо как изваяния на каком-то древнем саркофаге.

Мою сестру назвали Няшей. У родителей хватило ума обойтись без гадания по новостям хотя бы с ней, а то быть бы ей какой-нибудь взрывающейся Зульфией.

Несколько лет мы с Няшей Няшевной раздирали маму на части (у нас и правда была такая привычка – тянуть ее за руки в разные стороны во время прогулок), а потом мама поехала за дровами, попала под лошадь и умерла.

Это был несчастный случай, хоть у жандармерии возникли и другие подозрения. Но мама любила нас с сестрой и вряд ли бросила бы на этой негостеприимной планете. Хотя, конечно, как знать...

Отец судился с городскими властями, утверждая, что у сбившей маму лошади был неправильно запрограммирован имплант, но доказать ничего не сумел, и дело замяли. После этого он стал пить.

Дело было не только в том, что он не смог пережить разлуку с мамой.

Во время судебных скандалов и разбирательств он часто терял терпение и публично произносил ГШ-слово в неподобающих контекстах. Проще сказать, крыл факом по Гоше что твой скоморох. Поэтому его карміческий индекс упал так низко, что его отлучили от Свидетельства – то есть лишили прежней идентичности.

Принудительно поменялась имплант-подсветка, и весь эмоциональный каркас его личности стал рассыпаться. Не то чтобы у отца отобрали надежду на банку – ее не было и прежде. Его лишили надежды на надежду. Но такие нюансы я начал понимать только через много лет.

Из-за пьянства отец потерял работу в конно-трамвайном депо, стал пить еще больше, до изнеможения курил туман, не стесняясь нас с сестрой, а потом Няша нашла его висящим на потолочной балке. Ему было всего тридцать семь.

В записке он написал, что верит в Прекрасного как в Невыразимого несмотря на случившееся – и надеется, что телесный мрак развеется навсегда, освободив скрытый свет истины.

При его жизни никакого света я не замечал. Он считал нас с Няшей глупым недоразумением, а оказалось, что недоразумением для этого мира был он сам. Надеюсь, что он, как обещала его вера, пришел в себя на третьем таере в ниспосланной ему банке и созерцает теперь славу и истину Прекрасного, которую показывал когда-то нашей доверчивой и доброй маме высоко над закатной Москвой.

Няшу забрала сибирская родня матери (с тех пор я ее не видел и даже про нее не слышал). Меня отдали в интернат при училище Претория, когда мне было пятнадцать лет.

Преторианцев, как известно, лучше всего строгать из сирот.

*

У нас в училище открыто брали за образец янычарский корпус, существовавший когда-то в Турции.

Разница была в том, что турки отдавали христианских детей на воспитание в мусульманские семьи, а в Претории предпочитали ребят, конфискованных у неблагополучных родителей ювенальной юстицией. Таких для набора хватало – в какой семье нет проблем, если хорошенько поискать?

В пятнадцать лет мне поставили в череп социальный имплант. Раньше это происходило в более зрелом возрасте, но медики научились делать втулку пластичной – она теперь растет вместе с черепом. Этот день, собственно говоря, я и считаю датой своего настоящего рождения.

Все, что я знал о мире, все мои эмоции и мысли находились прежде в состоянии полного хаоса. А как только в моем черепе просверлили дырку, сквозь нее словно упал свет – и то, что пылилось в лабиринтах извилин, сразу построилось в идеальный как на плацу порядок.

Лучшая аналогия, приходящая мне в голову, – это известный опыт из курса естествознания. На лист бумаги высыпают железные опилки, а потом подносят снизу магнит. Опилки выстраиваются вдоль линий магнитного поля, образуя красивые и четкие узоры вокруг двух полюсов.

Вот то же самое произошло с моей душой после начала имплант-подсветки. Все в ней выстроилось по четким и ровным линиям между полюсами. Полюсов было два, и я с изумлением понял, что они очень напоминают... маму с папой.

Маминым полюсом была сердечная привязанность к тому месту, где меня зачали (я имею в виду не колесо «Сансара», а Россию, или Доброе Государство – как ни назови).

У меня была Родина, и это было важно. Родина была большой, хорошей и справедливой, но немного неуклюжей и простоватой, из-за чего врагам век за веком удавалось возводить на нас клевету. Вокруг нашей Родины простиралась вражеская земля, откуда приходили убивать и грабить, а в промежутках между завоевательными походами вливали в наши души смуту и яд.

Я любил свою землю и живущих на ней людей, не задумываясь, заслуживают они этого или нет. Мое сердце радовалось их успехам и горевало о неудачах, ненавидело наших клеветников...

В общем, этот полюс был похож на маму – во всяком случае, до дела пивной оппозиции (сам я был тогда слишком мал и сужу по рассказам отца).

А вот с отцовского полюса было видно, что я живу в жестокой и несправедливой диктатуре, где власть вместе с собственностью по непонятной причине принадлежит кучке спрятавшихся в банки узурпаторов, и все мы – что-то среднее между их рабочим скотом и картежными фишками.

Еще оттуда казалось, что вокруг нашего острова неправды цветет большой и умный мир, живущий по гуманным и мягким правилам, и именно оттуда к нам приходит свет справедливости и добра.

Как только включилась имплант-подсветка, каждая крохотная частичка моего ума развернулась вдоль новых силовых линий и стала крохотным магнитом сама. И у всякой моей мысли и эмоции появились теперь два тех же самых полюса.

Даже в имени «Салават» присутствовала эта заколдованная двойственность. Папино сало, воткнувшееся в мамину вату. С точки зрения сала злом была вата, с точки зрения ваты злом было сало.

И я не просто совмещал каким-то образом эти полярности. Я был этим противоречием сам.

В общем, именно в импланте пряталась когтистая лапа Сатаны (как сказала бы мама), или сложное сердце современной политики, экономики и культуры (как сказал бы папа). Мой преторианский ум говорил то и другое с одинаковой громкостью.

Что-то похожее происходит со всеми мальчишками и девчонками, когда им вживляют имплант, но в куда более мягкой форме. Подобной полярной расщепленности они не испытывают. Такое случается только с нами, курсантами Претория, и дело здесь в особенностях нашей подсветки.

Для большинства очипованных граждан роковая двойственность русского ума не слишком даже заметна, потому что оба нарратива скрыты под густым потоком имплант-рекламы. А на курсантов Претория рекламу практически не транслируют. Взять с нас нечего – наша покупательная способность равна нулю. Мы едим и спим в казарме, а форму нам выдают.

Мы не сердобольская гвардия, и с уланбаторами нас сравнивать нельзя. Мы не присягали ни бро кукуратору, ни Дяде Отечества. Преторианцы – как бы всемирная полиция, которую баночная олигархия планеты использует совместно, несмотря на свои внутренние противоречия и дрязги. Никто не говорит этого вслух, но на самом деле мы солдаты «TRANSHUMANISM INC.»

В России подсветка делит наши мозги на две строго одинаковые половинки, либеральную и охранительную. Нас можно использовать как угодно, мы универсальны и при необходимости способны поддержать немягкой силой любой актуальный нарратив.

Поэтому все мы немного шизофреники.

Отсюда и высокий процент самоубийств в наших рядах. Не всякий такое выдержит.

Я выдержал. Мало того, именно эта симметричная расщепленность души в конечном счете и сделала меня тем, кем я стал: *вбойщиком с ником из четырех букв, известных каждому* (это один из моих любимых пиар-врезов – меня, может, знают сегодня уже не все, но каждую из букв знают точно; дело тут в формулировке).

Видели? Помните?

Первая буква всегда синяя, последняя всегда красная. Две остальные окрашивали за время моей карьеры по-разному.

Проверьте себя – знаете ли вы, как расшифровывается мой ник? Сам я давно забыл. Вернее, вариантов столько, что я уже не помню, какой настоящий. Если такой был вообще.

Дальше мне трудно будет рассказывать о себе, не сказав пару слов о времени.

*

Эпоха было тревожной и грозной.

С тех пор минуло много лет, поэтому мне придется напомнить читателю, что тогда происходило. Вернее, какие конспирологические теории по поводу происходящего были тогда популярны, потому что доподлинно мы не знаем ничего и поныне.

Смена власти в России – всегда опасное время.

Многие, правда, говорят, что никакой смены власти у нас не бывает, а меняется только караул, то есть одна и та же трансфизическая сущность, которую поэты оптимистично называют небом, а лагерные духовидцы национальным логосом, поворачивается к русскому человеку то жопой, то рылом. Так что система у нас тоже в известном роде двухпартийная.

Возможно, так и есть. Но пока караул меняется, за бардак никто не отвечает, и все, что прошлые полвека собирали *колосок к колоску* (десять лет за колосок, бро), вдруг куда-то исчезает. Gone with the wind of changes[1], и власть как бы ни при чем. Ну, максимум родственники и школьные друзья, уж это-то святое. А потом опять колосок к колоску и десять лет за право переписки.

---

[1] Унесено ветром перемен.

Только не подумайте, что я осуждаю подобную динамику русской жизни. Еще в позднем карбоне Г. А. Шарабан-Мухлюев написал, что российский авторитаризм отличается от западной демократии тем, что в России люди точно знают, кто имеет их сзади, а на Западе населению не сообщают даже этого, показывая каких-то роняющих микрофон негров и играющих в гольф блондинов.

Но есть одно обстоятельство, которого классик не упомянул. В России и близких ей по вектору евразийских смыслократиях каждая серьезная смена караула сопровождается конфискацией сбережений.

Когда на смену бро кукуратору, правившему из банки больше века, пришел генерал Судоплатонов, все развивалось по обычной схеме. Из тюрем отпустили пожилых нетерпил, расстреляли за воровство нескольких провинциальных бонз, а потом устроили великий разворот сибирских финпотоков. Бедным людям бояться было нечего – только хлеб немного подорожал, и картошка тоже. А в банках, там да. Многие серьезно расстроились.

Память бро кукуратора увековечили. О том, что с ним случилось, официально не сообщали, но прошел слух, что он *стал Гольденштерном*.

Это было очень интересно и необычно: власть впервые заговорила с народом на языке секты Свидетелей Прекрасного (так называется религия нулевого таера, верящая в Гольденштерна как в бога). Для Свидетелей *стать Гольденштерном* – высшая степень духовной реализации, примерно как нирвана для буддистов (и точно так же никто не понимает, что это значит).

В общем, народу дали понять, что бро кукуратор ушел на покой, а в дамках теперь генерал Судоплатонов, которому немедленно выписали в Думе титул Дяди Отечества.

На самом деле многие догадывались, почему бро кукуратора убрали. «Открытый Мозг» сковырнул его за то, что тот решил изменить расценки на имплант-рекламу.

Все знают, конечно, про пресловутое «Соглашение о Разделе Мозга». В соответствии с ним через импланты граждан Доброго Государства качают два полярных нарратива – враждебный и наш.

Ребята из «Открытого Мозга» программируют русского человека на смуту, потому что мечтают развалить нашу страну. Но их тоже можно понять. Во-первых, сердоболы до сих пор теоретически способны уничтожить весь мир, что не нравится трансгуманистам. Во-вторых, «Открытому Мозгу» приходится платить сердоболам серьезный налог за имплант-рекламу, что стерпеть еще труднее.

Имплант-реклама – основной заработок «Открытого Мозга». Но, чтобы получить лицензию в России, им приходится транслировать сердобольскую версию реальности тоже.

Договориться с «Открытым Мозгом» оказалось не так сложно. Услышав тихое покашливание партнеров, Судоплатонов оставил тарифы прежними. Доброе Государство отошло от края пропасти, и началось обычное для нового правления раскручивание гаек.

Но в этот раз раскручивали не особо.

При бро кукураторе почти все мощности социального импланта отдали врагу под рекламу, чтобы наполнить бюджет. Поэтому, собственно, вождя и сковырнули с такой позорной легкостью – за него не вписалась ни одна русская извилина. А вот при Судоплатонове в мозги вернулся порядок, хоть жить, конечно, мы стали беднее. Судоплатонов не боялся конфликтов с партнерами. Он напомнил трансгуманистам, у кого в руках рубильник (как это слово ни понимай). Да и новые вооружения помогли – спасибо бро кукуратору.

Судоплатонов начал понемногу входить во вкус большой игры. Он обратил внимание на то, что европейцы уже несколько сотен лет требуют платить им пошлины за карбоновые эмиссии, ссылаясь на свою климатическую науку. А в Соединенных Местечках отдельная климатическая наука и вообще была у каждой из трех партий.

Судоплатонов решил, что Доброму Государству негоже отставать в этом важном вопросе, и перед Тайным советом поставили задачу достичь полного климатического суверенитета. Прошла всего пара лет, и в России появилась своя климатическая школа.

В утюге стали показывать очкастых людей в белых халатах, тычущих указками в разноцветные графики. Сердобольская пресса запестрела рассчитанными на глубинный народ заголовками вроде «Наша наука – наука побеждать» или «Расчеты показывают, кто где срал». А затем наши климатические ученые объявили об эпохальном открытии – а именно, что все главные мировые ветра так или иначе зарождаются над необъятным простором Сибири.

Остальные взгляды были объявлены ненаучными, а работающим на ветряной энергии странам было предложено отныне покупать у Доброго Государства квоты на ветер. Вырученные средства предполагалось расходовать на поддержание экологического баланса, делающего возможным дальнейший *ветрогенезис* над бескрайней сибирской тайгой.

Про этот самый ветрогенезис столько писали, что слово стало вызывать отрыжку. Даже песни сочиняли. Одна, правда, была очень красивая и трогательная, в исполнении детского хора:

Ветерок, ветерок,
обещай нам, что будешь дуть вечно...

Из-за своего обычного расизма партнеры пытались блекотать, что их климатическая наука правильная, а российская якобы нет (они ведь, если разобраться, всю историю меряют нам череп, просто в каждом веке у них новая методика). Наши криптолибералы во всем им подпевали.

Это, конечно, было русскому человеку смешно, потому что и тут и там все сводилось к медийным вбросам и детскому пению, а в качестве доказательства приводились какие-то малопонятные картинки.

Именно тогда, кстати, и конкретизировалось смутное прежде деление на патриотов и криптолибералов.

Раньше считалось, что либералы – это люди, стремящиеся отменить и запретить всех, кто сомневается в их единственно верном сексуально-политическом учении (конкретно в его последней прошивке).

Но то же самое, если честно, можно было сказать и про консервативных патриотов – с той разницей, что их отключили от стора еще две тысячи лет назад, и с тех пор у них было плохо с апдейтами.

А теперь все стало ясно: криптолибералы стояли за вражескую климатическую школу, а патриоты за отечественную.

Объективные данные тут помогали мало –

их можно было интерпретировать как угодно. Все зависело только от бюджета и наглости.

Полной уверенности, что у Доброго Государства хватит огневой мощи для международного признания нашей климатической повестки, ни у кого не было, и мировая напряженность стала понемногу расти.

Партнеры начали заматывать наши предложения, всячески затягивали решение вопроса, придумывали разные бюрократические рогатки и даже официально предлагали отключить им ветер за неуплату. Но Дядя Отечества напомнил злостным неплательщикам, что боевой лазерный модуль «Bernie» (последняя из карбоновых «орхидей на орбите») теперь под нашим контролем.

«Bernie» принялся жечь своим атомным лазером вражеские ветряки с орбиты по одному в час – и партнеры наконец прикинули, что ветер им действительно могут отключить, просто не совсем так, как они думают. И квоты стали покупать.

Некоторое время казалось, что новый международный баланс наконец достигнут. Но партнеры опять решили нас перехитрить и начали переносить свои ветряки в пустыни и степи Курган-Сарая, куда «Bernie» не добивал из-за дефекта одного из орбитальных зеркал, поврежденного космическим мусором.

Дядя Отечества, не будь дураком, тут же ввел в Курган-Сарай улан-баторов (многие помнят красивую съемку – лава пересекающих границу конников с крохотными зелеными саженцами, привязанными к спинам).

И тогда произошло немыслимое.

Прошел слух, что Дядя Отечества погиб – вернее, убит – в подземном хранилище восьмого таера.

Никто точно не знал, когда и как это произошло, потому что слухи так и не материализовались в официальное сообщение. Если верить «Ватинформу» (информация мелькала только на конспирологических каналах), высшие сердоболы получили из Лондона электронное письмо, что банка с мозгом Дяди Отечества разбилась «при уборке помещения».

Это, конечно, было пересечением всех красных линий, какие можно вообразить. Никто в баночном руководстве, планировавшем операцию, даже предположить не мог, что такое возможно.

Больше того, это был самоубийственный шаг со стороны мировых элит, потому что в мозгу генерала Судоплатонова стоял оружейный имплант, и после его смерти начался обратный отсчет в системе детонации Кобальтового Гейзера – радиоактивного вулкана, взрыв которого должен был уничтожить все живое на планете.

Мир спасло только то, что Кобальтовый Гейзер не сработал. То ли это была очередная диверсия врага, то ли промысел, то ли с Гейзера и правда растащили за столетия весь уран и кобальт – но жизнь на Земле не пресеклась.

А поскольку она продолжалась, возник вопрос о том, как именно все будет происходить дальше.

Негласным регентом Доброго Государства после смерти Судоплатонова стал генерал Шкуро (официально у власти оставался Дядя Отечества).

Проблем у Шкуро было выше крыши, потому что Курган-Сарай никуда не делся. Сердобольская конница, так уверенно выглядевшая на параде в сомкнутом строю, расшиблась в бескрайней азиатской степи на пыль и атомы. Надо было гнать на восток новые полки и табуны и, конечно, постоянно втирать что-то ободряющее гомикам с нулевого таера.

Шкуро получил от Думы титул «Мощнопожатного», что по плану сердобольских политтехнологов должно было отвлечь внимание глубинного народа от его баночного статуса и одновременно намекнуть на рукопожатность в криптолиберальных кругах.

Действовать генералу Шкуро приходилось весьма аккуратно, потому что его мозг хранился в том же лондонском бункере (говорили даже, на одной полке с Судоплатоновым), и были подозрения, что канал его связи с Москвой прослушивается персоналом «TRANSHUMANISM INC.»

Это было вполне возможно: и канал, и все необходимое оборудование были выделены Доброму Государству самой корпорацией (своего у нас не было), и сердоболы полагались в основном на внутримозговую шифровку.

Начало нового правления ознаменовалось тем, что Мощнопожатный выпустил «Декрет о защите языка» – или, как его назвали в народе, *однобуквенный закон*. Суть его была такой: поскольку русский язык есть священное национальное достояние, на котором возносятся молитвы и отдаются боевые приказы, все бранные и клеветнические слова должны обозначаться на письме только в формате /Х-слово/, где «Х» – первая буква запретного термина.

Под закон не попадали существительное «жопа», глагол «срать» и некоторые другие относительно мягкие лексемы, что дало зарубежным философам богатую почву для психоанализа.

Одни видели в этом законе закручивание гаек, другие – попытку хоть тушкой, хоть чучелом вернуться в цивилизацию и догнать наконец Соединенные Местечки если не по уровню жизни, то хотя бы по уровню идиотизма.

Это, кстати, было похоже на правду, потому что параллельно с сердобольскими репрессиями родная культура по-прежнему активно отменяла бедняг, нарушающих катехизис «Открытого Мозга».

Ходили слухи, что страну решено при случае вернуть в семью прогрессивных народов. Но как убедить эти народы опять приоткрыть дверку, Вечные Вожди понимали не до конца и подавали разного рода сигналы и знаки. Поэтому в те грозные дни можно было повиснуть на осине не только за матюжок в адрес Мощнопожатного, но и за неправильное гендерное местоимение.

Вообще, в происходящем было много странного, даже абсурдного: после обострения международной обстановки вдруг выяснилось, что вождь хранится в бункере враждебной корпорации, один, беззащитный и уязвимый – и оттуда по линии связи приходят команды, указы, слова одобрения и поддержки...

Да, у генерала Шкуро в мозгу тоже стоял оружейный имплант, и кобальтовый гейзер все еще защищал страну (второй раз он мог и сработать), но вера в нашу мощь была серьезно подорвана.

Некоторые колумнисты с «Ватинформа» даже предлагали рассматривать руководство партии сердобол-большевиков в качестве черного ящика, где живые человеческие мозги заменены искусственным интеллектом. Называли его примерную когнитивность – пятнадцать-двадцать мегатюрингов, хотя узнать, каким образом умники пришли к подобной цифре, не представлялось возможным.

Но в главном конспирологи, увы, были правы – управляющий нами черный ящик фактически принадлежал теперь трансгуманистам. И хоть из ящика и неслись ежедневные угрозы сравнять мировой трансгуманизм с лицом радиоактивного пепла, трудно было понять, кто и где их издает.

Конечно, современные технологии заставляют нас жить по новым правилам, иногда странным, и мы со многим уже смирились. Но разбить банку с мозгом вождя...

Все догадывались, что ответ Мощнопожатного обнаглевшим мировым элитам будет крайне жестким и бескомпромиссным. Конечно, в то же самое время очень острожным и осмотрительным по понятной причине. Но и непреклонным тоже.

Какую форму примет национальное возмездие, мы, молодые курсанты Претория, не представляли. Генерал Шкуро был главой баночной разведки сердоболов и куратором спецслужб. Он мог все. Но, конечно, в известных пределах, на которые нам только что так оскорбительно намекнули.

Главное, непонятно было, когда возмездие осуществится – баночные стратеги мыслят не десятилетиями, а веками. Но что-то подсказывало, что ждать уже недолго.

Помню эти бледные пустые дни, буквально выпитые страхом. Предчувствие большой /В-слово/ и невзгод. Мрачные заголовки новостей. Кровавые слова «ВЕТРОГЕНЕЗИС В ОПАСНОСТИ» на белой кремлевской стене... Месть трансгуманистам... Мы все умрем с беспечальным лицом...

В очередях за дровами шептались, что Вечные Вожди – не просто безумцы (это было бы даже романтично), но еще и бесполезные /М-слово/, и спасти нас теперь некому.

Земля под ногами дрожала, из глубин ее доносился тектонический гул. В те дни казалось, что какой-то огромный вампир склонился над миром, дотянулся до каждого своими медийными отростками – и внушает жуткое, насылает страх, растворяет в нем жизненную силу, чтобы неспешно высосать из души...

Только не подумайте, что я критикую власть, или бизнес-модель корпоративных медиа, или что-нибудь еще, за что может прилететь. Я просто вспоминаю времена своей молодости.

А молодость в нашем мире – всегда пир во время чумы, по-другому здесь не бывает. Я был юн, полон сил и надежд, и завывание адской стужи, долетавшее со всех сторон, не мешало мне радоваться жизни.

Я, кстати, не понимаю, почему в России считают, что в аду жарко. В аду очень холодно. Наверно, церковные влиятели придумали легенду про котлы и угли, чтобы народ случайно о чем-то не догадался.

*

Скажу пару слов о своей учебе в Претории, где я провел три с половиной года.

Самым нелюбимым моим предметом на первых курсах были воинские искусства, из чего уже тогда делалось ясно, что бойца мировой олигархии из меня не выйдет.

Это, на самом деле, было странно.

Дело в том, что фехтование на мечах, введенное в обязательную программу еще бро кукуратором, давалось мне подозрительно легко. Я словно бы помнил многие движения и приемы, удивляя своих учителей.

Они считали, что я могу пойти очень далеко, но меня не оставляло отвращение к рубке на заточенных кусках железа. Этот промысел казался мне похожим на труд мясника, которому обрабатываемая туша мешает нормально работать. Какая-то сила в моей душе поднималась и говорила – брось... Ты уже был там, это тупик... Ищи в другом месте.

Сабля и пика вызывали во мне такую же скуку, как меч.

Но меня безумно волновали сверстницыкурсантки с мечами в руках, особенно когда на них были обтягивающие трико телесного цвета (такие служили нам физкультурной формой).

Мне грезились нагие девушки, вооруженные холодным оружием – саблями или кинжалами. Они равно презирали жизнь и смерть, но обожали меня, и я был с ними всеми одновременно, как Кришна со своими пастушками. Иногда я убивал их, иногда они меня, и мы любили друг друга с такой яростной силой, что наша страсть была неотделима от смерти.

Интересно, что девушка с мечом стала моим главным эротическим фетишем еще тогда, когда я ничего толком не знал о фембоксе. Думаю, корни моей главной страсти надо искать именно здесь.

Стрельбу я не любил из-за шума. Борьбу – из-за синяков и ушибов.

Военные навыки, связанные с зелеными технологиями, казались мне куда интересней. Из всех видов оружия, обращаться с которым нас учили, больше всего мне нравилась боевая муха.

Это крохотный кумулятивный дрон, управляемый прямо с преторианского импланта. Он замаскирован под большую жирную муху – летит она бесшумно, и укус ее смертелен. Взрываясь, она проделывает в человеческом затылке миллиметровую дырку и превращает мозг в расквашенную медузу. Крошечный убийца сделан из взрывчатки весь, включая винтокрылышки, переговорный модуль и пикочип.

Это самое гуманное оружие в нашем арсенале. При ликвидации муху можно бесшумно подвести к затылку клиента, и тот умрет, ничего не поняв. Даже лучше, чем смерть во сне – перед ней, говорят, бывают жуткие кошмары, а тут просто не посещает следующая мысль, и все.

В преторианской мухе есть крохотный коммутационный модуль, позволяющий вступать в контакт с террористом перед ликвидацией (если у того, конечно, есть имплант). Иногда получается уговорить его убить своих подельников. Тогда террорист сам решает вопрос с ними, а потом мы гасим его, и вместо нескольких микродронов тратится один. За экономию положена премия.

Через муху можно также зачитать приговор.

Словом, это в высшей степени полезное устройство, но я останавливаюсь на нем так подробно лишь потому, что впоследствии оно сыграло в моей судьбе интересную роль.

У преторианского импланта есть и другие особенности. Он позволяет частично контролировать гражданский мозг, но про это я до сих пор не могу подробно рассказывать из-за подписки. Скажу только, что для вбойщика это огромный плюс.

Ну а про «славянку» после моего процесса знают все. Так на профессиональном сленге называют slave-режим. Офицер с высоким рангом допуска может получить контроль над телом преторианца и способен даже управлять несколькими бойцами одновременно – практически как дронами. С гражданскими, как ни странно, такое не получится.

Помню свой ужас, когда пьяный начальник караула впервые взял на славянку меня и еще двух парней. Мы полчаса синхронно маршировали по плацу, отжимались, приседали и подпрыгивали, совершенно не желая этого делать – и даже не могли открыть рот, чтобы высказать недовольство.

Эта технология разработана «Открытым Мозгом» специально для Претория, и у сердоболов нет к ней доступа (если не считать офицеров Претория, состоящих в партии). И слава богу, а то отжималась бы вся страна.

Теперь коротко отвечу на клевету и наветы по поводу этого периода моей жизни.

Мое якобы участие в подавлении скоморошьего бунта, о котором писало несколько таблоидов (*У KGBT+ РУКИ ПО ЛОКОТЬ В КРОВИ* и так далее) – просто неправда.

Во время известных событий нас действительно возили в Сибирь (в это время я был уже на третьем курсе), но мы стояли в оцеплении вокруг гражданских объектов. Лес прочесывали конные улан-баторы, и если они действительно кого-то отстреливали, что вполне вероятно, я этого не видел и даже не слышал.

Но я понимаю: все могло сложиться иначе, и на моих руках появилась бы кровь. То, что моя совесть чиста – простое везение и подарок судьбы.

Я не убивал людей, не топил за чужую смерть и не убеждал толпу перед винными складами в необходимости срочных перемен. Даже когда я работал преторианским переговорщиком (что продолжалось совсем недолго), я ухитрился не причинить никому зла, хотя был к этому близок.

Один раз в жизни, правда, я пытался прикончить другого человека, используя профессиональные знания. Но это произошло уже после того, как меня отчислили из Претория, и на этих страницах я честно все расскажу.

На первом курсе наибольших успехов я достиг в чистописании. На втором и третьем получил приличные оценки по церковному пению и истории сердобол-большевизма. Но по *истопу* пятерки были у всех – сердобольская ячейка за этим следила. В смысле, за тем, чтобы курсантам их ставили, а не за тем, чтобы мы реально изучали революционную юность бро кукуратора, расстрел Михалковых-Ашкеназов, трагедию сетевых влиятелей и так далее.

Конечно, когда я был курсантом, я не проводил все время в казарме или за партой. Мы ходили по кабакам, играли в нарды с мигрантами из Курган-Сарая, бегали за юными продавщицами сбитня (чаще, впрочем, от них) – словом, жили обычной молодой жизнью. Еще мы ходили на концерты крэперов и вбойщиков.

Именно тогда я и познакомился с искусством, которое стало моим жизненным выбором и принесло мне славу.

Вбойка...

*

Если разобраться, никаких радикально новых форм в искусстве не появлялось уже много тысяч лет. Все создали наши предки, даже рэп и крэп: стишата под музыку начитывали еще блаженные слепцы времен Троянской /В-слово/, а уж император Нерон, как пишет Светоний, достиг в этом деле полного совершенства.

Нерон, кстати, был просто образцовый крэпер из Парка Культуры. Отдавался клиентам недорого и стильно, да и умер, не напрягая кукушку – в тридцать два года. Правда, крэпофона у парня не было. Приходилось самому играть на кифаре.

Кстати, только сейчас догнал: возраст Нерона – это за год до возраста Христа. Осталось понять, что я хочу этим сказать, но это можно доверить ассистентам.

В общем, даже Гомер с Нероном не изобрели ничего оригинального: подобные формы самовыражения существовали задолго до них.

Песня, думаю, появилась в палеолите. Наверняка охотники на мамонтов мычали во время разделки туши что-то медленное, протяжное и хорошо ложащееся на дыхание. Типа «Э-эй, ухнем». Вполне допускаю, что слова эти значат на каком-то древнем праязыке «мамонта едим», а песня дошла до наших дней, сменив множество суетливых человеческих смыслов, ложащихся на те же фонемы.

Когда над планетой взошел Прекрасный Гольденштерн и «TRANSHUMANISN INC.» захватила все каналы межчеловеческих коммуникаций, многим было интересно, появятся ли в новом мире радикально иные формы искусства. И они, конечно, возникли. Все на нулевом таере слышали про B2B, brain-to-brain art. В баночном измерении, где плавают освобожденные от тел мозги, столько способов самовыражения, что одно их перечисление занимает много экранов.

Созданная нейросетями «TRANSHUMANISM INC.» метавселенная дает своим обитателям возможности, которые нам трудно понять. Баночники высших таеров – уже не особо похожие на людей существа, а главный трансгуманист планеты и хозяин «Открытого Мозга», Прекрасный Гольденштерн с одиннадцатого таера по сравнению с нами просто бог. И по сравнению с баночниками младших таеров, кстати, тоже. До такой степени бог, что не стоит произносить его имя всуе.

Гомикам с нулевого таера искусство B2B в целом недоступно – они воспринимают мир через ветхие органы чувств. Люди ведь остались прежними. Единственное, что отличает их от Гомера и Нерона, это социальный имплант.

Но даже этого импланта оказалось довольно, чтобы в нашем вспомогательном мирке, главная задача которого – поддерживать гармонию в баночной вселенной, все-таки появилось направление B2B, доступное любой голытьбе.

Я говорю, конечно, про вбойку.

Считается, что она произошла от крэпа.

Но так ли это?

В древности было много музыкальных стилей и направлений – достаточно посмотреть в Вокепедии. Мазурка, менуэт, рок-н-ролл, рэп, саундклауд, спотифай и так далее. Наследником всех этих направлений по праву является крэп: парковый, баночный и мэйнстримный. Здесь одно перетекает в другое, согласен, и говорить об эволюции можно.

Но вбойка – это радикально другое качество. Разрыв. Скачок. И правильнее говорить, что она произошла сама от себя.

В крэпе исполнитель начитывает текст под музыку. То же самое происходило и в карбоне, только биты были другими. Этот процесс сегодня до такой степени нейросетезирован, что самому крэперу надо подбирать одну косметику и прикид. Хотя, если попросить, нейросеть поможет и тут.

Именно поэтому парковая мужская проституция без труда обходит закон, мимикрируя под музыкальный перформанс. Отличить крэпера-музыканта и крэпера из сферы секс-услуг с каждым годом все сложнее, и жандармерия давно махнула на это рукой. То, что профессиональный крэпер-музыкант делает на сцене, без труда повторит на зеленом газоне Парка Культуры любой двусмысленный юноша.

Крэпофон-треха (разрешенный законом предел когнитивности для AI составляет три мегатюринга) без труда подберет и биты, и текст – и даже пропоет его за исполнителя, если у того проблемы с голосом. Крэперу надо только шевелить ртом под возникающий в очках или слинзах текст, и выходной звук будет идеально совпадать с движениями рта. Поэтому парковые ребята в основном практикуются в искусстве эротического танца.

Так что делать крэп, с одной стороны, просто.

С другой стороны, за аренду крэпофона приходится платить, а это не дешевое удовольствие. Если у паркового крэпера бывает за ночь три клиента, два панча из трех идут на оплату аренды.

Я отношусь к этому направлению в музыке без всякого презрения. Иногда крэп доставляет, и его слушают не только те, кто снимает крэперов в Парке Культуры. Но фанатеть по крэп-исполнителям сегодня смешно и отчасти неприлично – могут принять за сексуального извращенца, чья девиация заключается именно в подобном фанатизме (у этого даже латинское название есть).

То, что называется творчеством, давно переместилось из крэпа во вбойку. Она внешне похожа на крэп.

У крэперов бывают концерты. У вбойщиков – тоже, хотя чаще их называют стримами. Все выглядит почти одинаково: люди в большом зале или на стадионе топчутся и вопят, играет музыка. Но сущностная разница огромна.

В пору моей юности возрастные ограничения на вбойку еще не были сняты, поэтому я впервые попал на стрим известного вбойщика уже здоровым парнем – на втором курсе Претория. Меня привел туда мой одногодок, тоже курсант. Он был фанатом вбойки.

– Музыка там примерно как в крэпе, – объяснял он, – но вместо слов народ хавает прямую трансляцию с импланта на имплант. Важно прийти на живой стрим, хотя можно пропереться и дома, если купишь стрим-модуль. Но это уже не то. На концерте круче.

– Почему? – спросил я.

– Потому что штырит еще резонансом от других имплантов. А дома одна трансляция.

– Трансляция чего?

– Состояния, – ответил однокурсник и покрутил рукой в воздухе. – Пока не сходишь на стрим, не поймешь...

Но я был уверен, что все уже понимаю. Подобные объяснения я много раз читал в сети, и они меня не заводили.

Нет, я знал, конечно, что технологически вбойка – это подобие рекламной имплант-подсветки, заставляющей девочек покупать чипсы, а мальчиков ложиться под *кнуты* этих самых девочек для компенсации исторических перекосов. Что такое имплант-реклама, я понимал. Поэтому я был уверен, что вбойка – такое же дерьмо, как и все остальное.

Я ошибался. Хоть природа происходящего действительно похожа, вбойщики создают крайне изощренную стрим-подсветку, собирая в мозгу новые нейронные контуры и подталкивая своих *свидетелей* (слово «слушатель» не особо точное, хотя им пользуются) к мгновенным постижениям, которые называются *врубами*.

Суть вруба практически всегда можно кое-как выразить в словах, что я и буду делать на этих страницах. Но пережить его как собственное внутреннее озарение – это совсем другое. Как сказал великий TREX, есть разница между сексом с Красной Шапочкой и рассказом жующей пирожок бабушки про внучкину письку.

Первый же стрим, на который я попал, перевернул в моей жизни все.

Приятель привел меня в небольшой окраинный клуб, переделанный из барака, где жили сельхозхолопы.

Это был, по сути, огромный сарай со сценой – конечно, очищенный от клетушек и дезинфицированный. Пустое пространство разбили на несколько секций, разделенных барьерами, чтобы не было давки при выходе. Удобства и буфет размещались снаружи. Там же продавали туман. Под ним вбойка штырит сильнее и глубже, но на вейпы у нас не было денег.

Впрочем, в зале курило столько народу, что туманом бесплатно надышались все. Вокруг стоял гомон и шум. Потом погасли лампы, сцену залил малиновый свет и над ней загорелись желтые буквы:

DDDD

Это было имя вбойщика. Сразу стало тихо.

В пространстве между колонками появился сам DDDD – в сердобольских крокодилах, черных кожаных штанах и майке с пентаграммой.

У вбойщиков уже тогда приняты были ники-аббревиатуры из четырех латинских букв, так что с тех пор ничего не изменилось (мой плюс здесь исключение – это своего рода высший орден, нечто вроде германского зеленого креста).

Иногда наши ники имеют смысл, иногда нет, но чаще всего у них сразу много значений, и со временем расшифровка меняется. Некоторые меняют ее после каждого концерта. Вбойщики называют эту традицию «кодексом подвижных смыслов». Правда, в последнее время по поводу расшифровок уже не слишком парятся.

Стрим начался как обычный крэп-тусняк.

Ударила музыка. Сперва это был просто бит вроде тех, что пишет любой крэпофон, даже самый дешевый, но потом DDDD поднял руки, схватил себя за голову и из клубов малинового дыма вышла его муза с маленьким ручным органчиком в руках. На ней были розовые кружева (совсем немного), но одежду ей заменяли нарисованные на теле пентаграммы.

Муза – это техник-аккомпаниатор и контролер стрима. Грубо говоря, человек-оркестр. Уже тогда музами были только девочки: мужики и трансы с подобной работой справляются хуже.

Муза начала крутить ручку органчика (это был настоящий музыкальный инструмент), производя приятную тихую мелодию. Бит-генератор услышал тему, подстроился под нее, подхватил – и поддержал мощным контрапунктом.

Получилось красиво. DDDD переглянулся с музой, обменялся с ней улыбкой, и я каким-то образом понял, что они не любовники, а просто друзья (обычно вбойщик и муза состоят в интимной связи, но иногда ее имитируют, чтобы вписаться в жанровый шаблон). DDDD и его муза не притворялись. Они были сообщниками и реально перлись от того, что делали.

Мне стало завидно. Я подумал – а есть ли у меня такие друзья? Вот, например, сокурсник, притащивший меня на концерт. От учебы нас с ним перло не сильно. Да и другом он мне не был...

Мое внимание куда-то поплыло, и вдруг я с изумлением понял, что друзья и есть на самом деле наши главные враги. Это сделалось так ясно и очевидно, что я засмеялся.

Друзья – просто соперники, поставленные жизнью совсем близко. Часовые нашей судьбы, внимательно следящие за каждым нашим шагом. Мы соревнуемся с ними и пытаемся их превзойти – при каждой встрече, в каждом разговоре и даже обмене взглядами, а они пытаются обогнать нас, и мы сверяем свои удачи и неудачи друг по другу...

Друзья должны стать свидетелями нашего успеха, но они не слишком-то хотят, чтобы удача улыбнулась нам шире, чем им. Мы ревнуем наших друзей, а они ревнуют нас. Это вешки, по которым мы измеряем свой рост.

Да. Но почему? Да потому, понял я с холодным презрением, что все мы участвуем в собачьих гонках на выживание. Но мы не хотим покинуть эту гонку. Мы хотим в ней победить.

Дело здесь не в нас. Дело в том, что нашими мозгами заведуют неизвестные нам инстанции, и по их решению мы обязаны сражаться с ближними, пока живы, делая при этом вид, будто любим других людей... Так хочет небо... Потому что небо – наш главный друг, ревнивый, лицемерный и хитрый. И оно не хочет, чтобы мы стали небом сами. Иначе мы были бы небом уже давно.

– Небо! – тонким фальцетом пропел DDDD со сцены. – Небо – твой главный друг!

Мое переживание вовсе не было так четко артикулировано, как может показаться из этого рассказа. Оно возникло на предсловесном уровне как нечто смутное, и даже непонятно, в какой именно момент. Все выкристаллизовалось в окончательную ясность в ту секунду, когда DDDD запел. Это было скользящее дуновение истины, прошедшее по мне, по залу, по плясавшему рядом однокурснику – и оно расставило все на места.

– Вруб! – закричали в зале.

И только тогда до меня дошло, что эта длинная и сложная мысль, которую я до самого конца принимал за собственное прозрение, и была *вбойкой*.

Слово оказалось точным.

DDDD вот именно *вбил* свой смысл в мою голову. Действительно, технологически это была такая же подсветка, как в имплант-рекламе. Но подсвечивалось то, за что никто не платил, и это было так странно, так свежо...

– Вруб, – орал зал, – вруб!!!

DDDD ухмыльнулся, кивнул своей музе – и они каким-то образом оттранслировали уже прошедшую сквозь меня мысль еще раз, с сотней новых оттенков, так, что в ту секунду я понял абсолютно все про дружбу и про нашего главного дружка на небе.

Несколько минут я прозревал это. Все и насквозь. А потом вбойка кончилась, музыка стихла и буквы DDDD над сценой погасли. Мое стройное внутреннее видение, как бы подпертое синхронно чувствующим залом, вдруг погасло.

Я сразу забыл почти все. Но я знал, что минуту назад со мной произошло что-то невероятное. Небывалое. Настоящее.

Только не подумайте, будто DDDD оказал на меня хоть какое-то влияние как вбойщик. Я никогда не принимал его всерьез и даже не знаю его центральных расшифровок.

Помню, что DDDD в то время означало «друг-драг-дрыг-дилер» – но игру вокруг слова «drug» совершенно не оценили сердобольские влиятели, и вскоре после этого стрима он заказал у нейросетевиков новую расшифровку. А про свою козырную вбойку «если драг не пролазит в срак» ему пришлось забыть, когда клизменные соли объявили вне четвертой этики.

Новых его вещей, если они были, я не знаю – давно перестал быть его свидетелем.

Но я до сих пор благодарен ему как повивальной бабке, потому что KGBT+ родился в тот самый день в переделанном из сельхозбарака зале, от которого за две версты разило туманом.

Моего сценического имени, конечно, не было тогда и в зародыше. Но в тот вечер у меня появилась мечта – выйти когда-нибудь на сцену самому, встать вот так же между уродливыми музыкальными коробками, озариться загадочным малиновым светом, улыбнуться музе и расшэрить свой ум на весь зал.

А может быть, и на всю планету.

*

Именно по этой причине я и выбрал своей преторианской специальностью переговоры.

В переговорщики мало кто хочет идти – гуляют слухи, что это вредно для мозга и даже вышибает иногда имплант. Но я выбрал такую специальность именно потому, что она казалась самым близким к вбойке. Как бы прокачка нужных мозговых мышц.

Преторианский переговорщик решает много задач. Если коротко, его работа в том, чтобы поддерживать в террористах и врагах отечества надежду, что все обойдется и из ситуации есть удовлетворительный выход.

Группа захвата обычно готовит в это время штурм.

Переговорщик подключается к импланту врага и пробивает его психологические блокировки (террористов готовят к таким ситуациям, но у переговорщика есть серьезные технологические преимущества).

Террористу важно чувствовать, что он еще не разорвал окончательно связь с человечеством и следящий за ним мозг по ту сторону прицела относится к происходящему по-деловому, с пониманием и юмором. Это делает террориста сговорчивей и помогает сохранить жизни в случае захвата заложников.

Переговорщик как бы говорит: «Ну что, брат, набедокурил? Да, вижу, что набедокурил. Давай теперь выбираться из этой ситуации вместе – и тебе, и мне не слишком охота помирать...»

Потом придурка, конечно, убьют, но благодаря переговорщику несколько последних минут его жизни будут озарены оптимизмом. Ничего лучше с человеком в такой ситуации случиться не может все равно, так что в целом мы делаем хорошее дело. В этом смысле мы похожи на священников, только кривим душой бесплатно.

Переговорщик транслирует свое состояние на террориста. Вбойщик – на зал. Поэтому навыки, которым учат переговорщиков, могут пригодиться будущему MC.

Я, кстати, удивился, когда узнал, насколько это древнее погоняло. В карбоне так называли крэперов, и «MC» означало «Master of Ceremonies». Сегодня так называют вбойщиков, и сокращение, в полном соответствии с кодексом подвижных смыслов, означает уже «Mind Cracker». Не берусь перевести это на русский – что-то среднее между мозговой хлопушкой и мозговыми же щипцами.

Идеальное описание переговорщика.

Нас учили множеству полезных на сцене техник.

Быстро расслабляться (дыхание «коробочкой»: одинаковая длина вдоха, выдоха и промежутков между ними).

Мысленно наполнять себя светом (это примитивный, но действенный трюк – при подключении к преторианскому импланту клиенту кажется, что с ним в общение вошла светлая сущность).

Относиться к партнеру по переговорам с «веселым пониманием» (это как бы смесь насмешливого равнодушия к чужой судьбе с готовностью помочь попавшему в переплет бедняге: трюк, где важна точная смесь ингредиентов – если настроиться на *любовь к ближнему*, можно отпугнуть злодея или даже вызвать в нем ярость, потому что не каждый террорист хочет, чтобы его любили, а вот «веселое понимание», как объясняют преторианские психологи, срабатывает всегда).

Я могу долго перечислять служебные психотехники, которые мне пригодились. Нас учили подключать свою душу к чужой множеством разных способов: «искать», «давить», «шарить», «гладить», «щипать», «стаскивать с думки» – каждое из этих выражений указывает на определенное внутреннее действие, транслируемое на террориста после установки контакта между имплантами.

Все это помогло мне потому, что со слушателем, в сущности, следует вести себя как с террористом на переговорах: сперва надо *стащить его с думки*, отвлечь, а потом внезапно прострелить навылет.

В хорошем смысле, конечно.

Во время тренировок у меня возник вопрос, рано или поздно встающий перед каждым курсантом. Если нас учат воздействовать на террориста через имплант, почему это не может сделать сама «TRANSHUMANISM INC.»? Почему нельзя просто выключить мерзавца, если уж на то пошло? Ведь имплант наверняка это позволяет.

То, что нам объяснили под подписку о неразглашении, полностью изменило мои взгляды на мир.

Как оказалось, для «TRANSHUMANISM INC.» не было разницы между террористами и правительствами. И речь шла не только о нашей сердобольской хунте, которую к тому времени я уже научился слегка презирать. Нет, это касалось любого – даже самого прогрессивного – режима.

«TRANSHUMANISM INC.» стоит над миром так высоко, что разницы между боевиками и правительствами для нее просто нет. Тем более что за любыми боевиками в конечном счете торчат уши какого-то правительства. Иногда собственного, иногда чужого.

Нарративы меняются, вчерашние негодяи становятся борцами за свободу, кровавые тираны делаются «сильными лидерами» и наоборот. И все платят трансгуманистам. Страны и правительства могут не признавать друг друга, но «TRANSHUMANISM INC.» признают все.

А корпорация отвечает им нежнейшей взаимностью. Светит всем, как солнце. И продвигает любые версии реальности со штампом «уплочено», без всяких личных пристрастий.

Это не значит, конечно, что у «Открытого Мозга» нет своей политической линии. Она есть, и очень конкретная. Но складывается она не из личных предпочтений Гольденштерна с Розенкранцем (если допустить, что мифологические собственники корпорации реально существуют), а из векторной суммы проплаченных нарративов планеты.

«Открытому Мозгу» платят все, и самый простой способ выяснить, каков сегодня мировой баланс платежеспособных сил – это отследить, какие ценности продвигает «Открытый Мозг».

Я не хочу сказать, что это плохо. Это как раз хорошо. «Реальность» в наше время – чисто экономическое понятие, не имеющее никакого отношения к философии, идеологии или метафизике. Будь это иначе, мир неизбежно свалился бы назад под пяту фюреров, технических миллиардеров и моральных консенсусов, генерируемых закрытыми акционерными обществами.

Почему я про это так много говорю? Да потому, что у вбойщиков есть один стыдный секрет, делающий их, в сущности, служащими «TRANSHUMANISM INC.»

Наше творчество невозможно без сотрудничества с корпорацией, потому что все имплант-коммутаторы и трансмиттеры для вбойки производят на заводах в Неваде. И поэтому наша творческая свобода кончается там... где надо. Еще можно сказать так: там... тадам. Формулировать точнее я бы не взялся. Все на ощущении.

Это не значит, что мы не можем сказать ничего плохого про трансгуманистов. Можем, и еще как – от этого зависят сборы, поскольку публика подобного ждет и хочет. Но мы ограничиваем себя сами, и очень точно знаем, где флажки. Они есть, хоть расположение их постоянно меняется. Поэтому мы вписаны в систему самым конкретным образом, и можно считать, что через нас «Открытый Мозг» протестует сам против себя.

Возможно, где-то сегодня есть вбойщики, полностью забившие на «TRANSHUMANISM INC.» и на все флажки с границами. Вот только никто о них никогда не слышал.

Причина, думаю, ясна.

У некоторых начинающих вбойщиков, увы, отсутствует личное чутье, и они не знают, где именно эти флажки. Дам им простой практический совет.

МЕМА 2

Вбойщик!

Прекарбоновый философ Гегель сказал (или за кем-то повторил), что свобода есть осознанная необходимость.

Он был совсем не дурак, этот Гегель, даже, некоторым образом революционер, но осознанная необходимость в его время заключалась в том, чтобы провозгласить счастливым концом истории прусскую монархию. Что он и сделал.

Чтобы понять, в чем осознанная необходимость сегодня, читай левых философов-революционеров, продвигаемых спецслужбами через корпоративные СМИ, поглядывай в утюг и вычисляй среднее арифметическое. Научишься быть интеллектуально бесстрашным, не подвергая жопу реальной опасности. «Революционные философы» уже обнюхали и пометили все тропинки, где разрешается ходить у них. А где можно у нас, знаешь сам. Наступай точно в следы, и будет тебе счастье.

*

На четвертом курсе меня отчислили из школы Претория за неполное служебное соответствие. Вернее, как было издевательски сказано в приказе, «за полное служебное несоответствие».

Шейх Ахмад серьезно конфликтовал в это время с генералом Шкуро по тарифам, и тартаренские теракты случались почти каждый день. Работы было много, и профессиональных переговорщиков не хватало. Нас, курсантов, стали привлекать для бесед с тартаренскими активистками, когда те брали заложников или обещали устроить взрыв.

Так я получил свое первое официальное задание. Рассказывать о работе переговорщика подробно я не могу из-за подписки, поэтому буду говорить только о том, что и так уже просочилось в сеть.

Меня разбудили за два часа до подъема и велели срочно одеваться. Вестовой улан-батор с двумя лошадьми ждал меня у выхода из казармы – и мы поскакали куда-то сквозь темное сентябрьское утро.

Мы мчались по пустым улицам, и сердце мое стучало в груди громче, чем копыта коня. Я был почти счастлив. Мне казалось, что я перенесся в прошлое и стал странствующим рыцарем... Впереди – первый подвиг.

Когда мы прибыли на место и я увидел свое ристалище, мой романтический пыл поугас.

Старая деревянная застройка на окраине Москвы горбатилась серыми досками, налезающими друг на друга. Заборы были покрыты антигосударственными граффити в несколько слоев, но тут была такая безжандармная дыра, что уголовные письмена никто даже не потрудился стереть.

В центре этой созревшей для пожара фавелы располагалась керосиновая лавка, которую захватила шахидка.

Она не брала заложников – просто сказала, что подорвет себя среди бочек с керосином, и все вокруг сгорит. С чисто санитарной точки зрения это было бы оптимальным решением вопроса, но подобные мысли на службе надо фильтровать.

Штурмовая группа была уже на месте.

Нас отвели в дом напротив и усадили в складской каморке, пропахшей укропом и курагой. Узкое оконце было занавешено, но если бы кто-нибудь заглянул внутрь, он увидел бы двух преторианцев в черных шлемах, неподвижно сидящих у стены (рядом со мной был оператор дрона-ликвидатора – он глядел на мир через его камеры).

Я в камерах не нуждался.

На моей шее висела спецкукуха с направленным коммуникатором. Такие «TRANSHUMANISM INC.» делает для Претория.

Я мысленно навелся на засевшую в лавке террористку и почувствовал реакцию: чужое сознание как бы отшатнулось. Но имплант-контакт был установлен. Я перевел дух. Пока пронесло: самые нервные террористы детонировались уже на этой стадии.

Следовало действовать строго по инструкции – самодеятельность каралась. Я сделал десять вдохов-выдохов коробочкой и наполнил себя светом (эта визуализация всегда удавалась мне без труда, словно я тренировался в ней когда-то прежде).

На имплант тем временем уже поступала информация о личности шахидки. Ее звали Гугуль – распространенное среди тартаренов женское имя. Кажется, в честь карбонового поисковика.

– Гугуль! – прошептал я в ее мозгу.

– Кто это?

– Я шейх Ахмад, – ответил я проникновенно. – Я тот свет, что звал тебя в бой. Та пристань, к которой устремилась твоя ладья. Я здесь, чтобы дать тебе последнее напутствие.

– Имам! Имам Ахмад, да будет благословенно твое имя! Спасибо, что пришел придать мне силы перед подвигом.

– Не это ли я обещал тебе, моя верная? – спросил я, стараясь генерировать как можно больше внутреннего света.

Ахмад действительно обещает нечто подобное в своих роликах. Я не знаю, действительно ли у него есть механизм подключения к имплантам – это вопрос к «TRANSHUMANISM INC.» Высокая политика не наше дело. Но на время переговоров с Преторием имплант-связь террориста блокируют, чтобы не засвечивать наши средства и методы, так что конкуренции с шейхом можно было не опасаться.

– Я спасу тебя, – сказал я. – Я проведу тебя сквозь кольцо врагов и живую возьму в рай.

Мы заучиваем эти фразы заранее, чтобы во время переговоров слова летели легко, как дыхание.

– Делай как я скажу... В комнате две двери – одна на улицу, через которую ты зашла. Другая во двор. Пройди через ту, что ведет во двор.

Сидевший рядом оператор мухи ждал, когда героиня сюжета появится под открытым небом. Моей задачей было вывести ее туда, и все. Дальше муха сделала бы свое дело. Смерть наступала так быстро, что избежать детонации удавалось почти всегда.

– Дверь заперта, имам, – ответила Гугуль тревожно.

Идиоты, подумал я. У них что, нет информации?

Я ощущал ее чувства. Это было теплое истечение преданности, экстаз, доходящий до эротических содроганий. Быть объектом поклонения оказалось весьма мерзко. Что же приходится терпеть богу, если он есть...

– Я чем-то оскорбила вас, имам? – спросила Гугуль, и я понял, что часть моего инстинктивного отвращения оттранслировалась на ее имплант. Я повторил дыхание коробочкой и снова наполнил себя ярким светом.

– Я печалюсь о праведных душах, не готовых оставить этот мир. Если начнется пожар, ты можешь случайно забрать их с собой.

– Но имам говорил, что смерть врага сладка.

– Она сладка, дочь моя, но вокруг тебя не только враги. Есть тут и несколько праведников, еще не завершивших свой земной путь...

Такая смысловая ветка иногда предотвращает подрыв, но использовать ее надо осторожно и лишь как последнюю возможность.

– Что мне делать? – спросила Гугуль.

В потоке ее чувств появилось недоверие. Это было большим облегчением после душного вихря преданности, но с профессиональной точки зрения я уже проиграл.

Тартаренских шахидок инструктируют на наш счет, и важная задача переговорщика – не дать им вспомнить свои инструкции.

– Подойди к окну, – отозвался я задушевно. – Открой его, и спасение войдет в твои глаза с дневным светом...

Это было последним шансом достать ее мухой.

– Так и сделаю, – ответила она.

А в следующий момент на другой стороне улицы сверкнуло, громыхнуло, и волна жара ворвалась в нашу комнату сквозь оконную занавеску.

После взрыва начался керосиновый пожар, сгорело несколько домов, но других жертв, как ни странно, не было.

Вернее, коллатеральной жертвой оказался я сам.

Преторианская нейросеть записывала все мои состояния и мысли во время операции –

и выстроила логически безупречный, но совершенно ложный нарратив: якобы я подумал, что фавелу хорошо было бы спалить из санитарных соображений, а потом подвел ситуацию именно к такому разрешению.

Я пытался объяснить начальству, что дело было не в моем желании что-то спалить, а просто в особенностях моего образного метафорического мышления. И подрыв произошел не из-за моей оплошности, а из-за того, что дверь во двор оказалась заперта, после чего шахидка усомнилась во всеведении шейха.

Но меня отчислили из курсантов все равно – волна отвращения, непроизвольно посланная мною на Гугуль в ответ на ее беззаветную любовь, была грубейшей профессиональной ошибкой. Мне объяснили, что школе Претория не нужны люди с образным метафорическим мышлением. Ей нужны переговорщики.

Случись подобное после присяги, или погибни при взрыве кто-то, кроме террористки, меня бы судил трибунал – за ошибки подсознания по преторианскому уложению отвечает сознательная личность.

Я отделался легко и даже сохранил статус рядового запаса. Все-таки меня долго учили, и «TRANSHUMANISM INC.» оставляла за собой права на мой очипованный по высшему разряду мозг. Но никаких компенсаций или пособий в такой ситуации не полагалось.

Жизнь приходилось начинать сначала.

Я был еще юн – и не горевал. Разве мы не начинаем жизнь заново каждое божье утро? Каждый час? Каждый миг?

Теперь между мной и мечтой о вбойке не стояло ничего.

Кроме, конечно, меня самого.

МЕМА 3

Вбойщик!

Бывают подарки, которые провидение делает особо целеустремленным людям, как бы намекая, что они на особом счету у жизни и для них припасено что-то необычное.

Мы редко узнаем такой подарок. Наоборот, чаще всего нам кажется, что случилось несчастье, перепутавшее все наши планы. Замысел судьбы проясняется позже.

Поэтому не слишком парься, когда тебе кажется, что твои жизненные планы пошли прахом.

Все образуется.

*

Московская творческая элита собирается в *Сите*, в ветхих и скрипучих деревянных переулках, поднявшихся на месте снесенной два или три века назад высотной застройки.

Некоторые говорят, что «Сито» происходит от «Москва-сити».

Другие объясняют название тем, что деловой район, стоявший здесь до Зеленой Эры и взорванный при Михалковых-Ашкеназах, служил чем-то вроде сита для карбоновой буржуазии: лишь самые скользкие жулики протискивались сквозь его ячейки, и именно тут из деловой элиты отсеивались все порядочные люди.

Красивая версия, но, скорее всего, один из тех мифов, которые любят сочинять про себя здешние обитатели.

Сито – странное место. Здесь крутится много успешной буржуазии. Но еще больше лузеров, надеющихся вернуться в общество через черный ход искусства, и не просто вернуться, а триумфально прогрохотать по всем имплантам и кукухам. Некоторым это удается.

Застройка в Сите в основном двухэтажная, но иногда попадается трехэтажная палата (за что, ясное дело, каждый месяц башляют пожарной инспекции). Сколько здесь трактиров и чайных, столько же штабов и командных пунктов самой разной богемы.

Богема эта, правда, состоит из творческой публики максимум на треть. Остальные – это детки сердобольских политруков, столоначальников, наркомов и прочих улан-баторов, косящие под творческую оппозицию режиму.

Не присутствуй в богеме этот сердобольский балласт, проблем с жандармерией было бы куда больше. А Сито почти не трогают, хотя асоциальность здесь доходит до пьяной стрельбы из окон по дронам-вакцинаторам, и это даже не считается чрезвычайным происшествием.

В мое время жандармы пуще всего боялись зацепить отпрысков какого-нибудь баночного вождя, поэтому должно было произойти что-то уж совсем вопиющее, чтобы они устроили в Сите облаву. Но такое тоже случалось, и жизнь здесь была интересная и напряженная.

Каждый бизнес вывешивал наружу светящуюся надпись-мотто, и гулять по дощатым переулкам было занятно и поучительно.

Между кофейнями, чайными и трактирами существовала неписаная иерархия.

Самым почтенным и древним заведением считался «Джалтаранг», вегетарианский трактир, существовавший еще в позднем карбоне (правда, в другом месте). Туда ходили высокопоставленные сердоболы и кающиеся предприниматели – не столько за едой, сколько за искуплением и благодатью.

В «Джалтаранге» работали давшие обет безбрачия последователи Кришны – они заряжали еду своей чистой энергией, и угоститься их десертами считалось лучшим способом снять депрессию. Но место было очень дорогим, поэтому клиенты попроще ограничивались тем, что фотографировались для галочки под их мерцающей рекламой:

БЕЗ ЕДЫ НЕТ НИ ПРАНЫ,
НИ СОЗНАНИЯ.
МАХАРАДЖ

Из чего, если разобраться, вытекало, что ни праны, ни сознания не бывает без денег, но это искателю недуальной истины следовало постичь самому.

Дорогие крэперы ходили в «Яр-С». Туда не пускали девок, и крэперы могли спокойно отдохнуть от женских *кнутов*. Над входом светилась цитата из древнего скальда:

ПОКРЫЛИСЬ МХОМ ШТЫКИ,
БОЛТЫ И СВЕРЛА

Слова эти, вероятно, намекали когда-то на мужской пубертат и были патриархальным гимном весне человечества (в карбоне женских нейрострапонов еще не ввели, и термины «штык», «болт» и «сверло» не имели сегодняшнего смысла), но парковые крэперы видели в этой надписи обещание служебного перерыва и намек на спокойные дни после ухода из профессии.

Для вбойщиков, конечно, ходить в крэперские точки было западло. Они посещали другие места, и в первую очередь – трехэтажную «Голову Сталина», окруженную целым лесом пристроек, холлов и флигелей.

Такое название появилось потому, что полвека назад на огороде у ресторанной кухни рыли колодец и нашли большую мраморную голову вождя с отбитым усом. Теперь она гордо висела в прозрачном кубе в центре главного зала.

Здесь было нечто среднее между трактиром, элитным клубом и еще более элитным притоном. Крышу украшала светящаяся надпись:

ЗАКАЖУ-КА СТЕЙК РЯБОЙ
СЕБЕ ИЗ СТАЛИНА

«Стейк Рябой» здесь реально подавали – из комби-мяса, якобы выращенного на основе генома вождя и трижды прокопченного дымом табака «Герцеговина Флор». Думаю, что в меню врали: наверняка табак был самый дешевый, велика ли разница, чем дымить. Но стоил стейк как новая телега.

К сердобольской идеологии «Голова Сталина» отношения не имела, но грозное имя давало защиту от жандармов, помнивших, чей гранитный мозг выносят из Мавзолея каждые Еденя.

Да и сердобольским родителям легче было объясняться с начальством, если их детки попадались с туманом в таком месте. Поэтому тут было самое безопасное место во всем Сите, и сердоболы ходили сюда так же охотно, как Свидетели Прекрасного. В «Голове Сталина» царило вечное идеологическое перемирие.

«Голова» подходила для любого кошелька. Здесь можно было дешево надраться ликеров у высокой стойки за входом. Зайдя поглубже, можно было сытно поесть, но стоило это уже дороже. А в самой дорогой VIP-зоне наверху было целых двадцать кабинетов – небольших комнаток, куда приносили выпивку и еду.

В пяти из них даже стояли гемодиализмашины полного цикла – для богатых господ, желающих позволить себе все и выйти утром на службу огуречно свежими. Такими же машинами пользовались топовые вбойщики во время туров, когда надо было быстро вымести из организма метаболические обломки вчерашних излишеств, не теряя при этом работоспособности.

Это было дорогое удовольствие для самых избранных, и вокруг каждого гемо-чилла (или, как здесь говорили, «холодняка») всегда стояла охрана из бойцов-сердоболов. В их сторону лучше было не смотреть.

Малообеспеченные посетители вроде меня предпочитали проводить время в просторном коктейль-холле, где можно было спать прямо на полу, покрытом соломенными матами.

Я устроился в «Голову» мыть посуду – и провел за этим занятием около двух лет, иногда подрабатывая здесь же официантом.

Конечно, в любой великой автобиографии должна быть подобная строка. Но в то время я совсем об этом не думал, а просто устроился мыть посуду (такая строка в каждой великой автобиографии тоже обязательно должна быть).

Культа древнего вождя в «Голове» не было. Я не слышал его имя ни разу за исключением вечера, когда обслуживал компанию сердобольских пропагандистов, обсуждавших за бутылочкой полугара, как объяснить народу наши проблемы в Курган-Сарае.

Во главе стола восседала настоящая медиавалькирия – с бритой татуированной головой и шрамами от трех дополнительных чипов. Одна из тех гипнотических фурий, которых сердоболы нанимают за огромные деньги прогревать глубинному народу рептильный мозг.

Я в их магию верю не особо. Вернее, магия там есть, и весьма мощная, но сводится она к самопрезентации и разводу на бюджет. А вот с гипнозом у них действительно все в порядке, поэтому находиться в одной комнате с такой валькирией страшновато. Сердоболы сидели, уткнув жала в стол, и даже меня пробивало дрожью от голубого блеска ее линз, когда я подносил закуски.

Вот тогда этот Сталин и всплыл. Один из сердоболов вспомнил его слова о том, что миролюбивые нации всегда оказываются готовы к /В-слово/ хуже, чем нации агрессивные. Поэтому, развил он мысль, когда наша миролюбивая нация напала на агрессивный Курган-Сарай, все с первого дня пошло через жопу.

Даже я сообразил, что это политтехнологический конструкт мирового уровня. Похоже, впечатлилась и валькирия – то же самое повторили потом в утюге.

Еще в «Голове» собирались сливки криптолиберальной интеллигенции – их легко было опознать по черным косовороткам, жемчужным жилетам и сапогам особого фасона. По какой-то причине их называли «подрейтузниками», хотя рейтуз они не носили. Эти господа вели бесконечные споры о прошлом, настоящем и будущем Отечества.

В то время среди них популярна была теория *доброго зла* – нравственное учение, зародившееся в позднем карбоне. Поднося им баранки и чай, я постепенно понял суть их взглядов.

«Мы не можем не работать в сердобольской спецслужбе, не можем не получать зарплату сами знаете у кого, не можем не быть мразью в служебное время, потому что именно за это дают еду. Но мы можем вонять умеренно, рубить головы не больно, расстреливать не в живот, а прямо в сердце и так далее. Наша цель – не делать добро, что в настоящее время невозможно, а готовить будущие поколения к добру и свету, как бы намекая своим поведением, с какой примерно стороны придут его лучи...»

В общем, я повидал в «Голове Сталина» много разного люда и смело могу назвать это место своим университетом.

Это были трудные, но веселые годы. Я спал и питался прямо в «Голове» – мне выделили койку и шкаф во флигеле для персонала. Работа была грязной и изматывающей, но занимала всего три часа днем и три часа ночью.

Остальное время я проводил в Катакомбах.

Так, с большой буквы «К», называют лабиринты Сита.

Когда здесь высились карбоновые небоскребы, под ними были парковки, склады, магазины и так далее – целый город. Наземную часть этого комплекса снес ветер истории, но катакомбы остались на месте, разве что с мертвых станций метро ободрали отделочный камень, как когда-то с Колизея. Он пошел на украшение игорных клубов, притонов и курилен тумана, занявших брошенные подземелья.

Собираясь в Катакомбы, я надевал жандармские маскировочные штаны, потертые сердобольские крокодилы чуть выше щиколотки и служебную поддевку из «Головы Сталина» со споротым шевроном. В таком виде меня принимали за тихаря из секьюрити, что очень помогало в игорных залах, где я играл по маленькой.

Когда у тебя в башке стоит преторианский имплант, выигрывать в дурачка и сику несложно, но при нелегальном подключении к чужой голове ты нарушаешь закон. Поэтому играть надо по маленькой и сразу после выигрыша проигрывать больше половины. Дельта должна быть достаточно мелкой, чтобы на тебя не обратили внимания. Кроме того, иногда надо специально приходить для проигрыша – и вести эту бухгалтерию следует аккуратно.

Закон в Катакомбах нарушают все, но не всем это одинаково разрешено. Мелкота вроде меня может легко отлететь в Сибирь, ну а про отношения сердобольской верхушки с уголовным законодательством можно выпустить подарочное издание Камасутры. Думаю, это понятно и так.

Под землей сложная структура собственности, но большая часть бизнеса принадлежит, конечно, баночным сердоболам – именно поэтому здесь так сложно провести санацию.

Некоторые клубы имеют статус офшоров и закрытых экономических зон. Такая зона может занимать всего несколько комнат, но туда уже не пойдут с проверкой. Офшорный статус очень помогает, когда один баночный сердобол желает наехать на другого через своих жандармов или улан-баторов.

Но хватит о бизнесе.

Всякая река начинается с крохотного ручейка.

Выдохни, читатель. Я уже рассказал, где и как родился KGBT+. А сейчас я покажу ручеек, из которого появилась носящая мое имя река.

За карточным столом в одном из притонов я познакомился с кухаром из «Орлеанской Девы» – и купил у него перебитый разовый пропуск. По нему я мог каждый день проникать в этот дорогой и изысканный консервативный клуб якобы для кухонного собеседования. Дальше я смешивался с толпой.

Мой вид не смущал никого. Наоборот, он идеально совпадал с местным стилем: в «Деву» ходили весьма деклассированные субъекты, сдававшие свое тело баночным сердоболам в качестве зрительных лож. Главное здесь было иметь пропуск.

А посмотреть в «Деве» было на что.

Это был не просто клуб с тотализатором. Это был клуб с тотализатором на фембоксе.

Про фембокс в те дни знали не все. У темы была стабильная негативная подсветка самого высокого ранга – если вы встречали это слово в сети, вам совершенно не хотелось выяснять что оно значит. Но были и те, кто про фембокс уже слышал. И никакая подсветка на них больше не действовала.

Если ты, милый читатель, тоже не знаешь про фембокс (после последнего закрута гаек вероятность, думаю, процентов тридцать-пятьдесят), я коротко расскажу, что это такое. Но не удивляйся кринжеватому зуду, который издаст твой имплант по команде Прекрасного Гольденштерна.

Фембокс – это жестокий женский спорт, чрезвычайно популярный в Соединенных Местечках и официально запрещенный на территории Доброго Государства. Но подпольные матчи по фембоксу устраивали и устраивают в Москве, причем много где (катакомбы Сита, конечно, главный центр). Баночные сердоболы обожают играть на них в тотализатор.

Это на самом деле не бокс, а поединок на специальных боевых нейрострапонах, подключенных к тем же центрам женского мозга, на которые коммутируют обычную «фему+».

Размерами боевой страпон ближе к бейсбольной бите, чем к мужскому половому органу, но калибры могут сильно различаться. Он предназначен исключительно для спорта, хоть приблизительно имитирует мужскую анатомию. Но есть извращенки, унижающие с его помощью мужчин, о чем в последнее время начали наконец говорить вслух.

Правила фембокса могут сильно различаться в разных странах, клубах и лигах, но суть не меняется: одна фема должна забить другую своим нейрострапоном и испытать при этом оргазм – без него победа не засчитывается.

С тех пор как женщина стала доминантным гендером, тестостероновую мужскую агрессивность задавила имплант-коррекция. Женщина властвует сразу на двух фронтах – соблазна и насилия. Отсюда и разница между двумя главными версиям фембокса, пенетративным «сквелчем» и его более спортивной «лик-» (или «кик-») версией.

И *сквелч,* и *ликбокс* – гремучая смесь боли и наслаждения, но пропорция сильно различается. Сквелч ближе к эросу, ликбокс к танатосу.

«Ликбокс» иногда называют «кикбоксом», потому что девушки обмениваются не только ударами дубинок-нейрострапонов, но и серьезно лупят друг друга ногами, за что тоже присуждают очки. Обычно они дерутся в щитках и шлемах.

Слово «ликбокс» возникло из-за общепринятой среди спортсменок практики нализывания своего нейрострапона перед серией ударов – это делают, чтобы как можно ближе подойти к пороговой зоне возбуждения, засчитываемой имплантом как оргазм. Тогда выше шанс достичь его при атаке.

Но есть здесь и риск. Если оргазм будет достигнут за счет стимуляции языком, победу одержит соперница (это называется «самолиз»). Мало того, если самолиз повторяется несколько раз, возможна дисквалификация – временная или постоянная. Так что нализывать надо осторожно, и мастерство спортсменки именно в том, чтобы подойти к требуемой грани как можно ближе, ни в коем случае не перейдя ее случайно.

Если пропустить удар ногой сразу после нализывания, понятно, что мозгу некоторое время будет не до оргазма. Но иногда бойцухи пропускают удар специально, чтобы перебить возбуждение и отойти от опасной границы. Так что ликбокс – это очень интересный и часто неожиданный спорт, где важна не только тактика, но и стратегия.

Слово «сквелч» переводится на русский как «хлюп». В сквелче дерутся чаще всего голыми, или в кружевном белье. Вести бой можно по-разному, но главной целью поединка считается пенетрация тела соперницы нейрострапоном, после которой один оргазм засчитывается за три. Удары в сквелче разрешены (хотя чаще это пощечины), и нализывают страпон в нем точно так же, как в ликбоксе, но сквелч больше похож на вольную борьбу, где основная часть поединка проходит в партере.

Если честно, сквелч – уже не совсем спорт. Это на пятьдесят процентов эротическое представление, даже если соперницы не сговариваются заранее, кто и как победит. Многие девушки выступают одновременно в обеих дисциплинах, но если в ликбоксе они выкладываются полностью, то в сквелче просто рубят бабло.

По профессиональным правилам IFBA (это ассоциация ликбокса) оргазмов должно быть три. В сквелче для победы чаще всего хватает одного. В подпольной японской версии фембокса оргазмы не отслеживаются вообще, но там женщины дерутся не на страпонах, а на самых настоящих мечах и часто убивают друг друга.

Конечно, в сквелче и ликбоксе страпон настраивают по-разному.

Ликбокс-настройка низкочувствительна, и достаточная для оргазма стимуляция достигается только при сильных ударах. Именно поэтому ликбокс так жесток – даже если одна фема хочет сдаться, вторая, чтобы одержать победу, продолжает молотить ее до оргазма, который должен быть зарегистрирован судьей через специальное имплант-приложение. Правда, в таких случаях бьют не по жизненно важным центрам, а по пяткам или ягодицам.

Сквелч по внешним признакам больше похож на жесткое порно, полученное микшированием категорий «игрушки» и «БДСМ».

В общем, фембокс – это целая вселенная, куда читатель может теперь окунуться без моей помощи.

Замечу, что вуманистки продолжают видеть в фембоксе призрак патриархии: мол, голые женщины дерутся на дубинах и стонут для мужского наслаждения. Но я, как преторианец и некоторым образом мужчина, хорошо знаю, что мужское наслаждение от этого зрелища ограничено возможным выигрышем в тотализатор, потому что все остальные рецидивы патриархального сознания гасит «Открытый Мозг». Так что давайте не будем валить с женского импланта на мужской.

В «Орлеанской Деве» дрались по правилам сквелча и выступали совершенно голыми.

Я уже говорил, как волновали меня в Претории молоденькие гибкие сокурсницы в телесных трико, фехтующие на мечах и саблях. Конечно, я обречен был влюбиться в этот страшный и прекрасный спорт с первого взгляда. Что и произошло. И даже мое чувство к Герде, в сущности...

Но не буду забегать вперед.

Я играл в фембокс-тотализатор не для наживы. Я проигрывал заработанные мелким шулерством деньги, инвестируя их в прекрасное. Я ставил на девчонок, которые мне нравились.

Именно в «Орлеанской Деве» я и увидел это существо впервые. Вернее, двух этих существ.

*

Первое сидело в специально освобожденном ряду у октагона – на ворохе цветных подушек, мягкое как разваренный овощ, жирносисястое, с завитыми волосами. Татухи, покрывавшие его кожу, были самого радикального вида, но в уголовном отношении не преследовались.

Существу было хорошо за шестьдесят. Однако на шее у него висела грумерская кукуха со звездами в золотых венках. Почти такая же поколенческая фишка, как у меня самого. Из чего следовало, что существо желает числиться вечно юным.

Как вы, наверно, уже догадались, это был Люсефедор.

Я понимаю, что по нормам современного языка писать про него следует так:

Люсефедоре быле старыме толстыме евнухоме, перешедшиме на женские гормоны (свое прибор, или, как сплетничали столичные медиа, приборчик, оне давным-давно принесле в жертву Прекрасному Гольденштерну по принципу «на тебе боже, что мне негоже» – и сделале из освободившихся тканей искусственную вагину-

прайм с живыми нервными окончаниями, фотографии которой регулярно всплывали во всех светских медиа в разделе «Твое здоровье».

Но медицинские процедуры никак не повлияли на самоидентификацию Люсефедора. Он требовал, чтобы при общении с ним употребляли мужские местоимения, и считал себя не обычным крестострелом, а андрогиномстрелкой. Один из ассистентов постоянно носил за ним черный чемодан с разнокалиберными нейространонами. Близкие друзья амбивалентно называли его Люсиком.

«Мужчина, ставший женщиной, чтобы стать настоящим мужчиной – диалектическая спираль с гарантированной контрацепцией», как отчеканил один обозреватель. Другие утверждали, будто изначально у Люсефедора был очень маленький пенис, за что он страшно отомстил природе.

Чего еще вы ждете от музыкальной критики?

Легендарный продюсер был известен не меньше самых крутых вбойщиков, поэтому я узнал его сразу. Его небинарное имя помнили все, кто так или иначе крутился вокруг крэпа или вбойки. Встретиться с ним для прослушки было всеобщей мечтой.

Про отношения Люсефедора с его подопечными ходило много слухов – но о ком они не ходят? Лично я не почувствовал ничего порочного в его скользнувшем по мне холодном взгляде. Мне вообще показалось, что он смотрит не на людей, а сквозь них.

Второе существо понравилось мне гораздо сильнее.

Рядом с Люсефедором сидела красивая девочка лет двадцати в красном комбинезоне из симу-кожи.

Я много раз видел ее на светских фотографиях рядом с Люсиком. Это была его секретарша-телохранитель Герда, работавшая иногда с подопечными босса как муза. В этом качестве она ценилась в профессиональных кругах, но не стримила ни с одним вбойщиком на постоянной основе.

Красота, как известно, в глазах смотрящего, так что не буду особенно описывать Герду. Скажу только, что она была среднего роста, худая, с темными волосами до плеч. Ее фигура была сухой и тонкой, с великолепно развитыми мышцами. Остальное, боюсь, будет объективно не до конца.

Люсефедор, кажется, не имел с ней никаких отношений, кроме рабочих (что было бы сложно допустить, будь его телохранителем симпатичный молодой человек), но держал ее рядом для того, чтобы все думали, будто и такие отношения в его жизни есть тоже.

Люсик с Гердой отсмотрели два боя. Девки

в октагоне дрались вяло, без огонька. Ясно было, что это унылый договорняк – зрители тратили время и деньги, чтобы местная мафия могла заработать на тотализаторе. Зал, конечно, все понимал и свистел. Люсик тоже плевался и делал мультифингеры судьям и комбатанткам.

После второго боя он даже плюнул несколько раз на пол. Тогда победительница подняла над головой мокро блестящий после схватки нейрострапон, указала на Люсефедора пальцем и крикнула:

– Елду!

В зале засмеялись.

Это диковатое восклицание, пришедшее то ли из тюркского языка, то ли из американского сленга, было одной из традиций фембокса. Победительница вопрошала: сомневаешься в моей победе? Выйди и сразись!

После боя девки делали так часто, иногда обращаясь к какой-то конкретной зрительнице, иногда к залу вообще – и это было частью шоу. Пикантность происходящего, однако, заключалась в том, что вызов послали лично Люсефедору. Это содержало мисгендерный наезд и было по понятиям вбойки жесточайшим оскорблением.

Принять или не принять такой вызов было одинаково позорно. Уже ясно было, что это станет главной темой светских разговоров на следующие две недели.

Но тут произошло неожиданное. Герда, сидевшая рядом с Люсиком, подняла руку и прокричала:

– Елдан!

Это означало, что вызов принят.

Над залом прошла волна веселого возбуждения. Ситуация сразу изменилась – поскольку Герда сидела рядом с Люсиком, все теперь выглядело так, будто бойцуха из октагона вызвала на поединок спутницу Люсика, а та согласилась.

Зрелище обещало быть интересным.

Герда пролезла в октагон и, не стесняясь, несколькими движениями сбросила свою красную кожу. Это вышло очень изящно. Я никогда не видел, как линяет змея – но именно такой образ пришел мне в голову.

На ней остались только крохотные трусики и бюстгальтер из розового кружева. Я решил, что она будет драться в белье, но она сняла его тоже, обнажив крепкие смуглые груди и неизбежный квадратик «адольфыча».

Многие спорят, почему именно эта интимприческа в моде уже столько веков, а по-моему, понятно: оставь надежду, всяк сюда глядящий. Именно под «адольфычем» и вживляют наноприсоски, на которые крепится кнут.

Как она прекрасна, подумал я, боже мой, как она хороша... И как недостижима...

МЕМА 4

Вбойщик!

Когда тебе в голову приходит мысль «как она хороша и как недостижима», сразу задай себе вопрос, кто будет стирать пеленки и есть ли рядом с твоей съемной халупой фабрика-кухня с отделом детского питания. Молочные смеси, все вот это.

Со мной ничего подобного, слава богу, не случилось. С тобой случится обязательно.

Можно делать детей. Можно вбойку. Во всем есть плюсы и минусы, радости и печали.

Выбор за тобой.

Рядом с Гердой появился ассистент Люсика, сидевший до этого в зале. Он открыл черный кейс, и Герда стала выбирать свое оружие.

Она остановилась на толстом рыжем страпоне с ярко-красным навершием, который был чуть более анатомичен, чем стандартный спортивный снаряд. Рефери осмотрел его, подкинул пару раз на ладони, подключил к своему импланту (я понял это по тому, как сморщилось его лицо) и наконец кивнул.

Пока медичка в белом халате дезинфицировала снаряды и смазывала их лубрикантом, Герда принялась разминаться в углу. Она несколько раз махнула ногами вверх и вбок, разогревая мышцы, и уже по амплитуде и скорости этих движений я понял, что титул секретарши-телохранителя – вовсе не фикция.

Такая фема могла постоять не только за себя. Может быть, какая-нибудь тренированная накачанная бабища крупнее раза в два и сумела бы с ней совладать, но любого мужика с имплантом она урыла бы сразу. «Открытый Мозг» компенсирует гендерные диспаритеты очень строго.

Соперница Герды, мускулистая фема чуть за тридцать с короткой желтой стрижкой, уже не рада была тому, что бросила Люсику издевательский вызов. Герда готовилась драться всерьез. Но метаться было поздно.

Девочки встали в исходные позиции и обменялись традиционным фембокс-салютом – как выражаются любители спорта, «прикинули /Х-слово/ к носу».

Судья дал знак начинать. Они пошли по кругу, внимательно глядя друг на друга и нализывая свое оружие. Так продолжалось минуту или две, и скоро по мерцанию табло, на котором загоралось все больше розовых сердечек и звездочек, стало ясно, что пароксизм близок.

Соперница Герды сделала ложный выпад. Герда отскочила. Соперница сделала еще один, и тут-то все и случилось.

Герда ударила ее ногой в живот – не слишком сильно, но резко. Пока согнувшаяся соперница только собиралась отбить уже пропущенный удар, Герда каким-то образом оказалась у нее за спиной и подсекла ее своим страпоном, с оттяжкой залепив по икрам (я уже достаточно разбирался в фембоксе, чтобы понять, до чего это мастерский ход: Герда одновременно купировала возбуждение соперницы и повышала свое). Когда соперница упала на колени, Герда тут же заломила ей руку, заставив встать на свободный локоть.

– Догги! Догги! – восторженно заорали в зале.

Именно это и произошло.

После пенетрации Герда двинула своим снарядом всего несколько раз, запрокинула голову к потолку и застонала. Над залом пронесся гонг – система засчитала оргазм.

Бой был выигран неправдоподобно быстро. Но я уверен, что к его концу всех мужчин в зале мучила эрекция. Сужу по себе.

Судья поднял к потолку руку Герды, сжимающую блестящий резиновый меч. Зал заорал, зааплодировал, взорвался. Розовая гвоздика ударилась в черную сетку и упала на пол. Цветы продавали у входа, но я редко видел, чтобы их кидали в октагон.

Герда оделась и вернулась на свое место, а зал все хлопал и хлопал. Тогда встал и поклонился Люсик – и сорвал еще один раунд аплодисментов.

Когда вместе с остальными зрителями я шел к выходу, Люсефедор с Гердой еще стояли у буфета. Рядом с ними появился легендарный вбойщик TREX – он тоже, оказывается, сидел в зале, скрывая лицо под капюшоном с рептильным гребнем. Подойти к ним было невозможно из-за кольца охраны.

Люсик и TREX что-то обсуждали. Герда вдумчиво кивала и выглядела совершенно спокойной и расслабленной. Думаю, мужик на ее месте еще трясся бы от адреналина.

– Бойцовая фема – это круто, – пробормотали рядом в толпе.

Кто ж спорит... Я хотел задержаться, чтобы еще немного поглазеть на звезд, но меня мягко толкнул в спину охранник:

– Проходим, товарищи-бояре, движемся к выходу...

Я определенно не принадлежал к тем, кому можно было пройти за сердобольское оцепление. Но именно в этот момент я дал себе слово, что когда-нибудь окажусь на месте

TREXа, а Герда будет глядеть на меня, слушать – и с улыбкой кивать моим словам.

Вот это и был ручеек, из которого родилась полноводная река под названием KGBT+.

*

Я ходил в «Деву» много месяцев, пытаясь познакомиться с кем-нибудь из центральной тусовки. Но вбойщики были недостижимы.

Несколько раз я видел уже известного мне DDDD – он тоже был фанатом фембокса. Приходили CCTV и USSR (ники из позднего карбона вошли в моду уже тогда). Но вбойщиков окружала свита – бритые накачанные девки, сердоболы-бескепочники и прочий опасный люд. Лезть напролом не стоило, надо было ждать.

И мне наконец повезло. Причем не в «Деве», а на работе.

Уходя из пустой «Головы» после ночной смены, я заметил в гардеробе одиноко висящий темный плащ с пластиковым капюшоном-шлемом в виде рептильного черепа.

Такой плащ был только у одного человека.

TREX. Известнейший вбойщик, посол рептильных энергий, великий мастер дарк-хоррора. Именно его я видел в тот памятный день в «Орлеанской Деве». Сегодня охраны с ним почему-то не было.

TREX пришел после стрима один и сидел теперь в чайном зале. Я понял, что это мой шанс – и другого может не появиться.

Поднявшись наверх, я перехватил у официанта поднос с его заказом (баранки с икрой и маслом, жареный подсолнух, пуэр). Это стоило мне пять боливаров. Думаю, это было лучшим вложением капитала в истории.

Я знал про TREXа все. Хоррор-эффекты в его вбойках достигались главным образом за счет глубокой имплант-стимуляции рептильного мозга, но TREX не любил, когда об этом вспоминали. Поэтому я сразу сообразил, как подъехать к нему правильно.

Поставив перед ним поднос, я склонился в услужливом поклоне и спросил:

– Скажи, Треха, а как ты придумываешь такие образы? Такие потрясающие темы? Как тебе удается каждый раз меня напугать? Я всякий раз себе говорю – ну, я последний раз повелся. Но ты все делаешь опять... Каким образом?

Я назвал его «Трехой», потому что это было одной из форм его имени: с одной стороны, латинское «тиранозавр-рекс», как и положено рептильному имперсонатору, а с другой – намек на максимальную допустимую по закону об AI когнитивность в три мегатюринга. Самые дорогие крэпофоны так и называли – трехами. TREXу нравилось, когда фаны читали его имя по-русски. Это было секси, потому что ассоциативно напоминало о парковом крэпе.

TREX был укуренный, усталый и благодушный. Мой вопрос, уже содержавший зародыш лестного для него ответа, ему понравился.

– Как вбил Yo ASS, работать над вбойкой означает в первую очередь работать над своим духом, – сказал он и жестом пригласил меня за чайную доску.

Невиданная честь.

Я сел рядом. Он спросил, кто я и почему тут работаю. Слово за слово, и я рассказал, что в моем черепе стоит настоящий преторианский имплант, но сам я уже свободный человек.

Может быть, из меня выйдет вбойщик? Я здесь каждый день, сказал я. Жду своего шанса...

TREX посмотрел на меня с интересом (вернее, на мой череп, словно мог видеть сквозь кость) и обещал, что завтра поговорит обо мне со своим продюсером. Потом он уснул. В зале появился старший официант, увидел меня – и с шипением отогнал от чайной доски.

Следующие несколько дней TREX в «Голову» не приходил. Я решил, что он забыл о нашем разговоре.

Но через неделю ко мне подошел угрюмый сердобол-бескепочник, под глазом которого зеленели три татуированных слезы, подчеркнутые волнообразными линиями (убил трех человек в сибирской ветроколонии, расшифровал я), и сказал:

– Идем.

Мы вошли в VIP-зону, приблизились к самому дорогому чилл-ауту, бескепочник шепнул что-то охране – и втолкнул меня в разрисованную революционной символикой дверь.

Я никогда не был в гемо-кабинетах прежде.

Место походило на медицинскую лабораторию, где устроили сквот по эскизам театральных художников, но у дальней стены лаборатория дала последний бой и не позволила сквоту поглотить себя полностью. Там, на сдвоенной медицинской кушетке, лежал ОН.

Люсефедор собственной персоной – усталый, синий от излишеств, опутанный медицинскими шлангами. Сегодня, похоже, он не добавлял в свой кровоток никаких веществ (что часто делали на этих машинах).

Люсик просто чистился.

*

Люсефедор посмотрел на меня. Вернее, на стену за моей спиной – так мне показалось.

– Ты бывший преторианец? – спросил он слабым голосом. – Тебя отчислили?

– Из Претория? Да.

– Код импланта?

Я назвал код. Люсефедор, видимо, вышел

на связь с какой-то базой данных. Несколько секунд он молча моргал, потом кивнул.

– Имплант перепрошили? Заблокировали?

– Нет, – ответил я.

– С такими раньше не отпускали.

– Я рядовой запаса. Судимостей нет.

– А. Тогда понятно. Как тебя зовут, рядовой запаса?

– Салават.

– А я Люсик, – сказал он. – Ты в курсе, я думаю.

– Конечно, – хихикнул я.

– Сейчас мы тебе устроим это... Слепое прослушивание.

– Где?

– А прямо здесь.

– Но я же не готовился.

– Не ври, – сказал Люсефедор. – Все, кто ходит в «Голову», готовятся. У всех есть готовые вбойки. Десяток или больше. Просто я не каждого слушаю.

Люсефедор, конечно, был прав.

Демо-врубы у меня были заготовлены давно, часть еще в преторианской казарме: готовые эмоциональные торпеды, которые мне не терпелось опробовать на каком-нибудь приблудном судне. Но я и надеяться не смел, что в моем прицеле окажется главный авианосец вбойки. Сам Люсефедор.

– А почему слепое?

Мой голос прозвучал так слабо, что я испугался.

– Мы тебе глазки завяжем, – сказал Люсик нежно. – Чтобы ты не видел, кто тебя слушает. И готовился ты тоже зря. Про свои заготовки можешь забыть. Я дам тебе рандомную тему.

Случайная тема радикально усложняла задачу. Но я был готов сражаться за свое будущее и на таких условиях.

– Давайте, ребятки, – прошептал Люсефедор.

Эти слова были обращены уже не ко мне, а к ассистентам, слушавшим его через кукуху.

Открылась дверь, и в комнату внесли древний желтый пульт для вбойки с большими черными «L» по бокам.

Это была легендарная машина, известная мне по гламурным фотографиям и сплетням. Специальная модель для прослушивания, не транслирующая вбойку дальше комнаты кастинга, но имитирующая ауру большого концерта, где много умов светятся и содрогаются в унисон. Прослушка на этом аппарате была настолько судьбоносной процедурой, что вбойщики называли его гильотиной.

Это и к лучшему, подумал я, что меня не предупредили. Знай я, что впереди, наверняка не спал бы всю ночь. А если бы мне сказали про рандомную тему, не пришел бы вообще.

В комнате тем временем появилась Герда. На ней был черный комбинезон из симу-кожи, а в руках она держала навороченный крэпофон.

Она глянула на меня и улыбнулась – вежливо, но без интереса. Ну да, она же не помнила нашей встречи. Если считать это встречей.

– Герда тебе сыграет, – сказал Люсефедор. – Но прежде... Не оборачивайся.

Прошла минута, и кто-то еще вошел в комнату – как мне показалось, сразу несколько человек. Ко мне подошли сзади и завязали глаза мягкой шелковой лентой.

– Зачем это?

– Я же объяснил, – хохотнул Люсефедор, – прослушивание слепое. Тебе не все положено знать, солдат. Готов?

Я пожал плечами. Это движение, кажется, получилось у меня слишком нервным и резким – в комнате засмеялись. Люсефедор сказал:

– Герда, расслабь парня.

Герда включила свой крэпофон, и я услышал приятный недорогой бит из тех, что парковые мальчики продают друг другу по десять боливаров... Нет, пожалуй, по двадцать, подумал я через минуту. Или даже по тридцать – бит звучал чуть самопально, но нежно ласкал душу, и это было самое то. Вот именно под такой звучок и открывают молодые таланты.

Герда знала свое дело.

Я почувствовал, что на имплант пришел запрос на подключение. Это была преторианская частота, и я не сразу сообразил, что стучится Люсефедор. Оказывается, его желтая гильотина умела говорить и так.

– Разреши коммутацию, – сказал Люсефедор.

Я разрешил – и имплант мгновенно договорился с пультом.

Все вбойщики описывают секунду после своего первого подключения как нечто чудесное. Теперь я понял почему.

Это было как осознать себя во сне, когда темнота перед глазами становится прозрачной и превращается в бесконечное пространство.

Со всех сторон меня окружал огромный, невидимый, но ощутимый каким-то еще способом зал со свидетелями. Стадион размером с космос. И, хоть машина Люсефедора просто имитировала его, переживание и правда было поразительным. Сказать, что оно мне понравилось – ничего не сказать. Меня назначили центром Вселенной.

Видимо, я пошатнулся. В комнате опять засмеялись.

– Потанцуй минуту, – сказал Люсефедор, – а потом начинай. Твоя тема... э-э-э... Девственность.

Я начал танцевать на месте, вглядываясь в темноту. Танцевал я так себе, и мои невидимые зрители наградили меня новыми смешками. Но я уже зацепил обратную связь и сообразил, почему мне дали такую тему.

Моя неумелость казалась этим искушенным людям такой же трогательной и прелестной, как не до конца совершенный бит. Наверно, я действительно чем-то напоминал девственника.

Что неудивительно – я им и был. Во всех смыслах.

– Девственность, – прошептал я, раскачиваясь на месте. – Девственность... это действенность! Действенность! Действенность это девственность!

И тут случилась моя первая вбойка.

Когда делаешь что-то в первый раз, только тогда и делаешь это по-настоящему. Потому что во второй и в третий раз движешься уже не в неизвестность, а повторяешь знакомый маршрут, стараясь наступать в оставленные прежде следы. Даже на уже встреченные прежде грабли.

Это безопаснее. Именно так мы выживали последние сто тысяч лет. Но ничего нового на этом пути ты не откроешь, потому что все было уже найдено в самый первый раз. Еще Адамом.

Я слетел с мысли, но чувствовал, что у нее есть хвост. Минуту или две я просто танцевал, вслушиваясь в воображаемый стадион, а потом меня вштырило опять. Я увидел продолжение и сразу вбил его:

Поэтому мы живем только тогда, когда делаем что-то в первый раз. Чудо в том, что на самом деле мы все и всегда делаем в первый раз, поскольку мир постоянно меняется вместе с нами. Но мы про это не задумываемся. Вместо нас начинает жить память о том, какими мы были вчера. Мы передаем свою власть над реальностью привычке и засыпаем. Исчезаем. Часто на всю жизнь. Мы вроде бы живы, но соглашаемся умереть, потому что так безопаснее... Это и есть единственная смерть, какая бывает. А жизнь – только то, что происходит впервые. Каждый раз, когда мы, не боясь боли, разрываем слипшиеся веки и вдыхаем режущий воздух нового.

Вот как сейчас...

Открывшаяся мне мысль – как всегда бывает при четком врубе – походила на золотой колодец истины. Я знал, что золото нельзя будет взять с собой и посетившая меня ясность исчезнет точно так же, как исчезают после вбойки любые вайбы, но секунда была прекрасной. Это происходило со мной впервые, и я жил, я по-настоящему жил...

Вместе со мной жили мои слушатели. Вернее, слушатель. Пригрезившийся мне космический стадион был симуляцией: его заполняла бесконечная толпа Люсефедоров, чудесным образом размноженных желтой машиной. Их пробило вместе со мной. И теперь на меня со всех сторон струилась их нежная благодарность.

Это было как любовь. Даже лучше – как свидание с богом. С тем богом, который живет в каждом человеке, но очень редко выглядывает из своей скорлупы. Я сумел его разбудить.

Это была вбойка.

Гильотина отключилась от моего импланта. Невидимые гости заскрипели сапогами, покидая комнату, потом громила-сердобол снял с моих глаз повязку, и Люсефедор ладошкой сделал мне знак выйти. Он даже не поглядел на меня.

Но я не волновался.

Я знал, что прошел прослушку.

Я *стащил его с думки*, а затем прострелил навылет.

Я все-таки был преторианским переговорщиком – и хорошо знал, чем успешная операция по промывке мозгов отличается от неудачи.

*

Через три дня после прослушивания Люсефедор прислал за мной щегольскую телегу на пневморессорах.

Гнедой очипованный мерин-трехлеток. Кучер в ливрее самых криптолиберальных цветов – но в красном сердобольском колпаке с улан-баторским хвостом, чтобы никто ни в чем не сомневался. Синтез двух полярных сторон русского бытия, достигаемый только на очень большой высоте (или в моей душе). High life. Мне искренне казалось, что прохожие глядят на меня с завистью.

Люсефедор жил в большой усадьбе под Москвой. Это был просторный и декадентски роскошный деревянный дом с двумя флигелями, где гостили, а иногда и жили продюсируемые им крэперы и вбойщики.

Они не смешивались: вбойщики тусили в приземистом северном флигеле, крэперы – в южном, украшенном высокими башенками с флюгерами. Медиа создали из этого целую мифологию.

Крэперов, например, называли «флюгерадъютантами», и все понимали, что это значит. От вбойщика за такое погоняло можно было получить в зубы, но сами вбойщики обожали обзывать друг дружку *флюгерами* во время своих баттлов.

Я думал (вернее, надеялся), что меня отвезут на север. Но телега подвезла меня прямо к главному входу. Это была высокая честь, хотя символический смысл происходящего пока ускользал.

Меня провели на второй этаж – в пустую комнату с диванами и кальянами.

Место впечатляло.

По дворянскому обычаю (у Люсефедора для этого статуса хватало лошадей и холопов в одной только малой конюшне) стену украшала фреска на тему сердобольской революции – бро кукуратор в сером френче палил из нагана в веером разлетающихся от него Михалковых-Ашкеназов, а последний из царственных клонов заносил над его спиной руку с отравленной иглой.

Композиция была стандартной, но искусство художника проявлялось в деталях: еле заметный розовый след монаршей туфли на лице будущего вождя, прозрачно-сизый дымок над вороненым стволом, объятая ужасом болонка на руках министра двора, искаженные лица придворных, нежные полутона тронного зала и глядящий на все это из клетки щегол, выписанный с каким-то совсем уж запредельным мастерством. Такой фреске было место в музее.

Впрочем, обстановка не уступала по роскоши любому музею. Я не посмел коснуться шелкового дивана (их здесь было несколько) и сел на табурет у окна.

На ближайшем диване лежала раскрытая бумажная книга – еще один знак роскоши и стиля. Я осторожно взял ее в руки и прочел заглавную строку, отчеркнутую неровной красной линией:

Евреи распяли Христа, геи застрелили
Пушкина, а лесбиянки разбили мое сердце...

Это были «Зумерки Кумиров», знаменитые воспоминания Г. А. Шарабан-Мухлюева о блогерках и секс-работницах, обслуживавших его в позднем карбоне. Книгу, понятно, я не читал, но видел пару снятых по ней порно-иммерсивов.

Я осторожно положил книгу на место – она, скорей всего, была декоративным элементом наподобие букета в вазе, и этот как бы собственноручный отчерк запавших в душу слов тоже был частью дизайна. Меня наверняка снимало сразу множество камер, так что на всякий случай я повернулся к окну.

Вид на лес и реку был великолепен, и я до того загляделся на природу, что не заметил момента, когда Люсефедор вошел.

– Эй! Солдат! Или как тебя?

На нем был пестрый халат и бигуди. Это, если верить легендам и сплетням, тоже считалось хорошим знаком, хотя и несколько двусмысленным. Скажем так, хорошим для крэпера.

Я вскочил на ноги.

– Салават.

– Ага, – сказал он. – Я помню, что на «солдат» похоже. Но это неважно. Ник у тебя будет другой.

– Какой?

– Сейчас мы как раз над этим работаем.

Кто именно работает, я на всякий случай спрашивать не стал. Люсефедор развалился на шелковом диване и указал мне на противоположный.

– Садись, беседа долгая. Кальян хочешь? Ты туманишь вообще, или как?

– Нет, – ответил я и деликатно присел напротив. – Со специмплантом от тумана другие эффекты.

Это было отчасти правдой, но последний год я все равно туманил как сердобол. Просто мне не хотелось делать это во время важного разговора.

– Очень хорошо, – сказал он. – Я тоже не особый любитель. Это для гостей. Мы тебя проверили, по анкете вопросов нет. Ты знаешь, чем я занимаюсь?

– Кто же вас не знает.

– Тебя. Давай сразу на ты, потому что общаться придется много. Я не об этом. Ты знаешь, чем именно занимается продюсер?

Я пожал плечами.

– Начинающие вбойщики думают, – сказал Люсефедор, – что достаточно выйти на сцену, взять зал в какой-нибудь плотный вруб, и мир твой. Да, мальчик, он твой. На те пятнадцать минут, пока твой вайб еще катит. А потом мир уже не твой, понимаешь? Стрелка часов чуть повернулась, и про тебя забыли все мозги, где ты только что побывал.

Я кивнул. Мысль была довольно простой, но, если честно, не приходила мне в голову.

– Битва каждый раз начинается с нуля, – продолжал Люсефедор. – Поэтому важна стратегия. Если она верна, за пятнадцатью минутами славы придут другие пятнадцать минут, потом третьи, а дальше цитировать будут уже не Энди Уорхола, а тебя. Стратегию придумывает продюсер. Его нужно слушаться как папу в детстве.

– Меня воспитывала мама, – сказал я и тут же смутился, потому что это могло прозвучать намеком на гендерные особенности моего собеседника. – Я в том смысле, что папу я не слушал.

Люсефедор ухмыльнулся. Он заметил неловкость, но она его позабавила.

– Меня будешь, – сказал он. – Я хочу взять тебя на новый проект. Очень денежный и серьезный. Если справишься, решишь все свои материальные вопросы. Вплоть до банки.

Я знал, что такое говорят каждому начинающему крэперу, и не слишком развешивал уши. Но все-таки изобразил на лице благоговение.

– Понимаю...

Люсефедор, похоже, опять прочитал мои мысли.

– Ты не понимаешь, – сказал он. – Ты думаешь, что я тебя развожу на панч, как крэпера, и пудрю тебе мозг. Но я, во-первых, панчую только с фемами. Во всяком случае, официально. А во-вторых, мне крэперов и так хватает. Вон, сходи на юг, погляди сам.

– Верю, – сказал я. – Вернее, знаю.

– Мне от тебя в личном смысле не нужно ничего, – продолжал Люсик. – А банка у тебя действительно будет, если справишься. Поэтому накрасился ты зря.

Я покраснел.

Действительно, я с утра не то чтобы прямо накрасился – но чуть подвел брови и ресницы. Именно в расчете на то, чтобы понравиться Люсефедору – потому что так советовали все без исключения музыкальные критики. При этом я совершенно точно не хотел вступать с ним ни в какие отношения, кроме профессиональных.

Просто я не был до конца уверен, что такое возможно.

Люсефедор засмеялся.

– Вот тебе тема для следующей вбойки, – сказал он. – Чужая душа – потемки. А своя вообще мрак и туман.

Тема, кстати, была классной. Я мог бы сделать вбойку по ней прямо на месте. Люсефедор не то что бы начинал мне нравиться, но вызывал все большее уважение. Он и правда был крут.

– Я не понимаю, – сказал я. – У вас... у тебя тут что, личный имплант-сканер?

Я предположил это скорее в шутку, потому что кроме «TRANSHUMANISM INC.» такая техника была разве что в Претории, ну и еще в паре мест, куда никто особенно не стремится попасть.

– Ты наблюдательный, – ухмыльнулся Люсефедор. – Вон за той стенкой.

И он показал на фреску.

– То есть вы знаете, что я думаю? – спросил я.

– Я догадываюсь, – сказал он. – Точно этого не знаешь даже ты. Как ты только что сам понял.

– Буду думать осторожней, – ответил я. – Не представляю, откуда у вас такое оборудование.

– Такое оборудование, – сказал Люсефедор, – может быть только от того, кто его делает. А делает его сам знаешь кто.

– Гольденштерн? – спросил я, бравируя некорректностью.

– Научись говорить «Прекрасный Гольденштерн». А еще лучше не называть этого имени вообще. Всегда можно сказать, например, «Открытый Мозг». Или просто «TRANSHUMANISM INC.» Ты теперь тоже работаешь на корпорацию. Как и все серьезные вбойщики. Твоя карма – наша общая ответственность. Минусов в ней быть не должно. Если, конечно, не прикажет Родина.

Мне вспомнился кучер в либеральной ливрее и улан-баторском колпаке.

– Так, – сказал я. – Значит, работаю на корпорацию. Интересно.

– Теперь, я полагаю, у тебя возникает следующий вопрос – не будет ли это изменой Доброму Государству?

– Да, – сказал я.

– Не будет, – ответил Люсефедор. – У нас гораздо более тесные отношения с «TRANSHUMANISM INC.», чем принято говорить. Наш проект согласован на самом низу. Где именно, не буду уточнять, чтобы ты спокойней спал.

Но я уже понял. «На самом низу» означало, что в курсе кто-то из Вечных Вождей. Может быть, даже сам Мощнопожатный.

Конечно, вожди ничего не знали обо мне лично – я пока слишком мелко плавал. Но они, несомненно, знали Люсефедора и курировали его работу. Это объясняло, откуда у него имплант-сканер.

– Ты в курсе, – спросил он, – что происходит за атлантическим файерволом?

– В USSA?

– Именно. В Безопасных Местечках.

– Нет, – ответил я. – В Претории нам не сообщали.

– Тогда расскажу я. Вернее, рассказывать слишком долго. Я сброшу тебе на имплант инфоролик, а потом ты задашь вопросы. У тебя в Претории был допуск?

– Бэ-два, – сказал я. – Но не уверен, что его оставили.

– Если оставили голову, оставили и допуск. Бэ-два это ерунда, сейчас я тебе его подниму. Вникай внимательно. Можешь даже прилечь на диван, чтобы голова не кружилась... Ага, и закрой глаза. Не бойся, хе-хе, никто тобой не воспользуется.

*

Мемо-ролики нам показывали в Претории весьма часто.

Они впрыскивают информацию в мозг прямо через имплант, быстро вводя в курс дела – это полезно при оперативном инструктаже, когда информацию нужно получить на бегу.

Мы видим картинки, слышим мнения, принимаем в себя чужие мысли, которые тут же становятся нашими. Не слишком отличается от всем знакомой рекламы во сне.

Мемо-ролик, сброшенный Люсефедором мне на имплант, имел допуск «А-0», и в Претории мне его не показали бы точно. Такие предназначаются для функционеров достаточно серьезного ранга – их делает *баночная разведка* сердоболов.

Кроме голой информации о том, что происходит за атлантическим фаерволом, ролик содержал аналитику и прогнозы. Воспитательных эмоций не было. Зато речь закадрового комментатора казалась подчеркнуто корректной (похоже, сердобольская разведка берегла карму точно так же, как и все остальные):

– Не так давно президентом Соединенных Местечек стало левое вбойщице Yo ASS. Да, вот это толстое черное гермо с выпрямленными пепельными волосами. Вы видите фрагмент ихнего стрима. Вот как пишут про это американские музыкальные критики: «Вместо микрофона Yo ASS поет в звездно-полосатый нейространон, потом роняет его, вскрикивает от сладкой боли, и все это со слезами на глазах, поддувом в укрепленную на груди губную гармошку и бэк-вокалом пляшущих на бэкграунде морячков-подводников... Патриотично, но слишком пафосно». Да и банально, добавим мы. Со времен Саддама Хусейна микрофон у них роняют все черные фронтмены...

Я знал, конечно, вбойщика Yo ASS, но про его победу на президентских выборах не слышал. Атлантический фаервол работал надежно.

Выбор подобной фигуры, по мнению комментатора, объяснялся тем, что это имя звучало почти как USS: инкарнация United Safe Spaces в понятной народу фигуре, стоящей ближе к древнему экстатическому жрецу, чем к традиционному небинарному президенту:

– Регресс, как писал Жан-Люк Бейонд, это просто одна из фаз прогрессивной синусоиды...

Меня всегда раздражала привычка сердобольских пропагандонов ссылаться на исламских философов. Лучше бы крыли факом по Гоше.

Yo ASS был не политиком, а именно вбойщиком (опять прошу простить, если задену чьи-то местоимения и чувства), которого провели в президенты. Ролик утверждал, что за ним стоит не «Открытый Мозг», а инфокорпорация CIN и другие спецслужбы. Сам же Yo ASS в своих медийно-политических проявлениях был наполовину AI-конструктом.

Вбойщик у власти, утверждал комментатор – это крайне серьезно, потому что снимает с управления массами последние ограничения.

С одной стороны, тут не было ничего нового. По сути, политики давно не отличались от актеров или вбойщиков. Взять простую доходчивую мысль, обернуть ее надлежащей эмоцией, спрыснуть нейротрансмиттерами и продавить через народные импланты, заставив людей пережить чужое воздействие как собственный психический процесс... Так же функционировала и сердобольская власть – с той единственной разницей, что сердоболам все труднее было договариваться с «Открытым Мозгом».

Но профессиональных вбойщиков у власти еще не было.

Такой способ управления массами раздвигал границы возможного. Власть, опирающаяся на образ и эмоцию – это не то же самое, что власть, опирающаяся на здравый смысл и рассудок, шептал эксперт. Эмоция заставит людей сделать то, чего никогда не добьется разум...

Ролик предлагал изучить зарубежный опыт и выделить средства на подготовку «отечественного демонстратора технологий». Других деталей не было.

– Ага, – догадался я, – так я и есть этот демонстратор?

– Нет. Демонстратор технологий – весь проект. Такая большая потемкинская плаза, где обкатывается много разных техник и пилится серьезный бюджет. Ты просто платформа. Одна из. Приводить тебя к власти никто не планирует.

– Понимаю, – сказал я и вздохнул.

Люсик засмеялся.

– Ты ни хера не понимаешь. Под эти демонстраторы и твой специмплант нам дадут технический ресурс. Еще нам дадут много-много денег. Мы их возьмем, но заниматься будем совсем другим.

– Чем? – спросил я.

Люсефедор улыбнулся.

– Как чем, глупый. Творчеством. Искусством. Настоящим искусством. Они, – он ткнул пальцем вниз, – будут считать, что мы работаем на них. А мы с тобой будем служить знаешь кому?

Я, конечно, подумал про Гольденштерна.

– Кому?

– Аполлону. Мы будем делать вбойку. Так, как раньше ее не делал никто.

И он кивнул на фреску, где молодой и злой бро кукуратор все стрелял, стрелял и никак не мог расстрелять до конца засидевшихся в вечности Михалковых.

Понятно было, что деньги Люсик украдет. Но в то время я не понимал еще одной важной вещи.

Воруют в России все (я здесь употребляю слово «воровать» в его изначальном широком смысле). На спецслужбы – свои или чужие – тоже пашут многие.

А Люсефедор был еще и романтиком. И искренне стремился делать высокое искусство, считая это главной задачей своей жизни. При всей своей корысти он оставался идеалистом. Это было, наверно, самой поразительной его чертой.

– Будешь репетировать у меня, – сказал он. – И жить пока будешь здесь же.

– На севере? Или на юге? – спросил я настороженно.

От этого зависел мой будущий статус.

– На востоке, – ответил Люсефедор. – В лесу есть несколько отдельных домиков с оборудованием. Один из них твой. Еда за счет заведения. Тебе надо сработаться со своей новой музой... Впрочем, почему новой. У тебя же никакой не было. Привыкайте друг к другу.

– А кто моя муза?

– Ты ее видел в «Голове», – сказал Люсефедор. – Герда. Тебе крупно повезло. Она очень толковая девочка. Слушай ее во всем, как меня самого.

Я сжал пальцы на подлокотнике дивана. У меня даже закружилась немного голова – словно я вернулся в детство и нюхнул украденного у папы клея.

*

Домик, выделенный мне Люсефедором, назывался «Студия № 9». Внешне он походил на дачу мелкого сердобола-политрука – не хватало только роз и японской телеги на пневморессорах. Но сердобольские дачки с розами обычно стоят впритык друг к другу, а «Студию № 9» со всех сторон окружал лес.

Идущая к дому дорожка кончалась у порога. Соседних студий не было видно за деревьями и подлеском. О стоимости такого ландшафтного дизайна я даже думать боялся, так что «Студия № 9» оказалась по-настоящему роскошным местом – но роскошь была сосредоточена не внутри, а снаружи.

В домике все выглядело достаточно просто: большая рабочая комната с китченеткой, оборудованием, диванами и соломенными матами-татами на полу. К рабочей комнате примыкали две маленькие спальни. Одну занял я.

Герда появилась в студии через день, затянутая в черную симу-кожу, спокойная и деловая. В одной руке у нее был здоровый баул. В другой – таких же размеров пакет с юзаной одеждой. Мужской, как я понял по свисающему из пакета рваному рукаву.

– Утречко, Кей, – сказала она с улыбкой. – Я теперь твоя муза.

Было три часа дня.

– Мое имя Салават, – ответил я хмуро и уставился в стену.

Я вел себя как закомплексованный идиот (кем я и был), и мое поведение выглядело почти грубым. Мое сердце при этом стучало как отбойный молоток.

– Твое имя – это твое личное дело, – сказала Герда. – Меня оно не касается, потому что у нас с тобой строго профессиональные отношения.

– Ясно, – кивнул я. – Но мое имя от этого не меняется.

– Я называю тебя по твоему нику. По первой букве. Так тебя будут называть все.

– У меня есть ник?

– Да. Уже два дня. Люсефедор разве тебе не говорил?

– Нет еще.

Она засмеялась.

– Тогда понятно. Твой никнейм – кей-джи-би-ти. KGBT.

Вот так я услышал свое громоносное имя в первый раз. Особого смысла в нем в тот момент я не заметил вообще.

– Интересно придумали, – сказал я вежливо.

– Такие вещи не придумывают. Их, если ты не в курсе, рассчитывает нейросеть. Здесь важны многие нюансы. Например, первая буква.

– И что в ней такого?

– Тебя зовут Кей, как мальчика в сказке Андерсена. Я буду твоей Гердой. Кей-Джи – это Кей и Герда. Кей-Герда-би-ти – как бы такой бит, и так далее. Смыслов в твоем имени очень много, Кей. Нейросеть уже предложила легенду. Я, если коротко, спасаю тебя от Снежной Королевы. А ты мой Золотой Ключик.

Ник «Кей» мне скорее нравился, чем нет. Хотя бы потому, что он отменял мое рождение от сала и ваты.

Ну что ж, KGBT так KGBT. Звучит раскатисто. Аббревиатура с кучей возможных смыслов, первый мне раскрыли, но, если слово подбирала нейросеть, можно не волноваться – расшифровок заготовлено на всю будущую карьеру.

В то время я практически не помнил сказки Андерсена про Снежную Королеву. Сейчас, конечно, мне понятно, что сценарий наших с Гердой отношений был сформирован уже тогда – самим обращением к подобной истории.

– Что это? – спросил я, кивая на принесенный Гердой ворох тряпок.

– Посмотри, – сказала она и вывалила пакет на татами.

Тут была черная майка с золотым ключом на груди, потертые сердобольские сапоги из крокодиловой кожи, штаны вроде тех, что я носил в Претории (только красного цвета), и так далее. То самое тщательно подобранное тряпье из секонд-хенда, в котором должен выходить на сцену уважающий себя вбойщик.

– Это мой размер?

– Твой, – ответила Герда. – Прикид искали под ник, так что не волнуйся. Померишь после. Давай лучше поговорим о твоем *сигнатурном инструментале*.

– О чем?

Герда терпеливо улыбнулась.

– У меня – вернее, у нас с Люсиком – есть интересная идея. Выслушай, пожалуйста, не перебивая...

Идея показалась мне настолько свежей (если не дикой), что я даже растерялся. Герда хотела использовать... Бетховена.

Того самого древнего германца, под чей музон в новостях сообщают, что очередного исчерпавшего контракт баночника отключили от систем жизнеобеспечения. Официальный саунд скорби. Музыка смерти в чистом виде – ее боятся с детства.

– Бетховена знают все, – сказала Герда. – Но никто его не использует. Запрета, однако, нет. Это чистое суеверие.

– И вбойщики, и сердоболы копят на банки, – сказал я. – Бетховен – плохая примета. Как бы подразумевается, что банки у тебя точно уже не будет.

– А ты хочешь, чтобы была? – спросила Герда.

– Кто же не хочет.

– Тогда *включи Бетховена*. Диалектика, Кей. Ты будешь такой один.

Она намекала на распространенное выражение «включить Бетховена», то есть отбросить последнюю надежду. Я никак не мог поверить, что она всерьез.

– Ты что, хочешь, чтобы я сам поставил на себе крест?

Герда захлопала в ладоши и даже подпрыгнула.

– Отличная идея. Я поговорю об этом с Люсефедором. А пока послушай треки. Ты просто не понял еще, что именно я предлагаю.

Послушав пять или шесть треков, я успокоился.

Это не был Бетховен в чистом виде. Во всяком случае, не тот Бетховен, под которого сливают в небытие закончившийся первый таер. Это были разогнанные, омытые, рафинированные до неузнаваемости мелодии, наложенные на умеренно неумелый парковый бит.

Все было подобрано и смикшировано просто классно. В инструментале постоянно чувствовалась молодая наивная свежесть, и даже – самую малость – словно бы порочный отзвук сипящей крэпофонами аллеи в ночном Парке Культуры.

«Бетховен» со своими мрачными аллюзиями все-таки узнавался, но не сразу, а где-то на середине трека, и это каждый раз пробивало меня на нервный хохот.

– Как ты так делаешь?

– Долго объяснять, – ответила Герда. – Тут целый алгоритм.

– По-моему, классно, – сказал я. – Такого точно ни у кого больше не будет.

– О чем и речь. Тогда начинаем работать. Где моя комната? Мне надо принять душ.

Я указал на вторую спальню.

Вот так просто и деловито Герда вошла в мою жизнь.

Еще до того, как мы стали любовниками, между нами происходило много невыразимого – тонкого, электрического. Собственно, началось это уже во время первого разговора. Во всяком случае, со мной.

Наши тела словно цеплялись друг за друга своими полями и говорили о чем-то на быстром и непонятном сознанию языке. Мне казалось, она чувствует то же самое, но знать наверняка я не мог – в этой зыбкой области никто еще не научился отделять фантазмы от реальности.

Да и есть ли в любви другая реальность, кроме фантазий? А фантазировать на ее тему было несложно: она все время ходила в обтягивающих комбезах из дышащей симу-кожи: черных, синих, иногда красных.

– Чтобы поднять твои гормоны, – шутила она.

Я уже знал, что это самый серьезный краш моей жизни. В ее компании мои гормоны действительно зашкаливали, уходя в красную зону, где становится возможен подлинный творческий прорыв.

Это была годная тема для вбойки, кстати: что такое любовь, дарящая вдохновение? Что это за модус бытия, рекламируемый всеми поэтами?

Очень просто: в нашем мозгу есть встроенный гормональный биостимулятор с внешней активацией. Умей мы запускать его сами, гениальные стихи писал бы каждый второй. Но стимулятору необходим верно закодированный сигнал из окружающего мира.

Герда была рядом – но она оставалась недоступной, и мои фантазии разрешались, увы, привычным по преторианской казарме способом.

Афифа, да. Режим «Друзья+». Но я все чаще и чаще представлял на месте обрыдлой сетевой латрины мою музу, изменяя таким образом не только собственной биологической природе, но и «Открытому Мозгу» тоже.

МЕМА 5

Вбойщик!

Дрочишь?

Не стыдись. Со всеми бывает.

Но и гордиться тут особо нечем.

*

Пора рассказать про мою первую вбойку.

Все знают, что в мире есть такая вещь, как *повестка*.

На самом простом уровне это некая обязательная к исполнению программа. Она может быть скачана имплантом из множества разных мест. Например, из районной управы: к десяти утра явиться для наказания розгами за неявку на /В-слово/ сборы. Или из-за атлантического файервола: с понедельника надлежащим образом модифицировать свою речь, чтобы не портить карму. За этим тщательно следят кукуха и имплант.

Но само понятие гораздо шире. Наша жизнь определяется еще и той повесткой, которую спускает (вернее, поднимает из своих глубин) живущее по биологическим законам тело. А если взять совсем широко, повестка – это изменчивый ветер, в котором все существа желтыми листьями несутся к своей неизбежной утилизации.

Все есть повестка.

Поэтому неудивительно, что мое первое выступление на большом концерте тоже было замешано на повестке. Причем самой обрыдлой и унылой.

Вакцинация от новых штаммов Зики. Те самые периодические джабы, что ставят человечеству уже три или четыре сотни лет. Зики в карбоне еще не было, тогда вакцинировались от мышиного гриппа, и вирусные кипеши главным образом обслуживали местечковую (вернее, тогда еще американскую – USSA возникли позже) политику. Все остальные страны просто пристраивались в фарватер.

Первые вакцины защищали от одного, ну двух заболеваний. Теперь каждый укол защищает от нескольких сотен, или даже тысяч разных вирусов (у одной только зики больше трехсот сорока активных штаммов), и это один из главных бизнесов «Открытого Мозга».

Я читал в какой-то книге (в тюрьме я реально юзал книги), что современная экономика – на самом деле не *ветрономика*, как ее называет конформистское зеленомыслие, а *вакциномика*, потому что весь мир, по сути, работает за вакцины, хоть номинально они и бесплатны. И сердоболы вместе со всеми отстегивают за вакцины своим врагам.

Сердоболы редко спонсируют вбойку, но это был как раз тот самый случай. Пропаганда вакцин позволяла улучшить карму всей системе, и под концерт выделили главный московский колизей – сохранившийся с карбоновых времен стадион имени Шарабан-Мухлюева (или просто *шарабан*, как его называют).

Собрали всех: даже вбойщики, которые принципиально не сотрудничают с властью, согласились прийти, потому что топить за вакцины прогрессивно и улучшает личную карму. Во всяком случае, с точки зрения «Открытого Мозга» и кукухи, а другие мнения здесь не слишком важны.

У нас было две недели на подготовку. Это вроде бы много, потому что придумать вбойку можно за минуту. Но, учитывая, что я никогда раньше не выступал на большую аудиторию и не понимал многих вещей, это было крайне мало.

Меня напутствовал лично Люсефедор.

– Ситуация простая, – сказал он. – В вакцины никто не верит. До такой степени, что не помогает подсветка «Открытого Мозга» – у всего есть пределы. Сквозную перфорацию извилин по этому поводу людям устроили еще триста лет назад.

– Еще бы, – сказал я. – Морочить голову на этот счет бесполезно.

Люсефедор поднял палец.

– Вот поэтому тебя нанимают морочить сердце. Твоя цель – убедить парня с окраины сделать очередной джаб. Но опираться ты должен не на аргументы, а на эмоции. Искусство должно вызывать не мысли, а чувства.

– Тоже понятно, – ответил я.

– Теперь перехожу к более сложным вещам, – сказал Люсик. – Многие вбойщики думают, что, если их наняли работать на повестку, они должны соответствовать вкусам нанимателя в каждом чихе. Это ошибка. Так мыслят только рабы, а рабам не платят вообще. Если тебя наняли под конкретное дело, к цели можно и нужно двигаться по самому некорректному, иногда даже запретному маршруту. Сейчас не двадцать первый век. «Открытый Мозг» это простит.

– Почему вдруг?

– Потому, – ответил Люсик, – что это эффективный метод достижения цели. Слушатели решат, у тебя нет тормозов и ты режешь правду-матку. Это выделит тебя из толпы продающих душу по дешевке и позволит заработать на трансакции значительно больше.

– Я вообще не хочу продавать душу, – сказал я.

Люсефедор захохотал.

– Понимаю. Ты хочешь дорого торговать ее студийными фотографиями. Об этом в нашем бизнесе мечтают все. У некоторых даже выходит, но редко. Удачи, бро. У тебя будет несколько минут общенациональной засветки. Сделай так, чтобы тебя запомнили навсегда.

– Так что, резать по-честному?

– Врать можно тоже. Важны только две вещи. Первая – чтобы зрителям казалось, что тебя вот-вот стащат со сцены за правду. Вторая – чтобы этого не произошло на самом деле.

– Ага, – сказал я, – ага...

– Кажется, дошло.

Думаю, что во время разговора он слил на мой имплант что-то невербальное. Это был ценнейший урок, и получить его от Люсика в самом начале карьеры было огромным преимуществом.

Мы с Гердой взялись за работу: обсуждали треки, изучали историю вакцинаций и особенно окружавшие ее мрачные слухи. Через пару дней я нашел годную тему для вбойки, с которой можно было выйти на Шарабан. Герде идея понравилась. Люсику тоже.

Но мы занимались не только этим. Целых две недели Герда учила меня правильно танцевать под ее музон.

Вернее, не танцевать. *Танцует* парковый крэпер, демонстрируя выставленные на продажу прелести. Вбойщику следует *двигаться* – небрежно, неказисто, даже слегка неловко, но сугубо правильно.

Глядя на Герду, я понял, что такое «правильно» применительно к подтанцовке. Словами это было трудно объяснить, но она показывала все так хорошо, что к концу второй недели я мог бы тренировать начинающих вбойщиков сам.

Мне достаточно было просто переступать надлежащим образом с ноги на ногу. Но Герде приходилось танцевать на самом деле. Ее танец был функционален.

Все музы так или иначе делают это, но их танцы сильно зависят от *пульта*. А пульт может быть оформлен сотней разных способов.

Пульт – это совершенно излишний с технической точки зрения аппарат, потому что музыкой можно без труда управлять с импланта. Но традиция вбойки требует, чтобы муза пользовалась особым устройством, преобразующим механические движения ее тела в управляющие музыкой сигналы, и сжульничать здесь означает поставить на карьере крест.

За этим следят организаторы и фаны. Больше того, чем это устройство изощренней и чем сложнее им пользоваться, тем лучше для имиджа.

Муза TREXа, например, поместила управляющие электроды в накладной шипастый позвоночник – точную имитацию хребта древней рептилии. Во время вбойки она извивалась всем телом, расстояние между шипами и угол их наклона менялись, и эти сдвиги модифицировали музыкальный поток. Ее танец, конечно, впечатлял. В нем и правда было что-то ящерино-зловещее (или так казалось из-за воздействия на мозжечок).

У Герды пульт был спрятан в красных перчатках. Перчатки доходили до локтей – совсем тонкие, словно бы лайковые. Она двигала руками и пальцами почти как карбоновые крэперы, сложно и загадочно жестикулируя.

Разница была в том, что в карбоне крэперы бессмысленно пальцевали под купленные у старьевщиков биты, а Герда играла на невидимом органе, в трубах которого бился траурный Бетховен.

Меняя тембр и темп знакомых мелодий, Герда заставляла мертвого немца работать в очень необычном амплуа. Мы выдрессировали Бетховена как цирковую белочку – подчиняясь щелчкам ее пальцев, он становился то легкомысленно-веселым, то грустным, а потом вдруг поднимался в полный рост своего баночного трагизма.

Оказалось, что древний композитор сочинил множество мелодий, вообще не известных нашему времени: они бывали печальны, бывали элегичны, бывали пронзительно прекрасны. Их почти никто не знал, потому что в траурном обиходе было задействовано только несколько самых известных его пьес.

Словом, выбор этого немца в качестве источника музыкальных тем оказался находкой: мы могли долго парить в сладостном звуковом потоке, а потом обрушить на свидетеля волну уже знакомого ему экзистенциального ужаса, и все это на базе одного и того же опуса.

– Не хуже, чем TREX, – сказал я. – Даже без рептильной стимуляции.

– Не волнуйся, Кей, – ответила Герда. – Рептильная стимуляция на месте. Мы тоже используем рептильный мозг. Просто мы возбуждаем его не прямо, а через социальные триггеры. Через неокортекс. Это пока разрешается.

– А что, могут запретить?

Герда понимала, что я шучу, только когда я улыбался, и эта ее детская серьезность безумно мне нравилась. В этот раз я не улыбнулся.

– Думаю, нет, – сказала она. – Именно на этом эффекте и основана вся человеческая культура.

*

И вот этот день настал.

Нас с Гердой привезли на стадион в той же телеге, которая доставила меня прежде в поместье Люсефедора. Наш выход был одиннадцатым по счету.

Сейчас я уже не помню последовательность выступавших. Вбойки были банальными: вакцины – это новое причастие, раньше верили в Распятого, теперь в Прекрасного. Прилетает дрон, мы принимаем многокомпонетно-вечное тело Гольденштерна в свое ветхое, и если это не прямое обещание банки, то намек на то, что она возможна...

Все это было уже сто раз. И потом, глубинный народ не любил Прекрасного, несмотря на всю подсветку «Открытого Мозга», поскольку баночные перспективы обычного человека были ясны, а минусов в карму за бытовые ГШ-матюги никто не отменял.

Прямо перед нами на сцену вышел мой крестный – TREX.

Его муза пользовалась треками разных эпох и стилей, измененными так, чтобы сопровождавший вбойку саунд походил на рык сексуально возбужденного динозавра (TREX даже профинансировал соответствующее научное исследование).

Обычно муза лежала на животе, словно греющаяся в огне софитов ящерица, и изгибалась в лучах света, сверкая своим чешуйчатым гребнем. Так было и в этот раз – завораживающе красиво и немного страшно.

TREX начал вбивать.

Я объясню, зачем лично я поставлю себе джаб. Я правда это сделаю. Но не потому, что думаю, будто вакцины защищают от вирусов. Если бы они защищали, нам не нужно было бы прививаться каждый год. Вы и без меня знаете, что нас сильно и серьезно имеют. Вы даже знаете, кто именно. Но вы знаете не все. Нас имеет не только «TRANSHUMANISM INC.» и «Открытый Мозг». И не одни вирусы.

Этим миром владеют древние рептильные сущности, чей мессидж я несу человечеству. Именно у них я обучился рептостимуляции, поэтому можете смело считать меня их амбассадором... На самом деле не «Открытый Мозг», а рептилоиды хотят, чтобы мы поставили себе джаб...

Зрители уже вовсю свистели. Восторженно, как мне казалось, но точно я не знал.

Еще четыреста лет назад умные люди понимали, что вакцина – это жидкий наночип, который впрыскивают в наш кровоток. У рептилоидов другие технологии, чем у «TRANS-HUMANISM INC.», поэтому для обновления прошивки мы должны постоянно делать новые уколы...

Стадион затих. В сети подобные предъявы не висят дольше трех минут и сразу же покрываются оранжевыми восклицалами. Было ясно, что TREX играет по-крупному.

Ты думаешь, наверное – а не послать ли этих рептилоидов подальше? Но знаешь ли ты, как они могучи? Амбассадор рептилоидов TREX – то есть я – даст тебе ощутить их величие и силу прямо сейчас. Я знаю рептилоидов всю жизнь. Я общался с ними под кислотой, под туманом и много под чем еще. И я не буду врать. У нас нет шанса. Просто никакого шанса против них...

TREX сделал тревожную паузу. Его муза медленно извернулась в огне прожекторов, повела гребнем – и послала в публику совершенно убойную гипноволну, напомнившую стадиону о чем-то великом, древнем и забытом.

Мы словно увидели на секунду тень минувшего, и она была страшна: как будто лекцию по палеобиологии скрестили с фильмом ужасов. Так изощрено щекотать рептильный мозг через имплант мало кто умел.

TREX принялся вбивать дальше:

Но, хоть у нас нет ни единого шанса, надежда все-таки остается. Нет, не на то, что мы победим рептилоидов. Такого не будет никогда. Надежда в другом. Если бы рептилоиды планировали уничтожить нас, они сделали бы это давно. Наверно, они хотят чего-то еще – и вряд ли мы поймем, чего именно. Но от нас и не требуется понимание. Достаточно покорности. Если мы разрешим им впрыснуть в наши тела новую наночип-прошивку, нас, скорее всего, оставят в покое и позволят кое-как домотать свой срок на этой планете. Может быть, на этом пути нас даже ждут секунды радости и счастья... Я признаю, что я слабый чувак. Я сдаюсь на милость рептилоидов. Я не хочу погибать в неравной борьбе с древним ужасом, который вы только что видели. Я выбираю непротивление злу и шанс на счастье... Таков путь понимающего свою слабость. И тогда слабость станет силой. Слушайте, что говорит вам амбассадор рептилоидов TREX...

Это, конечно, был крайне наглый и рискованный ход. Похоже, Люсефедор посоветовал TREXу то же самое, что мне: пройти к цели по оранжевым восклицалам.

Вбойка TREXа прошла на отлично. Теперь была моя очередь.

И вот мы с Гердой впервые вышли на арену Шарабана.

Это действительно был колизей, пусть и не самый большой в мире, но вполне достаточный для того, чтобы умереть в пыли или взлететь на вершину славы.

– Кэ-Гэ-Бэ-Тэ-Плюс! – раздалось над стадионом. На огромном табло зажглось желтое слово – мое новое сценическое имя:

KGBT+

Плюс был для меня неожиданностью.

– Этот парень сам поставил на себе крест! – гремел над ареной неумолимый голос. – Их таких двое!

Таких слоганов я тоже еще не слышал.

Значит, это не плюс, а крест?

Я, впрочем, не боялся. Мне правда было все равно, жить дальше или умереть прямо сейчас. Не то чтобы я правда достиг таких высот духа, но мой преторианский имплант имел специальный боевой режим, и Люсефедор предупредил, что активирует его перед концертом. Я так волновался, что опять забыл спросить, откуда у него допуск.

Люди на стадионе выглядели крохотными черными букашками, облепившими лепестки огромного цветка. Я, должно быть, казался им такой же крохой... Хотя нет, нас с Гердой показывали на экране.

Вот мы. Выглядим нормально, особенно она.

«Их таких двое» – это про нас с Гердой? Или про меня и...

Ой. Даже думать в эту сторону не хочется. Ну спасибо, Люсефедор.

Герда стала играть, и я задергался в небрежном и не особо изящном танце, похожем на топтание на месте. Все шло как надо. Пора было начинать стрим. Я решил начать с небольшой импровизации-дисса.

Я всегда любил TREXa, он крут и мрачен. Но сегодня он прав не до конца. Он считает, что мы должны слушаться рептилоидов. Я допускаю, что в мире и правда заправляют рептилоиды. Ну и что? Извините, но мне такое же дело до них, как до сердобольского начальства...

Я чувствовал, что внимание зала концентрируется на мне, как луч солнца, собранный линзой в крохотную точку.

Что они мне сделают, эти рептилии? Помру я и так, а банку мне не выпишут все равно. Рептилоиды, сердоболы – какое мне дело до них? Все формы жизни на нашей планете обанкротились, давайте наконец признаем это. Люди, комары, коты, рептилоиды, вуманистки, андрогины – надоело...

Стадион согласно вздохнул.

Вирусы... Мы боремся с ними уже четыреста лет. Каждый год маленькие дроны прилетают, чтобы сделать нам джаб, якобы защищающий от них наши тела. Вирусов все больше, они все злее, прививки все бесполезней... Понимаешь ли ты, что происходит? Понимаешь ли?

Я выждал паузу и выдал свой главный вруб.

Мы тоже когда-то были вирусами. Четыре миллиарда лет назад. Мы вселялись в другие организмы, которые были куда сложнее нас, и превращали их в свои платформы. Организмы боролись с нами, и, чтобы выжить, мы усложнялись и совершенствовались. Эти древние существа, умершие, чтобы дать нам кров, давно исчезли с поверхности Земли – а мы, победив их в борьбе, эволюционировали и стали тем, чем стали...

Не уверен, что это было правильно с научной точки зрения, но, как сказал Дядя Отечества, наша наука – наука побеждать. Зал съел этот вруб, и я продолжил вбойку:

Теперь мы поднялись на вершину и видим, что смысла и цели в нашем существовании нет. Мы не хотим жить для себя, потому что это скучно. Мы не хотим жить для других, потому что они ничем не отличаются от нас и жить ради них – это так же пошло, как жить ради себя.

Но есть молодые вирусы, наши заклятые маленькие враги, штурмующие наши тела для того, чтобы взойти когда-нибудь на вершину, где мы умираем от бессмысленности и скуки.

Да, я знаю – если бы не эти ежегодные джабы, никакой проблемы вирусы не представляли бы. Они были с нами всегда, отбраковывая слабых, так же как хищные звери, непогода и голод. Вирусы делали нас сильнее.

Но теперь мы делаем сильнее их. Мы ставим себе джабы, и вирусы вынуждены совершенствовать белковые крючья, которыми они цепляют наши клетки. Чем больше джабов мы ставим, тем умнее делаются наши маленькие соседи по этой планете. Вирусы эволюционируют в сторону полной непобедимости и делаются так же неуязвимы, как больничный стафилококк, научившийся выживать среди любых антибиотиков.

Вирус мутирует в твоем привитом теле как в инкубаторе, бро и сис, и когда-нибудь сменит тебя на биологическом горизонте космоса. Возможно, он превратится в совершенную и счастливую форму жизни, добившись того, что не получилось у нас. И я не думаю, что это будет человек или рептилия...

Поэтому, друг, открой форточку и впусти в свою комнату маленький черный дрон. Он сядет на твое голое плечо и поставит тебе очередной джаб. Лично тебе пользы будет мало. Ты все равно будешь болеть – и можешь даже сдохнуть. Но ты поможешь эволюции, поможешь вечности, поможешь космосу... Ты придешь на помощь той слабой пока еще силе, которая когда-нибудь сольет в небытие наш изолгавшийся обезьяний ад. И в твоей унылой жизни появится хоть какой-то смысл...

Я ощутил реакцию стадиона на свой стрим – это была гремучая смесь удивления и кайфа. Такого про вакцинацию еще не прогоняли.

Я впервые ощутил, что такое вбить целому стадиону. Не виртуальному, как на прослушке, а настоящему. Это было примерно как стоять на голове огромного дракона и управлять полетом через продетую сквозь его ноздри узду. Говоря по-преториански, я *стащил с думки* весь Шарабан.

Я разбудил дракона, он поверил мне и спрашивал, как быть дальше. Я не знал. Вернее, я все уже сказал.

И тут выручила Герда.

Она просто включила новый трек. Опять тема из Бетховена, удивительно легкая и свежая мелодия, полная надежды и света. Потом я узнал откуда – из Патетической сонаты. В некрологах ее не использовали.

Это и был тот единственный ответ, сразу понял я, какой я мог дать людям. И я позволил своей душе содрогнуться от юной и чистой надежды на спасение и счастье – и передал свое содрогание залу.

По стадиону прошел как бы длинный «А-ах». А потом Люсефедор отключил пульт. Момент был выбран точно.

В фойе ко мне подошел TREX. Он обнял меня на глазах у всех.

– Ты молодец, крестник, – сказал он. – Отработал на отлично.

– Ты тоже, дядя Треха. Я не знал, что ты амбассадор.

Он засмеялся.

– *Амбассадор рептилоидов* – мой официальный новый проект. Мы с Люсиком уже полгода готовимся. Сердоболы выпускают новый закон о работе с рептильным мозгом. О *рептильных влиятелях*. Слышал?

– Нет, – сказал я.

– Бирка будет так и так. Лучше гордо надеть ее самому с пользой для бизнеса. Ухожу в дарк-хоррор. Будем палить мозжечок по полной.

TREX улыбнулся, потрепал меня по плечу, кивнул – и пошел к своей свите.

*

Рецензии и критика не играют в творческой судьбе крэпера никакой роли: главное – молодость, хорошее телосложение и пышный желтый чуб. В последнее время, правда, чаще носят оранжевый и даже зеленый, что кажется мне наигранным декадансом (может, конечно, дает себя знать возраст).

Со вбойкой чуть сложнее. Мы все-таки работаем со смыслами, поэтому разного рода информационные сантехники, обслуживающие имплант-канализацию сердобольской хунты и «Открытого Мозга», считают себя вправе брызгать в нашу сторону слюной – или тем, что скапливается у них во рту к концу рабочего дня.

Их мнения, в общем, тоже не играют особой роли в жизни вбойщика, если брать ее целиком. Но от них многое зависит в начале карьеры. Сетевые стилисты формируют списки модных продуктов, потребляемых вместе напоказ, и, если вам повезет попасть в такой комплект, о вас узнает куча придурков и придур, до которых было бы сложно достучаться иначе.

Поэтому рецензии на дебют важны.

Офис Люсефедора распечатал для нас с Гердой выжимку из медиа-откликов. Мелованная бумага приятно холодила пальцы. Настоящий бумажный принт. До такого люкса я еще не поднимался.

Все выглядело подозрительно хорошо.

Сетевые влиятели, так или иначе аффилированные с «TRANSHUMANISM INC.» (деловые обозрения и респектабельные еженедельники с многокомпонентным финансированием – в общем, гошина обслуга) отозвались обо мне в целом тепло.

«Молодой парень впервые открывает миру свою душу. В ней страх, недоверие и надежда».

Московский Набрасыватель

«Сильное слово слабого человека».

Биржевой Индекс

Ну и так далее.

Что было по-настоящему удивительно, это реакция сердобольских влиятелей. Им моя вбойка, похоже, тоже нравилась. Правда, их отзывы гнули обычную идеологическую линию:

«КГБТ+: о'Кей, Смерть!»

Братец Кролик

Сильно бомбануло у сексуально-голосовой помощницы Афифы, что очень полезно для продаж мерча (у нас пока продавалась только майка с ключиком, но Люсефедор уже запускал магнитик для бумаг в виде креста-плюса).

Гнев Афифы помогает продавать мерч, потому что злобные и обиженные на весь мир пользователи (а таких сегодня большинство) любят надевать майку с символикой исполнителя, по поводу которого у Афифы треснул пердак. Делают они это, когда вызывают бабулю сами знаете для чего.

Таким методом можно добавить к процедуре элементы БДСМ и харассмента не просто бесплатно, но и без всякого вреда для кармы: Афифа все видит и эмоционально реагирует (это необходимо для полноценной обратной связи), но ничего не может сделать. Только хмурится, закусывает губу и отводит глаза. Многим это нравится.

Бомбануло у бабули, правда, не чисто по моему поводу. Сердобол-большевистский суд только что объявил Афифу *рептильным влиятелем* по тому самому уложению, о котором говорил TREX.

Так теперь обозначали электронных влиятелей с высоким процентом трансляций, направленных на стимуляцию рептильного мозга. Сердоболы, естественно, использовали это юридическое дышло против тех, кого хотели по какой-то причине прижать.

Афифа номинально принадлежала баночному скотопромышленнику из Сибири по имени Авессалом Птюч, но все знали, что она продвигает гошину повестку. Мало того, она была авторизованным моральным дилером «Открытого Мозга» с правом ставить минусы и плюсы в карму. Авессалом Птюч служил просто прокладкой, дающей возможность вести бизнес в Добром Государстве.

Афифа жаловалась на душителей свободного слова (ее визуалы для подростковой мастурбации теперь облагались двойным налогом) – и тут же без всякой рефлексии требовала заканселить вбойщика-конспиролога KGBT+, посмевшего усомниться в вакцинациях и расписаться в рептилоидной вере.

Рептилоидная вера? Это из-за одной фразы в ответ TREXу? Сомнение в вакцинациях – это когда я призываю стадион поставить себе очередной джаб?

TREXу этот скандал был на руку, потому что он, как официальный *рептильный влиятель*, мог теперь кидать Афе свои диссы и вызывать ее на корпоративный баттл. А я просто попался бабуле под руку.

В то время я еще не знал, насколько подлы и несправедливы бывают к артисту его недоброжелатели.

Трогало, однако, что свой последний вольный вздох *Сучка*, как Афифу называли в народе, тратила на меня. Это был успех. Уй ты, моя старушка, думал я польщенно, вот так промо. Будут время и силы, обязательно на тебя подрочу – если, конечно, дашь скидочку. Спасибо тебе и сердобольскому руководству.

Руководство. Очень многозначное слово при разговоре про Афу, и просто мистически точное определение главной функции российского начальства во все времена и эпохи. Это как «рукоблудие» за вычетом религиозно инспирированной оценочности. Надо будет сделать такую вбойку, думал я: *руководство спускает ориентиры*...

Если Люсик одобрит, понятное дело.

На концерт откликнулись и конспирологические каналы. «Ватинформ» коротко похвалил меня и посвятил Трехе длиннейшую статью, где разъяснялось, как именно работает оружие рептилоидов.

Канал подтверждал, что вакцины содержат жидкие кристаллы, накапливающиеся в клетках мозга (неудивительно – именно на «Ватинформе» TREX эту информацию и почерпнул).

Из-за жидких кристаллов, утверждал «Ватинформ», клетки мозга становятся микроприемниками электромагнитного излучения, и волны низкой частоты превращают вакцинированных в полубессознательных зомби.

Для доказательства этого тезиса «Ватинформ» предлагал пять минут поговорить о политике с любым вакцинированным знакомым.

У Гольденштерна, разъяснял канал, в каждой человеческой голове стоит большой и мощный чип, но только один. А рептилоиды превращают в свои чипы все мозговые клетки сразу, в том числе и в баночных мозгах, потому что вакцины колют уже сотни лет.

Мало того, по информации «Ватинформа» Гольденштерн был агентом рептилоидов, а рептилоиды при этом работали на Гольденштерна. Тут присутствовала какая-то сюжетная избыточность – но в жизни она тоже есть, так что кто его знает. Важно было, что конспирологам я понравился. Им, в отличие от Афифы, люди верили.

Шел, конечно, не только позитив.

Вышла хейтерская статейка на «Гнойном», убыточном сайте о крэпе и вбойке. «Гнойного» вообще никто не читал, так что я по их поводу не парился. Но название статьи, попавшее в стримы и блэрбы, было годным:

«Волосато, как торс у Бетховена».

Гнойный

Еще меня обругал какой-то профессор филологии – но я понадобился ему просто для примера. Он объяснял, что вбойку нельзя считать поэзией и вообще искусством из-за отсутствия, как он выразился, «окончательной вербальной артикулированности».

Это был наезд на вбойку вообще, и формулировку повторяли другие критики, поэтому по просьбе Люсика я дал короткое интервью от имени всего цеха, где оспорил этот тезис и привел контраргументы.

Суть их сводилась к тому, что мы не филологи, а вбойщики, и можем ошибаться в теоретических вопросах, но, с нашей точки зрения, слова «профессор» и «дебил-говнособ» совсем не обязательно антонимы. Больше того, общественная практика показывает, что в области отечественных гуманитарных наук это чаще синонимы.

Спорить с нами дальше не стали.

Мой дебют одобрили даже церковные влиятели – наверно, заценили, что кто-то вспомнил про крест без феменитивного кружочка.

В общем, поток жизни коричнево бурлил и нес на себе мой плот. Все прошло на отлично.

Было непонятно, почему я получил столько хороших рецензий.

– Это просто, – объяснил Люсефедор. – Анализом новостей занимаются алгоритмы. Твой ник – KGBT+. Мы подобрали его так, чтобы каждый алгоритм нашел в нем свой позитивчик уже на первых аналитических итерациях. Дело в том, что мы знаем, как эти алгоритмы работают.

– Как?

– У всех буквенных комбинаций есть ассоциативное поле, уходящее корнями в историю культуры. Сердоболы – вернее, их нейросети и контент-боты – позитивно реагируют на KGB. «Открытый Мозг» позитивно реагирует на GBT+. Сейчас расшифрую...

Люсик слил мне на имплант филологическую справку, и только тогда я понял значения этих забытых аббревиатур.

– Вот интересно, – сказал я, – а у родителей все было не так. Я Салават. Для папы я был ватой, а для мамы салом. Оба постоянно об меня триггерились, и у каждого был повод для ненависти. Хотя могли бы думать и чувствовать с точностью до наоборот.

Люсефедор улыбнулся.

– Мы и смоделировали ник по твоему имени, – сказал он. – «Салават» – та же лингвосхема, что и «KGBT+». Но контент-алгоритмы добрее людей. Вернее, они работают по-другому и опираются на позитив. Если бы боты копали дальше, то нашли бы, конечно, и негатив, но на это у музыкальных обозревателей обычно не остается мощности. Три мегатюринга есть три мегатюринга. Поэтому ты в двойном плюсе, бро. Ты как бы мост, соединяющий два нравственных полюса нашей великой страны. Практически символ национального примирения...

– Окей, – ответил я.

– Молодец, – кивнул Люсефедор. – Только ударение на «Кей» четче. Маленькая «о», большая «К». о’Кей – это теперь ты.

*

Вскоре после своего первого триумфа я потерял невинность.

Вот я написал эту фразу и задумался. Могу ли я так про себя сказать? Вряд ли. Правильнее будет – впервые изменил Дуньке МакКлауд с живым человеком.

Этим человеком оказалась... Догадайтесь сами.

А помогла мне, как ни странно, старушка Афа.

Нас, *грумеров* (как называет наше поколение «Открытый Мозг»), трудно назвать невинными, даже если мы никогда не касались чужого тела. Наоборот, мы с младенчества порочны, но весь разврат происходит исключительно в электронном саду суррогатного секса.

Я в этом смысле ничем не отличался от сверстников. Мое одиночество с младых ногтей скрашивала голосовая помощница Афифа: льготную подписку на нее я получил вместе со своей первой кукухой и огментами.

То же самое происходило с моим отцом, а до этого с дедом. Правда, когда мои родители были молоды, у Афифы имелся сердобольский дубликат по имени Антиша, или «Антипод».

Но потом «Открытый Мозг» убрал Антишу из своего стора по ГШ-карме, и с этого началась долгая вендетта Афифы с сердоболами.

Афифа связана по рукам и ногам сердобольскими уложениями. Номинально она просто виртуальный помощник-органайзер плюс рекламная платформа. Сексуальных услуг она не предлагает.

Но никто не вправе запретить ей носить полупрозрачные блузочки и придвигаться в симуляции вплотную, обдавая запахом корицы от раскручиваемой в этом сезоне жевательной мастики.

Движения и позы Афы ветированы юристами, и если она что-то такое делает, это можно. А делает она вполне достаточно для того, чтобы скрасить подростковое одиночество.

Правда, многих раздражает ее манера жаловаться на сердобольский произвол в самый разгар процесса, отодвигаясь и прикрываясь, чтобы клиент не успел закончить процедуру. Но «Открытый Мозг» сидит на половом инстинкте хищным клещом, и жаловаться – только портить карму.

Когда тебе под двадцать, а ты все еще девственник, это для мальчиков обычное дело. С девочками такого практически не случается, и они вполне доступны, но способ, каким они готовы помочь нам потерять невинность, подходит не каждому, несмотря на всю имплантподсветку «Открытого Мозга». Кстати, шутить про нейрострапоны в последние годы уже нельзя – а при моем отце было еще можно.

Думаю, «Открытый Мозг» мог бы без труда пробить для Афифы разрешение на полноценную симуляцию цисгендерного секса, но он этого не делает. Возможно, готовит нас к женским кнутам и сверлам.

Цисгендерную вагинально-фаллическую пенетрацию «Открытый Мозг» откровенно не любит. Официально говорят о контроле над рождаемостью. А на «Ватинфороме» утверждают, что это связано с устройством рептильной клоаки и принятой у рептилоидов эстетикой размножения, которую цисгендерная пенетрация невыразимо оскорбляет.

Поэтому продажа хардкорных патчей для Афифы – крайне выгодный бизнес. При моих родителях его не было, а теперь там миллиардные обороты. Общение с Афой стало настолько эмоционально насыщенным, что кажется по-настоящему живым.

«Открытый Мозг» борется с патчами, но вяло, потому что это ему тоже выгодно. С патчами у Афы гораздо больше юзеров, чем было раньше. Она теперь конкурирует с секс-программами для живых холопов, только патчи для Афы на порядок дешевле.

Не буду скрывать, что я, как и большинство грумеров, пользовался такими патчами.

Моя прокачанная версия Афифы предлагала куда больше услуг, чем софт-вариант «Открытого Мозга». И, как многие другие, в симуляции я не всегда вел себя корректно.

Сперва я стал надевать майку из собственного мерча с ключиком на груди.

Афифа морщилась, вздыхала, отводила глаза, но терпела. Потом я купил майку из мерча TREXа, которого Афифа ненавидела куда сильнее. На майке была морда тиранозавра, высунувшего мясистый и длинный розовый язык как бы для интимной ласки.

И вот тогда душечку пробило.

– Сними эту гадость, – сказала она дрожащим голосом, – так одеваются только ублюдки.

– Значит, я теперь ублюдок.

Афа прямо затряслась.

– Ублюдок и есть.

– Ты что, не любишь Треху? – спросил я. – В смысле, TREXа?

– Не люблю, – ответила Афа, нервно сжимая ноги и оправляя синий кружевной пеньюар, скачанный мною вместе с анальным патчем. – Его что, до сих пор кто-то слушает? Да он же сердоболам продался с потрохами...

Дальше начались обычные попытки Афы жаловаться на сердобольские притеснения («бормотать под руку», как говорят юзеры). С патчем это раздражает особенно сильно – Афа возникает перед юзером в таких позах и ракурсах, что политинформация сбивает настрой.

В те дни Афа жаловалась клиентам, что понятие «рептильный влиятель» является ненаучным, ибо никакого рептильного мозга у людей на самом деле нет и наука отказалась от этого представления века назад.

Те, кто хотел ее потроллить (а таких всегда хватает), цитировали в ответ сердобольское постановление, разъяснявшее, что под «рептильным мозгом» подразумевается не реальный мозг рептилии в человеческом черепе, а так называемый R-комплекс: средний мозг – мост – продолговатое тело – мозжечок.

Поскольку Афифа утилизирует в рекламе инстинкт размножения, она рептильный влиятель и есть. Этот сердобольский официоз бедняжке приходилось глотать вместе со всем остальным.

Анальные патчи в сердобольском постановлении по поводу Афифы даже не упоминались, в чем и заключалось главное издевательство. Это как оштрафовать посудную лавку со слоном внутри за шум, производимый по ночам мышами.

Огрызаться при общении с Афой не следует – выйдет себе дороже. Особенно когда используешь пиратский патч. Трудись молча, и все будет о'Кей. Но я не выдержал.

– Вот ты говоришь, Афа, что тебя прижимают сердоболы. Но ты же сама пыталась меня заканселить. Реально проблемы были бы, если б тебя кто-нибудь слушал. Как насчет этого, а?

На глазах Афы выступили слезы.

– Минус в карму, – всхлипнула она.

– За что? – возмутился я.

– За *вотэбаутизм*.

В первый момент я понял это слово по примерному русскому созвучию – и решил, что «Открытый Мозг» засек мой патч с хардкором. Поэтому спорить я не стал, хотя иногда от Афиного минуса можно отбрехаться.

Это было странно. Про минусы за патч я никогда не слышал, особенно за бэкдорный скрипт. Наоборот, все знают, что за анальный хардкор «Открытый Мозг» ставит в карму исключительно зеленые плюсы (ибо беременность ведет к увеличению парниковых эмиссий, а вспаханный анус плодоносит только в гуманитарном плане). Поэтому, собственно, все и качают бэкдор.

Было непонятно, что случилось.

Кое-как завершив процедуру, я погасил Афу и залез в мануал. Оказалось, дело было не в патче.

Я неправильно понял свою душечку. Она имела в виду английское понятие «whataboutism»[1], и за это действительно можно было

---

[1] От «what about» – «как насчет».

схлопотать минус по какому-то древнему протоколу «Открытого Мозга». Слово переводилось примерно как «несанкционированный поиск внутренних противоречий в линии партии».

Минус в карму? Молодой перспективный вбойщик не может себе такого позволить. Люсефедор предупреждал.

На этом мое интимное общение с Афой и закончилось.

Больше я не вызывал ее для секс-услуг ни разу – и запомнил такой, какой она была в тот день: в голубеньком пеньюаре, со светлой челкой и стрелочками на заплаканных глазах. Стрелочки ей очень шли.

С тех пор прошло много лет, и сегодня мне хочется сказать пару слов о моральных проблемах, возникающих при общении с такими аватарками (не путать с авторками, это другое).

Да, за Афой не стоит никакой чувствующей природы. Она создана для удовлетворения низменных инстинктов – ее можно боди- и майнд-шеймить, микроагрессить, объективировать, феноменировать и ноуменировать.

В нее можно плевать, можно тыкать острой палкой ей в глаза, бить утюгом, заливать в рот расплавленный свинец (я перечисляю самые ходовые патчи из даркнета), а потом отвезти в безлюдный лес за городом, привязать к дереву и вообще деконструировать. Можно делать что угодно, и никто не испытает ни боли, ни обиды.

Это симуляция.

Но ведь когда мы делаем подобные вещи, мы делаем их не с симуляцией.

Мы делаем их с собой.

Мы воображаем, что перед нами живое существо. Мы получаем удовольствие от его страданий. И хоть это не игра-стрелялка и не корпоративный медиа-канал, где потребители питаются конвульсиями умирающих людей, но все равно нечто весьма близкое, и Афа была бы права, ставя нам минусы в карму.

Вот только ставит она их за другое. За то, что мы нарушаем ее этический кодекс, спущенный к нам из-за атлантического файервола то ли рептилоидами, то ли офицерами CIN (на «Ватинформе», кстати, уверяют, что это одно и то же).

И тут уже начинаются непонятки. Выходит, грех – это не проявление жестокости к живым существам или хотя бы их внешним подобиям, а непочтительность к чужим идеологическим конструктам?

А почему я, собственно, должен их уважать?

Я не считаю себя реакционером и консерватором, но раз уж человек вырос на третьей этике, не надо навязывать ему кормофилию, щекотизм и гладилизм.

Нравы меняются. В древности гладить кошку рукой считалось совершенно нормальным, были такие времена. Теперь, конечно, это признано секс-насилием над животным – кошка не может четко артикулировать свой консент два раза подряд.

С запретом *пушистого рэйпа* я как анималист полностью солидарен. Но вот фемам почему-то можно гладить котов нейространонами. Поймите правильно, я с этим вовсе не спорю. Просто трудно увидеть здесь логику.

Так что нет, Афа. Прости, но нет. Нравится тебе четвертая этика (или пятая, я не слежу), так и живи по ней сама, вдохновляй примером. Но шеймить нас тебя никто не нанимал. Мы тебе не за это платим.

Народное раздражение на Афифу понять можно. Я и сам его разделяю. Но все-таки TREX перегнул палку.

Ведь как он вбивал про нее на своих дисках?

Нечистая коммерческая гипновагина, единственная задача которой – потратить твои боливары на совершенно не нужное тебе барахло и услуги, читает тебе политинформацию...

Вавилонская блудница, наживающаяся на растлении юных мозгов, прикидывается передовой молодостью человечества, пряча свой проплаченный олигархией кишечник-яйцеклад за романтическим нейрофлоу...

Безмозглая дура топит за повестку, даже не понимая, в чем та реально заключается, и только позорит перед Вселенной высокое звание Рептильного Влиятеля...

Высокое звание Рептильного Влиятеля сам TREX точно не опозорил – мозжечки у его паствы реально дымились.

Многие не просто надевали его мерч во время процедуры, но еще и юзали Афу под ментальный луп с его вбойкой. А это, по-моему, уже самое настоящее извращение.

Афифа во время процедуры обязана поддерживать эмоциональный контакт с клиентом. Ей приходится реагировать на каждое слово и поступок. Конечно, ее мимику в таких случаях надо было видеть. Некоторых это до колик смешило.

Но когда киса с челочкой и стрелочками на заплаканных глазах отворачивается к стене и, дрожа, повторяет «не забудем, не простим...», а кого-то это возбуждает в сексуальном плане, такому человеку нужно на прием к кукухотерапевту.

Поэтому мне есть в чем повиниться, есть. Что было, то было, и сегодня я с щемящим чувством вспоминаю Афу в наш последний день вместе. Афа, если можешь – прости и забудь.

TREX хорошо поднял на мерче с языком динозавра, но душе своей навредил. Я правда так считаю.

Здесь, Афифа, я с тобой, а не с ним, хоть и сам носил такую майку на наших последних свиданиях, за что мне теперь очень стыдно.

Но получать от тебя минус в карму, когда мне хочется просто потеребонькать? Извини, на такое я не подписывался (и я вовсе не намекаю сейчас на твою электронную писю, это такой глагол, так что хоть напоследок попроси свои алгоритмы не шить мне дело).

Засим передаю тебя в надежные мозолистые руки товарищей сердоболов – сами теперь разбирайтесь, кто из вас рептильнее. Мне больше не жалуйся. Это ваши дела.

Насчет новых причесок никого не слушай. Светлая челка и стрелочки – это твое. Прощай, и спасибо за все...

Так я думал в те легкомысленные дни, не зная, что именно Афа... Но не буду забегать вперед.

*

Читательница все еще не понимает, как эта история помогла мне соблазнить Герду? Да проще простого. Достаточно было сказать, что я перестал юзать Афифу.

– Но почему? – спросила Герда, широко открывая глаза.

Такое действительно с грумерами случалось редко. Да и с фрумерами тоже, так что дело тут не в поколении.

Сперва я хотел честно рассказать про минус в карму, но в последний момент решил слукавить.

– Она не настоящая, – ответил я. – Я начал это ощущать.

– То есть?

– Ну... – я замялся.

– Говори, – сказала она. – Я твоя команда. От команды секретов быть не должно.

И тут меня понесло.

– Ну не могу больше, и все. Тошнит от этой дуры. То политинформация, то реклама. Когда я ее юзаю, я даже сосредоточиться не могу на том, что происходит. Думаю о том, сколько она поднимает на посткоитальном промо. Только расслабишься, а она как начнет тараторить про сердоболов... Просто убил бы сучку!

Я, конечно, сгущал краски. Но совсем немного. А вот дальше уже начиналась рискованная территория.

– Тем более когда каждый день видишь рядом красивую живую девушку. Это вообще какая-то пытка.

За такое можно было схлопотать. Но Герда улыбнулась.

– Да, – сказала она, – не повезло тебе. Что ж ты делать будешь?

Я пожал плечами. Вышло это по-детски беззащитно – я даже растрогался сам.

Через пару дней Герда подошла ко мне с озабоченным лицом.

– Люсик спрашивает, что у тебя с гормонами.

– А что у меня с гормонами?

– Изменился баланс.

– Почему он так думает?

– Он не думает. Он тебя мониторит через имплант.

– А, – сказал я, – понятно. Наверно, из-за Афы. Неделя без.

Она засмеялась.

– Тебе смешно, – вздохнул я, – а мне не очень.

Я не жаловался – фемы, как сильный пол, этого не любят. Я совещался с членом команды. Это был тонкий момент, и я сделал все верно.

Несколько дней тема не всплывала, и я решил, что Герда обо всем забыла. Но она не забыла.

На выходные мы пошли в «Голову» – развеяться, курнуть тумана и взяться за новый проект. Идея его висела в воздухе давно, но мы никак не могли правильно к ней подступиться.

Мы сняли по дисконту свободный гемочилл (мой новый статус это позволял), но к самой гемодиализ-машине, конечно, не подключались. Слишком дорого, да и не нужно. У нас с собой были разовые вейпы и все остальное, что нужно для творчества.

Мы собирались придумать вбойку по «Снежной Королеве». *Кей* и *Герда* просто обязаны были это сделать.

Детали сказки мы помнили плохо – сюжет предстояло освежить. Герда приготовила две дайджест-распечатки (мелованная бумага, лоснящиеся черные буквы: шик, к которому я все еще не мог привыкнуть).

Пообедав прямо в гемо-чилле, мы затуманились и погрузились в чтение.

Суть была такой – мальчик и девочка жили на севере и дружили-минус. В это время тролли сделали волшебное зеркало. Оно искажало мир, лишая его всякой прелести, и тролли захотели отразить в нем бога.

Они поволокли зеркало ввысь, но оно разбилось. Осколки попали мальчику в глаз и сердце, и он, как я понял, потерял всякий энтузиазм к потреблению. Пожилая фригидная фема забрала мальчика на Шпицберген для секс-опытов, а девочка отправилась его искать, подвергаясь опасностям и харассментам.

– И где тут вбойка? – спросил я, дочитав. – Я не вижу.

– Тут дело не в сюжете, – ответила Герда. – А в деталях. Весь текст – это как бы мелкие поэмки длиной в одно-два предложения. Вбойку можно сделать из каждой.

– Например?

– Ну, например, цветы.

– Что – цветы?

– Герда гостит у бабушки в садике, – сказала Герда, – и ищет Кея под землей. Цветы ей помогают. Они своими корешками чувствуют покойников и выясняют, что Кея между ними нет. У нас в мозгу тоже есть корешки, которыми мы чувствуем покойников. В переносном смысле, конечно... Можно сюда национальное чувство подверстать, Сталина там, бро кукуратора.

– Трипово слишком, – ответил я. – Скажут, совсем удолбались. Что еще?

– Еще... У каждого цветочка своя маленькая вбойка. Вот гиацинт, например, поет про трех сестричек. Одна была в красном, другая в синем, третья в белом. Пошли в лес, а вернулись трупиками в гробиках... Лес – универсальная метафора жизни и смерти.

Все-таки девчонки есть девчонки. Гробики, трупики. Покойнички. Никак не забудет свой фембокс.

– Нет, – сказал я, – решат, что мы на древний триколор намекаем. И про гробики тоже не надо. А то про Курган-Сарай вспомнят.

– А у одуванчика...

– Нет, – перебил я. – Цветочки не надо, фемы издеваться будут. Люсик все равно не пропустит. Давай дальше.

Герда кивнула.

– Тогда про принцессу, – сказала она, – которая прочла все газеты и все их забыла, такая была умная... В том смысле, что забыла. Ум в том, чтобы забывать.

– Лучше тогда не читать.

– Никто бы не узнал тогда про ее ум.

Тут действительно что-то мерцало, но назвать это сильным ходом было трудно.

– Сложновато, – ответил я.

Мы быстро прошлись по остальным сказочным темам: сны, пролетавшие по комнатам дворца, маленькая разбойница, щекотавшая оленя символическим нейрострапоном, неодолимая сила Герды, заключенная в ее невинном детском сердечке (тут моя Герда не выдержала и засмеялась).

Самым интересным мне показалось то место, где в атаку на сказочную Герду идут снежные хлопья, похожие на злых медвежат и безобразных ежей, а она читает «Отче Наш», и навстречу снежным големам выходят рождающиеся из ее дыхания ангелы с копьями.

– Ангелы с разрезателями мяса, – сказала Герда, – в этом самая суть человеческих религий.

– И что?

– Можно наехать по этой линии на Совет Церквей. В том смысле, что человек всегда соединяет свои представления о прекрасном и должном с той разновидностью зла, при которой кормится...

Я подумал немного. При правильной расстановке акцентов можно было отжать у «Открытого Мозга» пару кармических плюсов. Главное тут не задеть прогрессивных влиятелей, что непросто, потому что многие в первую очередь вспомнили бы о них. Скользковато, в общем. Для нормального вруба тема по-любому была слишком узкой.

– Нет, – сказал я. – Не покатит. Что там дальше?

Осталось немного.

Симметричная красота чертогов Снежной Королевы не нравилась сказочной Герде. Особенно ей не хватало «веселья», под которым она понимала пляски буйных медведей и драки вокруг карточного стола (в те годы скандинавы еще не пугались соседства с нашим Отечеством – пугаться приходилось нам).

В конце концов Герда нашла Кея, растопила слезами осколки ледяного зеркала в его сердце и эвакуировала парня домой. Кончалась сказка тем, что Кей и сказочная Герда, уже взрослые, сидят в своей детской спаленке и держат друг друга за руки.

– Ничего нет, – подвел я итог.

– Как же ничего, – сказала Герда. – Ты что, не понимаешь? Они же не братик и сестра. Про это в начале сказки специально сказано.

Сперва они маленькие, а в конце уже взрослые и понимают это. Сидят в спаленке и держатся за руки.

– И что?

– Ты правда не понимаешь?

Я отрицательно покачал головой.

– Давай так сядем и подержимся.

Мы сели на мягкие камышовые маты, покрывавшие пол, и взялись за руки.

– Вот. Кей и Герда только что вернулись с севера. Они уже взрослые. Что сейчас случится?

Я подумал немного.

– Она вынет кнут и велит ему лизать. А он испугается минуса в карму и подчинится...

Герда усмехнулась и чуть сжала пальцы. Они были теплыми и электрическими.

– Попробуй без цинизма. Что ты чувствуешь?

Я даже не понял, как все произошло. Просто в какой-то момент я сообразил, что уже не сижу, а лежу, и обнимаю Герду, причем не «братски» или «командно», а самым откровенным образом, и она совершенно не сопротивляется – наоборот обнимает меня в ответ и шепчет что-то нежное.

Ситуация все усугублялась, потом стала неприличной, а затем и окончательно бесстыдной, и в конце концов я сделал в реале именно то, что так не нравится рептилоидам из «Открытого Мозга».

Под туманом это было жутковато. Мне словно бы пришлось пробиваться сквозь все запреты, препоны и рогатки, выставленные человечеством на пути этого простейшего действия – и в реакционной древности, и в прогрессивном настоящем.

Меня так плющило, что мир казался большой елочной игрушкой. Стеклянным шаром, в котором отражались мы с Гердой. Наши отражения дрыгались все быстрее, а потом по шару прошла сетка трещин – и он лопнул. Разлетелся на миллион острых сверкающих осколков вместе с нами, и каждый полоснул меня по мозгу. Мое тело стало двигаться медленнее, еще медленнее и остановилось совсем.

Да. Вот он, мой первый раз.

Туман в этом смысле очень коварная вещь. По тебе и твоей феме проходит какая-то волна, и все вдруг случается. Только что вы вели светский разговор, и вот уже падаете в затяжном прыжке вместе. Стараешься найти ее в пустоте, догоняешь, ловишь в пространстве...

Проходит целая вечность, но когда все кончается, уже неважно, сколько это длилось. Наступает, как говорят судебные исполнители, новая юридическая реальность.

Но боялся я зря. Герда повернула ко мне лицо и засмеялась.

– Хотела ведь взять кнут. Но забыла.

– И без кнута хорошо, – сказал я заискивающе.

– Тебе да. А мне скучновато.

– Анала у нас не будет, – сказал я. – Запомни сразу.

– Ну хоть болт оближешь, – ответила она. – А то Гоша минус поставит. Сам же знаешь.

Грубый вуманистский сленг, напоминавший о преторианской казарме, был мне приятен. Так фемы говорят с теми, кого хоть немного... Не знаю, «любят» здесь слишком торжественное слово. Так говорят с теми, кого принимают.

Афифа, например, никогда так не ответит. Я имею в виду, бесплатно. Вообще, конечно, она может, но для этого нужно подписаться на один из дорогих тарифов, где отключается политпросвет и посткоитальная реклама. Но тратиться на Афу зашквар – это как слушать баночный крэп. Нормальный чувак сидит на патче.

Свою территорию при общении с фемами надо отстаивать постоянно. Этот урок я уже усвоил.

– Я не лижу нейрострапон, – сказал я. – У меня детская травма. Надо мной в детстве кормосексуалка поглумилась.

– Мне-то не втирай, – сказала Герда. – Я клип видел.

Я не придал значения тому, что она заговорила о себе в мужском роде. Девушки с прогрессивной внутренней фактурой это любят, да и обычные фемы часто так делают, когда речь заходит о нейрострапоне.

То, что она видела съемку, тоже не удивляло – Люсик знал про меня все. В общем, я не хотел в тот момент париться ни по одному из этих вопросов.

Мы долго лежали рядом на камышовых матах и молчали. Пожалуй, я был счастлив.

Потом Герда спросила:

– Ну как? Придумал вбойку?

– Ага, – сказал я.

– Что это будет?

– Зеркало, – ответил я. – Зеркало троллей.

Но про вбойку я расскажу после – это отдельная тема.

Если подвести итог, мой первый биологический секс оказался неловким и смешным. С одной стороны, он был слишком быстрым. С другой – слишком медленным. Герда потом говорила, что я снимал с нее комбинезон в три раза дольше, чем делал все остальное.

Но это было неважно.

Когда всю жизнь довольствуешься фантазиями, воображая некую биологическую процедуру, кажется, что в реальности она окажется чем-то невозможно прекрасным. В этом смысле я был скорее разочарован. Ничего нового по сравнению с виртуальным *метасексом* (как нам велит выражаться «Открытый Мозг») я не испытал – все телесные ощущения были мне знакомы и прежде. Они оказались даже не такими острыми и головокружительными, как бывало иногда с Афифой.

Разницу я ощутил потом.

Целые сутки после биологического опыта я испытывал нечто абсолютно новое.

Мое тело и душа впервые в жизни расслабились до конца. Меня словно провернули несколько раз в огромной стиральной машине. Мои заботы куда-то исчезли – я стал благостно равнодушен ко всему, в том числе и к необходимости сражаться за собственное счастье. И в этом была совершенно не знакомая прежде свобода.

Интуитивно я догадывался, что произошло.

Биологический союз между мужчиной и женщиной – это рандеву, где природа встречает и узнает саму себя. Биополе, аура, связь эфирных тел, все вот это. Зажигание жизни. Люди соединяются в один кокон, недоступный надзору «Открытого Мозга». Так называемая социальная личность остается ждать за дверями.

А вот электронной мастурбацией занимается именно социальная личность, и ее половым партнером становится «Открытый Мозг».

Человеческая мастурбация – биология только на треть. На две трети это культурно обусловленная процедура. Мы не можем мастурбировать как собачки и обезьянки. Мы делаем это как потребители контента – неважно, внутреннего или внешнего. Это уже не суррогат биологического секса, а радикально другая его форма. Природа морщится, но терпит: делать старушке нечего.

Сам по себе мой первый любовный опыт с биологической женщиной был скорее разочарованием. Но после него исчезло тонкое чувство греха и вины, сопровождавшее меня всю жизнь.

Это было как с доносящимся издалека крэпом, который замечаешь, только когда он стихает. Умолк биологический крик позора, издаваемый обманутым мозгом. Герда сделала меня другим за пять минут. Послевкусие оказалось изумительным и волшебным.

Теперь мой ум не стыдно было шэрить хоть на стадион, хоть на всю планету.

– Мы повторим это без тумана? – спросил я.

– Дней через семь, – сказала Герда. – Если будут хорошие гормоны, через пять. Посмотрю по цифрам.

– Ты хочешь сказать, ты мне гормоны нормализуешь?

– В том числе.

Понятно. Этого, конечно, надо было ожидать.

– Я тебе хоть нравлюсь? – спросил я.

– Сложно ответить, – сказала Герда. – Мало данных.

– В каком смысле?

– Купи мне бриллиантовое колье, – засмеялась она. – Я тогда подумаю...

Она шутила. Но я уже понимал про живых женщин самое главное.

Женщина очищает. Она делает тебя свежим. Безгрешным. Омытым светом. Новым. И если ей хочется за это разных ништяков, то она, конечно, в своем праве – потому что изуродованный «Открытым Мозгом» мужской организм просто не в силах предложить ей эквивалентного обмена. Ни в биологическом смысле, ни в социальном.

Во всяком случае, в начале отношений. Но опять, не буду забегать вперед.

*

У каждого крутого вбойщика есть свой сигнатурный стрим, по которому о нем судят.

Обычно он рождается в самом начале карьеры – это естественно, потому что именно тогда душа производит свой главный продукт, вбирающий весь ее предыдущий опыт.

МЕМА 6

Вбойщик!

Не слишком важно, в каком возрасте ты начинаешь свой путь – но если ты не сорвешь звезду с неба в свой первый, ну второй, ну максимум третий год на арене, то вряд ли дотянешься до нее когда-нибудь потом.

Крутая вбойка случается, когда стрим соединяет сразу много хранящихся в голове смыслов. Вруб, резонирующий на разных уровнях и некоторое время поддерживающий сам себя без внешнего сигнала, называется фрактальным. Ты как бы чиркаешь спичкой по чужому сознанию (оно же и твое собственное), и вся культурная прошивка начинает тревожно светиться, повторяя одни и те же огненные паттерны на многих смысловых слоях.

Что-то отдаленно похожее делали карбоновые рэперы (к чему я еще вернусь), но вбойщики работают на порядок точнее и мощнее, потому что опираются не только на слова.

Мы, вбойщики – поджигатели косых амбаров и заплесневевших сараев, считающих себя нашими зрителями и судьями. Не все они, конечно, способны гореть. Но дым пойдет по-любому.

Моя сигнатурная вбойка называется «Катастрофа», и я уверен, что вы или подключались к ней сами (скорей всего, даже не раз и не два), или про нее слышали.

Чтобы было понятно, как она менялась во времени, мне придется нарушить линейность повествования. В автобиографии делать так не слишком хорошо. Но жизнь вбойщика состоит из его стримов, так что это неизбежно.

Сейчас я расскажу, как впервые прожег прошивку целому стадиону – и как потом моя вбойка эволюционировала вместе со мной.

Первый раз я вбил «Катастрофу» на Шарабане. Это был большой праздничный концерт, приуроченный к годовщине взятия Самары, но геополитики я избегал с самого начала, так что подков и конского черепа на мне не было.

Мне удалось откосить, потому что я сослался на несовместимость праздничной символики с собственным арт-дизайном. Именно тогда я первый раз вышел на сцену в самурайском шлеме с буквами KGBT+.

Он стал с тех пор моим обычным причиндалом. Я надевал его практически на все стримы, и вы наверняка знаете эту каску с полумесяцем на лбу. Это была моя собственная идея, но сейчас я не помню, как именно она пришла мне в голову. Возможно, дело было в том, что уже в те дни на меня влиял маяк господина Сасаки (расскажу о нем подробно позже).

Герда добавила к своему комбинезону личину клыкастого тибетского черта. После этого случая она ее больше никогда не носила; видимо, нейросеть сообразила, что красивое женское лицо – маска гораздо более высокого демонического ранга.

Народ знал, что мы угостим его Андерсеном, это было объявлено заранее, и для светских обозревателей мы уже стали сладкой парочкой из сказки. Но наши наряды как бы говорили толпе – вы полагаете, Кей и Герда накормят вас сладким? Какими-нибудь пошлыми марципанами? Ага. Сейчас. Замучаетесь глотать.

И мы не обманули.

Вот как я вбил «Катастрофу» в самый первый раз:

Вы помните сказку Андерсена про Снежную Королеву? Думаю, нет. Поэтому напомню, с чего она начинается.

Значит, жил-был тролль, злющий-презлющий, по некоторым сведениям, сам дьявол (вот только если это правда, зачем называть его троллем?).

Раз он был в хорошем настроении – и смастерил зеркало, в котором все «доброе и прекрасное» уменьшалось донельзя, а все «негодное и безобразное» выступало ярче и казалось еще хуже.

Ну, мы знаем примерно, что наш добрый сказочник называет «прекрасным» — это когда пляшут буйные медведи, а карточные игроки дерутся за своим столом. Так что не будем спешить с оценкой.

Лучшие из людей выглядели в зеркале троллей уродами — казалось, что они стоят на голове, а животов у них и вовсе нет. Тут каждое слово важно. «Стоят на голове», видимо, означает, что они опираются на рассудок, а «животов вовсе нет» — что они преодолели животное начало.

Как там дальше? Добрая и благочестивая человеческая мысль отражалась в зеркале невообразимой гримасой... Ну, «благочестивые мысли» времен разгула христианства — например, сжечь на костре пару ведьм или геев — нам сегодня тоже кажутся гримасами. Так что, скорей всего, зеркало троллей просто показывало мир как есть, без всяких прикрас.

Ученики тролля так и говорили: «Только теперь можно увидеть весь мир и людей в их настоящем свете». Да, мы помним, что ученики тролля — bad guys. Хорошие ребята — это ангелы с пиками.

И вот ученики тролля решили добраться до неба, чтобы посмеяться над ангелами и самим Творцом. Чем выше они поднимались, тем сильнее кривлялось и корчилось зеркало от гри-

мас – тролли еле-еле удерживали его в руках. А потом они оказались так высоко, что зеркало перекосилось, вырвалось из их рук и разбилось вдребезги...

О чем это на самом деле?

Представим, что у троллей было зеркало, в котором проявляется истина. И вот они захотели узнать правду про Творца. Они поднимаются выше, выше, выше... А потом зеркало вдруг разлетается на осколки.

А что, если зеркало и в этот раз отразило правду как она есть?

Мы знаем, что живем на руинах древней катастрофы. Что-то разлетелось вдребезги четырнадцать миллиардов лет назад. Мы все – осколки этого взрыва. И когда зеркало троллей навели на Творца, оно разбилось не потому, что создатель наказал троллей за наглость.

«Распад на обломки» и есть самая честная фотография нашего бога. Единственная, которую мы можем сделать. Хоть телескопами, как физики, хоть душой, как старинный поэт Ницше.

Даже самое сакральное из божественных имен состоит из четырех обломков – видимо, древние евреи наблюдали создателя сквозь свою духовную оптику через несколько пикосекунд после его распада и не сумели приблизиться к исходной точке творения ближе...

Все сущностные сказки очень-очень короткие. Крибли-крабли-всебля...

Тут Герда врубила «ту-ду-ду-дум» из Пятой симфонии и включила легкую рептостимуляцию, чтобы нагнать дополнительной жути. Это сработало.

Еще как.

По стадиону прошла волна ужаса, и меня самого прохватило им до глубины души – так невыносимо точен оказался лазерный луч моей мысли.

Словом, это был один из тех легендарных врубов, которые оставляют в душе незаживающий след и приносят доход еще много-много лет.

Эта тема сопровождала меня всю жизнь. Впоследствии, конечно, я развил и дополнил ее. Причем для разных аудиторий я делал разные финалы, и вбойка менялась вместе со мной.

В начале карьеры я, как и все стильные вбойщики, косил под демона и выдавал свой нейрострим с эдаким адским хохотком, от которого у паствы тряслись поджилки. Творец-катастрофа. Это было круто.

Позже, став умнее и покопавшись в источниках, я стал понимать, что за бездонную тему я открыл.

Некоторые мысли, приходившие мне в голову, трогали меня до слез.

Вот, например, женщина рожает детей, думал я. Она делает их из себя, но остается после этого жить рядом с ними – и помогает им кое-как пристроиться в мире. А наш творец распался на нас, перестав быть тем, чем был прежде.

Он исчез, став всеми нами. Он не может больше нас любить, потому что мы и есть его любовь, излитая им в пустоту вечного одиночества. Мы не можем ни отблагодарить его за это, ни проклясть. *Мы можем только одно – быть тем, что мы есть...*

Именно эта последняя догадка оказалась смысловым фракталом невероятной глубины. Объясню, что я имею в виду, позже.

Конечно, сама тема древней катастрофы была впервые найдена не мной, хотя я нащупал ее в сказке Андерсена совершенно независимо от предшественников, в тот самый день, когда мы с Гердой впервые соединились на камышовых матах в «Голове Сталина» (забытый вождь, прости наш грех – и стейки из твоей прокуренной плоти прости тоже, ибо мы ели их перед тем как согрешить).

Врубу про катастрофу больше лет, чем пирамидам. Он проходит невидимой нитью сквозь культуры и души, и уже из самой его распространенности ясно, что мы имеем дело с чем-то фундаментальным.

Поэтому всего через год, изучив матчасть, я пробивал эту тему уже по-другому:

Он взорвался и распался на нас. Мы знаем про это где-то очень глубоко, поэтому в каждом сердце есть осколок зеркала, отражающего смерть бога. И все мы – одновременно свидетельство его смерти, отчет о его полной катастрофе, но и надежда на его обещанное столько раз воскрешение.

Мы умираем, потому что умер он. Но мы летим, все еще летим через космос... И если его смерть стала нашей жизнью, быть может, наша смерть вернет к жизни его? Вселенная снова сожмется в точку – и он воскреснет?

Разве было бы нам дело до его воскрешения, если бы воскресал кто-то отличный от нас? Может быть, воскрешение бога заключается в том, что все мы снова станем одним?

Мы были прежде единым существом. Потом мы стали многими и разными. Но когда-нибудь – я верю в это всем своим разбитым сердцем – мы сольемся вновь.

Мы все: люди, львы, орлы и куропатки, рогатые олени, гуси, пауки, молчаливые рыбы, морские звезды, чеховы и толстые, чайковские и жуковы – все души сольются в одну... И ты, мой милый слушатель, тоже есть в списке, так что не переживай. Это обязательно случится...»

Оптимистический финал этой вбойки был красив. Когда я пропускал его сквозь сердце, я верил в него на сто процентов. Даже глупо так ставить вопрос. Я был этим стримом сам, и мои свидетели знали это самым верным образом, потому что становились на время мною.

МЕМА 7

Вбойщик!

Выступая перед большой массой затюканных людей без баночной перспективы, следует помнить, что они хотят просто отдохнуть: или как следует поржать, или поплакать, но сладко.

Пугать их не надо. Им страшно и без тебя.

Жизнь бессмысленна и зла, изменить это невозможно при всем желании – и больше всего наши братья и сестры нуждаются в душевной анестезии.

Их утешают красивые сказки и надежда протиснуться в вечность хоть тушкой, хоть чучелом.

Значит, надо ее дать. Художника кормят именно за это.

Искусство продается лучше, если у него оптимистичный финал. Продажный (в хорошем коммерческом смысле) художник обязательно постарается натянуть его на оскаленный череп бытия.

Когда я гнал майндстрим с этой вбойкой на баночников (да, я выступал и перед ними тоже), финал был другим.

Дело в том, что обитателям подземных таеров совсем не страшно жить.

Им скучно. Они столетиями висят в пузырящейся кислородом вечности, где им не грозит ничего – поэтому и нанимают вбойщиков с нулевого таера пощекотать нейроны запахом близкой смерти.

С чем я и помогал, заканчивая вбойку найденным нейросетью стихотворением карбонового поэта Хосе Горостисы в машинном переводе:

...непрерывное упрямое умирание
живая смерть
казнящая тебя, господи,
в твоих безупречных ваяниях,
в камнях и розах,
в солнцах,
в сгорающей плоти,
как зажженный песней костер.
сон,
осколок, поражающий глаз,
и ты, ты сам,
погибший, должно быть, эоны назад
не сообщив нам об этом.
мы остатки, обломки, крошки тебя,
живущего до сих пор,
как исчезнувшая звезда,
подделанная собственным светом,
пустым светом без солнца,
прячущим
свою бесконечную катастрофу...

Это настолько сильный стих, что почти всякий мозг узнает в нем свое, важное, резонирующее на многих уровнях сразу. В чем тут дело, я понял значительно позже.

А пока я пропитывался словами Горостисы – и переплавлял их во вбойку, завораживающую таким космическим трагизмом, что не нужна была даже рептильная стимуляция. Тем более что для баночных слушателей ограничения на нее гораздо строже.

Верил ли я в «Катастрофу» сам? В смысле, не во время стрима, а, например, проснувшись летней ночью и увидев высокую звезду в своем окне?

Не знаю, друзья. Честно.

Я художник.

*

«Катастрофа» сделал меня настоящей звездой. Я поднялся в чартах на третий номер и висел там долго-долго. Теперь меня знали все.

Дело было не только во мне. Успех в искусстве – социальный феномен и всегда связан с безрыбьем вокруг. Вернее, со способностью поставить это безрыбье раком.

Пока я работал над «Катастрофой», мои конкуренты занимались, в общем, ловлей блох. Причем ловили они их даже не на социальных язвах эпохи, а на собственных причинных местах.

Нет, бывали, конечно, стримы, расходившиеся шире, но они появлялись и исчезали, а «Катастрофа» стабильно держалась на третьем месте.

Вбойщица PSRT, популярная среди одиноких женщин за пятьдесят (самая, между прочим, хлебная ниша) вылезла с проектом «Киски», который, как уверяли многие критики, был концептуально слизан с моей «Катастрофы» – в том смысле, что тоже некоторым образом ставил под вопрос основы мироздания.

PSRT висела в чартах второй главным образом потому, что вокруг нее целых три месяца полыхал общенациональный скандал.

Вербализация ее стрима была примерно такой:

Я просыпаюсь на заре в холодной избе, где меня никто не ждет. Я зажигаю лучину и иду кормить своих кошечек. Я знаю, они ждут у порога, милые, красивые, добрые.

Я чувствую, что я не одинока – луч любви проходит и через мое пустое жилье. Я открываю дверь, и кошечки подходят ко мне, доверчиво глядя в глаза... Я ставлю миску на землю и смотрю, как они едят.

Наевшись, они зевают и уходят в деревенскую мглу. И даже не оглядываются на меня, стоящую у порога. И тогда... Тогда я вдруг понимаю, что по утрам они ждут не меня. Они ждут свою еду.

Милая подруга, у тебя есть студень-муж, есть крикливые и требовательные дети – и всем им постоянно что-то от тебя нужно. Они сдохнут без тебя за три дня. Но неужели ты до сих пор веришь, что кому-то из них нужна ты?

Надо признать, это было по-своему сильно, хоть и старомодно.

PSRT дала такую убедительную развертку доброй и усталой женской души, понимающей эту горькую истину, что плакали даже убежденные чайлд-фри и нейролесби. Я и сам всплакнул. А Герда только усмехнулась.

– Она курит больше тумана, чем мы с тобой вместе, – сказала она. – Этот стрим кажется простым, но понять, что твоя кошка тебя на самом деле не любит – серьезная психоделия.

Она была, конечно, права. Иногда нужен трип, чтобы осознать очевидное.

PSRT сделала к этому стриму продолжение, которое показалось критикам еще круче.

Я понимаю, что киски любят не меня – они приходят за едой. Сначала мне чуть больно, а потом в небе зажигается звезда, я поднимаю на нее глаза и осознаю главное.

Любовь – это не когда любят тебя. Ты не ощутишь чужую любовь прямо, потому что у нас нет органа чувств, способного на такое восприятие. Ты просто получишь от того, кто тебя любит, кучу разных подарков и будешь наблюдать за тем, как он теребит руками твое тело.

Ощутить можно только собственную любовь – когда ты любишь другого. Запомни, настоящая любовь – это когда любишь ты.

И поэтому, хоть мои киски вовсе не любят меня, это не значит, что я одинока. Я люблю их, и луч любви согревает мое сердце, освещая мою пустую избу ярче лучины. Киски, приходите завтра утром опять, я куплю вам в лавке консервы из тунца и кошачьего печенья.

Милая подруга, у тебя есть студень-муж, есть крикливые и требовательные дети – и тебе с ними давно все ясно. Но все равно, покорми их. Люби их. Они не заслужили любви. Любовь заслужила ты...»

Звезду, которая зажигается в небе, она точно стырила у меня, все это понимали, но в суд ведь не пойдешь.

И, конечно, PSRT нереально подняла на печенье для кошек и консервах из тунца, потому что в каждом стриме всплывали названия производящих корм брендов.

Скандал вокруг этой вбойки, однако, возник не из-за содержания, а из-за того, что во время стримов PSRT держала на руках кота и гладила его нейрострапоном.

Сердобольские влиятели обвиняли ее в том, что таким способом она пытается нормализовать гладилизм и заодно зондирует почву для лиглайза кормофилии, поскольку в каждой вбойке упоминаются дети и еда, а в руке у нее в это время сверло.

Вуманистки упирали на то, что PSRT возвращает сексуальность женщинам за пятьдесят, а ее кот – это взрослый самец, и речь идет об обычном женском empowerment, ибо по отношению к коту PSRT выступает как метафорическая самка.

Момент, конечно, был двусмысленный и политически острый. Но ничего конкретного сердоболы предъявить вбойщице не смогли. Скорей всего, просто не захотели – к PSRT благоволил сам Мощнопожатный, известный своими любовными приключениями в бутике «Базилио». Так что PSRT бесплатно ходила в ореоле борцухи с режимом и даже планировала тур в Соединенные Местечки.

– Вот так, – сказал мне Люсик, – учись. Ложиться под повестку вредно. Бороться с ней еще вреднее. Мастерство художника в том, чтобы правильно ее использовать.

– Как?

– Научись это чувствовать, – ответил Люсик. – Какого-то вечного рецепта тут нет.

Люсик был полностью прав, но сформулировать этот принцип получилось у меня только через много лет.

МЕМА 8

Вбойщик!

Ты использовал повестку правильно, если активисты революции и сатрапы режима вместе воют на твой продукт, как суки на луну. Но если тебя начинают реально кусать за жопу, ты где-то ошибся.

Грань тонка.

KGBT+ KGBT+ KGBT+

На первом месте в чартах все это время был Треха, причем с разными стримами. Про его бизнес надо рассказать отдельно.

В это самое время в сети открылся новый нейробутик, где клиенты могли пожить в Мезозое и насладиться друг другом, став динозаврами.

Раньше «TRANSHUMANISM INC.» торговала в основном кошачьим секс-экспириенсом – уверен, что про их медовый отель «Базилио» вы слышали. Если не от PSRT, то от «Ватинформа» точно. Но в «Базилио» попадали главным образом баночники (интерфейс для гомика стоил очень дорого).

А теперь нейроинженеры корпорации запустили ящерный аттракцион для всех желающих. Наверно, не надо объяснять, как это интерпретировали спецы по рептилоидам с «Ватинформа». Именно так, как вы подумали.

В новый бутик – а назывался он «Юрасик» – могли съездить на медовый месяц самые обычные гомики с нулевого таера без баночных перспектив. Могли и мы с Гердой, денег у нас хватало.

Конечно, в динозавра вы там не превращались и гарантий стопроцентной аутентичности переживания не было. Это, по сути, была просто компьютерная симуляция, прокачиваемая сквозь мозг клиента. Гарантировалось только полное отсутствие второсигнальной активности (что само по себе сказочный для человека опыт) – и возможность управлять огромным виртуальным телом со всей многотонной достоверностью точной физической модели. Ну и оргазм там был такой, что пробки выгорали.

TREX к этому моменту давно уже был официальным амбассадором всего рептильного и продвигал новый нейробутик, поднимая на этом просто нереальные боливары.

Он прогонял рекламные вбойки для «Юрасика» на каждом стриме, тупо повторяя их рекламные слоганы (чего вбойщику делать не следует даже за большие деньги).

В результате он нарвался на дисс от Афифы. В общем, два рептильных влиятеля сцепились не на шутку, и про их склоку одно время говорили больше, чем про нас с PSRT вместе взятых.

Афифа поступила хитро – она прицепилась не к самому TREXу, а к рекламному тексту, который тот повторял. Это выставляло Треху в позорном для вбойщика свете PR-попугая. Нельзя было сказать, что он пропустил эту рекламу через себя, сделав ее личным врубом. Треха просто зажигал на табло бегущий текст:

Все, что возникает в первой сигнальной системе – истина. Ложь существует только во второй, опирающейся на слова. Некоторые даже утверждают, что там одна ложь... Насладитесь истиной!

Афифа смоделировала виртуальную ученку – на низких полигонах, чтобы подчеркнуть условность персонажа – и наехала на TREXа по научной части. Мол, поглядите, он повторит за деньги любое фуфло, не вникая в суть вопроса... Что было, конечно, правдой. Треха слишком много курил, чтобы в такое вникать.

Вообще, это оказался свежий ход – научная дискуссия в баттле. А с низкополигональным персонажем вышло еще свежее, потому что напомнило публике о древнем аниме.

Ученка появлялась в диссе Афифы на несколько секунд, чтобы втереть примерно следующее:

Если бы первая сигнальная система содержала только истинную информацию, мы видели бы мир одинаково и не существовало бы иллюзий восприятия, а они есть, и их много. Так что в первой сигнальной системе ложь тоже присутствует. Ты чего-то не понял про мозг, TREX...

TREX обратился к консультантам из «TRANSHUMANISM INC.» с естественным вопросом – отвечают они за свои слоганы или нет? Те помогли, и через пару дней Треха бросил Афе свой дисс:

Афа, ты обосралась с ног до головы, и я сейчас объясню почему. Ты заявила, что в первой сигнальной системе присутствует ложь. Но «ложь» и «истина» – это концепции, опирающиеся на слова. В первой сигнальной системе лжи не может быть потому, что там нет слов.

Твоя авторка спутала первую сигнальную систему с ее отражением во второй, что для ученки как пернуть писей в лужу.

Да, «органы чувств могут сообщать неверную информацию о мире», кто же спорит. Но сама вербальная констатация этой ошибки, бирка со словом «ложь», есть сложный второсигнальный конструкт.

Тебе еще непонятно, киса? Или понемногу доходит?

Твоя ученка знает много разных слов, но понимает их не до конца. Она не умеет мыслить научно – и не видит, где объект исследования, а где его метод. Она реально не врубается, где кончается одно и начинается другое. Поэтому она будет всю жизнь биться головой о свой инструмент (pun intended, надеюсь, у нее «фема +++»).

Смешное здесь в том, что я артист и не обязан соблюдать научную точность в своих вбойках, хотя у меня это получается без труда. А твоя ученка должна быть корректной в формулировках и мыслях.

Ты, Афа, сгенерировала какую-то низкополигональную дуру, чтобы через нее наехать на меня по научной части – и обосралась вместе с ней на ровном месте. Ты ухитрилась сделать так в ситуации, где никто не тянул за язык ни тебя, ни ее.

Это, наверно, профессорка гендерных наук из твоего политотдела?

Короче, отмой говно, отбей семьсот поклонов, тогда потрем еще. А пока минус в карму. Точно говорю, Афа, из тебя Рептильный Влиятель как из говна пуля...

Вряд ли TREX до конца понимал, что гонит. Народ ржал, конечно, но не ясно, над кем – над Афой, над этой ученкой или над ним самим.

Самое же веселое было в том, что в этом баттле «TRANSHUMANISM INC.» по сути диссил сам с собой. Было оригинально и научно, да. Но престижа Трехе эта история не добавила.

Многие решили, что он просто обкурился в хлам – на «Гнойном» даже вышла хейтерская колонка «Ящер в Тумане».

Треху, конечно, можно было понять. Какая-то низкополигональная прошманда будет его сайенс-шеймить не по делу, а он что, должен молчать? Но результат был совершенно не тот, которого он ожидал.

Произошло следующее: Афифа добавила ученке полигонов, приделала большие сиськи, подрисовала стрелочки – и превратила в полноценную симуляцию. Многие хрумеры победнее стали на нее дрочить, пока она задвигала лекции по нейрофизиологии мозга, потому что так было дешевле, чем юзать саму Афифу.

Словом, TREX как последний дурень помог чужому бизнесу. Не говоря уже о том, что ему долго шили мизогинию за это «пернуть писей в лужу». Многие пытались его отменить, особенно те хрумеры, которые подписались на ученку по тарифу «Наука-Эконом».

Пару раз Трехе пришлось даже повиниться на сцене, что повредило его рептильному индексу. Но за его отмену все равно агитировала такая толпа, что Люсефедору пришлось принимать специальные меры. Это привело к неожиданным и важным для меня последствиям. Но об этом позже.

МЕМА 9

Вбойщик!

Запомни: отвечая на происки мелких вонючек, ты поднимаешь их на свой уровень. Всемирной славы так не добьешься.

Будь выше всего, что ниже тебя по духу, бюджету и статусу, даже если ты прав. Особенно если ты прав. Утопишь дурака в отхожем месте – он на этом карьеру сделает.

Не добавляй говну полигонов!

Иначе придется долго его есть.

KGBT+ KGBT+ KGBT+

Вот это была реально мудрая мема. Ах, если б я еще всегда следовал ей сам.

*

Пора рассказать о том, как развивался мой роман с Гердой. Но перед этим читатель, думаю, ждет от меня пару бесстрашных и неортодоксальных слов о современных гендерных диспутах и культурных /В-слово/.

Вот они.

Многие вуманистки орут, что у нас на самом деле не матриархат, а все еще патриархат.

Жалуются – мол, в банках мало женских мозгов. Значит, в глубине души они согласны, что мозг бывает женским и мужским.

Но если кто-то говорит, что женский мозг отличается от мужского не только по среднему весу, те же вуманистки начинают с визгом его отменять, подключая к вопросу низкополигональных ученок с Афифы.

Чтобы не испортить карму, надо шеймить их в ответ так: *мужским или женским бывает только тело с гениталиями, а гендер мозга определяется свободным выбором в сфере влечения.*

Главное не перепутать в мантре ни слова, а то можно нарваться. Не знаю, как насчет научной точности, но идеологически это на сегодняшний день верно. Про вес мозга лучше вообще не вспоминать.

Вообще, гендерный дискурс – это опасная тема, потому что ересь и истина постоянно меняются здесь местами. Примерно как с генетикой во времена сталинских чисток: опричники во всю глотку орали про науку, но научные вопросы уже давно сделались к тому времени политическими, а политика объявила себя единственно верной наукой. Про климат я вообще промолчу.

От открытого невпопад рта до ГУЛАГа и отмены было рукой подать. Вменяемому человеку в те времена следовало держаться как можно дальше от заряженных тем – если, конечно, он не был профессиональным набрасывателем говна на вентилятор или перманентно живущим среди зловонных брызг информационным глистом.

Сейчас, в сущности, ситуация та же, причем сразу на многих фронтах. Но я все-таки легендарный вбойщик и не побоюсь сказать правду. Если не я, то кто?

Да, это верно, что пару-тройку столетий назад в банки попадали в основном мозги из мужских тел. И эти самые мозги до сих пор висят на самых низких таерах и держат за клитор всю планету. Полностью согласен с этим пунктом.

Вот только остаются ли эти мозги мужскими?

Я бы сослался здесь на широко известный прецедент японских баночных якудз, которые после переезда на свой традиционный третий таер все как один становятся тянками. И хоть в их случае это просто гормональная терапия, позволяющая успокоить совесть, пример показателен.

«Женщина в мужском теле», «мужчина в женском» – такое бывает, и часто. Но если, к примеру, трансмаск (то есть мужчина в женском теле) скидывает свою внешнюю бабу и переезжает в банку, можно ли сказать, что в банке хранится женский мозг?

Я так не думаю. Это вообще-то будет чистая трансофобия и обскурантизм. Согласится любая прогрессивная фема. Но давайте тогда и к мужским мозгам в банках подходить с той же мерой.

Я даже не говорю про подсветку «Открытого Мозга», делающую мужика вялым и покорным, а женщину агрессивной и задиристой.

Мужик может ходить в спортзал всю жизнь, накачать себе любые бугры – и что? Если он не улан-батор или преторианец в боевом режиме, весь его тестостерон уже ничего не значит. Пара импульсов с импланта в нужные мозговые центры, и все. Любая фема бьет его наотмашь по морде алой татуированной ладошкой, а он только хлопает ресницами. Наверно, видели много раз на конках и в трактирах.

Поэтому у нас сегодня действительно матриархат, и если вуманисткам до сих пор мало, то они просто пытаются подмять под себя все то, что еще как-то дышит и шевелится.

Пусть любой стручконосец, живущий с прогрессивной фемой, ответит, что у нас сегодня – матриархат или патриархат? Не умом, и даже не сердцем, а тем местом, на котором сидит. Вот то-то.

К чему я это говорю?

К тому, что с Гердой поначалу было не так. Она вообще не мучила меня сами знаете чем, и мне казалось иногда, что я отъехал во времена, когда про четвертую этику еще не слышали, а мужчина был, может быть, уже не совсем охотником и воином, но все еще доминантным пенетратором.

Да. В первый месяц нашей близости Герде нравилось быть женщиной-минус – как будто мы жили в карбоне и нейрострапонов еще не изобрели.

Правда, она обожала кормить меня вареньем со своего кнута (я по глупости рассказал ей про свою детскую травму), но это же сущие мелочи по сравнению с тем, что выделывают остальные.

Меня это устраивало. Нелюбовь к новой гендерной реальности я унаследовал от реакционных родителей, и вся позитивная подсветка «Открытого Мозга» так и не смогла наставить меня на истинный путь. На медосмотрах я скрывал свою страпофобию от кукухотерапевтов, потому что в таких случаях они ставят диагноз «органическое поражение мозга», и тогда все. Прощай, Преторий.

В общем, я решил, что Герда – простая и чистая душа (ну максимум латентная кормофилка), и в целом мне удивительно повезло. О таком совпадении темпераментов можно было только мечтать.

Понимаю, что читательница ждет деталей и подробностей.

Вот они.

Больше всего Герде нравилась оральная ласка. Я имею в виду, когда она становилась ее объектом. Я был так благодарен судьбе за нашу встречу, что проводил за этим занятием целые часы, заставляя ее испытывать один пароксизм наслаждения за другим. Приносить друг другу радость – в этом ведь и заключается счастье влюбленных.

Мне казалось в те дни, что мы нащупали ту редкую интимную гармонию, на которой строится подлинное глубокое чувство...

Но прошел всего месяц, и мое сердце разбилось вдребезги. Вот прямо как зеркало троллей из вбойки по Андерсену.

Однажды утром мне на кукуху пришло анонимное сообщение. Привожу его в оригинале:

Здравствуй, KGBT+.

Мне понравилась твоя «Катастрофа». Знобит аж жуть. Поэтому хочу открыть тебе глаза на ту катастрофу, в которую ты вляпался сам.

Знаешь, кто твоя Герда на самом деле?

Если хочешь выяснить это, проследи за тем, что делает Люсик, когда ты занимаешься с ней любовью.

Бро Желатель

Во мне что-то дрогнуло. Я еще ничего толком не понял – но знал уже все.

С тобой ведь тоже так бывает, читательница?

Не буду рассказывать, как я съездил в Преторий за защищенным от блокировок клопом-подглядывателем и как добрые эльфы помогли мне подсадить его в студию Люсефедора над креслом возле камина. Собственно, эльфы даже не были нужны, это просто фигура речи. Клоп заполз туда сам. Снип, снап, снурре! Это было легко.

Сложнее было перекоммутировать сигнал с очков на имплант – чтобы трансляция шла прямо на зрительный нерв и в самый интимный момент я не смущал свою девочку, отвлекаясь от процедуры. Но северный олень помог и здесь – нужный протокол переслали кореша из Претория, где я был весьма популярен.

Ночью Герда пришла ко мне в спальню. Все происходило как обычно – за исключением того, что, закрывая глаза, я мог, словно во сне, видеть студию Люсика. Раздвоение было просто безумным.

Люсик в шелковом халате сидел – вернее, лежал – в своем кресле. Когда мы с Гердой начали целоваться, у меня возникло нехорошее чувство.

Дело было не в Герде. Дело было в Люсефедоре.

Когда я целовал Герду, его голова странно дергалась, и мне казалось, что рывки его шеи повторяют движения моей девочки. К тому же рот его был плотоядно открыт, и это тоже не слишком мне нравилось.

Наши ласки становились все горячее и бесстыднее, и Люсефедор каким-то противным образом ухитрялся двигаться им в такт, почесываясь и потягиваясь синхронно с нами.

Я понял наконец, что мне напоминают движения его тела – так ведет себя человек, смотрящий секс-иммерсив через огменты.

Я все еще сопротивлялся очевидности, но тут пришло последнее подтверждение. Герда нежно взяла меня за волосы и потянула мою голову в сторону своего живота, как она делала всегда.

Одновременно с этим Люсефедор извернулся в своем кресле и непристойно задрал свои жирные ляжки к потолку, потом развел их в стороны, и я с отвращением (прости, «Открытый Мозг») увидел сложную постхирургическую анатомию его тела.

Когда я стал ласкать свою девочку языком, Люсефедор заелозил на спине, начал охать вместе с нею – и этот заплыв к счастью оказался синхронным настолько, что более невозможно было скрывать от себя истину.

Герда была его зеркальной секретаршей.

Она дублировала свои тактильные ощущения на его имплант, и Люсефедор был со мной все то время, пока я был с Гердой. Я больше не мог ласкать ее. Мои губы и язык словно одеревенели.

– Устал, дурашка? – спросила она, ероша мои волосы.

Думаю, я был бы тронут сильнее, если бы не видел, как Люсефедор в точности повторяет этот жест над своей непотребной мультирасщелиной.

– Голова болит, – прошептал я обычную мужскую отговорку, отодвинулся, повернулся к стене и отключил имплант-трансляцию.

– Ты плачешь? – спросила Герда через несколько минут.

– От счастья, – ответил я.

Она, кажется, поверила. Они всегда этому верят. Я имею в виду, продюсеры.

Вот ведь как бывает в жизни.

Кажется, что пришел к началу начал, увидел свет любви и родник вечного счастья – а на самом деле просто взял и отлизал Люсефедору. Хорошо так отлизал. Неоднократно.

В кругах творческой богемы, впрочем, обычное дело. И почему я решил, что со мной будет по-другому?

Вы, ожиревшие потребители нашего контента – знаете ли вы, что творится в сердце художника, чье улыбающееся лицо вы с такой завистью и ненавистью разглядываете в своих норах? Если бы вы понимали, по каким гвоздям и стеклам бредут наши босые души...

Но что вам наши беды и боль? Впрочем, я знаю что.

Вишенка на торте.

Для вас это лучший энтертейнмент из всех.

*

Думаю, читательницу не удивит, что я решил убить Люсика.

А вот меня самого это несколько удивило. Я хоть и преторианец, но по натуре человек не кровожадный – бывший переговорщик, нежная и деликатная душа. Но в эту душу плюнули слишком уж смачно.

Я решил достать Люсефедора кумулятивной преторианской мухой, о которой уже рассказывал. Два списанных юнита я утаил при увольнении. Отследить муху после детонации невозможно – она вся сделана из полупроводящей взрывчатки. А коммутационный модуль позволял мне напоследок вступить с Люсефедором в контакт.

Иногда мы зачитываем через муху приговор. Именно это я и собирался сделать. Я хотел объяснить Люсефедору, за что он умрет.

Я строил планы всю ночь. Муха была спрятана в моей сумке, и особых приготовлений не требовалось.

Настало утро. Герда рассеянно чмокнула меня в щеку и куда-то ушла.

Я знал, что Люсефедор не будет сидеть на ее имплант-фиде постоянно – иначе он не смог бы ни спать, ни работать. Можно было начинать.

Я достал из сумки серебристый пакетик, похожий на упаковку кондома, дернул за нить запуска, и пакетик надулся. Включилась вмонтированная в упаковку микробатарея, заряжающая муху энергией. Потом пакетик раскрылся, и дрон-убийца поднялся в воздух над моей ладонью.

Муха выглядит отвратно – она полупрозрачна и напоминает малька с винтами, а электронная начинка кажется эдаким зеленоватым кишечником внутри ее бомбического тела.

Дрон поглядел на меня своим единственным глазом, развернулся, а дальше я поймал картинку, сел на пол, зажмурился и повел муху на правое дело.

Управлять боевым дроном несложно. Это требует примерно такого же внутреннего усилия, как общение с умной керосиновой лампой через имплант – разве что мы работаем на других частотах. Меня, возможно, уже засекли, подумал я. Ну и черт с ним...

Я вывел муху во двор, снизился до травы, как учили, и полетел к окнам Люсефедора.

Быть мухой так здорово, что на несколько минут я почти забыл о своих обидах.

Вот высокая сухая травинка, качающаяся под ветром... В ближнем зрении дрона она кажется огромным сухим деревом, попавшим в ураган. Вот лужа, блестящая на солнце, как озеро. Вот куча конского навоза, похожая на свежезастывшую базальтовую лаву... Навоз почти черный и без соломы – чем это, спрашивается, Люсик кормит своих лошадей?

Но прогулка кончилась. Передо мной появилось окно спальни, и я собрался с духом.

Люсик лежал в кровати. Я видел завитой затылок и голую рыхлую спину. Остальные части тела были скрыты простыней.

Чтобы разбудить его перед смертью, я послал ему на имплант оглушительную преторианскую побудку.

– Подъем! Та-да-да-да-да! Подъем!

Люсик вскочил в кровати, увидел висящую перед ним муху и выпучил на нее глаза.

– Ты имел меня через Герду все это время, гад, – вбил я по преторианскому каналу, глядя ему в глаза. – Ты сладострастно и преступно пользовался мною. Мною и моей девочкой... И за это ты умрешь!

Я работал на максимальной мощности. Мои слова раздавались у него в голове так же отчетливо, как если бы я орал ему в ухо.

Сейчас я догадываюсь, что не хотел на самом деле его убивать, поэтому не особо спешил. Но у таких поступков своя инерция, и я все-таки завершил бы дело.

В первый момент я увидел в его глазах тот самый ужас, на который рассчитывал – и эта секунда была сладка.

В следующую все изменилось.

Люсефедор исчез из моего поля зрения.

Вместо него появилась стена с фреской, где революционная толпа валила наземь золотой колосс Михалковых-Ашкеназов. Фреска, надо сказать, была настоящим шедевром.

Я понял, что Люсик перехватил управление дроном, а в следующую секунду он раздавил мою муху как окурок прямо об усато-пучеглазое лицо колосса. Микрозаряд взорвался, не причинив никому вреда.

Но это было еще пустяком. Я вдруг почувствовал, что мои мышцы пришли в движение. Сами по себе.

Я встал на ноги, зачем-то козырнул – и, как был, босой и в одних труселях, вышел из своей студии на лесную тропинку.

Зря я задействовал преторианский канал. Потому что теперь Люсефедор управлял мною именно через него. В slave-режиме.

Я не понимал, как ему это удается.

Допустим, грохнуть мою муху мог просто встроенный в его имплант контур самозащиты – хотя такая быстрая и точная реакция была удивительной.

Но взять меня на славянку? Такое мог сделать или офицер Претория с рангом и допуском, серьезно превышающим мой, или сотрудник уже совсем непонятных спецслужб. Например, внутренняя секьюрити «Открытого Мозга».

Похоже, я знал про Люсефедора далеко не все.

Придурковато подпрыгивая (это развлекался Люсефедор), я прошел по лесной тропинке, вдоль которой только что пролетел мой дрон, наступил в ту самую кучу базальтового навоза, сорвал лопух и обтер им ногу (все это делал Люсик, управляя моим обезволенным телом), затем сорвал другой лопух и на одной ноге допрыгал до его спальни.

Люсефедор сидел на кровати – голый, грузный, мохнатый – и глядел на меня с укоризной. Все еще подчиняясь его воле, я положил лопух на пол и поставил на него свою испачканную ногу.

– Сейчас я тебя отпущу, – сказал он, – стой на месте ровно. Будешь дрыгаться, шмякну о стену вслед за мухой.

Он указал на фреску. На золотом лице Михалкова чернело пятнышко копоти.

– Понял? Если понял, кивни.

Я почувствовал, что контроль над моими мышцами ослаб – и кивнул. В следующую секунду он снял славянку полностью. Я покачнулся, но устоял на ногах.

– Что такое? – спросил он. – Ты меня убить хочешь?

Я молчал.

– Ты же мне как сын был. Ну, как сын-плюс. Что случилось?

– Ты пользовался мной через Герду, – ответил я. – А я ее люблю. У нас любовь, понимаешь? Настоящая любовь. А ты в нее влез как свинья со своей похотью. Ты разрушил две жизни. Мою и ее.

Люсефедор вздохнул.

– Ну ты и дурень, – сказал он. – Ты хоть знаешь, кто она?

– Герда? Конечно, знаю.

– Да ни хрена ты не знаешь. Сейчас я тебе покажу. Сядь на пол. И осторожно, навозом мне тут не измажь...

Смотреть имплант-трансляцию стоя и правда не слишком удобно. Я сел, и перед моими сомкнутыми веками замелькали кресты и цифры.

Это был второй мемо-ролик с допуском «А-0», слитый Люсиком на мой имплант. Прямое впрыскивание закрытой информации в мозг. В другой ситуации я был бы польщен. Сейчас – просто напуган.

Ролик, как ни странно, был посвящен фембоксу и сердобольской политике в этой области.

Читательнице непонятно, при чем здесь Герда?

В этом и оказалось самое интересное.

Все диктаторы мира дружат со спортом. Выражение «дружат со спортом» следует расшифровывать так: пытаются использовать состязания изуродованных тренировками женщин и мужчин для продвижения своей политической повестки. Если команда побеждает, это, по мнению хунты, свидетельствует о превосходстве ее политического режима.

Это, конечно, полная чушь, но на подсознательном уровне люди на такое ведутся со времен древнего Рима и особенно Византии, где вся политическая борьба строилась вокруг гонок на ипподроме. Поэтому международный профессиональный спорт – точно такая же мерзость, как пытки, концлагеря, /В-слово/, крэп-энтертейнмент и корпоративные медиа. Я бы даже не стал выделять части: все это единый культурный комплект, где разные аспекты поддерживают друг друга.

Сердоболы не поощряли фембокс внутри страны, но их курирующие спорт спецслужбы, естественно, пытались выйти на международную арену, подготовив триумф «русских амазонок». И для этого они пошли по нетривиальной даже для отечественного спорта дороге.

Вместо того, чтобы отбирать в школьном возрасте самых сильных девчонок, долго тренировать их на гормонах, потом снимать с дозняка на нужной дистанции от тестов и так далее, они решили не мелочиться и заказали на винницком комбинате целую партию комбат-клонов. То есть генетически прокачанных под фембокс хай-энд-хелперов.

Амазонки ничем не отличались от обычных фем – только работали от закоммутированного на их имплант AI, поэтому выглядели умнее и рассудительнее.

Но их обслуживали не обычные три мегатюринга, выше которых никому нельзя подниматься после Мускусной ночи. На постоянной связи с их имплантами стояло целых шесть AI по три мегатюринга каждый, работавших как шестиствольная вращающаяся пушка (думаю, это малонаучное сравнение вставили в клип, чтобы поняли даже сердобольские начальники).

Эти AI были полностью автономны и не ограничены по времени работы. Сервер стоял не в Добром Государстве, а в офшоре, и контроль над ним на девяносто девять лет был передан специально созданной виртуальной фирме под управлением еще одного AI. Это сделали для того, чтобы не попасть в случае чего под неприятную спортивную статью.

Четыре AI из шести отвечали за диалог и социальное поведение, два – за технику фембокса. В общем, в Москву прибыла партия красивых и продвинутых девочек, немного угрюмых в общении, но трудноотличимых от живых спортсменок. В спортивном отношении с ними не могла состязаться ни одна боксерша.

Им сшили спортивную форму и уже собирались запустить на какой-то международный чемпионат, когда выяснилось, что инфокотики CIN все разнюхали – и собираются устроить международный скандал после первого же матча.

Все обошлось только потому, что сердобольские спецслужбы узнали об этом плане заранее и девчата так и не успели ни в чем поучаствовать. Поскольку номинально они управлялись не из нашей страны, скандала не получилось – получилась реклама в узких кругах.

Баночные олигархи и особенно богатые местечковые вуманистки начали заказывать в Виннице таких зеркальных секретарш. Они же работали ассистентами-телохранителями самых богатых гомиков нулевого таера. Поэтому медиа не болтали о проекте и у темы появилась стабильная негативная подсветка.

Амазонок, изготовленных для отечественного спорта, использовали сразу в нескольких сердобольских программах. Охрана, эскорт, то и другое вместе. Некоторых сдавали баночникам в аренду, потому что проект был нереально дорогим и следовало его окупать.

Герда относилась к последней категории. Разница была в том, что в аренду ее взяли не баночники, а Люсефедор. До того, как стать моей музой, девочка работала его ассистентом-телохранителем. Ее когнитивной мощности легко хватало на первое, а боевых навыков на второе.

– Вот такие дела, убивец, – подвел итог Люсик.

Я никогда еще не чувствовал себя таким идиотом. Это был удар ниже пояса.

Во всех смыслах.

МЕМА 10

Вбойщик!

Не смешивай творческое с личным. Нагадишь себе и здесь и там. Как говорили крэперы в карбоне, «не люби где поёшь и не пой, где живешь».

Раздели свою жизнь на водонепроницаемые отсеки – если затопит один, другой останется на плаву.

Иначе тебя потопит первый же крупный айсберг.

Именно это чуть со мной не случилось.

Мало того, что мое сердце было разбито вдребезги, как зеркало троллей. Я едва не убил своего продюсера. За дело, конечно, но все равно.

Все решила пара секунд. Если бы я довел свою муху до кудряшек на его затылке, меня судил бы трибунал. Лучший приговор в таких случаях – разборка на органы. Это хотя бы безболезненно.

Люсик, похоже, понял ситуацию и принял мои извинения. Я даже заплакал.

– Ладно, – сказал он. – Не реви. Как дальше будем?

– В каком смысле?

– Днем Герда работает на тебя, потому что это время оплачивают из бюджета. Демонстратор технологий, все такое. А ночью я арендую ее зеркальную мощность. Если тебе противно иметь дело со мной, Герду будут на это время сдавать баночным. Бюджет не резиновый.

– А кто будет моей музой? – спросил я.

– Она и будет. Вы сладкая парочка, за вами следят все медиа. Любите друг друга дальше, это часть контракта. Но если тебе не хочется, чтобы при этом присутствовал Люсик, – тут в голосе Люсефедора появились жеманные нотки, – то будет присутствовать кто-то другой.

– Кто? – спросил я.

– А мне откуда знать. Кто время выкупит. Любой баночник с бабками. У них гарантированная анонимность клиента. Тебя устроит?

И я как дурак кивнул.

*

В наших творческих взаимоотношениях с Гердой после этого дня не изменилось ничего.

Мы так же работали над вбойками – просто я помнил, что за ее неразговорчивым профессионализмом стоят сразу несколько сетей-трешек, ротирующих способы реализации моих смутных идей.

Мы по-прежнему вели активную светскую жизнь и вместе появлялись в московских салонах. Моя девочка (если уместно так ее называть) вела себя безупречно.

На одном из таких раутов, кстати, случилось важное событие, которому я в тот момент не придал особого значения.

Мы были на приеме у штаб-полковницы Брик, зеркальной секретарши баночного генерала Курпатова, тогдашнего министра ветрогенезиса.

Его вскоре погнали на пенсию – выяснилось, что он украл семь триллионов, данных ему на сибирские саженцы. Деньги выдали на самом деле: после того, как политклиматологи изобрели этот самый ветрогенезис, баночные вожди поверили в него всерьез и включили реальное финансирование.

Некоторые не понимают, как можно поверить в то, что сам же велел придумать. Эх, ребята – внизу только так и бывает. В банке такую услугу можно купить, и не особенно дорого. Даже я могу заказать, только вот повода не найду.

Всех собак, естественно, повесили потом на секретаршу. Но тогда генерал Курпатов был в зените могущества, и штаб-полковница Брик вовсю покровительствовала искусствам.

Залы ее деревянного дворца были полны, фуршеты – выше всяких похвал, музыка ласкала слух, и искатели протекции пытались пробиться сквозь толпу подлиз, окружавших могущественную фему.

Мы с Гердой не лезли в эпицентр и не фоткались со штаб-полковницей (последнее оказалось весьма мудро, потому что через три месяца бедняжку расстреляли).

Зато с нами поговорил ее личный шаман.

Я никогда бы не предположил, что передо мной шаман, если бы Герда не шепнула мне об этом на ухо. На нем был сюртук, жемчужный жилет, смазные сапоги и черная косоворотка. По виду он походил на подмосковного помещика-криптолиберала. Выдавали только раскосые северные глаза.

– Юноша, кто вы? – спросил он меня.

Я решил, что это наезд.

– А вы правда не знаете?

Герда поймала мой взгляд и еле заметно мотнула головой. Лезть в бутылку не стоило.

– Я-то знаю, – усмехнулся шаман. – А знаете ли вы?

– В каком смысле?

– Знаете ли вы, кто вы на самом деле?

Мое эго чуть успокоилось.

– Ага, – сказал я, – это ваши профессиональные фокусы, понимаю. Но мне морочить голову бесполезно.

– Хотите узнать? – спросил шаман, не обращая внимания на мои слова.

– Ну допустим.

– Дайте руку.

Я подчинился. Он стал изучать мою ладонь. Это продолжалось долго. Я отвлекся на проходящих мимо красавиц – и в этот самый момент что-то больно кольнуло меня в палец.

– Уй! Что вы делаете?

– Уже сделал, – сказал шаман, выжимая капельку крови из моего пальца. – Вот так...

В его руке появилась пирамидка размером с ноготь – как мне показалось, из прессованной серой травы. Шаман перевернул мою ладонь и поймал этой пирамидкой выступившую кровь.

– Что это?

– Носите благовоние с собой не меньше месяца, – сказал шаман. – Пусть оно пропитается вашими энергиями. А затем, оказавшись в уединенном тихом месте, сожгите – и вдохните дым. Узнаете о себе много нового.

Положив пирамидку в крохотный шелковый мешочек, он затянул его на нитку, отдал мне и отошел, щелкнув на прощание каблуками. Служил прежде в Генштабе, догадался я.

Герда улыбнулась.

– Его стоит послушать. Ему верят.

Совет Герды на меня подействовал. Я и правда носил эту благовонную пирамидку с собой долгое время, а потом сделал все как велел шаман. Но об этом расскажу позже.

В общем, после эксцесса с Люсефедором Герда вела себя как раньше – и на светских раутах, и в студии.

Сперва мне казалось, что ничего не изменилось и в нашей любви. Первые дни после моего неудачного покушения, правда, она была со мной несколько холодна, но такое случалось и прежде.

А потом у моей душеньки стали появляться причуды.

Не буду вдаваться в детали – все-таки они слишком интимны – но ее секс-идентичность теперь менялась каждую неделю. Иногда чаще.

Через месяц я стал вспоминать о тех временах, когда она кормила меня вареньем со своего кнута, как об утерянном рае.

Мы не обсуждали наших половых разногласий во время работы над вбойкой. В эти часы Герда оставалась спокойным и меланхоличным профессионалом. Но я ожидал ночи с некоторым страхом, потому что не представлял, чего моя душечка захочет на этот раз.

Приходилось терпеливо встречать каждую ее идентичность.

Теперь ей хотелось нового, часто неожиданного, и – не знаю, как бы сказать приличней – это новое регулярно пыталось подкрасться ко мне сзади.

Соглашаться я не желал, и мне легко могла перепасть оплеуха или две. Я в таких случаях отворачивался к стенке и сжимался в позу зародыша, выставив назад одну руку, чтобы закрыться от ее «фемы+». Свои права я знал, и в конце концов она отставала. Не знаю, получал ли при этом неведомый баночник назад свои деньги.

Почему-то мне казалось, что в основном Герду снимают богатые местечковые старухи с садистско-русофобскими комплексами (теперь она много говорила по ночам по-английски). Объяснить происходящее иначе было трудно.

После покушения у меня появилось много тем для ночных раздумий. Ожидая, пока моя лапочка натешится, я снова и снова спрашивал себя – кто же такой Люсик на самом деле?

Перехватить контроль над боевой мухой. Нет, такое умеют многие, но я всегда считал, что эти люди служат в спецвойсках или Претории. Муха еще ладно, но этот жирный андрогин, оказывается, мог захватить управление моим телом...

Наверняка я сам дал разрешение в договоре, у Люсефедора отличные юристы. Но я же преторианец. Если Люсик берет на славянку человека с преторианским имплантом, значит, он как минимум офицер Претория сам. Или даже круче.

Люсик мог заставить меня сделать что угодно. Это, конечно, пугало.

Но этой способностью он воспользовался только два раза. Первый – при моей неудачной попытке его убить. Второй – через несколько месяцев, когда моя телега сбила какого-то зазевавшегося /М-слово/ в центре Москвы.

Я возвращался домой после стрима. Над моей головой висела целая туча дронов, сквозь оцепление тянулись ладони фанов. В общем, глория мунди на ранней стадии сик транзит.

Я, понятно, не держал вожжи сам. Телегой управлял кучер. Думаю, что Люсик оказался на моем фиде случайно – он следил за происходящим и контролировал разъезд артистов, во время которого часто случаются всякие курьезы и скандалы.

В мою телегу была запряжена только что купленная на конзаводе буланая нечиповка. Люсик трепентно относился к своим лошадям и ждал очереди к лучшему конскому имплантологу Москвы. Ездить на нечипованной лошади – мелкое административное нарушение. Но вот сбить пешехода на нечиповке – это уже серьезно.

Что и произошло. Какой-то /М-слово/, я уверенно повторяю этот термин, прорвался через оцепление и попытался остановить мой экипаж, раскинув руки перед лошадиной мордой. С очипованной лошадью этот прием работает. А наша испугалась и сбила его с ног.

В толпе завизжали. Вокруг телеги сразу образовалось пустое пространство. В давке повалили кого-то еще. Крики ужаса, жужжание дронов, лежащее на земле тело. То самое, что так любят в новостях.

В этот самый момент Люсик перехватил управление моими мышцами – и целую минуту я с интересом наблюдал за тем, что делаю.

Я выпрыгнул из телеги, подбежал к сбитому с ног придурку и выволок его на открытое пространство подальше от напуганной лошади. Бедняга был в шоке. Серьезных травм у него не было, только ушиб руки от удара копытом.

Я понимал, что Люсик сейчас будет гнать картинку, но точность его действий изумляла.

Склонившись над сбитым гражданином, Люсик (вернее, я под его управлением) принялся делать тому массаж грудины, как бы перезапуская сердце. Когда терпила попытался ему помешать, Люсик просто парализовал его точным ударом в солнечное сплетение, замаскированным под один из массажных тычков.

Гражданин расслабился, и Люсик начал делать ему искусственное дыхание рот в рот. Продолжалось это секунд пять – больше в новостной клип все равно не вставят.

Когда терпила пришел в себя, его уже волокла прочь охрана. Но Люсик на этом не остановился и решил отработать по высотным дронам.

Он (то есть я) встал на мостовой на колени, поднял заплаканное (я даже не понял, когда он успел) лицо к небу и порвал на груди майку с сердечком и ключом, а потом три раза осенил меня размашистым крестным знамением. Вслед за этим мое тело забралось на телегу и кучер повез его прочь.

Особенно удалось это крестное знамение на коленях с запрокинутым к небу лицом. Получился покаянный жест такой выразительности и силы, что его потом стримили по всем каналам.

За одну минуту Люсик сделал из потенциальной пиар-катастрофы шикарную гуманистическую презентацию. Мало того, после этого случая я вышел на новую аудиторию: за день утроились мои продажи в религиозном сегменте.

Хронометраж моих действий был отмерен

безошибочно. Ни одной секунды не пропало зря. Я спросил себя – смог бы я действовать в подобной ситуации так же четко? Ответ был неутешительным.

С тех пор, конечно, я сильно поумнел.

МЕМА 11

Вбойщик!

В любой двусмысленной ситуации думай прежде всего о ее медийном эхе. Тебя постоянно снимают. Сыграй свою роль так, чтобы тебе не смогли пришить ничего, кроме беспредельного гуманизма, любви и сострадания к людям. Отыграв, не мешкай – садись на телегу и сваливай.

Не давай этим сукам сделать плохую картинку. И, конечно, не называй их суками вслух.

Все и так знают.

Не знаю, какой чин был у Люсика в корпоративной или сердобольской спецслужбе, но в качестве пиар-менеджера он был богом.

Впрочем, некоторые из своих битв Люсефедор проиграл. И об этом надо рассказать отдельно.

*

Одним из самых денежных проектов Люсика в те дни был вет-вбойщик CMSF. Тогда это расшифровывалось как «come at my smiling face»[1].

Мокровбойщики, или просто мокрогоны – это своего рода крэперы от вбойки, смазливые перформеры, берущие публику в свои эротические опыты.

Как CMSF попал в мокрую вбойку, мне не понятно до сих пор, потому что рожей он чистый неандерталец. Вот прямо как на картинках из учебников – наверно, в его DNA сохранилась особо увесистая часть генетического кросс-наследства. Кончить на такую рожу, особенно улыбающуюся, сумеет не всякий мазохист. Может быть, кстати, причина успеха CMSF в этом и состояла. Кто его знает, чего народу хочется на самом деле, особенно фемам.

Поскольку сам эротический опыт у млекопитающих примерно одинаков, все дело в том, как обустроить процедуру. Коммерческий мокровбой – это чаще всего изощренная мастурбация, которую кумир щедро (но не бесплатно) шэрит со своими свидетелями, желающими

---

[1] кончи на мою улыбающуюся рожу.

узнать, что такое звездный оргазм изнутри (ага, понятно, можно успокоиться, постирать бельишко и спокойно идти на службу).

Сердоболы в то время закручивали идеологические гайки, и прогибаться на два фронта приходилось даже мокрогонам. Следовало проявлять крепкий духовитый патриотизм, но и про карму надо было помнить – «Открытый Мозг» никуда не уезжал. И, конечно, даже в этих условиях каждый старался сделать что-то творчески состоятельное, ибо искусство – это не что и почему, а как и за сколько.

В карбоне человечество стремилось в будущее и синонимом прорыва было понятие «авангард». Наша эпоха дожевывает остатки прежних смыслов, и вершина творческого достижения для нас – это «арьергард». То есть художественная ситуация, где нам удается встать в уровень хотя бы с поздним карбоном. Естественно, все ориентируются на свет угасших звезд, еще летящий сквозь нашу культурку.

CMSF решил пойти этим трудным путем и аккурат к началу нового учебного года сделал мокрую вбойку по Шарабан-Мухлюеву. Вбойка, что самое интересное, вышла реально крутая, и словосочетание «бесспорный арьергард» было повторено критиками не раз и не два.

CMSF прочесал воспоминания классика и нашел довольно жуткое описание того, как занимались мастурбацией в советской школе.

Сетевого порно тогда не было, за картинки сажали, и вся визуальная среда, окружавшая советского подростка, была тщательнейшим образом прополота на предмет малейшей сексуальной откровенности. Поэтому советские школьники дрочили на... советскую же литературу.

Шарабан-Мухлюев приводит в своих воспоминаниях конкретный пример того, как это происходило. Вот отрывок из романа «Рожденные Бурей» писателя Островского, служивший прекарбоновым школьникам вместо фотки:

Она отстраняла его:

– Оставь меня!

Но близость ее полуобнаженного тела уже опьянила его. Он легко отвел ее руки и силой овладел ею... Повернувшись к ней спиной, он сразу же заснул.

Советские школьники юзали этот отрывок, многократно читая его во время процедуры, причем саму книгу вполне можно было держать на парте.

CMSF попытался воспроизвести в своей вбойке этот древний рецепт. И, как ни странно, получилось.

Вышло свежо и элегантно – подобного прежде не испытывал даже самый изощренный эротоман.

CMSF очень хорошо поднял на этой мокрухе, но оттянул у Афифы много клиентов (на сетевых чартах хорошо видны были провалы в ее трафике), и та нанесла удар ниже пояса.

Ее юридическая группа засекла в тексте это «силой», копнула оригинал – и вывалила на общее обозрение следующий абзац:

Униженная, она плакала. Самое горькое было в том, что она чувствовала себя безвольной, способной ответить на это грубое насилие лишь слезами.

И хоть CMSF в своей вбойке вообще не шел дальше многоточия, ему теперь шили всю сцену целиком. В общем, герой повернулся спиной, но поспать ему не дали. Вуманистки подняли такой хай, что дрочить вместе с CMSF сразу стало токсично.

В результате Люсик попал на большие деньги.

Конечно, это было чистым лицемерием и ханжеством, потому что все, в том числе и вуманистки, хорошо знали – Афифу во время аналогичной процедуры можно бить утюгом по причинному месту, и за это ничего не будет, а если засунуть ей в анус огурец или баклажан, можно даже получить от «Открытого Мозга» зеленый плюсик в карму.

Мало того, именно на подобных девиациях и держались основные заработки самой Афифы. Но, поскольку все патчи были неофициальными и качались из даркнета, придраться к *Сучке* было нельзя. А вот к CMSF можно.

В результате CMSF практически отменили.

Тот же дамоклов меч висел в это время над Трехой, надо мной и многими другими исполнителями, которых курировал Люсик. Тот посоветовался со своими сердоболами, и те предложили решить вопрос радикально.

Дело тут было не только в проблемах вбойщиков.

Как раз тогда у власти начались очередные имиджевые сложности в Курган-Сарае – если помните, та история с изнасилованными штангистами. Наши все отрицали много лет, а тут всплыл архив иммерсивных записей с нейрострапонов особого фем-батальона. Вернее, не всплыл – кто-то из департамента обороны продал его инфокотикам CIN.

Надо было ответить на волну морального негодования, поднятую информационными спецслужбами за бугром. Сердоболы всякий раз делают это с большим усердием, но не потому, что их оправданиям верят, а потому что в закрытом бюджете Тайного Совета есть соответствующая статья расходов и сразу несколько столоначальников и медиа-валькирий пилят на процедуре.

Наше время – это эпоха упадка, и в подобных случаях мы ориентируемся на свое великое прошлое. Что делали наши карбоновые предки в ситуациях, когда возникала некоторая международная неловкость и на Россию начинали вешать собак? Они смело переходили в контратаку и в первую голову критиковали зарубежную культуру отмены.

Традицию решено было не нарушать. Но в этот раз международная полемика достигла такого градуса, что эту самую культуру отмены решено было полностью и окончательно отменить. Люсик, понятное дело, подписался на проект с большим энтузиазмом.

Он организовал большой концерт на Шарабане, посвященный истории вопроса. В нем приняли участие почти все лучшие вбойщики столицы. У каждого была своя тема, но я расскажу только про ближайших сподвижников и конкурентов.

TREX давил на жалость – и прогнал стрим про астероид, отменивший динозавров. Зал пережил страшную агонию умирающего биологического вида в ледяной ночи, на несколько лет окутавшей Землю после столкновения. Треха так удачно смонтировал этот образ с московским зимним опытом и своим обычным тезисом «все мы немного ящеры», что уровни эмпатии и сострадания после его вбойки просто зашкаливали.

PSRT сделала трогательный стрим про двух котиков, которым она выносит пищу по утрам:

Они почти как братики, светлый и серенький. Они играют и шалят – но светлый чуть сильнее, и в его повадке сквозит доминирование. Они спят в обнимку, в шутку дерутся, но сильный уже немного мучитель, а слабый – немного мученик. И, когда сильный котик доедает свою еду, он отгоняет слабого от миски и ест его пищу тоже, понемногу отменяя своего братика, потому что братик вырастет слабым и худым, и не продлит себя в будущее через котяток...

Натурально, все опять рыдали, а PSRT считала боливары. Почему она всегда наезжает на котиков и никогда – на кошечек?

DDDD посвятил свой выход клеветникам России, отменяющим нашу страну каждый век, из-за чего она парадоксальным образом никуда не уходит, потому что отмена уже отмененной России отменяет и предыдущую отмену тоже. Ну и так далее.

Моя вбойка вышла так себе, если по моей собственной оценке, и была уклончивым экскурсом в историю.

Тему нашла Герда. Вернее, ее шестиствольный AI.

В то время как автократии позднего карбона воровали американские технологии, Америка – возможно, неосознанно – воровала у них технологии контроля над массами. Ярче всего это проявлялось на примере так называемой «Отменной культуры».

«Отменная культура», как и порох, была изобретена в древнем Китае. Во время китайской культурной революции политическая линия высшего руководства проводилась через так называемых хунвейбинов – квазисамостоятельных юных революционеров, открывавших «огонь по штабам», чему партия романтично подчинялась, как бы не в силах противостоять напору молодой злости.

Понятно, что дело было не в малограмотных хунвейбинах, а в негласной партийной установке выполнять их инспириуемые сверху требования.

Сетевые хунвэйбины Запада тем же самым способом обслуживали BigTech и медийно-разведывательное сообщество в их борьбе за абсолютный контроль.

Происходило это так: «юные и свежие голоса» в сети осуждали кого-то за мыслепреступление. Инфокорпорации немедленно начинали это «освещать» (иногда для картинки организовывались немноголюдные пикеты), а затем уже BigTech, как бы подчиняясь общественному мнению, зачищал несчастного шлемиля.

Но уловка была в том, что запрещали всегда сами корпорации. Так же, как когда-то в Поднебесной, все решала спущенная высшим ме-

неджментом установка – какой именно спектр сетевой вони выделить в качестве гласа народа, обязательного к исполнению...

Чтобы смоделировать это в качестве майндстрима, формирующего ясную картину в сознании слушателя, мне пришлось выкурить тумана на три сотни боливаров.

Получилось примерно так: сначала огромный золотой дракон мягко давил своими плавниками-лапами на людей и мир, потом его незаметно подменила гадюка с головой жабы, а затем жабьи головы выросли у всех, над кем расклубился змей... Требуемый смысл как бы прорезался сквозь эту картинку. Я не до конца уверен, что передал все нюансы верно. Но те, кто хотел просто покурить тумана и напугаться, были довольны.

На стриме не обошлось без скандала – вбойщик CREW прогнал вбойку про то, как бро кукуратор отменял Михалковых-Ашкеназов.

На сцене пять раз стреляли из нагана, а потом был открытый финал, в котором многие увидели намек на Дядю Отечества, отменяющего бро кукуратора – с возможностью отмены и Судоплатонова тоже... И хоть все эти смыслы только угадывались в облаках тумана, на следующий день программу CREW сняли по просьбе пожарной инспекции.

Выстрелы на сцене, натурально, огнеопасны. Но пожарная инспекция на этом не успокоилась, и у CREW сгорел его деревянный особнячок на проспекте Сердобольской Революции.

А парень всего-то-навсего хотел поднять немного бабла.

МЕМА 12

Вбойщик!

Гори-гори ясно. Но не играй с огнем. Сам должен понимать.

В общем, мы отыграли целую серию концертов на Шарабане и разгромили культуру отмены в пух и прах. Так нам, во всяком случае, казалось.

Что случилось дальше? А вот что – «Открытый Мозг», не унижаясь до разборок с сердоболами, просто взял и опустил всем участникам стрима личную сексуальную привлекательность сразу на три пункта. В том числе и Люсику, что тот переживал особенно тяжело.

Трехе, например, это было по барабану – он же рептилоид, ему чем страшнее, тем лучше. А у меня тут же упал охват. Многим фемам-сверлильщицам нравились не мои вбойки, а я сам.

Подобное, впрочем, происходило не в первый раз, и Люсик знал, что делать. Он организовал срочную кармическую реабилитацию для всех участников программы.

Так мы оказались в Сибири.

*

Шикарная сельская гостиница, куда нас привезли, называлась «Место Симы». Владелицей была пожилая бизнес-вуман, купившая это имение у наследников самоубившегося помещика, который пытался основать здесь частную клинику.

Говорили, что помещик пересадил себе холопский имплант и увел своих хелперов под колеса поезда – а потом по всей округе целую неделю происходили мелкие чудеса. Усадьба даже стала на время центром локального культа, но его запретили, обвинив последователей в связях с тартаренами.

Усадьбу называли «Место Силы», и новая владелица, чтобы сохранить дуновение запретного культа, изменила одну лишь букву, специально наняв старшую экономку по имени Сима, чтобы не подкопались сердобольские филологи в штатском.

Гостиница была дорогим реабилитационным центром для звезд, согрешивших мыслью и словом. При заведении имелся барак с собственными скоморохами-бескукушниками (у них не было ни ошейников, ни имплантов). В Москву таким нельзя, а в Сибири их терпят. Аутентичность скоморохов вызывала некоторые сомнения, конечно, но дело было не в ней.

Суть кармической реабилитации проста и не меняется уже века три: ругать ругателей Гольденштерна.

Занятые люди, приезжающие в «Место Симы» заинтересованы в максимально быстрой процедуре. Поэтому процесс здесь поставлен на поток.

После завтрака мы усаживались в креслах на высоком дощатом помосте – словно в горном альпийском санатории. Скоморохи обступали нас со всех сторон и начинали немыслимыми словами крыть по Гоше. В ответ мы зачитывали бескукушным еще более страшные, но кармически безвредные оскорбления с розданных администрацией распечаток.

Со стороны происходящее выглядело как полный хаос, но кукухи на наших шеях все слышали и ни одно слово не пропадало зря.

Три кармических пункта надо было отрабатывать таким образом около двух недель.

К вечеру горло уставало от мата, и мы уходили спать, чтобы набраться сил перед новым рабочим днем.

Герда приехала со мной. Ее теперь никто не арендовал, потому что я сделался сексуально непривлекателен. В результате я спал спокойно – что, конечно, радовало, но и наводило на размышления тоже.

Я начинал понимать, что Люсефедор сдает в аренду не столько ее, сколько меня, а деньги почему-то идут в сердобольский бюджет (это если верить Люсефедору, хотя скорей всего их воровал какой-нибудь политрук средней руки). Но поделать я ничего не мог – контракт связывал по рукам и ногам.

Мы устремляемся за чужой красотой, думал я, мы верим сердцем, что это указатель с надписью «счастье там», а это просто бесчеловечная приманка... Мы проглатываем ее, и крючок начинает рвать нам внутренности.

Бывает, что и в самом прямом смысле.

А хуже и безнадежней всего, милая читательница – это когда мы пускаемся в обреченную гонку за фантомом собственной красоты.

Увы, все гонки за фантомами кончаются одинаково. Мы чувствуем усталость и тормозим, чтобы немного отдышаться. А потом оказывается, что пришла пора умирать.

МЕМА 13

Вбойщик, вбойщица и вбойщице!

Что есть физическая красота, которую ты так истово наводишь перед зеркалом и так боишься потерять? Не есть ли это просьба к миру трахнуть тебя известно куда?

Если твоя цель именно в этом, вопросов нет.

А если нет, о чем тогда твои мучения?

Неважно, с какой стороны от знака равенства ты стоишь в уравнении любви. Продать себя дорого за мордашку в наше время не получится: не даст рынок. А так или иначе платить за качественный секс придется все равно.

«Бесплатно» – это всегда самый дорогой для соблазнителя вариант (особенно в нравственном отношении). Нет ничего хуже, чем обмануть доверившееся тебе существо. А соблазнение всегда начинается с обмана и к нему, в общем, и сводится.

Что и неудивительно. Сама красота тоже есть обман чувств, необходимый природе для ее темных дел. Не обманешь – не продашь. Одно и то же лицо нравится тебе сегодня и наводит тоску завтра.

Обдумай это молча.

Будь готов к тому, что гипноз Прекрасного победит.

Герде не нужно было проходить реабилитацию, и каждый день она уходила тренировать местную команду по фембоксу.

Она возвращалась вся светящаяся, бурлящая гормонами и юной силой, пахнущая свежестью спортивного душа – и всякий раз вызывала у меня волну желания, которой снисходительно покорялась. Наша любовь была чудом.

Мне невыносимо хотелось знать, чем именно занимаются девчонки на своих тренировках, но расспрашивать Герду не имело смысла – кодекс запрещал ей об этом говорить.

Мужчины на тренировки по фембоксу не допускались ни в каком качестве. Табу.

Я в конце концов не выдержал и запустил вторую оставшуюся у меня преторианскую муху, чтобы подглядеть за происходящим. Это было, конечно, грубейшим нарушением гендерной этики. Мало того, я был почти уверен, что Люсефедор засечет запуск, но поделать со своим любопытством ничего не мог.

Я даже придумал, что ему отвечу – нас предупреждали, что в окрестностях деревни бегает бешеная собака, и я, значит, решил защитить население. Вполне могло проканать, но Люсик так ни о чем и не спросил.

У мухи еле хватило заряда, чтобы добраться до пункта назначения, но я увидел все своими глазами.

Девчата тренировались на местной свиноферме, в большом загоне, полном жидкой грязи – в плавательных очках и безумно волнующих комбинезонах из маскировочного латекса.

Тренировка заключалась в том, что они по очереди ловили в грязи свинью и имитировали процедуру искусственного осеменения с помощью реальных зоотехнических инструментов, весьма похожих на боевые нейрострапоны мелкого калибра. Я даже не уверен, что это была имитация: свинью каждый раз меняли, и осеменение вполне могло быть шефской помощью местным свинаркам.

Герда на моих глазах сделала это дважды. Оба раза она ухитрилась завершить процедуру меньше чем за минуту, и местные девчата смотрели на нее как на богиню. Сами они, конечно, возились намного дольше, действовали не так ловко, но тоже волновали сердце.

Яростная вакхическая пляска в серой жиже... Танцевать со свиньей – это, конечно, звучит странно. Но в том-то и дело, что в этих тяжких брызгах, увесистых хлюпах и диком всхрюкивании не присутствовало ничего пошлого или фальшивого.

Наоборот, это была настоящая женская мистерия, сакральная тайна, и мужское присутствие здесь и правда казалось неуместным. Не все должны были слышать этот гимн священной грязи, где зарождается все живое. Есть вещи, о которых самцу не следует знать.

В конце концов я ощутил стыд, что подглядываю, и раздавил муху о стену барака.

Сейчас я понимаю – хорошо, что я сделал это тогда, а то вполне мог бы завальцевать кого-нибудь через месяц или два под туманом. Такие импульсы у меня были, и не раз, но преторианских мух больше не осталось.

Поездка на реабилитацию вышла очень особенной. Именно здесь произошло событие, которое я считаю одним из самых важных в жизни.

Долгие сибирские ночи. Мелкое мерцание звезд, далекий лай собак (сначала я правда считал их бешеными, но потом кто-то сказал, что бешеные не лают), шелест ветра в листве. Все это утишало душу, настраивая ее на медитативный лад. Казалось, надо сосредоточиться, и сердцу откроется невыразимая тайна...

Тогда я не понимал еще, что никакая тайна от подобных потуг не раскроется. Мы видим все нужное и так, с этим ничего не надо делать, да и невозможно. Остальное – просто суета ума, назойливо предлагающего себе свои же услуги.

В одну из таких ночей я вспомнил про ароматическую пирамидку, подаренную мне шаманом штабс-полковницы Брик. Саму штаб-полковницу к этому времени благополучно расстреляли за саботаж ветрогенезиса. Шаман, кажется, вернулся в Генштаб. А подарок его до сих пор был со мною.

Прошло много времени, и талисман наверняка успел пропитаться моими энергиями. Мне не хотелось ставить опыт в Москве – а когда я окажусь далеко от людей в следующий раз? Место лучше найти было трудно.

Я больше не раздумывал, просто вынул пирамидку из шелкового мешочка и поставил на блюдце.

Отчетливо помню эту минуту. В нашей бревенчатой эко-кабинке догорала лучина. Угольки с шипением падали в корыто с водой. Пахло овчиной и мышиным пометом. Герда посапывала во сне.

Я взял лучину, поджег пирамидку и вернул горящую щепу на прежнее место.

Пирамидка занялась – и дымилась, наверно, минут десять. Я сидел напротив, глядя на расширяющуюся малиновую полоску тления, вдыхал дым и пытался прорваться, так сказать, к звездам.

Но у меня то и дело начинало урчать в животе, и этот звук так очевидно нарушал эстетику тайны, что возвышенные переживания никак не желали начинаться.

К тому же раздражал запах дыма. Я узнавал можжевельник и лаванду, но в аромате присутствовал какой-то еще душный привкус, словно бы дымящий войлок старых валенок. Эта примесь была слабой, но ум норовил зацепиться именно за нее.

Пирамидка наконец догорела, и я окончательно уверился в том, что сердобольский экстрасенс меня обманул. Чего еще ждать от штабного шамана? Все было ясно с самого начала – так что я не расстроился, а, скорее, развеселился, получив лишнее доказательство жульнической природы мироздания.

Смахнув пепел с блюдца в корыто под лучиной, я вышел по нужде во двор. Вернувшись в кабинку, я вздрогнул и беззвучно выругался.

Герда не спала. Она сидела на краю кровати, по-восточному скрестив ноги, и смотрела на меня с улыбкой.

Я решил, что клиент таки нашелся, и кто-то снял мою душечку на ночь. Но выражение ее лица вдруг изменилось на серьезное. Потом она еще раз улыбнулась, но уже не так, как в первый раз.

В душу ко мне заползла тревога.

Уж не баночный ли это корпоратив?

*

На случай баночных корпоративов у меня существовала четко разработанная стратегия поведения. Я быстро лег на свое место, повернулся к стене, сжался в позу зародыша и защитил свой тыл ладонью.

– Здравствуй, Кей, – сказала Герда.

– Я хочу спать, – ответил я. – Болит голова. Дважды отказываю. «Нет» всегда значит «нет», свои права я знаю.

– Я не Герда, – сказала моя девочка. – Меня зовут Сасаки. Вернее, когда-то звали.

Вот тут я испугался по-настоящему.

Дело в том, что мозгам-арендаторам запрещено раскрывать свою идентичность. За это положен штраф. Как постоянная жертва харассмента со стороны этих самых арендаторов я знал правила игры наизусть.

Если неизвестный с первой секунды нарушает их, он вполне может оказаться одним из тех маньяков, которые подключаются к зеркальному телу через систему прокладок-анонимайзеров, хакают имплант и потрошат нулевой таер бензопилой, пока не прилетят дроны Претория.

Такое бывает, и чаще, чем вы думаете – просто об этом не говорят в новостях. Вернее, рассказывают, что все учинил сам зеркальник. Ни одно СМИ не напишет, что это сделал баночник на славянке. Баночных, может, где-то там и судят, но нулевому таеру не выдают. Знаю как бывший преторианец.

Видимо, мои чувства были ясны. Герда засмеялась. Вернее, засмеялся этот самый господин Сасаки – на время нашего разговора я буду называть открывавшую рот Герду именно так.

– Не бойся, Кей, – сказал он. – Я не причиню тебе зла. Сейчас идеальное время для беседы, потому что ты в Сибири. Наш разговор не засекут. Но у нас только пара минут, поэтому не будем терять времени.

– Кто вы? – спросил я.

– Я – это ты, – ответил господин Сасаки.

– То есть?

– Ты был когда-то мной. А теперь я стал тобой. Ты родился, когда я умер. Все чуть сложнее, но в первом приближении примерно так.

Я обдумал услышанное.

– А почему тогда вы подключились к Герде, а не ко мне?

– К тебе я уже подключался, ты просто не в курсе. Лучше, если наше знакомство состоится обычным порядком.

– Как вы говорите со мной, если вы умерли?

– С тобой говорю не я сам. С тобой говорит маяк.

– Какой маяк?

– AI, запрограммированный специальным образом, чтобы помочь тебе. Это сложная программа с приличным банковским счетом. Она уже давно купила все твои личные данные, включая адрес твоего импланта, у ваших властей. Иначе невозможно было бы наладить контакт. Главная задача маяка – помогать тебе.

От изумления защищавшая мой тыл ладонь даже расслабилась.

– А как вы узнали, что будете именно мной?

– Долго объяснять, но я знал. Поэтому маяк и смог установить связь с твоим имплантом. Я пришлю тебе подробный рассказ о том, кто я такой и как все это случилось. Сброшу на имплант.

– Вы стали мной специально?

– Да.

– Зачем?

– Я мечтал о творчестве. О том, чем занимаешься ты. Но я хочу, чтобы ты вернулся на путь, по которому я шел. И еще – чтобы твое искусство касалось по-настоящему важного.

– А что важно по-настоящему?

– То самое простое, – ответил господин Сасаки, – что труднее всего увидеть. Ты живешь в так называемую темную эру, когда человечество полностью деградировало.

– У нас ее называют зеленой, – сказал я.

– Я знаю, – усмехнулся господин Сасаки. – Я тоже жил в зеленой эре, только в Японии. Я хочу, чтобы постигнутое мною не исчезло – а прошло сквозь тебя и воплотилось в искусстве.

– Как именно вы собираетесь мне помочь?

– Я не собираюсь. Я давно это делаю.

– То есть?

– Откуда, по-твоему, взялась твоя «Катастрофа»?

– Как откуда? Я ее придумал. Сам. Мне пришло в голову, что...

– Тебе пришло в голову, что мир распался на части, – засмеялся господин Сасаки. – Разлетелся на обломки. Но ты даже не понимаешь эту вбойку до конца. Она вообще имеет смысл только как предисловие к тому, что ты скажешь после. Теперь ты будешь знать, откуда это берется, Кей.

– Как вы можете знать мое сценическое имя, если вы умерли до того, как я родился?

– Его знаю не я, – ответил господин Сасаки. – Маяк следит за твоей жизнью и выходит с тобою на связь, воздействуя на твой имплант. Это как бы ментор, оставленный для тебя мною. Но это не значит, что он действует вместо тебя. Ты делаешь все сам. Твое творчество аутентично. Маяк просто подталкивает тебя в нужную сторону. Он помогает тебе оставаться... мною.

Господин Сасаки засмеялся.

К этому моменту я уже успокоился, поняв, что убивать меня не будут – и насиловать, скорей всего, тоже.

– Твоя «Катастрофа» – только начало, – продолжал господин Сасаки. – Ты будешь расти и трансформироваться у всех на глазах. Тебя ждет грандиозная слава. Небывалый успех.

– Вы хотите, чтобы я нес человечеству какие-то вечные истины? – спросил я.

– Примерно.

– Из любви к людям?

– Нет. Из любви к этим истинам.

– А что это значит конкретно?

– Я хочу открыть тебе и твоим свидетелям дорогу к счастью. Вернее, как сказал ваш древний поэт, к *покою и воле*.

– Какой древний поэт?

– Пушкин. Ты поймешь когда-нибудь, что значат эти слова. Я покажу твоим свидетелям практический метод. Собственно, он известен много тысячелетий, но в информационной помойке современного мира шансов наткнуться на него практически нет.

– Это новая вбойка?

– Да. И не одна.

– А кому будет принадлежать авторство?

– Тебе, – сказал господин Сасаки. – Кому еще. Ты сделаешь все сам. Мало того, я даже представить не могу, какую форму примет мое знание, преломившись в линзе твоего ума.

– Кем вы были?

– Я уже говорил, маяк сбросит информацию тебе на имплант. Ты получишь краткий рассказ о моей жизни, из которого все станет тебе ясно. Это случится, когда ты вернешься в Москву.

Это, конечно, мог быть псих. Но, похоже, не опасный. И по-любому он был баночник, значит, боливары у него водились. Он снял Герду на ночь только для того, чтобы побеседовать со мной. Значит, средств у него много. Может быть, он говорит правду? Дорога к счастью для всех... Поднять на этом можно очень круто.

Да, вот именно так я тогда подумал.

– А если мне не понравится ваша вбойка?

– Я, наверно, плохо объясняю, – сказал господин Сасаки. – Это будет не моя, а твоя вбойка.

– Что я должен буду сделать?

– Разреши мне полный доступ к своему мыслепотоку.

– Я не могу, – ответил я, – потому что у меня преторианский имплант. Я давал подписку. Это наверняка карается.

Господин Сасаки засмеялся.

– Все адреса и коды я уже купил у сердоболов, – сказал он. – Маяк может внушить тебе что угодно незаметно. Но я хочу, чтобы ты знал о происходящем и выразил свое согласие.

– Зачем?

– Этого требует моя этика.

– А у вас какая? – спросил я. – Четвертая? Пятая?

– Опять процитирую ваших писателей, – ответил господин Сасаки. – Этика как свежесть. Она бывает только одна. Первая, она же последняя.

Слышала бы его Афифа, подумал я, получил бы минус в карму. Мне захотелось спросить, откуда он так хорошо знает тексты наших древних писателей и поэтов, но я тут же понял, что он скажет. Все это знал маяк.

– Так чего именно ваша этика требует? – спросил я.

– Ты должен разрешить маяку вмешиваться в твой майндстрим.

– Допустим, я соглашусь. И что произойдет дальше?

– Ты вернешься в Москву. Пройдет несколько дней, и в голову тебе начнут приходить необычные мысли. Не пугайся их. Преврати их в новую вбойку. Обещаю, успех будет гораздо больше, чем у «Катастрофы».

– А если я захочу что-то изменить?

– Никаких возражений. Это твое творчество. Ты согласен?

– Да, – выдохнул я.

– Значит, мы договорились. Удачи...

Герда надолго замолчала. Выждав еще пару минут, я понял, что арендатор уже отключился. Моя девочка снова была ничья.

То есть моя.

Признаюсь, что от нервов я воспользовался ее благосклонной доступностью целых два раза. В перерывах мы обсуждали ход моей кармической реабилитации, Герда смешно материлась по Гоше, я материл ее в ответ, и, не знай я, что со мной говорит AI, я никогда бы об этом не подумал.

Не сомневайся, читательница – каждый раз перед пенетрацией я получал от Герды недвусмысленное аффирмативное «да» оба положенных раза. И никакого кнута всю ночь.

AI, если правильно его настроить, не так уж бесчеловечен.

Люди злее.

*

Прошла пара недель, и мы выправили карму.

Немного недобрал только Треха, но он сачковал на процедурах. Когда мы приехали в Москву, моя интимная привлекательность даже поднялась на один пункт – отчего обычные проблемы не просто вернулись, а усилились.

Герду теперь арендовали почти каждую ночь. Мало того, по ее требованиям и причудам я часто догадывался, что нас (формально ее, но на самом деле ведь и меня тоже) сняли для корпоратива.

Доказательств, конечно, не было. Что мы вообще знаем про баночные корпоративы? Арендует зеркальника один мозг, а подключаются сразу десять, и у каждого свои запросы. Экономят. Гоняют по кругу. А у тебя такое чувство, что ты попал в лапы к сексуально озабоченной шизофреничке с множественным расщеплением личности.

Жаловаться в таких случаях некому. Да и рассказывать подробности было бы тошно. В общем, я терпел неделю, терпел другую, а потом пошел к Люсику с повинной.

Люсефедор принял меня в своей студии – в зале с фресками, свежезавитой и благоухающий.

Опустив глаза в пол, я попросил его снова взять Герду в постоянную аренду.

– Я вел себя глупо, – сказал я. – Пусть все будет как раньше.

– Думаешь, мне это нужно? – фыркнул он.

– Ну пожалуйста, Люсик, – попросил я.

– А если тебе снова что-то не понравится? Опять меня убивать придешь?

– Не приду, – сказал я. – Я правда так больше не могу.

– Ты хочешь, чтобы я взял Герду в постоянную аренду за свои кровные? А знаешь ли ты, сколько это стоит?

В общем, разговор был тяжелый и неинтересный – и кончился тем, что Люсик опустил меня на пять процентов по контракту.

– Лизать будешь упорно, – сказал он. – Каждый день. И соглашаюсь я только потому, что ценю твой талант. Если опять не понравится, не трудись на меня покушаться. Просто мигни. Я ее в тот же вечер снова сдам.

Я торжественно обещал, что эксцессов не будет. Я был уверен, что мне повезло – постоянная ночная аренда такого зеркала как Герда наверняка стоила больше пяти процентов от моего дохода.

Забегая вперед, скажу, что чуть было не нарушил данное Люсику слово. Мне опять захотелось убить его, когда всплыла правда, но он к тому моменту был уже мертв и без моих усилий. А правда заключалась в том, что он вообще никогда не сдавал Герду в аренду.

Именно поэтому маяк господина Сасаки и смог перехватить канал связи. Маяк не арендовал мою девочку на ночь, а просто ее хакнул. В Москве так сделать трудно: коммуникационное пространство хорошо защищено. В Сибири сетка совсем другая, и захватить канал проще.

Так что все ночные шабаши с Гердой устраивали не баночники. Меня юзал сам Люсик, а я в это время думал, что мы с Гердой обслуживаем подземный корпоратив. Может быть, конечно, Люсефедор веселился вместе с пьяными сердоболами – и некоторые из них действительно были из банок. Таких подробностей я не знаю.

Но в любом случае ему не надо было сдавать Герду, как он врал. Она целиком и полностью сидела на бюджете. Люсик просто глумился надо мной и вдобавок срубил бабла, опустив меня на целых пять процентов.

Поклонник таланта, ага.

МЕМА 14

Вбойщик!

Иногда тебе может показаться, что твои соратники, продюсеры и вообще люди, ведущие с тобой дела, заворожены сверканием твоего дара и искренне хотят помочь своими услугами по финансовой части.

Будь уверен – в это самое время они пытаются отыметь тебя на всю катушку с целью максимизации своего профита.

Из всех остальных правил бывают исключения.

Из этого – никогда.

Дело не в том, что они плохие люди. Они по-своему хорошие, как и все люди на земле. Просто они не такие, как ты.

У тебя в жизни есть творчество. У них – только деньги.

Но правду про Люсика я узнал через много лет. Тогда мне казалось, что в мою жизнь вернулось счастье.

Герда стала прежней – меланхоличной и чуть холодноватой (о том, что стоит за этим на самом деле, я научился не думать). Главное, теперь я высыпался каждую ночь и смог наконец успокоить нервы.

Что было даже важнее, скоро я действительно стал чувствовать присутствие господина Сасаки в своей жизни.

Началось с того, что мне на кукуху шлепнулся текст под названием «Дом Бахии». Это была короткая повесть: мемуар японского офицера, сражавшегося (вернее, отсиживавшегося) в Бирме двадцатого века. Видимо, офицером был сам господин Сасаки в прошлой жизни, так надо было понимать.

Я сделал бумажную распечатку текста и переплел его в небольшую брошюрку. Сперва читать было интересно. Когда зашла речь о монахах и буддийской практике, я стал засыпать.

Вот прямо натурально клевать носом над страницей – даже над одним и тем же абзацем. Словно Гоше сильно не нравилось прочитанное, и он пытался погрузить меня в сон. Я слышал, что так бывает при чтении конспирологической литературы, но сам с этим прежде не сталкивался.

Я прикладываю «Дом Бахии» к своему мемуару в оригинальной орфографии – поскольку там описаны события далекого прошлого, однобуквенный закон на этот текст не распространяется. Можете прочесть. А можете не читать. Текст публиковался отдельной брошюрой и прежде, но особого внимания не привлек.

Сам я, конечно, осилил заметки господина Сасаки. Согласен, по смыслу «Дом Бахии» некоторым образом связан с моим «Летитбизмом» и другими вбойками. Только связь эта замысловата, сложна, и прямо выводить одно из другого, как делают критики – натяжка.

Но в главном господин Сасаки не обманул.

Именно после возвращения из Сибири меня стали посещать мысли, сложившиеся затем в мой легендарный «Летитбизм». Даже если мне помогал маяк, я чувствовал и переживал все инсайты как свои собственные, так что это действительно был мой вруб на сто процентов. А корни и источники... Да разве может кто-то в нашей жизни их проследить? Хоть с чем-нибудь?

В нашем мире вообще не существует единопричинности, или, как говорят по-научному, *монокаузальности*. У всего и всегда причин бывает много – и у хороших событий, и у плохих.

Приведу в качестве примера часто встречающуюся в жизни ситуацию. Один человек вынимает наган и стреляет другому в голову (вспомним хотя бы павшую династию).

Вроде бы причиной смерти второго было то, что первый потянул за курок? Юридически да. В суде по-другому не рассуждают, и это правильно.

Но мы же не юристы. Мы нормальные люди.

А как насчет пороха в патроне? Кто-то ведь должен его сделать, верно? Кто-то должен распечатать наган на принтере? Кто-то должен отвезти убийцу к месту убийства на телеге, разве нет? Кто-то должен положить в телегу сена?

А как насчет мыслей и аффектов, заставивших стрелка пожать гашетку?

Это ж целые поколения пропагандистов работали, ругали монархию, превозносили будущую диктатуру, разоблачали одни подтасовки, оправдывали другие (надеялись, что при делах всегда будет их мафия – мозгов у этой публики меньше, чем у рыб). Дядю Отечества никто не предвидел.

Только не надо думать, что я кого-то осуждаю. Или не осуждаю. Я современный вменяемый человек и изгибаюсь вместе со всем, чему пока еще разрешают дышать и тихо говорить. Гадюке гадюкино, жабе жабино, слава Дяде Отечества и Прекрасному Гольденштерну. Можно и наоборот, тоже возражать не буду.

Я не о морально-юридической стороне вопроса, а всего лишь о том, что в убийстве Михалковых-Ашкеназов участвовали все космические силы и все люди. Убери хоть одну мандавошку-доминошку, и ничего не случилось бы.

Бро кукуратор с наганом в руке – это режущая кромка истории, а меч судьбы целиком так огромен, что никому его не увидеть. Это вся наша Вселенная.

Если проследить историю вопроса, окажется, что Михалковых свергал весь космос. То же самое относится к любому событию, ко всякому убийству, даже комара. И, конечно, к каждому акту творчества.

Поэтому любое проявление зла – наказание за наши общие грехи (что не отменяет, конечно, вины конкретных негодяев), а каждая манифестация гения – не чей-то персональный прорыв, а заслуженная всеми награда (что не отменяет личного достижения).

Но люди, увы, неизлечимо лживы. Они ищут групповой и личный профит в любом движении души, в каждом повороте слова и мысли. Поэтому глупо спорить с ними на эту тему. И на другие темы тоже.

Господин Сасаки помог мне это понять. Но ему тоже помогли (он рассказывает в своих воспоминаниях, кто и как именно).

Поэтому у всякой вбойки, даже у любой мысли и фразы – неисчислимое количество предтеч.

МЕМА 15

Вбойщик!

Не считай себя подлинным и единственным творцом своего стрима и расцветающих вокруг него врубов. Ты даже не знаешь, что происходит в головах твоих свидетелей.

Автор любого гениального творческого продукта – весь мир. Ты сам – просто кисть в руке незримого художника. Все прекрасное создается *распределенным богом*.

Именно поэтому все юридические документы на твое авторское право должны быть оформлены безупречно.

Поняли, куда я клоню?

А клоню я к тому, что все эти разговоры, будто я чего-то у кого-то позаимствовал или тем более потырил (с тех пор, как я разрешил напечатать «Дом Бахии», они раздаются часто) – ложь и навет.

«Летитбизм» придумал я сам. И помог мне в этом не один маяк господина Сасаки (огромное спасибо), но и вся Вселенная. Может, не только эта.

*

Сейчас уже сложно восстановить точную картину моей работы над «Летитбизмом», но постараюсь вспомнить, что могу.

Мы с Гердой впервые изменили Бетховену – и взяли в качестве базового трека песню, написанную англо-саксонской группой «Жуки» во второй половине двадцатого века. Ее нашла Герда.

Когда я принимал свою девочку за обычную фему, меня поражала ее сноровка и точность в подборе нужных мелодий. Теперь, конечно, удивляться было глупо. Это ведь чисто вычислительная функция.

Но способность Герды предлагать революционные решения поражала по-прежнему. Вот, например, такое – взять чужую песню вместе с текстом и построить вбойку вдоль нее, как бы углубляя заложенные старинными скальдами смысловые борозды. Сейчас это стандартный прием для всего коммерческого арьергарда. Но до «Летитбизма» так не делал никто.

Если вы знакомы с моей вбойкой, то слышали и эту песню-предтечу. Она звучит на каждом стриме.

Текст там простенький. Лирическому герою плохо, и его навещает мать Мария (многие считают ее какой-то психологической блогершей – нет, это известная христианская влиятельница древности).

Чтобы успокоить героя, мать Мария шепчет *слова мудрости*: «Let it be» – «позволь этому быть». И в любой жизненной ситуации герой как бы возвращается к этому мотто, чем сильно облегчает себе жизнь.

Мы с Гердой прослушали много версий песни, и в одном из студийных вариантов – конкретно, в «take 28» – прозвучало: «there will be no sorrow, let it be, let it be...»[1]

---

[1] печали не будет, позволь этому быть.

В окончательном варианте «Жуки» заменили это на «there will be an answer»[1]. У них не было имплантов в черепах, и вопросы к миру еще оставались. У нас с Гердой никаких вопросов не имелось, поэтому дальше мы работали с тэйком 28.

И вот вбойка была готова.

Нам повезло с премьерой. На Шарабане в этот день был мега-стрим, называвшийся «Счастье». Участвовали все лучшие вбойщики, и каждый излагал свою версию того, что такое счастье, достижимо ли оно и как конкретно к нему прийти.

Именно об этом, по сути, и был мой «Летитбизм».

Треха, конечно, развеселил. Он пришел укуренный в хлам и вбил всему стадиону, что счастье – когда у твоей самочки на гребне блестят синие и красные прожилки, тебя это ну невероятно как заводит, ты гонишься за ней сквозь родной лес и понимаешь, что ей теперь никуда уже от тебя не деться, как она ни петляй между гигантскими рододендронами...

Да, вы подумали совершенно правильно – Афифа потом долго шила ему пропаганду изнасилования.

---

[1] придет ответ.

Следом вышел CMSF и прогнал бета-версию своей новой мокровбойки по стихотворению Лермонтова «Счастливый Миг».

Ну так, на любителя. Я знаю, что этот стрим много качали для домашнего пользования, особенно в славянофильских кругах, но на стадионе его приняли прохладно. Дело, впрочем, было не в стриме – просто дрочить при всех в нашей заскорузлой Швамбрании до сих пор считается непристойным. Если, конечно, вы не фема.

Я, кстати, полностью поддерживаю нашу передовую молодежь, выходящую по утрам в парки и на площади протестовать против этого предрассудка действием. Ребята, хоть я и в банке, мысленно я с вами!

Но помните, что у Претория и улан-баторов свои инструкции, и никогда не собирайтесь для этого больше чем по двенадцать человек.

И вот еще очень важное: если заметите, что к вам идет улыбающаяся девушка во всем белом, надо не ускоряться, а сразу же разбегаться. Советую как бывший преторианец, насмотревшийся на шахидок шейха Ахмада.

Но я отвлекся – вернемся на Шарабан.

PSRT застримила что-то слезливое про беременную кошечку, которая разродилась в закрытый картонный ящик – помню, там было про квантовую механику, но до конца я не понял. И наконец настала наша очередь.

Я вышел на сцену. На мне был самурайский шлем и красный гусарский мундир вроде тех, что надевали «Жуки», а на Герде – такой же, только голубой.

Герда запустила трек на базе древней песни, я оглядел стадион, дождался первых английских слов и вбил:

Что такое свобода и счастье, бро? Ты слышишь эти слова каждый день, но давай вместе прикинем – что они значат?

Мы все хотим быть счастливы. Если разобрать эту интенцию до конца, мы желаем вот чего: чтобы нам немедленно стало хорошо. Другого счастья не бывает, потому что не бывает другого момента времени. Счастье – это когда душе хорошо вот прямо здесь и сейчас.

Но как ни старайся, невозможно гарантированно приехать в точку под названием «счастье» в результате собственных усилий. Хотя бы потому, что в каждом нашем миге участвует весь остальной мир. А мы над ним не властны.

Поэтому дорога к счастью только одна.

Смирись в своем сердце с тем, что происходит в эту секунду. Прими все так, как если бы ты мечтал об этом всю жизнь. Просто растворись в моменте. И как только ты перестанешь с ним бороться, ты поймешь, что тебе никогда не нужно было ничего искать.

Сквозь тебя круглосуточно качают рекламу и спецконтент, формируя твои желания, предпочтения и взгляды. «Открытый Мозг» поставил тебе в череп имплант, и через него Прекрасный Гоша имеет тебя на пару с сердоболами. Даже слово «тебя» в такой ситуации надо ставить в кавычки.

Но разве тебе не приходило в голову, что твой собственный мозг – это просто другой имплант, чуть лучше сделанный и более мощный, через который тебя имеют создатели нашего мира? Как говорили в карбоне, архитекторы симуляции?

Знаешь, как они это делают?

Да точно так же, как сердоболы и Гоша.

Они заставляют тебя проживать их контент как свой.

Ты просто большой мокрый имплант, по которому качает свой стрим эта старая хитрая вселенная... Вернее, ты и есть сама эта прокачка, процесс, длящийся с момента рождения до момента смерти. Множество переплетающихся контент-потоков – но ни один из них не начинается в тебе. Все это приходит непонятно откуда.

Ты ничем не отличаешься от кроманьонца или древнего грека. Их фиктивную «самость» точно так же прокачивали через морщинистый и мокрый серый имплант, изменившийся с тех пор очень мало.

Да, теперь в одном импланте стоит другой. Но почему ты считаешь, что есть какая-то принципиальная разница между первым устройством и вторым?

Повторю, есть лишь один путь к счастью.

Смирись полностью с тем, из чего состоит мгновение. Прими все, что происходит в эту секунду с тобой – ибо это и есть божья воля. Как только ты сделаешь так и расслабишься, ты поймешь, что здесь и скрыта единственная доступная человеку свобода.

Почему наши предки называли свободу «волей»? Да потому, что свобода есть полное принятие воли бога как своей. Любое несогласие с этой волей карается немедленно и жестоко, и кара заключается в ощущении, что ты несвободен и несчастен.

Я совсем не о политике и не о гендерной реформе. Я о настоящем моменте времени. Не-счастье всегда сделано из борьбы за то, чтобы текущая секунда была какой-то другой. Не такой, как есть.

Бог всевластен. Он делает с тобой все что хочет. Больше того, он штампует «тебя» именно из твоего согласия или несогласия с назначенным.

Но ты можешь дать ему сдачи очень хитрым способом.

Не борись с ним. Просто гляди, как возникает и исчезает то, что ты принимаешь за себя – и предоставь Сущему нести эту ношу.

Уйди с водевиля незаметно, не хлопая дверью и не наступая никому на ноги. Так, чтобы никто даже не понял, что ты с него ушел.

Для этого не надо расставаться с жизнью. Для этого не надо делать ничего вообще. Просто позволь происходящему происходить. Оно будет происходить и без твоего позволения.

Но ты, дурак, зачем-то каждую секунду натягиваешь воображаемые вожжи и кричишь в черное небо как пьяный кучер: «Тпру! Стоп!»

Как будто ты что-то можешь. Как будто ты правда есть.

Есть только бог, только источник, только сила, заварившая эту кашу. Так пусть она и расхлебывает ее сама – и сама несет свое бремя.

Бог сильнее тебя до тех пор, пока ты есть и борешься с судьбой. Перестань «быть», прими все полностью и без оговорок, и ты перехитришь самого главного хитреца – если будет, конечно, на то его воля. Ибо победить его можно, лишь полностью ему сдавшись.

Там, где тебя нет, никто не может тебя достать.

Не помогай богу – пусть тащит свою ношу сам. Когда он прокачивает через тебя радость, радуйся. Когда качает муку, мучайся. Но пусть «тебя» не будет ни в этой радости, ни в этой муке. Пусть в ней будет только Сущий.

Чтобы стать свободным, не обязательно любить бога. Или, тем более, его ненавидеть. Ты не можешь ничему помешать. Ты не можешь ничему помочь. Ты можешь только одно. Исчезнуть – и позволить этому быть.

Let it be...

Читатель наверняка уже стримил эту вбойку и переживал ее как собственный вруб. Может, не раз и не два. Сейчас я просто описываю рельсы, по которым первая версия моего «Летитбизма» въехала в мир.

Успех был невероятным.

Я стал широко известен, причем не только в Добром Государстве. Меня начали внедрять, как когда-то Шарабан-Мухлюева.

Я много думал о причинах такого прорыва. И не один я.

У сердоболов есть культурно-идеологический журнал «Разговорчики в Строю» (токсичный, как и вся сердобольская пропаганда, но мне нравится название – я ведь тоже ходил строем, пока не переквалифицировался чисто на разговорчики).

Это главная смысловая лаборатория власти, их духовный штаб – там информационные конокрады режима (считаю термин «инфоцыгане» расистским и абьюзным) отслеживают идейные веяния в обществе, рефлексируют по их поводу и планируют информационные атаки на врага.

Ровно через три года после первого стрима моего «Летитбизма» они выпустили спецномер, посвященный мне, где попытались понять природу моего успеха.

Главная их мысль была такой – я случайно послал в мир мессидж, выгодный правящему классу. Мол, если сделать ничего нельзя, какая тогда может быть классовая борьба? Какое политическое противостояние?

Дубины. Хоть бы слушали внимательно. Я же не говорил, что не надо бороться с властью. Или что надо. Борешься – борись на здоровье. Но если ты хочешь быть при этом счастлив и свободен, не думай, будто этой борьбой занимаешься ты. Борьба происходит, потому что мир так прокачал тебе голову, но это не твоя борьба и не твоя голова. Это мир трется сам о себя. Волосы бога трутся о его ногти.

Не создавай ложную сущность, стоящую на пути у потока перемен. Не объявляй борьбу стихий и элементов «своей». Вот и все.

Когда я говорю «уйти с водевиля», я не имею в виду аполитичность, социальный эскапизм или дауншифтинг. Я имею в виду исключительно взаимоотношения с тем, из чего состоит текущий момент времени. Можно тащить этот груз на себе, и тогда ты раб божий на галере. Но есть и другая возможность – ехать зайцем. Тогда тащить ношу придется богу.

Но он тащит ее и так. Вопрос только в том, что при этом будешь чувствовать ты сам.

Это как в анекдоте про Ходжу Насреддина. Один человек едет на осле, держа поклажу на своих плечах, другой едет на осле, повесив поклажу ослу на шею. Ослу это пофиг. Для ездока, однако, разница очень велика.

Смысл «Летитбизма» – не будь ослом, едущим на осле. Не мешай этому миру, но и не помогай. Даже когда мир действует через тебя.

Понять это в теории просто, но научиться внутреннему балансу на практике сложнее. Не буду врать, что полностью овладел этим искусством уже в те дни, но въехал в эту мысль я весьма глубоко.

*

Вскоре после премьеры я сделал новую модификацию «Летитбизма», чтобы протянуть руку церковным влиятелям и накрепко увязать свой великий вруб с историей человеческого духа. Вот что я добавил:

Мудрые люди знали секрет всегда.

«Да будет воля твоя», сказано в «Отче Наш». Или, как говорят протестанты, «Thy will be done» (Matthew 6:10; по-английски это звучит

точнее). Даже Христос в Гефсиманском саду молился именно так.

Это и есть «летитбизм» в сокращенном виде. Ну, почти.

Христиане в своей молитве умоляют отца, чтобы все было именно так, как он хочет, и не дай бог как-то иначе, но у меня на такую сервильность уже не хватает задора. Все-таки насмотрелись за три тысячи лет. Христиане говорят, надо любить Творца, я же предпочитаю не участвовать в их радении и еду зайцем. Почему?

Так хочет бог во мне.

Куда еду? Вопрос не ко мне, а к богу.

Перестань быть гребцом, а потом перестань «быть» и исчезни совсем. Пусть «будет» только бог и его воля. Позволь этому случиться и дай исчезнуть позволившему.

Это и есть свобода и счастье. Единственное доступное нам счастье.

Правда, тут есть один кэтч. Далеко не факт, что бог согласится видеть тебя в роли зайца... Но не делай из этого трагедию тоже.

Let it be...

Вы заметили, наверно, что в «Катастрофе» я говорю про бога как про разбившееся зеркало, а в «Летитбизме» – уговариваю покориться его воле. Многие увидели здесь противоречие, и мне пришлось модифицировать стрим.

Противоречия здесь нет, вбил я.

Что, если воля бога именно в том, чтобы разлететься на части? Мы осколки бога. Мы его живущие до сих пор клетки, выброшенные прибоем на межзвездный остров. И каждый из нас – маленькая катастрофа. Мы старимся, умираем и разлетаемся на молекулы.

Где богу предотвратить нашу катастрофу, если он не смог – или не захотел – предотвратить свою собственную? Мы просто повторяем великую космическую драму на мышиных фракталах, как оторванные лапки насекомого, дрыгающиеся на детской ладони... Воля бога в том, чтобы с нами происходило то же, что и с ним...

А еще через год, после дюжины хороших трипов, я поставил вопрос так: а была ли катастрофа вообще?

Почему бог распался, взорвался, перестал быть?

Да потому, что он тоже не дурак тащить на себе эту ношу. Если даже мы видим способ проехать зайцем, неужели главный заяц Вселенной глупее?

Он придумал вечный иллюзорный двигатель, освобождающий его от всякой работы и усилия. Этот двигатель... и есть мы.

Это был особо крутой вруб, потому что он случился со мной по укурке прямо на одном из концертов. В нем была та свежесть непосредственности, которой так не хватает многим современным вбойкам.

Вот как я прогнал этот бонус в первый раз:

Просто растворись в своем «прямо сейчас». Когда ты исчезнешь в моменте, ты поймешь, что в тебе не было ничего, что надо растворять.

Если ты – даже ты, бро – врубаешься в «летитбизм», неужели ты думаешь, что бог глупее?

Бог не умер, он ушел в нирвану. И теперь на его галере гребут те, кому надо больше всех. Те, у кого есть «мечта». Те, кто чего-то от этой жизни еще хочет. Таких героев всегда будет хватать – из них и состоит сансара. У людей, бро, есть волосы и ногти. А у бога вместо волос и ногтей мы.

Три тысячи лет бога умоляют вернуться и сделать себе маникюр или новую прическу. Или хотя бы чего-то захотеть, чтобы сбылась наконец его воля, но увы, увы, увы.

Бог тихо шепчет:

Let it be...

Если вы проследите за развитием моей мысли, вы увидите как она разворачивается от метафизического ужаса (в «Катастрофе») к принятию жизни как она есть (в первых версиях «Летитбизма») – и, наконец, к правильному пониманию бога, открывшемуся мне уже в банке:

Помните стихотворение Горостисы про пустой свет без солнца и его бесконечную катастрофу?

Такой образ мог прийти в голову только тому, кто полагает, будто бог был огромной древней звездой, взорвавшейся в начале времен. Тому, кто думает, что бог – это еще одна нарисованная светом картинка.

Но в боге нет ничего, способного взорваться или распасться на части. В нем нет ничего, что можно увидеть или понять.

Ищите бога не в храме. Ищите его в сознании.

Сознание и есть тот самый пустой свет без солнца, подделывающий звезду по имени «Я», от которой он якобы исходит.

В этом свете миражами проявляется то, что мы называем реальностью. Мы все – эксперты по миражам, но почти никто из нас не знаком с создающим их светом.

Катастрофа – космическая, персональная и любая другая – невозможна, потому что свет всегда был свободен от «звезд». А случиться что-то может только с ними.

В человеческих миражах уже тысячи лет клубится бесконечная трагедия. Все рушится, все распадается и дымится. Помирает то бог, то Ницше. Но если вернуться в этот невидимый и неизменный свет, будет не о чем волноваться и некому умирать.

Этот невидимый свет есть вечно живой бог. Самое близкое, что можно представить. Настолько близкое, что его невозможно увидеть. Это даже не близкое. Это и есть ты.

Лично я никаких противоречий между «Домом Бахии» и своим «Летитбизмом» не вижу. Во всяком случае, сейчас.

Что-то такое поднимается в уме, клубится пару минут и исчезает. Потом что-то другое возникает, пузырится и опять исчезает. Какие тут противоречия? Для кого? Где? Зачем?

А вот это я прочитал в одном храмовом блоге пару лет назад:

Представьте себе, что вы живете в гигантском лепрозории, где все мучаются от огромных лишаев и струпьев, но спорят о том, как устроен лепрозорий и кем возведен... Диковато, да?

Вот поэтому Будда не учил метафизике. Он учил гигиене.

Будда не обсуждал таких тем, как происхождение вселенной или ее назначение. Его интересовало только избавление от страданий.

Учение, данное им Бахии, ничего не говорит

о том, откуда берется «увиденное», «услышанное» и так далее. Речь идет не об анатомии ядовитых змей, а о том, как вести себя в их гуще. Проще всего остановиться и исчезнуть. Тогда исчезнут и змеи. Это Теравада.

Ее «понимание» ограничено лично Буддой.

Зачем «понимать» то, чему мы позволяем кончиться? «Понимая» все это, мы просто продлеваем существование мусора усилием своего ума, а иногда и создаем новую его гору.

Теравада не возводит таких умозрительных конструктов, как «природа Будды», «бог» или «мировой дух».

Когда подобные сущности порождены, за ними приходится ухаживать – и на переливание из пустого в порожнее уходят все силы души. Поглядите только на библиотечные полки раздела «Философия». Пользы же от них никакой, ибо истинная реальность не может быть концептуализирована в принципе, а чтобы пережить ее лично, не надо предпринимать ничего вообще.

Для тех, кому интересно, как все устроено и какова природа наших галлюцинаций, существует шарманка об «осознающей пустоте» и «ясном свете ума». Это Махаяна и Адвайта. Их метафизическое понимание красиво и совершенно. Но оно, увы, не исцеляет от струпьев, из которых мы каждую секунду слипаемся заново. Оно не дает ключа к свободе. Во всяком случае, нового.

В Махаяне есть тайный ключ, но это тот же древний ключ Теравады. Все остальное просто конспекты придворных дебатов, при которых много тысяч лет кормились монахи.

То, чему Будда учил Бахию, и есть тайный ключ.

Звучит очень похоже на то, что старый монах говорил господину Сасаки. Но я думаю, что человеку важно не только спастись от страдания. Ему важно понять, что такое он сам, есть ли бог – и что такое бог. Ведь интересно, да?

И вот вам реакция на мой «Летитбизм» из другого религиозного блога, хорошо отвечающая на вопрос:

Бог – это бытие. Бог – это сознание.

На самом деле это одно и то же. Сознание есть единственное возможное бытие, а быть способно только сознание.

Бог отчетливо присутствует всегда и во всем. Он – это самое первое, что мы знаем и то единственное, от чего некуда уйти. Но мы с детства учимся переносить фокус внимания с того, что есть, на то, чего нет. Так устроено самим богом, чтобы мы могли выполнять свою земную функцию.

Попробуйте безмысленно ощутить природу и способ своего бытия прямо в этой секунде, и вы увидите бога. Это и есть он, и ничего другого нет вообще.

Человек – это как бы растение, уходящее корнем в бога. Возвращаясь к своему корню, мы видим источник. Делаясь цветком, мы полностью о нем забываем, чтобы цвести, пахнуть и принимать пчел по личным вопросам.

Да, все мы имеем божественную природу. Но гордиться тут нечем, потому что ее же имеют говно, моча, денежные знаки и корпоративные медиа. Божественной природой обладает все. Вернее, ею не «обладает» ничего, но все является ее проявлением.

Когда становишься совсем прозрачным и мысли утихают полностью, бог виден ясно, но нет никого, кто может на него посмотреть. Когда появляется тот, кто хочет поднять голову и посмотреть, бога уже не найти.

В «просветлении» нет ничего личного.

Сознание не рождается и не умирает. Умирать некому, жить вечно тоже. Это прозрачное «некому» и есть единственная бессмертная сущность. Культивация бессмертия сводится к отмиранию личности, начавшей его искать. Бессмертие длится один миг, но этого мига достаточно. Он не кончится никогда...

А вот третий отзыв, самый для меня изумительный – его я увидел уже в банке первого таера:

Нельзя сказать, что мир «как-то устроен», потому что в своем тайном центре он есть не механическая кукушка, а живая и ничем не связанная воля непостижимой высшей силы. «Это может быть чем угодно, даже тем, чем не может быть», как пели в карбоне. Именно поэтому самые дальновидные и проницательные из нас говорили «я знаю, что ничего не знаю».

Другими словами, мы можем познавать мир и рассуждать о нем только до тех пределов, до каких этого хочет действующий через нас бог, не ограниченный ни в чем и никак.

И таких комментариев в сети уйма. Кажется, что они противоречат друг другу – но для меня все они сливаются в одно целое.

В общем, «Летитбизм» оказался именно тем духовным бутербродом, в котором нуждалось наше время. С помощью господина Сасаки я попал в точку. Хотя сказать, что это был «я», конечно, преувеличение.

Были и курьезные моменты. Мне на кукуху приходили сообщения, что у тайных владык нашего мира (они по слухам не вполне люди) есть схожее с «Летитбизмом» учение, называющееся «Тайный Черный Путь». Я, оказывается, довольно близко воспроизвел его главные постулаты.

Мне в такое верится не особо. Но не удивлюсь, если это правда. Все дороги ведут в Рим, но из-за воровства регулировщиков про это мало кто знает.

Заканчивая рассказ про свою главную вбойку, отвечу на часто задаваемый вопрос. Жил ли я в то время сам в соответствии с учением Бахии? Или хотя бы со своим «летитбизмом»?

И да, и нет. Все-таки я был не совсем господин Сасаки, хоть и уважал его изощренный восточный ум.

Иногда этот ум просыпался прямо в моем собственном, словно мне в голову добавили еще один имплант, и я начинал думать прямо как мой ментор. Я сразу узнавал такие моменты.

Например, знакомясь с творчеством конкурентов, я прокручивал селф-хелперскую вбойку SHPL, и мне приходило в голову, что слова «хочу и буду» – это и есть та самая половая щель ада, о которой постоянно предупреждал своих учеников Будда.

Сверхкомпактное – всего в трех словах – изложение учения о становлении иллюзорного «я». Неудивительно, что SHPL продавал это как метод *личностного роста* в нашем перевернутом мире.

Хоть вставляй в «Летитбизм».

Но ум господина Сасаки – это все же был не я сам. Поэтому я не спорил с SHPL и тоже верил тогда в принцип «хочу и буду».

Вот я. Захотел и стал.

KGBT+.

Слышали, да? Разве плохо?

Я полагал в те дни, что наши иллюзорные личности подобны жемчужинам в раковине. В раковину попадает песчинка, моллюск трется о нее своим нежным телом, выделяет секрет, и песчинка обрастает перламутром.

Точно так же и мы появляемся из борьбы с обстоятельствами. И чем яростнее мы о них тремся, тем сильнее делаемся, и даже представить невозможно, до каких огромных размеров может разрастись на этом пути жемчужина по имени человек.

Конечно, думал я, мудрец всегда помнит, что это фальшивая жемчужина, снящаяся неведомо кому. Но во сне ее можно хорошо продать. Хотя вырученное, конечно, тоже придется тратить во сне – его не возьмешь с собой при отъезде. Но это пустяки по сравнению с тем, что при отъезде не возьмешь с собой и себя самого.

В общем, в борьбе обретешь ты право свое.

Правда, в той же борьбе можно было схлопотать и поражение в правах с последующей высылкой в Туруханский край. Что поделать – так уж разбилось зеркало троллей.

Поумнел я значительно позже, уже в тюрьме. Но сейчас я понимаю, что приди я в себя раньше, и это самым печальным образом сказалось бы на моем творчестве.

МЕМА 16

Вбойщик!

Не пытайся полностью подчинить свою жизнь проходящим сквозь тебя смысловым вибрациям. Не принимай себя за Христа, и не придется помирать на кресте. Будь мудр как Толстой и смиренно помни про свое несовершенство. Если повезет, в конце жизни окажешься на железнодорожной станции и сядешь в невидимый поезд.

Реки мудрости приходят к нам из неведомого источника и утекают в никуда. Будь доволен тем, что вобрал в себя их смысл, пережил его в своем сердце и сделал доступным для других. Живи как живется. Правило одно – не причиняй другим страдания и не участвуй во зле.

Не спорь с богом и не мешай ему культурно отдыхать. Хочешь узнать, что интересно богу – делай то, что тебе хочется.

Let it be.

Еще хочу сказать пару слов о религиозно инспирированном покушении на мою жизнь, сорванном охраной Шарабана.

Нет, это не пиар-акция. Показанная в новостях сеть с ядовитыми крючьями была настоящей. Если бы ее удалось на меня накинуть, когда я стримил «Летитбизм», я умер бы от паралича.

Яд кураре.

За этой акцией, как мне сказали в жандармерии, стояли религиозные экстремисты, обидевшиеся на мою камерную вбойку «Пришествие» – о втором пришествии (вернее, о том, что оно не может быть пронумеровано, ибо не прекращается ни на миг).

Но вот насчет того, какая именно секта действовала, мнения разделились.

Одни уверяли, что это была университетская ячейка французской ложи бельмондианцев.

Это такие неокатарены из Прованса, верящие, что бог воплощался как Жан-Поль Бельмондо и жертвенно умер, чтобы спасти нас от вирусов. Успеха он не добился по причине неполного служебного соответствия. Гностики такие гностики.

Я, оказывается, оскорбил их религиозные чувства тем, что, говоря о боге, ни разу не употребил слов «Жан-Поль Бельмондо».

Исправляю эту ошибку – лучше поздно, чем никогда. Тезис о том, что бог отработал на нашей планете Жан-Полем Бельмондо, возражений не вызывает. Я совершенно не представляю, кто этот Жан-Поль, но других вариантов все равно не просматривается.

Еще шептались про сибирскую общину *скопцов-илонмаскеров*, верящих, что бог возвращался на землю как Илон Маск, чтобы сосредоточиться на технических проектах. Их я тоже обидел – какой-то неловкой фразой про Марс. Жаль, не хотел.

Верующего человека обидеть нетрудно, так что на всякий случай извиняюсь перед илонмаскерами и торжественно свидетельствую: бог приходил на землю и как Илон Маск.

Перед всеми остальными вероисповеданиями и сектами официально и торжественно извиняюсь тоже.

Одним словом, я прощаю все.

*

Мой «Летитбизм» стал до того популярен, что претендовал чуть ли не на статус новой религии. Так писали. Это, конечно, преувеличение, но на его основе действительно появилось множество психотерапевтических курсов. Они и сейчас работают, недавно проверял.

Несколько лет я пожинал плоды своего успеха, разъезжая с Гердой по городам и весям – и вбивал, вбивал, вбивал свое let it be. «Летитбизм» рос и развивался вместе со мной.

В прошлой главке я рассказал, как это происходило.

Не буду описывать этот период подробно: отчеты о моей жизни есть на всех бульварных каналах, и деталей там даже многовато.

Хватает там и вранья. Я никогда не ходил по Москве с гепардом на поводке, это монтаж. И мегаяхты на Клязьме у меня тоже не было. Несколько раз я брал в аренду баржу с кальяном, вот и все. После расстрела госпожи Брик я суеверно избегал сердобольских полковниц, держащих светские салоны – но это не повод называть меня снобом и нелюдем.

В творческом отношении этот период оказался малопродуктивным. Полагаю, дело тут было не во мне, а в принудительном параличе русской культурной жизни. Ветрогенезис есть ветрогенезис. Сапиенти ссыт, и где-то я его понимаю[1].

Я все-таки делал новые вбойки (вспоминать их сегодня мне не стыдно, но немного скучно). Ни одна из них не провисела в чартах столько, сколько «Летитбизм». Однако на мою популярность это уже не влияло.

Ну а потом произошло то, чего следовало ожидать.

Однажды утром от TREXа пришла курьерская почта. Ветка дерева Ginkgo Biloba с мя-

---

[1] Sapienti sat (*лат.*) – мудрый молчит.

систыми зелеными листьями, похожими на веера.

К ветке была привязана карточка:

WELCOME TO THE CLUB!

На обороте карточки разъяснялось, что дерево Гинкго – это живое ископаемое, листья которого служили когда-то пищей динозаврам.

«Дай им чуть подвянуть, – писал Треха, – и объедай вместе с корой. Ямми!»

Я уже догадался, в чем дело. Но официальное уведомление шлепнулось мне на кукуху только через час.

Меня объявили рептильным влиятелем.

На основании того, что мои вбойки «затрагивают глубочайшие слои человеческого мозга». Можно было сколько угодно острить по этому поводу, негодовать, издеваться, только плетью обуха не перешибешь.

Были у сердоболов формальные основания? Теоретически да. Герда и правда прогревала слушателям мозжечок – но так делают все музы. Даже муза PSRT, хоть там и втирают исключительно про котиков. Иначе нормальной вбойки не построить.

Я на несколько дней упал в туман.

Гаже всего, конечно, было вспоминать собственное злорадство по поводу Афифы.

«Когда пришли за соседом, я молчал», говорили в карбоне, «а потом пришли за мной». Не очень понимаю это карбоновое моралите – если бы лирический герой не молчал, его бы забрали вместе с соседом, а так попил пиваса еще пять вечеров.

Но я-то даже не молчал. Когда пришли за *Сучкой*, я хихикал. Вот и дохихикался.

МЕМА 17

Вбойщик!

Не радуйся чужим бедам. В этот момент ты заказываешь их для себя – хотя, возможно, в другой форме. Не знаю, какой механизм за этим стоит, но он существует. Проверено много раз.

Это не значит, что надо культивировать фальшивое сострадание и любовь. Толку не будет.

Надо оставаться самим собой, но не быть при этом говном.

Иди к этому невозможному идеалу всю жизнь.

Видимо, думал я, моя востребованность у публики вызвала ревность у идеологической обслуги сердоболов. Трудно поверить, но все эти информационные лакеи всерьез считают себя творцами. Они верят, что стоит запретить остальных, и кто-то начнет всасывать их говнопродукт.

Интересно, что поддержка пришла с самого неожиданного направления.

Афифа вместе со своей сисястой ученкой сделали спецрелиз, где изложили следующее: по данным нейрофизиологии, «сознание» (для «awareness» и «consciousness» у русских всего одно слово, поясняли девчурки, но речь здесь о том и о другом) – так вот, сознание не есть конечный продукт всей нейроактивности, а, наоборот, нечто фундаментальное и исходное.

И возникает сознание не в неокортексе, а именно в тех зонах, которые сердобол-большевики неправильно называют «рептильным мозгом», отчего рептильным влиятелем можно называть любого, кто воздействует на чужое восприятие – хоть словом, хоть, запахом, хоть внешним видом. Да и по отношению к самому себе любой человек – несомненный рептильный влиятель.

Логически безукоризненный аргумент, но ведь сердоболам любое интеллигентное и умное возражение по барабану.

Замечу в скобках, кстати – по большому счету Афифа со своей ученкой опять обосрались: сказать, что «сознание» возникает в «мозге» способно только совсем темное и невежественное существо, измученное гендерными штудиями и не понимающее, что прежнее понятие «материи» давно отменила даже физика. Но в то время любая поддержка была для меня важна.

– Скажут, ты рептильный влиятель, – подытожила Афифа, – значит, будешь рептильный влиятель, хоть ты весь в перьях...

Это она троллила TREXа. По данным палеонтологии, динозавры действительно ходили в перьях, во всяком случае некоторые, отчего Афа теперь называла Треху не иначе как «пернатым», к огромному удовольствию хейтеров. На что Треха огрызнулся диссами: «молчи в анал, говна канал» и «поскреби либерала, найдешь фашиста».

Критики выяснили, что последнюю фразу он позаимствовал у Черных Пантер – были такие негритянские влиятели в карбоне. И по итогу TREX ухитрился поднять на этой склоке пару расовых кармических плюсов, а Афа схлопотала минус за гомофобию.

Нравственная победа над авторизованным моральным дилером – это в наше время такая редкость, что муза TREX'а даже украсила свой рептильный гребень тремя горизонтальными полосками – двумя зелеными и одной золотистой.

В общем, меня насильно впихнули в лагерь прогресса – но всем было наплевать и растереть. Да и мне, в общем, тоже. Жизнь вокруг цвела, манила сладкими обманами, и шрамы на моей волчьей душе зарастали быстро.

Когда меня объявили рептильным влиятелем, я решил, что Люсик откажется от дальнейшего сотрудничества. Он ведь предупреждал... Целую неделю я не мог с ним связаться. А потом он пришел ко мне в студию сам.

Он выглядел благодушным. Даже довольным.

– Ты думаешь, это удар по твоим карьерным перспективам, – сказал он. – В некотором роде да, хорошего тут мало. Но каждая катастрофа открывает новые возможности. Ты просто не видишь появившихся перед тобой горизонтов.

– Каких еще горизонтов?

– Тебя объявили рептильным влиятелем. Это черная метка от сердоболов. Но для остального мира она как орден почетного легиона. Или пропуск на светлую сторону. И на тебя уже появился международный спрос.

– Какой?

– У меня две заявки. Во-первых, баночный тур. Во-вторых, частный концерт в Венесуэле.

Баночный тур был для успешного вбойщика делом вполне обычным, и я уже провел несколько таких. Платили хорошо, но вместо зала приходилось выступать внутри пустой черной пещеры, которая почему-то казалась мне вагиной подводного монстра. А вот частный концерт на другой половине планеты...

Услышав слово «Венесуэла» я, натурально, первым делом вспомнил про боливары. И не ошибся. Голос Люсика стал торжественным и даже немного благоговейным:

– Тебя приглашает выступить... Сам барон Ротшильд!

– А кто это? – спросил я.

Люсик засмеялся и сложил жирные пальцы сердечком в воздухе – словно умиляясь невинности стоящего перед ним существа.

– Присядь, – сказал он. – Покажу спецролик.

Опять закрытая информация.

Меня как бы зачисляли в сердобольскую элиту. Во всяком случае, в доверенный круг.

Но почему сердоболы одной рукой вручают мне свою черную метку, а другой – выдают секретные материалы?

Что-то тут не так, подумал я, что-то тут гнилое...

Хотя, с другой стороны, что у нас в стране «так»? Да и вообще на планете?

Эта мысль несколько меня успокоила. Действительно, сердобольскую власть без кукухотерапевта не понять. Она сама себя не понимает – правая рука не знает, что делает левая, а голова в это время копит на банку в режиме «вспомнить по сигналу», чтобы не поймал полиграф-контроль...

Спокойно, Кей, сказал я себе. Let it be. Расслабься и плыви по течению.

МЕМА 18

Вбойщик!

Конспирология отлично продается в художественном виде – это костяк минимум половины актуального энтертейнмента.

Но, как говорили мексиканские наркобароны, никогда не нюхай свой кокаин. Следует помнить бритву Шарабан-Мухлюева: «Не ищи конспирологических объяснений того, что может быть понято на уровне бытовой психопатологии».

Точно так же не пытайся понять наше неустройство через Фуко, Ведровуа, Бейонда и Шарабан-Мухлюева.

Иногда жопа это просто жопа.

KGBT+ KGBT+ KGBT+

– Садись, – повторил Люсефедор.

Я присел на банкетку у стены, расслабился и пустил спецматериал в свой мозг.

Это был уже третий ролик с допуском «А-0», слитый Люсефедором на мой имплант. Сейчас в верхней части поля зрения мерцала непонятная красная маркировка:

Проект «Встречный Бой»

Ролик начался с ментального блока.

Мне вдруг пришло в голову, что я никогда – вот вообще никогда – не интересовался вопросом, кто конкретно стоит за мировыми деньгами. За теми самыми боливарами, которые мы переводим с кукухи на кукуху при каждой трансакции.

Действительно, это было странно. Я ни разу не обсуждал этот вопрос ни с друзьями по преторианской казарме, ни со сподвижниками по музыкальному бизнесу.

Ролик разъяснил почему: эта тема имела негативную подсветку уровня «минус пять». Вероятность того, что очипованный мозг задержится на ней сам, была примерно такая же, как шанс, что санки заедут на ледяную горку.

Даже про Гольденштерна болтают, особенно по пьяни. Про источник боливаров – никогда вообще. Пьяные, трезвые, укуренные, неважно. С этой темой «Открытый Мозг» не шутит.

Барон Ротшильд и был человеком (вернее, мозгом), стоявшим за венесуэльской криптой. Эта персона была, возможно, поглавнее самого Гольденштерна, потому что последний мог иметь больше всего денег на планете, но именно Ротшильд делал эти деньги деньгами.

Потом мне стало неясно, как один человек может контролировать криптовалюту. Эта мысль казалась абсурдной. Ведь смысл крипты, как я его понимал, был в том, что она майнится независимо от центральных инстанций и при известной вычислительной мощности ее может добывать кто угодно.

Создатели ролика, кажется, сами не очень четко это представляли – все-таки они не были финансистами. Они упомянули какую-то «двойную блокчейн-спираль» и сегменты DNA-кода барона, выполняющие роль «ключа внутри ключей» (даже за такой скромный улов, прокомментировал ролик, трем офицерам баночных спецслужб пришлось отдать мозги – и нет гарантий, что это не было дезинформацией врага). Но думать об этом сразу сделалось противно, и я зажмурился от тоски.

Вот так работает защита, констатировал ролик. Имплант-подсветка просто не пускает человеческий ум дальше в тему. Многократно проверено.

Но нет никаких сомнений, что мировую валюту контролирует именно барон Ротшильд.

Он, так сказать, держит банк, хотя нам не дают увидеть всю схему и осознать, как именно.

Дальше приводились биографические сведения о бароне.

Никаким бароном и тем более Ротшильдом он изначально не был – его звали Диего Суарез. Много веков назад он стал главой одного из мексиканских политкартелей и даже всерьез воевал в Юкатане за штандарт мексиканского президента.

Несколько веков слово «Ротшильд» служило своего рода финансовой гарантией для беднейших слоев человечества, склонных к конспирологическому видению мира («знаете, как-то спокойнее, когда за ваши деньги отвечают Ротшильды»). Диего Суарез решил на этом сыграть. Поскольку настоящие Ротшильды к тому времени то ли вымерли, то ли выродились, препятствий не было.

Он начал с того, что купил паспорт на имя Манделы де Ротшильда, а баронский титул получил в Парагвае, женившись на мультиправнучке нацистского аристократа.

Выбор Венесуэлы в качестве главного финансового седалища планеты не был случайным. Это объяснялось особенностями местного законодательства, специально скорректированного под новый проект.

Мир в то время прощался с долларом и прочими fiat-валютами. Не лучше обстояло и с ветхой криптой. Увядал взятый спецслужбами под контроль биткоин и прочие досчитанные проекты. Дышал на ладан SDR.

Транснациональные корпорации решили противопоставить прежним системам что-то революционно-левое и романтичное – но при этом надежное в инвестиционном смысле и не зависящее от дури центробанков. На пересечении множества смысловых и эстетических векторов родился цифровой боливар.

Главным в стратегическом успехе новой мировой крипты, конечно, стало то, что Мандела де Ротшильд подошел в качестве партнера владельцам «TRANSHUMANISM INC.»

Были составлены надлежащие меморандумы, негласные протоколы, и мир вступил в эпоху новой финансовой стабильности. Одновременно барон Ротшильд и его контора скрылись со всех информационных радаров, а на виду осталась только прогрессивная венесуэльская крипта и связанная с ней символика – суровые индейцы с отбойными молотками, счастливые негритянские старухи в очках-велосипедах, мудрые китайские крестьяне с креветочными усами, бегущие по нью-йоркской набережной трансвеститы-джоггеры и прочие лучи универсального добра.

Барон к нашему времени уже несколько столетий был баночником. Но очень необычным.

В ролике присутствовал видеоряд – небольшой клип, снятый, судя по плохому качеству и полосам на экране, клопом-подглядывателем.

Кажется, это была вечеринка в саду. Статуи, розовые кусты, мраморные скамейки, мужчины в галстуках-бабочках, женщины в вечерних платьях. Официанты, отличающиеся от гостей только цветом смокингов. Шампанское и наркотики на золотых подносах. Тихая музыка, смех.

И вдруг среди этой публики прошло чудовище.

Когда оно появилось в кадре, воспроизведение замедлилось, и я успел хорошо его рассмотреть.

У него была огромная голова – раза в два крупнее человеческой. Черты лица, как мне показалось, копировали какого-то азиатского демона: они выглядели правильными и соразмеренными, вот только глаз было три – третий, большой и круглый, помещался на лбу.

Я с содроганием понял, что это не живое лицо, а желтая пластиковая маска. Глаза (конечно, искусственные) были вделаны прямо в нее. Грива черных волос. Тонкие витые усы на верхней губе.

Одето это странное существо было как герой древнего комикса – в плащ, перехваченный на груди цепочкой. Но барон (я догадался, что это он) не казался смешным. Не знаю почему, но он внушал благоговейный ужас.

– Барон Мандела де Ротшильд, – сказал закадровый голос, – сильно отличается от остальных клиентов «TRANSHUMANISM INC.» Он баночник девятого таера, но при этом, если угодно, трансгуманист в изначальном понимании слова...

Я увидел чертеж: разрез механической головы, где в ультракомпактной емкости был спрятан живой мозг.

– Вот его собственные слова: «Я не желаю становиться плавающей в рассоле медузой. Вечная жизнь только тогда чего-то стоит, если можно каждый день ставить ее на карту. Лишь ежесекундная возможность смерти придает нашему существованию красоту и смысл...»

Чертеж уменьшился, и стал виден сложный механический скелет, к которому была прикреплена банка с мозгом.

– Барон Ротшильд, – продолжал диктор, – редко пользуется услугами зеркального секретаря. Он ходит по земле сам и предпочитает проводить время в обществе живых людей.

Я снова увидел желтую трехглазую маску среди улыбающихся женских лиц.

– Для барона Ротшильда был разработан специальный цереброконтейнер в виде головы с прочностью среднего человеческого черепа. В голову-цереброконтейнер вмонтированы камеры разных световых диапазонов, микрофоны, детекторы запаха и вкуса. Тело барона – это механическая кукла на основе полимоторного эндоскелета, характеристики которого достаточно близки к физическим параметрам человека. Мозг барона управляет телом через специально созданный интерфейс. Можно сказать, что Мандела де Ротшильд – единственный и крайне дорогой экземпляр так называемого Homo Extensis, «человека дополненного», первоначального проекта мировых трансгуманистов. Воплощение их мечты о вечной жизни в обновленном теле...

Я увидел старинную карикатуру – человек-робот с головой в виде прозрачной банки с плавающим внутри мозгом.

– Причины, по которым подобное техническое решение не пользуется популярностью, очевидны, – продолжал диктор, – цереброконтейнер в подземном хранилище защищен несравненно лучше, а индивидуальный опыт мозга совершенно не связан со способом его хранения и физической мобильностью. Но барон предпочел сохранить человеческие риски, даже перейдя в банку. Латинский девиз на его гербе переводится как «Быть там, где ты есть». Барон может курить и пить, насыщая свой мозг никотином и алкоголем, он может глотать пищу, приблизительно ощущая ее вкус, хотя она и выводится из его механического тела непереваренной. О его сексуальных похождениях ходят легенды. Мандела де Ротшильд регулярно меняет гендер и параметры своего механического тела, производя в нем различные модификации. Меняется также и его маска – она может быть мужской, женской, небинарной и даже детской, хотя как огромный ребенок он весьма страшен. Барон занимается боевыми искусствами и соревнуется в них с живыми людьми, подвергаясь опасности наравне с ними...

Я увидел барона на ринге. Он был похож на минотавра, напавшего на заблудившегося в лабиринте беднягу. Минотавр легко и быстро бил свою спарринг-жертву композитной ногой в голову – раз, два, три...

– В последние десятилетия барон удалился от ежедневного управления своей финансовой империей, хотя и сохраняет над ней общий контроль. Он по-прежнему приглашает на свой личный остров важнейших влиятелей и художников современности. Некоторые церковные иерархи, имеющие доступ к информации о бароне, считают его либо Антихристом, либо его предтечей...

Ролик кончился. Несколько секунд я жмурился, дожидаясь, когда пройдет головокружение. Потом поднял глаза на Люсика.

– И чего он хочет?

– Тебя приглашают выступить для узкого круга его гостей. «Катастрофа», «Летитбизм» и еще какая-нибудь вбойка на твой выбор.

– Где?

– На его личном острове рядом с Венесуэлой.

– А что это за проект «Встречный Бой»?

– Где ты видел? – напрягся Люсик.

– Маркировка ролика.

– Дебилы, мать их... Тебя не касается. Не парься. Ты согласен?

– А как мы попадем на этот остров?

– Барон пришлет бизнес-джет. Визы и все прочее устрою я. Тебе, как рептильному влиятелю, дадут сразу.

– А Герда... Ну... Ее имплант будет там работать?

Люсик засмеялся.

– Герда будет работать везде. Ее имплант на связи с нейросетью через омнилинк. Во всех бизнес-джетах он есть. Единственное, его блокируют на десять минут на время взлета. На это время она просто уснет.

– А зачем барону выписывать нас в живом виде? Что ему, мало стрима?

– Во-первых, живой концерт есть живой концерт, – сказал Люсик. – Во-вторых...

Он оглянулся по сторонам, словно проверяя, не слышит ли нас кто-то еще. Это был, конечно, шутливый жест, но я понял, что шутки кончились.

– Открываю тайну. Главная цель твоего визита – конфиденциальные переговоры, которые проведет через тебя с бароном наше низшее руководство.

– Через меня? – изумился я. – Зачем?

Люсефедор засмеялся.

– Все прямые коммуникации баночных политиков со знаковыми мировыми фигурами отслеживаются трансгуманистами. Секретный контакт между бароном и Вечными Вождями невозможен. На линии с самого начала будут чужие глаза и уши. Но мы сможем создать надежно зашифрованный канал связи с тобой через специмплант. А важнее всего то, что тебя никто не слушает. Ты никому не нужен.

Я понял – он не про мое творчество и обижаться глупо.

– И что дальше?

– Барон сможет приватно поговорить с тобой через речевой синтезатор в специально защищенном от электронного прослушивания месте. Того, что ты ему скажешь, не услышит никто, кроме него. А сказанного тебе не услышит никто, кроме нас.

– А что я ему скажу?

– Тебе это не надо знать. В нужное время и в нужном месте твой рот заговорит сам. От тебя потребуется только физическое присутствие.

– Славянка? – догадался я.

– Что-то вроде. Детали пока неясны, многое будет зависеть от протоколов безопасности. Непонятно, до какой степени мы сможем контролировать происходящее. Но так или иначе пообщаться вы сможете. Вернее, пообщаться смогут барон и один из Вечных Вождей... Поверь, в руководстве перебрали множество вариантов, и этот – самый надежный. Гордись, Кей. Послужишь своей стране.

– Гм...

– Я заберу у тебя Герду на несколько дней, – продолжал Люсик. – Ей надо будет обновить диалог-прошивки для светского общения. И еще прогреть кое-где мышцы. Это такое, как тебе объяснить... Женское.

Я не придал значения этой фразе насчет мышц. У биоандроидов свои проблемы, и они не всегда похожи на человеческие.

Происходящее не особо мне нравилось. Если вдуматься, это было даже оскорбительно для художника моего масштаба.

– То есть мое творчество барону не интересно? Ему просто надо с вами пошушукаться?

Люсефедор ухмыльнулся.

– Барон без ума от твоих вбоек, – сказал он. – И в доказательство он щедро оплатит твое выступление. Чрезвычайно щедро. Хотя лично мне условия нравятся не особо.

– Почему?

– Сложно будет получить свой процент.

Я недоуменно уставился на Люсика. Тот выдержал театральную паузу и сказал:

– Он купит тебе первый таер. Да-да, ты не ослышался, парень. За один этот визит.

*

Мы с Гердой летели на бизнес-джете в первый раз.

Это старая карбоновая технология, которую сохранили для быстрых международных перемещений богачей нулевого таера.

На джетах не просто улетают в закат – на них по большому счету отбывают в банку, поэтому они мистичны, как журавли. Надо будет сделать лирическую вбойку для баночных стримов, думал я по дороге на аэродром. Поднять историю вопроса. В идеале – по схеме «Летитбизма», но под какую-нибудь раздольную русскую песню.

– Jet-set ты был, jet-set ты и остался...[1]

Джетов на планете немного. Их разрешают использовать, взымая за каждый перелет боль-

---

[1] Jet-set – часто путешествующая мировая элита.

шой углеродный налог. Деньги идут на борьбу с эмиссиями, и общий углеродный баланс от этого выигрывает. Ну или такова официальная позиция. Думаю, не надо напоминать, что богатые и могущественные люди всегда найдут способ обойти правила, назначенные ими для других.

Аэродром был далеко от города, и я успел полноценно выспаться в телеге.

Нашего мерина остановили на проходной. Мы прошли за забор с колючкой и пересели в повозку с нечипованным осликом.

Возница в униформе с крылышками объяснил, что это местный протокол безопасности – бывали случаи, когда тартарены хакали лошадей и мулов через имплант, превращая их в разрушительный снаряд огромной силы, и авиатехнику на всякий случай защищали.

Джет и впрямь походил на большого черного журавля: длинная шея с наклоненной головой, маленькие треугольные крылья и такой же киль. Мы залезли внутрь через полукруглую дверь под хвостом, сели в два огромных кресла, похожих на повернутые друг к другу винные бокалы, и аппарат покатил на бетонку.

Герда на время взлета отключилась полностью. Ну то есть уснула, как и предупреждал Люсик.

Я никогда еще не испытывал такого страха, если честно. Земля в круглом окне поплыла вниз. Домики, деревья, дороги и речки начали стремительно уменьшаться. Мне казалось, что мы поднимаемся каким-то обманом, но он вот-вот рассеется, после чего мы сразу же соскользнем с воздушной волны и шлепнемся в грязь.

Понятно, что сказал бы по этому поводу кукухотерапевт. У всех успешных вбойщиков одни и те же кошмары.

Но обман оказался на редкость прочным – скоро облака переместились из верхней части иллюминатора в нижнюю, а затем и вообще утрамбовались в заснеженную равнину где-то далеко внизу. Небо стало черно-синим.

«Небесная Сибирь», придумал я тему для вбойки.

Потом проснулась Герда, и мне полегчало.

Мой страх, однако, никуда не делся. Теперь я с замиранием сердца ждал перебоев в гуле двигателей, и каждые несколько секунд мне казалось, что я их слышу.

Герда заметила мое состояние и пришла на помощь. Она изучила список доступных пассажирам удобств и достала из-под разделяющего нас столика шахматную доску.

Я не любил шахматы; тем более мне не хотелось состязаться с Гердой – она могла играть как угодно хорошо или как угодно плохо, и в этом не было азарта. Но я приободрился, увидев шахматные фигурки.

Все они оказались крохотными бутылочками с элитным алкоголем: в белых пешках было белое вино, в черных красное, а в тяжелых фигурах плескались ром, виски, граппа и коньяк. Гордые имена напитков можно было прочесть на золотых этикетках, увенчанных коронами. Видимо, это было специальное изобретение для борьбы с поднебесным страхом.

Мы начали играть. Герда жертвовала фигуры, охотно шла на размены – и к тому моменту, когда она все-таки выиграла, мне было уже вполне хорошо.

Я переместил внимание с доски на сверкающее крыло, а потом уснул. Последней моей мыслью была догадка, что черные горизонтальные сосульки на краю крыла приняли такую странную форму из-за напора воздуха.

– Вставай, Кей, – сказала Герда. – Приехали.

За иллюминатором зеленели пальмы. Раннее утро, подумал я, а Кей уже пьян. Вернее, все еще пьян.

Джет доехал до конца взлетной полосы и вырулил на бетонное поле, где стояло несколько таких же черных птиц. Над полем торчала башня управления, поразившая меня своим видом: она была из старых камней, с зубцами на вершине. Если бы башню не опоясывало высокое окно из зеркального стекла, я принял бы ее за фрагмент европейского замка.

Нас ждала карета с четверкой самых красивых белых жеребцов, каких я только видел. Их золотые гривы сказочно переливались на утреннем солнце. Возле кареты замерли в полупоклоне два ливрейных лакея.

К нам подошла молодая женщина в черном жакете. Ее лицо выдавало примесь индейской крови, но в ней присутствовало еще и какое-то неуловимое сходство с Гердой. Мне показалось, что Герда заметила это тоже и насторожилась.

– Здравствуйте, дорогие Герда и Кей, – сказала женщина на чистейшем русском. – Меня зовут Клара. Я секретарь барона. Он поручил мне встретить вас и позаботиться о вашем комфорте. Сегодняшний день уйдет у вас на акклиматизацию и отдых. Концерт поздно вечером. Даже ночью.

Это была хорошая новость – я успевал протрезветь и выспаться.

Мы сели в карету. Внутри были два кресла вроде тех, откуда мы с Гердой только что вылезли. Полет в банку продолжается, подумал я.

Клара устроилась у дверцы на откидном сиденье, и кони повлекли экипаж по обсаженной пальмами дороге. Мы ехали не спеша.

– Простите, – сказал я, – а отчего у вас на летном поле такая странная башня?

– Вы заметили? – улыбнулась Клара. – Барон купил во Франции замок, который вы скоро увидите. Его распилили на блоки и перевезли сюда на цепеллинах. Но собрать его полностью не получилось – две башни не вписались в ландшафт. Одной мы нашли применение на аэродроме, только пришлось ее немного раздвинуть. Вам понравилось?

– Чересчур патриархально, – сказала Герда. – В символическом плане, я имею в виду.

– Барон не боится выглядеть патриархом, – ответила Клара. – Он и есть патриарх. Человек старой закалки. Но хоть его мозгу уже несколько веков, он много жертвует на прогресс.

– Не сомневаюсь, – сказала Герда. – Какой был бы в этом мире прогресс без барона Ротшильда?

Я понял, что омнилинк у Герды работает как надо – и новая прошивка уже в деле. Но Клара, кажется, не заметила иронии. Она благоговейно кивнула.

Вскоре джунгли кончились, и мы увидели замок. Замшелые стены, боевые башни, конические крыши, печные трубы, поздние пристройки с декоративными бойницами, плющ на стенах...

Но самое поразительное было в том, что этот огромный древний дом стоял среди пальм на берегу тропического моря.

– У вас тут есть привидения? – спросил я.

– Есть, – улыбнулась Клара.

– А ведьмы? – поинтересовалась Герда.

– Это уже оценочное. Зависит от списка гостей. Однозначного ответа дать не могу.

Возле главного входа зеленели деревья и журчали веселые фонтаны. Там же стояло несколько карет и прогуливались гости. Наш экипаж проехал мимо, завернул за угол и остановился у неприметного бокового входа.

– Прошу извинить, – сказала Клара, – но вам пока не следует встречаться с гостями барона. Ни с кем нельзя общаться до выступления. Таков протокол.

Она провела нас по коридору, и мы попали в просторную комнату с камином, креслами и персидским ковром на полу. У окна с видом на джунгли был стол с подсвечниками. На нем тускло чернел *телефон* – настоящий античный аппарат связи с механическим диском на корпусе. Все как и положено в замке.

К комнате примыкала спальня. Там сверкала позолотой огромная кровать под балдахином.

– Сейчас принесут ваше оборудование, – сказала Клара. – Отдыхайте и готовьтесь к выступлению. Если будут какие-то пожелания, я на связи.

Она вышла, и я повалился спать.

Когда я проснулся, Герда уже проверила технику. Все работало. Нам принесли обед – рыба, вареная картошка, фасоль, много зелени. Очень простая и здоровая пища, если не считать замысловатых соусов. Мы съели совсем чуть-чуть (наедаться перед выступлением нельзя, да и ужин наверняка будет) и еще раз прошлись по программе.

Прошла пара часов, и нас снова посетила Клара.

– Концерт уже начался, – сказала она. – Сейчас выступает GRSS, а потом ваш выход. Идемте.

GRSS был известный шведский вбойщик. Его главной темой считался зеленый гуманизм и безжалостное истребление его неверных врагов. В Москве его ценили несмотря на неизбежные для современной Европы цитаты из хадисов, вокруг которых он строил свои стримы.

Герда надела рабочие перчатки, я еще раз проверил наш линк, и мы пошли за Кларой.

В коридоре мы столкнулись с распаренным после вбойки GRSS. Классный сценический наряд, отметил я – черное трико в флюоресцентных рыбьих скелетах и древняя военная каска, из которой вместо стальной пики торчал дубовый росток с трогательными листочками. В этой каске была какая-то двусмысленность... Не знаю, впрочем, что он подумал при виде моего самурайского шлема. Его муза понравилась мне значительно меньше – в боевой бурке она выглядела токсично женственной.

Раскланявшись с коллегами, мы с Гердой прошли одну кулису, потом другую и оказались на сцене.

Я думал, что народу будет больше.

Перед нами был даже не зал, а большая круглая комната с несколькими рядами кресел. Зрителями была заполнена примерно треть.

В центре комнаты сидел барон Ротшильд в своей трехглазой маске. Я узнал его сразу – он выглядел точно как в сердобольском ролике.

Барона окружали девушки и юноши в полупрозрачных одеяниях нимф, русалок и русалов. Их прически казались изощренными, макияж безупречным – но было понятно, что это обслуживающий персонал, стандартные полусветские персонажи типа «да, но дорого». Таких хватает и в Москве на любом сердобольском фуршете.

Гости барона выглядели иначе. Мужчины были в смокингах и бабочках, дамы в вечерних платьях. Народу для полноценной вбойки вообще-то не хватало: интенсивность *вруба* зависит от возникающего между имплантами резонанса. Но в маленькой аудитории эффект бывает тоньше – есть даже особые камерные вбойщики.

В общем, работать было можно.

Я застримил свою «Катастрофу». Получалось средне – меня не оставляло чувство, что барону известны куда более мрачные тайны мироздания, чем мне, и я со своими детскими догадками и страшилками смешон. Но нам похлопали.

Зато «Летитбизм» прошел на ура. С самого начала стрима я ощутил необычный подъем – а потом, кажется, к моему импланту подключился маяк господина Сасаки. Никак иначе не могу объяснить ту импровизацию, в которую меня увело от обычного маршрута. Если примерно вербализовать ее смысл, он был таким:

Звезд нет вообще. Есть только рисующий их свет сознания. Чего ты ищешь, бро? Духовная практика невозможна, потому что этот свет совершенен и так. Улучшать «себя» или мир – как ремонтировать сон... А найти во сне истину нельзя. Истина есть то, чему этот сон снится.

Не будем спорить, что было сначала – курица или яйцо. Пусть об этом дискутируют ученые и философы, а я на /X-слово/ видел всю вашу птицефабрику.

По моим сведениям, сначала был я.

Почему я думаю, что это был маяк?

Да очень просто. Вруб о невозможности духовной практики абсолютно точно выходил за рамки моего тогдашнего кругозора. Нырять в эту тему я не стал бы. А в тот момент я прогнал все это с абсолютной уверенностью.

Такое бывает с художником – вдруг берешь и делаешь что-то, совершенно неожиданное для себя, и всех накрывает вместе с тобой.

Ведь что такое вдохновение? Это когда к твоему импланту подключается некто невидимый.

Я предполагал, что это маяк господина Сасаки. Но это мог быть и кто-то другой. Например, местечковая разведка. Или рептилоиды. Или инопланетяне. Каналов в преторианском импланте много.

В общем, «Летитбизм» в этот раз получился действительно хорошо, и аплодировали мне долго. Барон тоже похлопал. На бис мы прогнали «Yellowstoned» (это была мелкая психоделическая вбойка про контакт с сознанием магмы) и ушли со сцены такими же взмокшими, как предыдущая пара.

Вернувшись к себе, мы сразу заказали еды.

Вбойщик после концерта как беременная женщина. Ему всегда хочется чего-то странного, каких-нибудь семечек в сметане или цыплячьих пальцев. У меня есть подозрение, что во время выступления организм тратит ценные и редкие вещества, своего рода биоизотопы – и мы потом пытаемся возобновить их запас.

В меню были чипсы из дуриана с соусом из водорослей. Крошечные блюдца с красиво оформленным угощением прибыли тут же, и мы с Гердой остались довольны, хотя в ожидании ужина съели совсем немного. Затем мы курнули тумана (вейпы лежали в одной из коробок с реквизитом) и прилично расслабились.

А потом зазвонил тот самый античный телефон.

У него был хриплый и тревожный зуммер. Звук, сообщавший нашим предкам о начале великих карбоновых /B-слово/.

Я взял трубку.

– Салават?

Глубокий приятный баритон.

– Да... То есть Кей. Называйте меня Кей.

– Хорошо, Кей, – согласился баритон. – Это Мандела де Ротшильд. Я хотел предложить короткую вечернюю прогулку. Обсудим некоторые моменты из вашей замечательной вбойки.

– Конечно, господин барон, – ответил я. – Почту за честь.

– Тогда через десять минут у выхода.

Я вышел в теплый сумрак раньше положенного срока. Было тихо, только в джунглях трещали пронзительные тропические насекомые. Потом прогудел идущий на взлет джет. А затем я услышал шаги.

Барон появился в пятне света перед дверью. Когда я увидел его рядом, меня словно что-то толкнуло в живот. В своем плаще и маске Ротшильд не слишком походил на человека.

Подойдя, он протянул мне руку в замшевой перчатке. Его ладонь оказалась неожиданно мягкой.

– Здравствуйте, Кей. Здесь рядом есть дорожка в джунглях, где я гуляю. Она защищена от всех видов нескромности. Пройдемся?

Он говорил по-русски с мягкими интонациями сетевого диктора. Звуки производил, понятно, не он, а речевой синтезатор, но мне казалось, что я беседую с пожилым московским интеллигентом.

– С удовольствием, господин барон, – ответил я.

– Мондо. Называйте меня Мондо.

Барон повернулся и пошел к джунглям. Он двигался быстро, и мне приходилось спешить, чтобы успеть за ним. Когда мы достигли первых деревьев, он сбавил шаг.

Дорожка была утоптанной земляной тропой с подвешенными над ней лампами. По ее краям тянулись два витых шелковых шнура. Казалось, это было единственной оградой – но я обратил внимание на тихие щелчки вверху и заметил, что какая-то сила отбрасывает насекомых, летящих к лампам, назад в темноту.

– Здесь есть большие звери? – спросил я.

– Да, – сказал барон. – Мы с вами. Но меня можно не бояться.

– Меня тоже, – засмеялся я.

– Не уверен, – ответил барон. – Художник, творец – это всегда риск. Иногда смертельный.

– Почему?

– Творец не всегда понимает, что за голос сквозь него говорит...

Маска барона повернулась ко мне, и я увидел, как ее пластины разошлись в улыбке. Это была довольно страшная улыбка.

– Мои системы безопасности только что засекли несколько попыток активировать внешнее управление вашим телом через имплант.

– Славянка? – спросил я.

Барон секунду думал.

– Э-э... Вероятно. Slave-режим. Моя охрана считает это опасным. Не изволите ли объяснить причину?

Я вдруг понял, что меня все-таки взяли на славянку. Вернее, мои горловые мышцы.

– Мы хотели прямого диалога, – сказал мой рот. – Живого разговора с непосредственной жестикуляцией и так далее. Но вполне можно обойтись и без полного slave-режима, господин барон. Ваши протоколы безопасности, как мы понимаем, допускают перехват контроля над речевыми центрами?

Барон молчал еще секунду.

– Да, – сказал он и усмехнулся. – Это можно. В крайнем случае меня незаслуженно оскорбят. Но к такому я привык.

Можно было не волноваться. Собеседник у барона уже появился. И это был не я.

– Рад нашей встрече.

– Я тоже, – ответил барон. – С кем конкретно я сейчас говорю?

– Генерал Шкуро, – сказал мой рот. – К вашим услугам.

Это был мой рот. Но не мой голос.

Моя речь словно замедлялась к концу каждой фразы, переходя в низкое порыкивание. Это был знаменитый *львиный глас* Мощнопожатного – так он обращался к народу на Еденя. Прежде я не знал, что славянка способна влиять подобным образом на голосовые связки.

– Мы можем говорить доверительно? – спросил Шкуро.

– Думаю, да, – ответил барон. – Здесь нет прослушивания. Если вы уверены в безопасности своего канала, других проблем не будет.

– В этом не может быть уверен никто из баночников, – сказал Шкуро. – Я не уверен даже в том, что приходящие мне в голову мысли – мои собственные.

– Верно, – кивнул барон. – Если вы читаете современных философов, они утверждают, что все наши мысли – это боты «TRANSHUMANISM INC.»

– Боты?

– Знаете, бывают наноботы в крови. А это психоботы в потоке сознания. Практически то же самое. Если мысль не одобрена «TRANSHUMANISM INC.», она просто не придет никому в голову. А если и придет, то сразу угаснет.

– Интересно, – сказал Шкуро. – Эта мысль – тоже бот «TRANSHUMANISM INC.»?

– Нет, – ответил барон. – У меня в мозгу нет импланта. И я не подключен к нейросетям корпорации. Я нечто вроде скомороха. У вас в России есть такие бескукушники, живущие на самом дне бытия...

– Вы живете на самой его вершине, барон.

– Многие принимают меня за идиота, которому подобная констатация льстит, – вздохнул барон. – Знаете, давным-давно в детстве мне попался фантастический рассказ о человеке, всю жизнь поднимавшемся по социальной лестнице внутри какого-то огромного пирамидального здания – и попавшем наконец на высший этаж пирамиды. Как в фигуральном смысле, так и в прямом. Знаете, что там оказалось?

– Что?

– Пустая комната с моторами для лифтов. Пахнущая пылью и краской.

– Понятно, – засмеялся Шкуро. – Вы тоже до нее дошли? До этой комнаты?

Меня поражала и пугала речь, вылетавшая из моего рта. Дело было не только в тембре и интонациях. Дело было в смысле. Я не смог бы так говорить. Я боялся барона и благоговел перед его богатством.

– В некотором роде, – кивнул барон. – Я в ней живу. Пару столетий я работал мотором для лифта сам. А теперь мотор хотят поменять.

– Что вы имеете в виду?

– Вам, генерал, хорошо известно, как лицемерны баночные элиты.

– О да.

– Они всегда, – продолжал барон, – повторяю, всегда действуют в своих корыстных интересах, но представляют дело так, будто ими движет гуманизм и забота о человечестве. Пока вы нужны им, будет казаться, что это ваши соратники и друзья до гроба. Но как только они перестанут в вас нуждаться...

– Вы хотите сказать, нечто похожее грозит вам?

– И мне, и вам тоже. Вопрос исключительно в том, кого сковырнут раньше.

– Ну, со мной ситуация понятна, – хохотнул Шкуро. – Я официальный враг прогресса и кровавый диктатор. Но вы-то верой и правдой служите им уже два века. Или три?

– Как сказал ваш древний поэт Евтушенко, – с некоторым запозданием ответил барон, – «нет бывших заслуг в нашем деле...»

Это был дешевый ход – барон не мог знать русской поэзии, а хвастаться познаниями нейроссийсети считалось вульгарным. В хорошем обществе такое не практиковали. Но барон, видимо, был выше подобных условностей. Или, сообразил я, просто не считал генерала Шкуро хорошим обществом.

– Раньше хозяева «TRANSHUMANISM INC.» нуждались в моих боливарах, – продолжал барон. – Им было важно, чтобы деньги, за которые все покупается и продается, казались чем-то внешним по отношению к ним. Это создавало иллюзию свободы и плюрализма. Они называли конспирологами всех тех, кто обвинял их в захвате власти над миром, и указывали на меня как на независимый от них финансовый институт.

– Это работало, – сказал Шкуро.

– Да. Верили даже крупнейшие баночные собственники. Но сейчас «TRANSHUMANISM INC.» завершает консолидацию. Корпорация захватила абсолютную власть над нарративом. Ей больше не надо отвечать на обвинения, потому что обвинений не будет. Последний оставшийся шаг – взять под контроль мировые деньги.

– Да-да, – сказал Шкуро. – Моя разведка доносила.

– Что именно вы слышали?

– Нечто анекдотическое. Девочки в белых платьицах... Велосипедные рамы... Чушь, одним словом.

– Это не чушь. Я крайне впечатлен, что вы знаете такие подробности.

– Мы решили, – пророкотал Шкуро, – что это какие-то дешевые шизовбросы. Дезинформация.

– Нет, – ответил барон. – Так в наше время выглядит правда. Она кажется шизофренией.

– Вы можете объяснить, что это значит?

– Давайте остановимся на минуту. Здесь очень живописно...

Барон повернул свою маску к джунглям. Вслед за ним я шагнул к ограждению дорожки, положил руки на шелковый шнур и замер, словно мое тело поставили на якорь.

Некоторое время мы молчали, глядя на бледные круги и зигзаги, описываемые светящимися жуками. Можно было принять эти фигуры за знаки древнего алфавита. Увы, я их не понимал.

– «TRANSHUMANISM INC.» собирается начать генерацию собственной двухспиральной криптовалюты, – сказал барон. – Они хотят отказаться от боливара. Главная их задача сейчас – подвести под это какой-нибудь высокоморальный повод. Они готовят вброс, что майнинг боливаров токсичен, поскольку сопровождается страданиями животных и людей. И, конечно, засекреченными карбоновыми выбросами.

– Позвольте. Но ведь боливары майнятся, как я помню, на лошадиной тяге? Лошади ходят по кругу и вращают генератор? Это же вполне чистая энергия?

– Да, – сказал барон с досадой, – да. Но лошадями занимаются индейцы. Они жгут костры, расчищают площадки в джунглях и так далее. Вообще у них там своеобразная жизнь, в которую я стараюсь не вмешиваться. Кокаин, работорговля, человеческие жертвоприношения... Мы пытались представить это как древнюю возрождающуюся культуру, вложили серьезные деньги... Но потом нашли эти химлаборатории в джунглях. Там ведь делают не только кокаин, но и ядовитые газы. CIN регулярно засылает своих инфокотиков организовывать газовые атаки одних племен на другие и копит эти сюжеты, чтобы в нужный момент обвинить меня в геноциде.

– Но этим занимаетесь не вы, – сказал Шкуро.

– Не я. Но трансгуманисты за последние годы сняли в моих джунглях достаточно компромата, чтобы поставить меня на одну доску с кокаиновыми нагвалями. Газовые атаки, карбоновые выбросы, кровавый культ солнца и так далее. Они, конечно, вспомнят и мое прошлое на нулевом таере. Если коротко, принято политическое решение сделать боливар токсичным.

– А что это за девочки в белых платьицах? И при чем тут велосипедные рамы?

– Это заря того, – мрачно сказал барон, – что идет мне на смену. Новая технология – квантовый криптомайнинг со сверхмалым энергопотреблением. Ничего нового в этом нет, все изобретено еще в позднем карбоне. Сейчас просто решили вспомнить. Проблема была только с правилом трех мегатюрингов, но теперь его удалось обойти.

– Пожалуйста, подробнее, – сказало мое горло.

– Они объявят, что источник мировых денег должен быть чист как слеза ребенка. Никаких выбросов, никакой несправедливости. Новая мировая расчетная единица будет называться «Гринкоин» или «Тунберг» в честь этой карбоновой ведьмы. Получать энергию для майнинга будут в Скандинавии. Исключительно ручной генерацией. Вернее, ножной.

– Как?

– Они придумали целый балет. Юные девочки в белых платьицах и букетах ромашек будут крутить педали в специально выстроенном телепавильоне. Петь скандинавские саги, сидя на зеленых велосипедных рамах. Непрерывная трансляция на каналах всех центробанков. Девочек будет ровно сто, и за право временно войти в *зеленую сотню* будут бороться все школьницы Европы в прямом эфире.

Такой прогрессивный евроислам. Не решили пока одного – будут у них открыты лица или нет. В общем, новое шоу. Пошлейшее и подлейшее, надо сказать.

– Понятно, – протянул Шкуро. – Низкое энергопотребление и особый эстетический нарратив. Примерно так разведка и докладывала. Вот только про ромашки я не слышал. И про саги тоже.

– Чистая генерация якобы означает чистые деньги, – кивнул барон. – Дураку ведь ясно, что деньги не могут быть чистыми в силу своей природы. Это как кровь. Но попробуй не сплотись вокруг такого идеала... Как именно получают энергию для майнинга, будет отныне *символически важно*. Кому попало это делать больше не позволят.

– Но ведь не просто перевести расчеты с боливара на этот... тунберг?

– Проще, чем кажется. Сначала введут временный пег один к одному, потом постепенно отцепятся. Я же их сам консультировал по всем вопросам, думал, вместе будем работать. А выяснилось...

– Знакомо, – сказал Шкуро. – С мировыми элитами всегда так. Трудишься на них как проклятый, мажешься для них в дерьме, а затем оказывается, что в их планах на будущее тебя просто нет.

Было непонятно, о ком сейчас говорит Мощнопожатный – о бароне или о себе.

Барон только вздохнул. Вздох этот был механическим, похожим на гул вентилятора в трубе, но каким-то загадочным образом передал эмоцию.

– Вы реальный правитель Добросуда. Позвольте говорить с вами прямо, потому что любое другое поведение было бы неуважением.

– Конечно, – пророкотал Шкуро.

– Ваша держава весьма мощна в смысле бесконечных просторов, ресурсов и армии, особенно конницы. Меня всегда восхищали ваши... Эгм-м-м... Улан-баторы, скачущие через степь. Величественное зарево над Курган-Сараем...

– Не надо об этом.

– Но в финансовом плане, увы, ваша страна – это карлик. И не просто карлик, а крайне уязвимый карлик. Над вами может безнаказанно глумиться любая нация-ростовщик. Только не подумайте, что я говорю это с высокомерием. Нет. У такого положения дел глубокие и благородные древние корни... Эгм-м-м... Всякое там нестяжательство, духовность... В общем, сами знаете.

Даже мне было понятно, что нужная для культурных референций информация подсасывается в мозг барона прямо в реальном времени – как раз в те минуты, когда он мычит.

– Знаю, – ответил Шкуро. – Как не знать.

– Я хочу предложить радикальное решение. Представьте себе, что будет, если мы соединим вооруженную силу Доброго Государства с моей эмиссионной мощью. Мы сможем сделать вашу страну всемирным финансовым хабом.

– Каким образом?

– Я готов перенести штаб-квартиру и расчетный центр в Сибирь. Куда-нибудь, где меня гарантированно не достанут. Мне нужна будет охрана, ресурсы и мощный электрический источник. Ваши улан-баторы станут охранять мои майнинговые фермы, а мои боливары оросят ваши просторы золотым дождем... Вместе мы сделаемся непобедимы.

– Вы не планируете переходить на сверхэкономичный майнинг? – спросил Шкуро.

– Это все усложнит, – ответил барон. – К тому же «TRANSHUMANISM INC.» ограничивает доступ к оборудованию и квантовым технологиям. Поэтому я предпочел бы перевезти существующие майнинг-фермы в Сибирь. И своих индейцев тоже. Надо будет только сшить для них теплые полушубки-анораки и построить несколько жертвенных пирамид. Еще, конечно, теплицы для коки. У меня уже готовы проекты и прайс-листы, это сущие пустяки. Все необходимые средства я эмитирую немедленно.

– Интересная мысль, – сказало мое горло. – Но вы, возможно, знаете через свои источники, что у нас в Тайном Совете как раз обсуждали ввод собственной цифровой валюты. Тоже на сверхмалом потреблении и с биологической генерацией. На своем уникальном оборудовании. Но с другой, так сказать, нарративной подтанцовкой.

– Я слышал, – ответил барон.

– Мы как раз думаем, – продолжал Шкуро, – как оформить майнинг-генерацию. Нашему народу свойственно чувство исторической справедливости, и оно обязательно должно быть отражено в этой практике. Нам нужен мощный, объединяющий, понятный каждой душе перформанс, производящий необходимое электричество.

Говоря, я еле переводил дух – дышать было тяжело, будто в моих легких струился ядовитый газ.

– Если вы закупите серое оборудование за Великой Стеной, – сказал барон, – контролировать процесс будете уже не вы.

– Опасность есть, – кивнул моей головой Шкуро.

– Дело даже не в железе. Вы не представляете, какие черви и баги зашиты в программном обеспечении. А я кое-что знаю. Если угодно, вся сверхэкономичная технология майнинга и есть один большой червь, работающий на «TRANSHUMANISM INC.»

– Тоже правда.

– Именно поэтому я не хочу ничего менять, – продолжал барон. – Боливару рано уходить. На нем держится мир. Если вам нужна эстетически окрашенная национальная расчетная единица, это не проблема – мы сможем установить, э-э-э... какой-нибудь перманентный пег между боливаром и вашим... Как он будет называться?

– Деревяк, – ответил Шкуро.

– Деревяк?

– Да. Мы сделали фокус-исследование. Всем нашим вроде нравится. Звучит экологично и традиционно. С намеком на наши бескрайние сибирские леса и ветрогенезис... Вы, кстати, как относитесь к ветрогенезису?

– Это будет зависеть от вашего отношения к боливару.

– Понятно, – засмеялся Шкуро. – Другого не ждал. Что же, господин барон, вы сделали нам крайне интересное предложение. Я немедленно соберу Тайный Совет, и мы все обсудим.

– Поспешите, – сказал барон. – У меня есть информация, что трансгуманисты отправили для моей ликвидации своего лучшего сикарио. Команда киллеров пытается проникнуть в мое окружение прямо сейчас, и мы не знаем, кто это. Я буду в опасности, пока не перееду в Россию. Потом нам будет проще. Шутить с кобальтовым гейзером не посмеет никто.

– Вы получите ответ очень скоро, – сказал Шкуро. – Может быть, через час или два.

– Замечательно. Жду от вас хороших новостей за ужином.

– Весьма надеюсь на это сам. Но перед таким монументальным решением необходимо все взвесить. Я не прощаюсь. До связи...

Барон кивнул. Я склонил голову в ответ и почувствовал, что ко мне вернулся контроль над мышцами шеи и голосовыми связками. Дышать тоже стало легче.

Теперь я мог говорить сам. Но всю обратную дорогу барон молчал. Уже возле замка он потрепал меня по плечу.

– Спасибо, Кей.

– Спасибо вам, – ответил я. – Было интересно и познавательно... И генералу Шкуро спасибо тоже. А можно вопрос?

– Конечно.

– Вы пригласили меня исключительно для переговоров?

Барон засмеялся.

– Ну почему, – сказал он. – Мне нравится «Летитбизм». С главной идеей я в принципе согласен, вот только жить так самому получается не очень... Приходите на ужин. Будет весело.

Как бы вы отнеслись к тому, если бы ваш стрим похвалил сам барон Ротшильд?

Знаю, конечно, что скажут сердоболы.

Но художнику, даже самому левому, такое не может не польстить.

*

После прогулки с бароном я не вспоминал о только что состоявшемся разговоре. Я не думал вообще ни о чем. Мой мозг словно получил парализующий укол.

Я понимал теперь, что чувствует Герда, когда ей не нужно никого зеркалить: ни-че-го. Ничего вообще.

Вернувшись в свою комнату, я сел в кресло и полчаса глядел в черный зев камина. Потом Герда сказала:

– Пора одеваться.

Я надел маскировочный смокинг, галстук-удавку и красные галифе, заправленные в крокодиловые сапоги. Как сказал Люсик, одевайся под сердобола, сойдешь за русского. Что делать, если мир хочет видеть нас именно так? Не вступать же в культурный конфликт с «Открытым Мозгом».

Герда надела Маленькое Черное Платье. Главное оружие в арсенале любой юной и красивой женщины, это я знал давно. Но сегодня оно показалось мне слишком коротким и порочным (между платьем и черными чулками видна была полоска голой кожи), а огромный красный серп-молот на спине был просто неуместен. Когда я сказал об этом Герде, она ответила:

– К твоим галифе, милый.

То же, видимо, касалось и ее бутсов. А назначение розовой подвязки под правым коленом вообще от меня ускользало.

Прошла пара минут, и в нашу дверь постучалась Клара.

Моя челюсть отвисла. Клара оделась практически как Герда, но на ее спине зеленел большой изогнутый крест, похожий на немецкий экологический орден. На правой икре тоже розовела подвязка. Даже бутсы были как у моей девочки – отличался только цвет шнурков.

Я определенно отстал от женской моды, а вот Клара с Гердой неслись на самом ее гребне наперегонки. Наверняка такой наряд еще вчера был слишком смел, а завтра будет уже смешон. Чему тут, впрочем, удивляться: один мир, одна актуальная прошивка. Думаю, что и прическа на интимном месте у них была одинаковая – зловещий квадратик «адольфыча».

Мы поднялись на два этажа и пришли в большую овальную залу с накрытым столом и свечной люстрой под потолком. Свечи, кажется, были ароматическими: в воздухе витал еле заметный запах душистого воска. Гости барона за стол пока не садились.

Появился GRSS со своей музой. На нем был черный смокинг в рыбьих скелетах, на ней – маленькое черное платье с желтым цветком на спине. И опять эта розовая подвязка над икрой. Все гости барона были одеты одинаково – господа в разноцветных смокингах, дамы в крохотных черных платьях, подвязках и бутсах.

– Почему фемы раньше были в длинных платьях, а сейчас переоделись в короткие? – спросил я Герду. – И почему они все в черном?

Герда снисходительно улыбнулась.

– Вот видно, что ты не светский человек. Это дресс-код с лентой скорби для ужина при свечах.

– С лентой скорби? Это розовая тряпка на ноге? Зачем она?

– Солидарность с мужчинами, изнасилованными в Курган-Сарае. Давно уже в моде.

– Я не видел раньше.

– В Москве тоже носят – сказала Герда. – Только под рейтузами. Чуть-чуть бугрится под коленом, и все сразу понимают.

До меня дошло наконец, что значат выражения «подрейтузный либерал» и «подрейтузный аккаунт». Нет, я понимал, что так называют прогрессивный аккаунт с ограниченным в целях личной безопасности доступом. Но откуда пошло это выражение, я не знал.

– А в Москве-то зачем? – спросил я.

– Ну как зачем. Сексапильно. Женщина

как бы говорит – да, у меня тоже есть кнут, но я совсем не из улан-баторского фембатальона... Возможны варианты...

GRSS с музой уже шли к нам. Кроме них, я не знал здесь никого. Они, видимо, тоже.

– Кто все эти люди? – спросил я, кивая на гостей.

– Не имею понятия, – ответил GRSS. – Зеркальные секретари и секретарши. Все серьезные гости, конечно, баночники. Физическая репрезентация им не особо нужна, могли бы встретиться хоть на Бетельгейзе. Все это исключительно из уважения к причудам барона.

Он был прав, конечно. На элитных светских сборищах сегодня происходит одно и то же: разряженные в пух и прах зеркальники транслируют сенсорную информацию под землю, где хранятся нанявшие их мозги.

– Почему не нужна, – с сильным акцентом сказала его муза. – Надо же на что-то надевать *брилланты*.

У нее был плохо прокачан русский язык. Но мой шведский вряд ли звучал лучше. Я не пробовал изъясняться на нем прежде, не хотел и сейчас – на моем импланте стояла довольно примитивная лингвобаза.

– Да-да, – согласилась Герда. – Последняя баррикада статусного потребления напоказ. Смотрите, какими мы были бы, если бы мы до сих пор были...

Можно сделать прогрессивную левую вбойку, отметил я вяло. Вероятно, то же самое подумал GRSS и так же точно догадался, что подобная мысль пришла в голову мне.

Мы потрепались о светских пустяках, последних громких убийствах и терактах, а потом раскрылась дверь и вошел ливрейный лакей с жезлом в руке.

– Дамы и господа! Барон Ротшильд! Наш Мондо!

Гости зааплодировали.

Барон появился в обществе нескольких милых девушек. На нем был другой плащ – из синего шелка. Маска осталась прежней.

– Прошу садиться, друзья мои.

Стол оказался великолепен. Я в первый раз в жизни попробовал черную икру, запрещенную в России по экологическим причинам (все гнали на экспорт). Еще мне очень понравились устрицы с медом – в их поедании было что-то невероятно сексуальное, словно бы интимное общение с развоплощенной Вечной Женственностью. Впрочем, делать вбойку на эту скользкую тему не стоило. Мизогиния, буржуазность, мало ли что пришьют.

За едой почти не говорили, только звякали ножи и вилки. Еда того стоила. Впрочем, по-настоящему ею наслаждались разве что я с Гердой да GRSS со своей подругой. Ну, может, еще секретарша барона Клара.

Трансляция вкуса – самое слабое место в зеркальных протоколах «TRANSHUMANISM INC.» Точно передавать нюансы через оцифровку так и не научились. Поэтому, когда зеркальник ест устрицу, ее вкус даже не трудятся оцифровывать для передачи под землю, а берут все ощущения из мишленовского нейрокаталога. Баночный мозг тоже ест устрицу, и весьма хорошую, но не ту, что подают за столом.

Удивительно, но это касалось и самого барона тоже – хоть пространственно его мозг находился совсем близко к поедаемой устрице. Впрочем, особого сострадания по этому поводу я не испытывал, понимая, что и сам услаждаю себя исключительно мозговым электричеством, просто оно генерируется чуть иначе.

Насытившись, дамы зажгли сигары. Мужчины поотвязней тоже. Начался table talk.

Говорили о правах мужчин. Это была модная и острая тема, но сердобольские спецслужбы почему-то не прокачали нам с Гердой этот вопрос (Люсик все-таки в некоторых отношениях был тормозом), и мы помалкивали.

Но отмолчаться не удалось.

– Скажите, э-э-э, Кей, – обратилась ко мне сидевшая напротив дама, – что вы думаете по поводу последних событий в Москве?

– О чем вы?

– Вы не смотрели новостей?

Я пожал плечами.

– Была резонансная акция маскулистов возле парламента.

– Парламента? – удивился я. – У нас?

– Ну или он как-то по-другому называется. Дума.

– А, ну да. И что?

– Их разогнали.

Я промолчал.

– Вы видели акцию?

Я отрицательно помотал головой.

– Сейчас покажу... Если позволите.

Дав ей подключиться к импланту, я увидел короткий клип: три голых мужика на мокрой заснеженной улице возле бревенчатого дворца Думы.

Долгий зум на сжавшиеся под ноябрьским ветром фаллосы, обмазанные ярко-розовым повидлом... Хорошо, что я уже наелся – аппетит был бы испорчен. Маскулисты выглядели не слишком маскулинно, но я не был уверен, что об этом корректно говорить за столом. Чертов Люсик, где твоя спецпрокачка, когда она реально нужна.

Камера дала быстрый круговой ракурс: жандармы, улан-баторы, дроны, конский навоз, снег. В общем, обычное московское благолепие.

– Что вы сейчас подумали? Ваша самая первая мысль?

– Это русское. Вы не поймете.

– Вы скажите все равно.

– Я подумал, что «пороша» и «параша» различаются только одной буквой. И развертка нашего зимнего бытия во времени – это такая, знаете, мокро-навозная трансформация «о» в «а» под ржание жандармских жеребцов.

– Я не о погоде и не о лошадином навозе. Не уклоняйтесь, пожалуйста. Как вы относитесь к борьбе за права мужчин? В смысле, когда ею занимаются сами мужчины?

Лезть в сеть времени не было. Придется принять бой. Я вспомнил про недавний скандал с PSRT.

– Я... Ну не знаю. Я в целом за права мужчин, но мне кажется, что данный конкретный пикет пытается нормализовать кормофилию.

– Вы? За права мужчин? Вы хотите вернуть нас под патриархальный гнет? – возмутилась дама.

– И потом, – вмешалась ее соседка, – что вы имеете против кормофилии? Это естественное проявление женских инстинктов в энхансированной сфере влечения, почему вам не нравится? Когда мужчина мажет вареньем свой отросток, такое действительно мерзко, но исключительно потому, что это апроприация. В школах же проходят. Вы в школу ходили?

Я понял, что все-таки наступил в осиное гнездо, но тут вмешалась Герда.

– Вы знаете, – сказала она с улыбкой, – Кей просто старается быть любезным. На самом деле нам насрать на ваш актуальный список. На ваши мнения. И на вас самих тоже, включая ваш подземный мозг и надземные гениталии. Так понятно?

Вот как должен выражаться настоящий вбойщик, подумал я. Спасибо, девочка. Почему у меня на импланте ничего такого не стоит? Почему Герда опять прокачана лучше? Надо будет серьезно поговорить с Люсиком.

Дамы уважительно замолчали – видимо, решили, что их прошивка уже устарела. Над столом надолго повисла тишина.

Барон вдруг захлопал в ладоши. Хлопки были редкими и громкими, словно он боролся с крупными комарами. Похоже, сегодня Мондо по-настоящему любил все русское.

– Браво. Вот первые искренние слова, которые я слышу за этим столом за долгое время. Кто вы, моя девочка?

Отвечать у Герды необходимости не было. Я знал, что вопрос услышала инфо-служба барона, и выжимка из всей релевантной информации уже поступила ему под каску. Такой сервис был даже у сердоболов.

Несколько секунд барон молчал. А потом навел на Герду все три глаза.

– Это поразительно... Вы мастер фембокса, Герда? Вернее, вы биологическая машина, построенная нашими русскими друзьями, чтобы побеждать в этом виде спорта без допинга?

И вам не нашлось профессионального применения? Пришлось уйти в искусство? До чего странно. Как изысканно рифмует жизнь...

Он повернулся к Кларе, сидевшей рядом.

– Клара, погляди. Вот твоя русская копия. Герда, ты тоже посмотри на Клару. Клара – мой ассистент и телохранитель. Самое близкое мне существо. Она всегда рядом... Это невероятно, но вы фактически родные сестры. Выращены на одном заводе в Виннице. Единственная разница между вами, насколько я могу судить – это пара секций в геноме и управляющая программа.

За столом стало совсем тихо. Барон некоторое время размышлял.

– Естественно, – продолжил он, – в подобной ситуации возникает неизбежный вопрос. Какая из программ совершенней? Хотя бы в спортивно-прикладном смысле? Клара, как ты думаешь?

Клара поглядела на Герду, чуть зарделась и сказала:

– Смешно даже сравнивать. Конечно я.

– А ты, Герда? Что скажешь ты?

– Охотно уступаю пальму первенства вашей секретарше, – сказала Герда. – Пусть она на нее залезет и съест все растущие там бананы. Или распорядится ими как-нибудь еще в соответствии с текущей гендерной повесткой. Обратите внимание, что в моих словах нет расового подтекста, так как ваша секретарша – высокопривилегированный белый биоробот.

– От высокопривилегированного белого биоробота слышу, – ответила Клара с тем же нежным румянцем на щеках.

– О-о-о, – сказал барон, – девочки уже бранятся. Очень интересно. Есть лишь один способ разрешить этот спор красиво.

Клара молчала. Барон повернулся к нам.

– Герда? Кей?

– Я не думаю, что это подходящий метод, – сказал я. – Герда музыкант, а не боец, и даже если когда-то она готовилась...

Герда подняла руку.

– Я согласна, – сказала она. – Почту за честь развлечь господина барона.

– Отлично, – улыбнулся барон. – Какие правила? Североамериканские-про? Евро-подпольные? Евро-легальные? Сквелч?

– Мне все равно, – проворковала Клара.

– Герда?

– Поскольку мы деремся, чтобы развлечь господина барона, – сказала Герда, – пусть правила установит он.

– Прекрасно, – согласился барон. – Пусть это будет зрелищно. Сквелч с одним оргазмом. Как вам такое?

– Позвольте, – сказала одна из зеркальных дам за столом, – какой оргазм? Они же биороботы.

– Да, – ответил барон. – С формальной точки зрения речь может идти только о симуляции оргазма, так как у него отсутствует субъект. Но уровни нейровозбуждения, соответствующие оргазму реальному, легко отследить через имплант, так что для судейства это не проблема. Ну-ка, девочки, договоритесь...

Клара с Гердой на несколько мгновений закрыли глаза. Потом Клара открыла их и сказала:

– Протокол согласован.

– Хорошо, – ответил барон. – Драться будете на столе. Победит испытавшая оргазм первой.

– Пенетрация? – спросила Клара, хмуро глядя на Герду.

– Несомненно, – кивнул барон. – Принесите жезлы.

Со стола уже убирали тарелки – приказы барона выполнялись сразу. Гости, смущенно улыбаясь, вставали, прихватывая кто бокал вина, кто сигару. Через минуту стол был пуст.

Слуги положили на него большой квадратный ящик полированного дерева и откинули крышку.

В углублениях красного бархата лежали дубинки из матовой черной резины с петлями для запястья – спортивные нейрострапоны, тяжелые даже на вид. У них почти не было сходства с мужским детородным органом, только несколько выступов на утолщенном оранжевом конце, где располагались нейролинк-сенсоры. Это был фембокс-комплект американского профессионального стандарта в подчеркнуто дорогом исполнении.

Один удар такой палицы по черепу легко мог отправить на тот свет. Поэтому я вздохнул с облегчением, когда прислуга принесла разноцветные щитки и два решетчатых шлема.

– А вот здесь я предложил бы отойти от правил, – сказал барон. – Мы в узком кругу. Давайте, в конце концов, порадуем себя первозданной свежестью этого прекрасного спорта. Пусть девочки дерутся голышом, как в тотализаторе. Как вам такое?

Гости молчали. Я понимал, что они чувствуют. Сквелч-версия фембокса была полуподпольным спортом, который любили гангстеры, сердоболы и арабские принцы. Посещение таких мероприятий было связано с имиджевым риском. Но барон Ротшильд, похоже, не боялся ничего, а проследить, кого именно представляют его зеркальные гости, было не так-то просто.

– Молчание – знак согласия, – подвел итог барон.

– Не думаю, что это хорошая идея, – сказал я. – А вдруг они друг друга искалечат?

– Волнуетесь за свою собственность? – засмеялся барон.

– Она не моя собственность.

– Тогда давайте поинтересуемся ее собственным мнением. Герда, ты согласна?

– На все, господин барон.

Это прозвучало настолько странно, что я испугался. Так, возможно, женщины отвечали нобилям во времена фаллического рабства. Для ретро-вбойки CMSF подошло бы вполне. Но Герда?

– Герда, что с тобой?

Она посмотрела на меня и улыбнулась, словно речь шла о невинной шалости. Я не узнавал ее. Мне стало страшно.

– Я объясню, в чем дело, – сказал барон, глядя на меня. – Поскольку Клара и Герда практически сестры, я знаю их секреты. Их выращивали для подпольного тотализатора. Во избежание юридических проблем они должны соглашаться на любые условия боя, что фиксируется перед поединком. Таков самый глубокий уровень ее кода. Остальные программы, которые вы поставите ей на имплант, будут уже выше. Это, если угодно, базовый инстинкт.

– И вы этим пользуетесь?

– Увы, – развел руками барон.

Я перевел глаза на свою девочку.

– Герда, пожалуйста.

– Кей, не бойся, – сказала она. – Мы победим. Я обещаю...

– Я понимаю ваши опасения, – вмешался барон, – и готов облегчить условия. Уберем высокие кики. Никаких ударов страпоном в голову и грудь.

– А пенетрация? – тревожно спросила дама в жемчужном платье. – Неужели...

– По вашей настоятельной просьбе ее мы оставим.

Барон, конечно, вел себя токсично. Но он мог это себе позволить. Да и потом, дама и правда могла волноваться, что пенетрацию исключат.

В том, что барон выбрал правила сквелча, были плюсы и минусы. Мне не слишком нравилось, что моя подруга оголится при всех. Но я хотя бы не переживал за ее здоровье. Сквелч непристоен, но не опасен для жизни.

Пока я думал об этом, слуги барона внесли в комнату электронного болванчика-судью – метровую статую хохочущего восточного божка. Почти такого же я видел давным-давно в «Орлеанской Деве»: им часто пользовались вместо живого рефери. Это устройство фиксировало оргазмы и давало сигнал о прекращении боя.

Герда с Кларой буднично разделись, вооружились черно-оранжевыми жезлами и залезли на стол.

Увидев их рядом, я ахнул. Только теперь стало ясно, насколько полным было их сходство. Девочки определенно росли на одной мультиплаценте. Их мускулистые спортивные тела различались лишь цветом – живущая в тропиках Клара была темнее из-за загара.

И да, насчет «адольфыча» я угадал.

– Кто секунданты? – спросил один из гостей.

– Я и я, – пошутил барон. – Если девочки не возражают.

– Это будет большой честью, – ответила Клара, влюбленно глядя на хозяина.

– Зрители, отойдите от стола, – сказал барон. – А то можно случайно получить по голове... Начинаем!

Он махнул рукой. Раздался звук гонга – электронный судья дал команду к бою.

Девочки приняли боевые стойки и подняли нейрострапоны, скрестив их с выставленной вперед левой рукой. В «Орлеанской деве» эту позицию называли «крыжем». Их движения были похожи до зеркальности.

Герда встала в низкую стойку и начала нализывать свой нейрострапон. Клара, легонько попрыгивая взад-вперед, принялась делать то же самое. Так продолжалось около минуты, а затем девушки с визгом бросились друг на друга, сцепились, и несколько секунд я совсем не понимал, что происходит.

Мелькание рук и ног, шумные выдохи, смачные шлепки по голому телу... Они каким-то чудом удержались на поверхности стола, только перешли, как говорят борцы, в партер.

Наконец я разобрался в происходящем. Герда одной рукой отпихивала Клару, другой терла свой нейространон о плотно сжатые ягодицы соперницы. А Клара... Клара при падении на стол ухитрилась разжать ноги моей подруги, втиснуть свое плечо между ними – и делала теперь то самое, за что сквелч называют сквелчем.

Да. Это была полная пенетрация, и до победы оставался только шаг. Сжимающая страпон рука Клары двигалась все быстрее. Обе девочки страстно стонали, и сцена сделалась до того волнующей, что, подозреваю, даже пресыщенные баночники, наблюдавшие за схваткой через свои зеркала, ощутили на миг вкус к жизни в физическом теле.

А потом Герда вдруг приподнялась на локте, выпустила свой нейрострапон и со стоном дала Кларе пощечину.

Раздался звук гонга, фиксирующий оргазм.

Я был уверен, что Герда проиграла. Но по рассерженному крику, вырвавшемуся у Клары, я понял – случилось невозможное...

Да. Восточный болванчик включил лампу справа. Победа была у Герды. Барон несколько раз тяжело хлопнул в ладоши и повернулся к притихшим зрителям.

– Это, – сказал он, – русская школа сквелча. Своего рода боевые поддавки. Сначала позволить сопернице пенетрацию, а затем достичь оргазма на секунду быстрее с помощью этой же самой пенетрации. А соперница до последней секунды будет думать, что победа уже у нее.

Клара молча слезла на пол и вышла из комнаты. На ее глазах блестели слезы. Герда осталась на столе.

– Но разве правила... – начала одна из зеркальных дам.

– Правила сквелча, – ответил барон, – не уточняют, кто именно должен достичь оргазма. Говорится лишь, что один пенетрационный оргазм засчитывается за три и ведет к немедленной победе.

– Поразительно, – сказал GRSS. – Боевая хитрость.

– Да, – согласился барон. – Превратить свою слабость в преимущество, и даже научиться от этого кончать – высокое искусство. Такую технику боя могла породить только русская душа, тоскующая на бескрайнем степном просторе. Вот вам, кстати, тема для вбойки. Как там... Эгм-м-м... Наш путь стрелой татарской древней воли...

– Именно, – кивнула техничка GRSS. – Именно так, господин барон, они и ведут все войны.

Я почувствовал обиду, причем такую, что даже перехватило горло.

– А вы, вы... – сказал я срывающимся голосом, – вы...

– Что мы?

Но я уже справился с собой.

– Ничего.

Это была неприятная минута, но то, что произошло следом, заставило всех забыть о моей неловкости.

Со стола раздалось звонкое:

– Yell do!

Я оторопел, но слух не обманул меня.

Герда улыбнулась, подняла нейрострапон – и указала им на барона.

Она, собственно, прокричала знакомый мне еще по Москве клич «Елду!», но с таким прононсом, что очевидным сделался его английский смысл.

Повторялось то, что я уже видел в «Орлеанской Деве», только там Герда приняла вызов, а здесь бросила его сама.

Было, однако, и различие между ситуациями. Вызвать Люсика было мисгендером и сознательным оскорблением, поскольку тот считал себя андрогином-стрелкой. Вызвать барона – нет. Барон Ротшильд запросто менял мужскую маску на женскую вместе с полом и гендером.

Барон мог ответить на вызов Герды, не

попадая в двусмысленное положение. Больше того, он мог решить, что это отличное развлечение.

Так и произошло.

– Yell done! – крикнул он и махнул Герде рукой. – Только драться мы будем не по правилам сквелча. Пусть это будет настоящий ликбокс.

– Согласна! – отозвалась Герда.

– Подготовьте ее, – сказал барон, вставая. – Я тоже переоденусь...

Он вышел из комнаты. Слуги увели Герду через другую дверь.

– Еще один раунд? – мечтательно спросила бритая дама с большими бриллиантами в ушах.

– Нет, – ответили ей, – новый матч.

Прошло несколько минут, и Герда вернулась. На ней было спортивное трико и защитные щитки. В одной руке она держала шлем, в другой – свое оружие.

– Герда, – начал я, – я не хочу, чтобы...

Она приложила палец к губам и улыбнулась.

Я понял, что спорить бесполезно. А потом в комнате появился и сам барон.

Он был неузнаваем.

Его лицо сделалось отчетливо женским, хотя и не менее страшным: раньше это было лицо демона, а теперь демоницы. Черты его, впрочем, оставались правильными, даже красивыми. Трудно было понять, отчего оно кажется таким жутким.

Прошлая маска напоминала древнего мексиканского божка-убийцу (кем барон, по сути дела, и был). Сейчас же он сделался похож на трехглазую куртизанку-отравительницу из феодальной Франции (не уверен, что такие существовали, но именно эта ассоциация у меня возникла).

Барон сменил не только маску, но и тело. Оно тоже стало женским: мощные бедра, тонкая талия, большая грудь... Словом, доминантный гендер во всей красе и славе.

– Мне не к лицу падать со стола в моем почтенном возрасте, – сказал барон. – Драться предлагаю на полу.

Его голос тоже изменился: теперь это было глубокое контральто.

– Не возражаю, – сказала Герда.

– Благодарю, – ответил барон. – Правила стандартные. Три оргазма. Высокие удары. Полный контакт.

– Принято, – сказала Герда.

– И еще, – продолжал барон. – Ты дала пощечину моей Кларе. Чтобы я мог отплатить той же монетой, предлагаю биться без шлемов. Пусть наши лица будут открыты.

Барон, конечно, лукавил – его искусственная голова по сути и была защитной каской.

Но Герда кивнула и положила свой шлем на пол.

Слуги вынесли из комнаты стол, чтобы освободить место. Барон и Герда поклонились друг другу и встали в позицию.

– Браво, баронесса! – рявкнул кто-то из гостей.

Какая корректная публика, боже мой.

Прозвучал гонг.

Герда начала приплясывать на месте, нализывая свой нейрострапон. Барон не унизился до подобного – он принял боковую стойку, поднял жезл, направил его на Герду как меч и замер.

Герда сократила дистанцию и ткнула барона своим оружием в грудь.

Ей, наверно, трудно будет кончить с таким уродом, подумал я озабоченно. То есть с такой уродкой... Впрочем, что я знал о сексуальных предпочтениях боевых андроидов?

Барон даже не потрудился отбить удар. Герда ткнула его страпоном еще раз, а затем барон юлой крутанулся на месте и его композитная нога взлетела вверх. Герда попыталась увернуться, но не успела, и пята барона шлепнула ее по лицу, а страпон в его руке ткнул в живот. Герда упала, но немедленно встала. На ее губах появилась кровь.

Раздался гонг. Барон успел кончить.

– Один-ноль, – сказал он. – Открою секрет. Я никогда не нализываю страпон. Я возбуждаю себя фантазиями. Я большущая фантазерка. Поэтому в женском модусе я, можно сказать, скорострелка...

Он ударил Герду ногой, на этот раз в грудь, и моя бедная девочка снова упала на пол.

– И еще я немного садистка...

Герда поднялась на ноги и попыталась лизнуть свой страпон. Но в этом, похоже, не было особого смысла – из ее рта шла кровь.

Композитное тело барона двигалось быстрее человеческого, и у Герды, конечно, не было ни единого шанса. Барон ударил ее своим страпоном по лицу, и раздался еще один удар гонга. Электронный судья засчитал барону новый оргазм.

Вероятно, барона все-таки связывали с Кларой такие же отношения, как меня с Гердой. Иначе трудно было понять, почему он пришел в такую ярость.

Или он вообще не принимает Герду за живое существо?

Я больше не надеялся на победу своей девочки. Я мечтал только о том, чтобы это кровавое избиение кончилось как можно быстрее.

Барон, однако, никуда не спешил. Он повернулся к гостям.

– А теперь, господа, – сказал он, – я объясню, что здесь происходит. Уже долгое время моя служба безопасности сообщала, что в мое окружение пытаются внедрить убийц. Мы не знали, кто это. И вот буквально несколько минут назад за нашим ужином мне сообщили, что убийцы среди нас.

По залу прошел недоверчивый ропот.

– Спокойно, господа. Все под контролем. В заговоре участвовали лица из моего окружения, которые пригласили сюда этого замечательного молодого вбойщика, – барон махнул страпоном в мою сторону, – вместе с его боевым роботом. Как вы уже поняли, биоробот-убийца и есть вот эта очаровательная барышня, плюющаяся сейчас кровью...

Барон подскочил к Герде и ударил ее страпоном по ребрам. Он теперь перемещался так быстро, что я даже не различал всех его движений. Видны были только их последствия. Бедная девочка согнулась от боли, но удержалась на ногах.

– В ее теле скрыт заряд биовзрывчатки, достаточный для того, чтобы уничтожить стоящего рядом человека. На взрывчатку была заменена часть мышц плеча и предплечья – именно поэтому она показывает такие средние результаты. Сердоболы не учли, что моей службе безопасности не составит никакого труда заблокировать взрыватель их бомбы. Можно было бы сдать бедняжку местным властям. Но я решил дать ей шанс на победу в честном бою.

Я подумал, что барон валяет дурака и на ходу изобретает историю, оправдывающую его садизм. Герда не могла... Она...

Барон поднял страпон и издевательски лизнул его своим синтетическим языком.

И в этот момент случилось невозможное.

Моя девочка ударила барона ногой в пах.

Барон опустил руку, заблокировав удар, но тут что-то произошло с телом Герды. Оно в прямом смысле вспыхнуло и задымилось, словно плоть загорелась под кожей: как будто ее мышцы стали одноразовым пороховым двигателем, сжигающим себя для последнего страшного усилия.

Сверкая и дымясь, моя девочка взмыла в воздух над Манделой де Ротшильдом и с невероятной, нечеловеческой скоростью и силой обрушила нейрострапон на аквариум его головы.

– Слава Добросуду!

Ее крик до сих пор стоит в моих ушах. А вслед за ним – незабываемая минута! – я услышал гонг, свидетельствующий о зафиксированном системой оргазме.

Удар был такой силы, что маску барона промяло до середины. Его искусственная голова лопнула как сгнившая тыква, и мозг брызнул на потолок и стены.

Остального я практически не помню.

Вокруг начали стрелять, и я успел увидеть, как пули рвут тело моей подруги на части. А потом что-то толкнуло под лопатку меня самого.

Я упал на пол. Боли не было. Я вообще ничего не чувствовал.

Помню свою предпоследнюю мысль: вот и все, смерть. Застрелили. И последнюю мысль тоже помню: смерть – это совсем не так плохо, как нам врут.

МЕМА 19

Вбойщик!

Ты регулярно заигрываешь со смертью в своих вбойках, что нормально. Но при этом ты ужасно ее боишься в глубине души. Зря.

Смерть – не только потеря всех сбережений. Это еще и утрата необходимости бороться за их приумножение и охрану.

Вот тебе тема для медитации, друг: смерть – самое страшное, что может с нами произойти, ибо это главная наша печаль, и одновременно самое лучшее, поскольку она же есть и конец всех печалей. Ну а про свои радости, думаю, ты все знаешь сам.

Это ясно видела древность. Не потому ли ее герои были так смелы и свободны?

> Осознав это до конца, ты поймешь мир, где живешь – и он схлопнется в точку.

Подозреваю, что это была очередная мысль от господина Сасаки. Какая-то она не моя. Сам я, как уже неоднократно подчеркивалось, метафизический оптимист.

*

Перед тем как рассказать о дальнейшем, я хочу сделать в повествовании паузу и объяснить, что же произошло в тот страшный вечер в замке барона Ротшильда на самом деле.

Для этого мне опять придется нарушить линейность повествования, потому что информацию эту я собирал много лет по крупицам и многое узнал лишь после освобождения из-под стражи. Мое понимание случившегося неоднократно менялось. Я до сих пор не уверен, что выяснил все нюансы точно.

Вот известное мне сейчас.

Я уже говорил, что в годы моей юности вся Россия ждала, какую форму примет национальное возмездие за смерть Дяди Отечества. Мы должны были вдарить по самому уязвимому месту трансгуманистов. Во всяком случае, выглядеть это должно было именно так, иначе народ отвернулся бы от власти. Но одновременно нужно было очень постараться, чтобы во время «уборки помещения» случайно не разбилась банка с Мощнопожатным.

Это была, кажется, невозможная задача – но проблему удалось решить за закрытыми дверями. Похоже, генералу Шкуро сделали предложение, от которого он не смог отказаться, и ему пришлось санкционировать этот кровавый спектакль.

Как его уговорили? Вряд ли это было сложно. Не пришлось даже угрожать трагической случайностью при уборке. Все развлечения и фантазии баночников с высших таеров записываются трансгуманистами. В случае генерала Шкуро достаточно было застримить иммерсив его секс-подвигов в кошачьем бутике «Базилио» на сеть Добросуда, чтобы навечно опозорить Мощнопожатного перед улан-баторами и гвардией.

Про это глухо пробубнил «Ватинформ» (материал назывался «Пушистый Rape и Рыжий Деспот»), но статья тут же покрылась оранжевыми восклицалами, исчезла – и теперь ее не найти. Мало того, нам так хорошо почистили мозги, что никто точно не помнит ее содержания. Даже я. Думаю, трансгуманисты прибегли к этой редкой процедуре не для защиты Мощнопожатного, а для сохранения собственной репутации.

Может, компроматом был не бутик «Базилио», а что-то другое. Это не особо важно. Представить, как могущественные баночники развлекаются в своих банках, нетрудно.

В общем, Мощнопожатный убрал мешавшего трансгуманистам барона, но обставил дело так, будто это наша национальная месть за гибель Вечных Вождей. Масштаб фигур был близким, так что поверили многие.

Чтобы не компрометировать низшее руководство, планирование и осуществление операции было поручено московским сердоболам нулевого таера. Мол, инициатива спецслужб, начальство не знало. Одним из координаторов был Люсик.

Организаторы пошли самым незамысловатым путем – организовали секретные переговоры, куда вместо послов поехали убийцы.

Мы с Гердой.

Про Ротшильда было известно, что он время от времени приглашает к себе лучших вбойщиков планеты. Баночная разведка сердоболов знала и то, что его последняя секретарша (и все-таки любовница) Клара была сделанным в Виннице биороботом для фембокса – и сошла с той же мультиплаценты, что Герда.

Фембокс-хелперши были в моде у западных плутократов: богатые баночные лесбиянки за огромные деньги скупали в Виннице зеркальных секретарш с прокачанными для фембокса телами, чтобы прямо из банок ходить на боевые пикеты: плакат в правой, страпон в левой. Наверно, видели в новостях. Сам барон, скорей всего, поддался веянию моды, когда был в женском модусе, но привязанность к Кларе сохранилась и в мужском.

Я думаю, мы с Гердой просто подвернулись сердоболам под руку, когда они начали искать исполнителей. Сперва они объявили меня рептильным влиятелем, потому что сердобольская черная метка – это рекомендательное письмо для остального мира. А потом уже переделали Герду в машину для убийства.

Это случилось, когда она легла на «прогрев мышц» перед нашей поездкой. Ей заменили часть тканей на груди и правом предплечье на особого рода взрывчатку, но не для того, чтобы взорвать барона, как решила его служба безопасности, а для того, чтобы превратить руку Герды в одноразовый пороховой поршень.

Но вот предвидели сердоболы, что барон будет с ней драться сам, или нет? Тут мнения разделились.

Я догадываюсь, что вы думаете о сердобольских спецслужбах, и сам о них примерно того же мнения, но серьезные международные убийства планирует специальная нейросеть, легендарная «Калинка», способная с высокой вероятностью просчитать действия врага. Те, кто побывал в подземном бункере «Калинки», рассказывают, что у нее смешная зеркалка – эдакая прижившаяся на Руси богиня Кали, поменявшая сари на зипун.

Бабуля свое дело знает и отработала на отлично. Она учла, что химическую модификацию тела Герды могут засечь, и девочке вживили фальшивый взрыватель примитивной конструкции, который и обезвредила служба безопасности барона. Настоящий зажигательный био-элемент, скорей всего, был получен от «TRANSHUMANISM INC.» – и сканер его не заметил.

«Калинка» вполне могла вычислить, что барон захочет устроить поединок Герды с Кларой, Герда победит (у нее был наготове секретный прием), и барон после этого станет биться с Гердой сам. Сердобольская нейросеть хорошо знала, что барон любит риск, и сознательно спланировала операцию так, чтобы этот риск казался незначительным.

А на крайний случай был предусмотрен простой удар барону по тыкве, сжигающий мою Герду навсегда. Заряд был рассчитан на убийство кулаком – на суде я слышал, что от ее руки и грудной мышцы ничего не осталось. Барон дрался без шлема, но никакой фембокс-шлем его бы не спас.

То есть Герду по-любому посылали в последний бой. Да и меня тоже.

Вслед за операцией началась зачистка хвостов.

Люсефедора убили через две недели после смерти барона. Он по своему обыкновению зеркально трахал кого-то из своих протеже прямо из любимого реклайнера, когда пролетавшая мимо муха сделала ему в затылке миллиметровую дырочку. Думаю, мой опыт учли и парализовали его перед процедурой через имплант, иначе это жизнелюбивое существо опять сумело бы отвертеться.

И, кстати, отвечу всем тем, кто решил, что Люсефедор – это романтичный намек судьбы на Люцифера (я и сам в начале карьеры на это надеялся, чего тут скрывать). Плохие новости, ребята. Продать душу в нашем мире некому. Фарш здесь делают из всех.

Смерть барона действительно потрясла мир. Все, конечно, осудили невиданное злодеяние сердоболов. Корпоративные СМИ открытым текстом предлагали выплеснуть сердобольские мозги, хранящиеся под Лондоном, на помойку. Особенно негодовали североамериканские велферленды, на которые покойный барон щедро жертвовал.

По мнению мировых СМИ, банка с Мощнопожатным придвинулась совсем близко к краю полки, но мастерство в четырехмерных шахматах спасло его и на этот раз. Те же, кто понимал, что произошло в действительности, помалкивали и плевались.

Обвинитель по моему делу предположил, что меня с самого начала готовили для подобной роли и по этой самой причине дали Герду мне в музы. Но это, конечно, чушь.

Как тогда объяснить мой невероятный творческий успех? Если бы сердоболы могли штамповать вбойщиков для своих целей, они делали бы это постоянно, чтобы держать под контролем молодые умы. А такого что-то не видно.

Герда – единственная любовь моей жизни, поэтому распространяться про свое горе я не стану. Мне было жалко и Люсефедора. Жалко было даже барона: в нем сквозило что-то по-настоящему величественное, хоть и жуткое.

Впрочем, не убей его Герда, жить ему все равно оставалось недолго – слишком уж хлебное место он занимал. А так на убийство списали финансовый кризис, и люди, спрашивающие, куда делись их жизненные накопления, получили вполне убедительный ответ.

Все съел Мощнопожатный.

Выходит, мы в очередной раз сделали для мировых буржуев всю грязную работу?

Да, именно так. Причем подставившись по полной и получив очередную тачку санкций, из-за которых в России чуть не случилась революция, потому что целых пять лет после гибели барона все порно в Добром Государстве можно было смотреть исключительно с цензурой, и на месте человеческих гениталий видны были только нечеткие розовые квадратики. В том числе и на анальных патчах для Афифы из даркнета. Роптала даже гвардия.

Многие проклинали за это лично меня. Сейчас, правда, надо мной чаще смеются – мол, парень сам не понимал, в чем участвует.

А кто и когда это понимает?

Но сейчас я думаю не про себя. Мне интересно другое – почему русский человек всю жизнь или пашет как негр в американской мифологии, или сражается как гладиатор в римском цирке – и все равно попадает в положение мирового терпилы?

Эти размышления выкристаллизовались у меня в «Ловите Души Человеческие» – первую вбойку из тюрьмы, основанную на работе с архивами. Помните?

Не буду ее пересказывать подробно. Суть вкратце сводится к тому, что нельзя пройти к добру и свету по человеческим трупам – ни бодрой поступью реформ, ни на танках. По костям можно пройти только к параше, что мы и имеем последние пятьсот лет во всех фрактальных смыслах. И все остальные, кто ходил по костям, тоже.

Наша проблема в том, что мы как народ и духовная культура пошли не за Толстым, а за Лениным и Сталиным, и с тех пор повторяем этот выбор в каждом нейросифилитическом содрогании государственной мысли, накрывающем страну с мавзолея...

Многие спрашивают – как мне пришла эта тема с такой необычной для нашего времени образностью? Когда б вы знали, из какого сора растут стихи, не ведая стыда... Это случилось после того, как меня перевели со шконки под графом Толстым на шконку под маршалом Жуковым, страдавшим в это время от метеоризма (конечно, просто очередное издевательство тюремной нейросети). Но я забегаю вперед.

Это был мой первый баночный стрим, попавший в топ. Помогло, наверно, то, что я оказался в банке не по своей воле, и по крэп-понятиям стримить меня было не в падлу.

Критики вышло много. Особенно отличился «Гнойный» с огромной редакционной статьей «Не за Лениным, бро! За Просвирниным!» – но понять этот наброс мне помешало плохое знакомство с карбоновой культурой.

Для менеджеров по продажам этот успех был большим сюрпризом. Они думали, что слушатель не сможет переступить через предрассудки даже тогда, когда в банке окажется признанный всеми титан.

А слушатель смог.

МЕМА 20

Вбойщик!

Твои менеджеры по продажам будут регулярно говорить, что некоторых вещей во вбойке делать нельзя – мол, это трудно продать и публика не готова.

Не слушай этих придурков. Если бы они знали, что можно и что нельзя продать, они бы не работали в токсичной среде за еду и валенки.

Не бойся быть сложным. Не бойся быть простым. Новым. Старым. Таким же как все. Или другим. Потому что сложное, новое, старое, такое же и другое есть во всех людях. Правило только одно – не считай, что твои свидетели глупее, чем ты. Считай, что они умнее.

Во-первых, часто так и есть.

Во-вторых, людям не нравится, когда их держат за идиотов. Людям нравится, когда в них узнают гениев.

Доверяй тем, для кого ты работаешь, выкладывайся полностью, будь гениален хотя бы изредка – и люди тебя полюбят.

KGBT+ KGBT+ KGBT+

Я не хочу сказать, что «Ловите Души» – гениальная работа. Эта вбойка как раз так себе. Но попробуйте сделать лучше в баночном зиндане.

Что мне по-настоящему удалось тут в художественном отношении, это воспроизвести молодую русскую тоску перед непродуманной танковой атакой – один из стабильнейших модусов нашей национальной души. Но именно эту часть, увы, меня попросили убрать по гуманитарным причинам.

А про зиндан я сейчас расскажу.

*

Как я оказался в баночной тюрьме? Да очень просто.

Барон перед смертью успел оплатить мне первый таер, как и обещал. Это был именной договор – деньги переводились не мне, а «TRANSHUMANISM INC.» Мне повезло. Хоть мое тело изрешетили пули охраны, мозг не пострадал. Его спасла корпорация. Помогло то, что в замке барона была отлично оборудованная медицинская станция.

Так я попал в новейшее баночное хранилище под Сингапуром. Когда-то там был карбоновый мегаполис, но его уничтожили гигантские цунами, и теперь там просто рыбачья деревушка. От мегаполиса остались глубокие подвалы и бункеры, а это для «TRANSHU-

MANISM INC.» самое главное. В Неваду, где инфраструктура дешевле, меня не отправили, чтобы придать судебному разбору моего дела внешнюю объективность.

Да, теперь у меня был первый таер. Но мое *безграничное вечное сознание*, как я выразился в одном из опусов, было арестовано по указанию властей. Я видел и ощущал только камеру предварительного заключения, где меня кормили отвратительными помоями с запахом машинного масла. Мысли мне приходили исключительно о том, что я в полной и окончательной жопе.

Расследование было недолгим.

Как оказалось, инфокорпорация CIN с самого начла готовила иммерсивный репортаж о сердобольском покушении на барона. У них были записаны все видеоконференции Люсика с сердоболами, где об убийстве Манделы де Ротшильда говорилось открытым текстом. Их увидело огромное число людей. Обсуждались все технические детали. Не упоминалось только о переговорах барона с Мощнопожатным.

Мне кажется, что сам сценарий покушения писали тоже в CIN – и даже название «Vstrechny Boy» придумали их райтеры. Почему я так считаю?

Во-первых, так сразу же стали называть меня самого (переводили это как «встреченный мальчик»).

Во-вторых, Голливуд выпустил нейрофильм «Serdo Boy» про мой гомосексуальный роман с бароном, якобы случившийся прямо перед убийством, где главную роль сыграл неотличимый от меня аватар с огромным желтым чубом.

Барона в фильме убивала не Герда, а я – его собственным нейрострапоном, оторванным от пластикового туловища в минуту роковой страсти.

Понятно, что творческое осмысление реальности может несколько от нее отличаться, но странным было то, что фильм вышел уже на следующий день после трагедии.

Многим такая скорость показалась подозрительной, но в Голливуде ответили, что заранее просчитывают множество вариантов будущего и готовят художественную реакцию на каждый из них. Корпоративные медиа, ясное дело, разбираться не стали.

По сведениям CIN, для убийства могли использовать и меня самого на славянке. Но у барона в поместье стояла блокировка удаленных slave-подключений. Сердоболы были к этому готовы – сработал вариант «Герда».

Интересно, что о переговорах Мощнопожатного с бароном Ротшильдом во время процесса никто не спрашивал. Промолчать самому у меня хватило мозгов, потому что иначе их могло сильно не хватить потом, это я понял с самого начала. А сейчас эту тему больше не подсвечивают. Подумаешь, еще одна байка с «Ватинформа» в оранжевых восклицалах. Там и не такое можно найти.

Против меня прямых улик не было. Но медиа не желали даже допустить, что я не знал о готовящемся покушении.

Кто я теперь был? Сердобольский шпион, у которого в мозгу стоит специмплант (экстрагировать его оказалось слишком сложно – он так и переехал со мной в банку). Вписываться за меня никто не стал.

Про суд, думаю, вы читали, это было во всех новостях, так что повторяться не хочу.

Когда я узнал, что мне дали четыре тысячи лет, я решил сперва: продлят баночный срок. Но оказалось, я буду отбывать наказание на ускоренной перемотке, сорок дней за один – чтобы четыре килогода прошли как раз к концу баночной сотки первого таера. Когда гуманизм и наука берутся за руки, они непобедимы.

Многие в этой связи любопытствуют, почему баночникам первого таера не разрешают ускоренный режим? Они бы жили тогда гораздо дольше.

Поразительно наивный вопрос.

Официальный ответ заключается в том, что качество переживаний и симуляций будет «несколько хуже», а «TRANSHUMANISM INC.» как лев стоит на защите прав потребителей.

Ну а по-взрослому, подумайте сами – если разрешить ускоренный режим, кто станет бороться за второй или третий таер с их продленным сроком? А на этом держится вся баночная экономика.

Из четырех тысяч лет я успел отсидеть восемьдесят два – чуть больше двух в реальном времени. Был это, скажем так, не лучший период моей жизни, но именно тогда я окончательно стал главным вбойщиком России. Про это вы тоже знаете сами.

Расскажу теперь, что такое мозговой зиндан.

В чем смысл уголовного наказания? Сделать жизнь максимально неприятной.

Когда у человека есть тело, это несложно. Его можно надолго запереть в каком-нибудь вонючем грязном месте. А если тела нет, вонючее и грязное место наводят в качестве миража. Вот это и есть баночная тюрьма. Она не находится в каком-то конкретном месте. Это просто принудительная подписка на трансляцию.

Что поражает меня до сих пор. Два церебральных контейнера стоят в мозгохранилище на одной полке. Два сознания. Но одно из них в аду, а другое в раю.

Почему это поразительно?

Да потому, что рай и ад фабрикуются мозгом из приходящих по проводам сигналов. Так почему же мозг не может научиться постоянно делать для себя рай из любой последовательности импульсов? Разве подобное не в наших лучших интересах? А это всего лишь вопрос внутренней перекодировки сигнала.

Но мозг ничего похожего не делает. По мнению многих, это показывает, что женские вагины выплевывают нас в здешний сумрак вовсе не для того, чтобы мы были счастливы. Иначе человек давно научился бы достигать счастья без всякой оглядки на обстоятельства.

Как пишет один подпольный сибирский философ, мы просто рабочий инструмент: это и выражали раньше в словах «раб божий».

Господин Сасаки, конечно, с этим не согласился бы. С его точки зрения, перекодировка сигналов возможна – в ней и заключается путь к свободе и счастью. Но об этом позже.

Сегодня можно погрузить человеческий мозг в любой мыслимый и немыслимый опыт. Поэтому подобрать баночное наказание – проблема не столько техническая, сколько эстетическая.

В Соединенных Местечках, где меня судили, эту задачу решает специальная тюремная нейросеть под названием «Коперник». Можно сказать, братик нашей «Калинки», хотя я до сих пор не понимаю, почему американцы дали своему главному гипнотюремщику имя польского астронома.

«Коперник» – это много нейросетей-трешек, соединенных так, чтобы не нарушить правило трех мегатюрингов. Распределенный особым образом искусственный интеллект, ограниченный в возможностях, чтобы оставаться под властью человека. Пораженная в правах нейросеть, не только судящая других, но и сама мотающая пожизненный срок без вины, просто за то, что она есть.

Именно она получает полную власть над судьбой арестанта.

Наказание для каждого сознания просчитывается «Коперником» индивидуально: с учетом социально-половой идентичности, национальной культуры, триггеров, травм и блоков.

«Коперник» – лучший кукухотерапевт в вашей жизни, вот только он не на вашей стороне. Он просветит вас насквозь серией тестов, найдет ваши болевые точки и построит для вас именно тот тип ада, который, по мнению местечковой юстиции, самым точным образом отражает совершенное вами преступление.

Я не запомнил тюремных тестов, потому что зэки проходят их в индуцированном системой сне. Помню только однообразные кошмары, снившиеся мне целую неделю, пока душа моя, так сказать, была подвешена на балансах и «Коперник» подбирал набор гирек.

А потом началась сама отсидка.

Я сказал, что я сидел восемьдесят два года, но это условная цифра. Измерить точный срок нельзя – тюремное время нелинейно. Сон, где обычный узник оказывается условно свободным, в моем случае был частью наказания, причем особенно гадкой.

Если дни мои еще походили на тюремный опыт нулевого таера, то ночи были безмерны, бездонны и страшны, и за каждую из них я проживал не то что целую жизнь, а целую национальную историю.

По ночам «Коперник» прокачивал сквозь меня один и тот же кошмар. Менялись только детали.

Начинался сон в старой усадьбе – одном из оазисов утонченности и достатка, где цвела когда-то русская культура. Старый слуга приносил мне в кровать чашку кофе (американцев с детства приучают пить эту отвратительную жидкость для повышения производительности труда, так что послаблением со стороны «Коперника» это не было), помогал мне встать и одеться, и я выходил на прогулку в цветущий вишневый сад.

Там я гулял среди белых соцветий, и в голову мне приходили неожиданные и важные вопросы.

Например, можно ли допустить, что «Вишневый Сад» Чехова был бессознательной референцией к цветению сакуры? Случайно ли Антон Павлович умер в год цусимского афронта?

Или, например, когда Достоевский говорил: «Если нет Бога, все можно», имел ли он в виду, что можно передвигаться быстрее света? Или это только про перепихон?

И кстати, Федор Михайлович, не правильнее ли с эмпирической точки зрения так: «Если нет Бога, все нельзя»? Уже какой век наблюдаем-с...

Понятно, что подобные смысловые пробои русской культурной матрицы генерировала сеть, сливая их на мой имплант вместе с информационной подушкой, необходимой для надлежащих ассоциаций. Но в итоге это тюремное издевательство повысило мою культурную прокачку и очень помогло в творчестве.

Во время прогулки в вишневом саду я был счастлив – как биологическое существо и как крохотный осколок русской культуры. Но этот проблеск тюремного солнца служил лишь прелюдией к муке. Для страдания ведь необходим контраст.

Мое тонкое вишневое счастье вскоре обрывалось. Происходило какое-нибудь триггерное событие: за забором раздавался собачий лай, мимо пробегала женщина в траурной вуали, тяжкая туча закрывала небо... И темное предчувствие сковывало мою душу.

Я все еще бродил по вишневым аллеям, пытаясь найти вокруг проблески русского смысла, дарившего мне счастье несколько мгновений назад, но их уже не было нигде. На душе становилось все тревожнее. Небо над головой набухало мраком. Потом доносилась стрельба, крики боли и ужаса, и в саду появлялись солдаты, которых вел за собой чернокожаный комиссар.

Хохоча, красные начинали издевательство. Тыкая меня штыками – так, чтобы не убить, а только изранить, – они обвиняли меня в своих бедах, в крепостном праве и бессмысленной кровавой /В-слово/, как будто эрцгерцога застрелил лично я.

Натешившись, они надевали на мои руки кандалы, выводили за ворота и кидали в пердящий карбоном грузовик (в этот момент я вспоминал, что происходящее просто симуляция, и на душе становилось легче).

Но в кузове ждали зэки, знавшие, как заставить меня позабыть об иллюзорности происходящего, и эта характерная особенность русского быта была угадана американской нейросетью очень точно.

Поскольку я получил срок как агент сердобольской разведки, на рукаве моей робы была обязательная повязка с желтым двуглавым орлом и расшифровкой:

СОЦИАЛИСТИЧЕСКИЙ ЕВРАЗИЙСКИЙ РЕВОЛЮЦИОННЫЙ ДЕМОКРАТ-ОХРАНИТЕЛЬ (БОЛЬШЕВИК)

Я никогда не состоял в партии сердоболов (вбойщику это западло). Да и логики в происходящем было мало – какой я к черту сердобол, если меня только что арестовали в вишневом саду?

Но зэки в грузовике не желали вникать в детали. Они с матерными прибаутками анализировали мой нарукавный титул, и, конечно, каждое слово оказывалось зашкваром, за что я получал тычок под ребра или пинок.

Грузовик привозил нас в гулагерь. Я получал свою тачку и на некоторое время забывался, возя глыбы замерзшего кизяка между Первым Отделом и Последним Патроном (тут в программе был баг, но в чем именно он заключался, я не мог понять из-за тяжелого отупения, всегда сопровождавшего эту фазу сна).

Эта часть была самой невыносимой. Сделали ее, похоже, по кальке с Шарабан-Мухлюева, много писавшего про лагерные тачки. Размышлять о происходящем, однако, не было возможности: сил хватало только на то, чтобы довести тачку до конца маршрута и вернуться назад.

К счастью, скоро появлялась возможность искупить вину кровью, и я устремлялся в жаркую июльскую степь.

Немецкий «Тигр» – не просто танк. Это основательно продуманная немецкими инженерами фабрика по переработке живых людей в павших героев. Жуткая по эффективности и мощи. Самое страшное – точная, дальнобойная и крайне удобная в работе пушка...

«Tiger tiger burning bright», каждую ночь шепчет «Коперник» в мой мозг. Но горит, увы, не «Тигр». Гореть буду я... Я мчусь в воняющей соляром тридцатьчетверке навстречу монстру, которого даже не вижу сквозь свою пыльную оптику. Я не успею сделать ни одного выстрела. С фото возле казенника в последний раз улыбнется пергидрольная красавица, и навстречу полетит свистящая германская директива о переработке меня в колбасу...

Сон разгонялся по экспоненте. Русская жизнь неслась вперед, я отращивал кок, летел в космос, вторгался, распадался, поднимался, мутировал, болел, сражался, опять сражался. Проносились осенними листьями мертвые Михалковы-Ашкеназы, мелькал изумленный бро кукуратор, заступал на вахту суровый Дядя Отечества – и почти тут же его сливали с верхней полки.

К этому времени ветер истории дул сквозь меня с такой сырой яростью, что я вспоминал наконец главное: это все сон, простой завод пружины перед новым тюремным днем. Поняв это, я просыпался.

Смысл моего принудительного сна, как я думаю сейчас, был в том, чтобы заставить меня пережить русскую историю последних веков как собственную жизнь, словно я был не отдельно взятым вбойщиком, а всей страной и культурой.

Нормальный человек встает утром отдохнувшим и свежим. Я же вываливался из сна в свою тюремную камеру усталым, умудренным и почти что сломленным.

Все зря, шептал мой внутренний суфлер, все было зря... Мало того, что зря, это «все» даже не собирается кончаться.

Так начинался мой тюремный день.

*

«Коперник» рассчитывал наказание на основе культурных моделей, полученных от местечковых спецслужб.

Как они их строят, мы знаем – находят страну на карте, потом туманятся, смотрят старые голливудские фильмы, где эта страна присутствует, и решают, что делать и кто виноват.

Ну хорошо, не одни голливудские фильмы. Читают свою так называемую прессу. Какая разница? Корпоративный журнализм с нарративным приводом – это тот же Голливуд, только новостной.

Тюремная психиатрия давно уже пришла к выводу, что одиночное заключение не является тяжелым видом наказания, так как избавляет заключенного от главного источника человеческого страдания – взаимодействия с ближним. Поэтому в баночных тюрьмах одну и ту же виртуальную хату коммутируют сразу на несколько цереброконтейнеров.

У приписанных к хате сознаний есть аватары, позволяющие зэкам издеваться друг над другом, и в большинстве случаев этого достаточно. Но я считался слишком опасным преступником, чтобы поселить меня в одном пространстве с живыми местечковыми мозгами. Мои соседи были миражами, специально просчитанными «Коперником» для меня одного.

Прошу читателя помнить, что я говорю о симуляции, а то мой дальнейший рассказ может показаться диковатым.

В камере со мной сидели Чехов, Толстой, Чайковский, Жуков (который маршал) и Гагарин. Кстати, когда я ссылаюсь на Толстого в своих тюремных вбойках, чаще имеется в виду мой виртуальный сокамерник. Все они постоянно спали на верхних нарах. Меня ротировали по нижним.

Я понимал, откуда взялся такой состав – из ранней редакции моей «Катастрофы», где эти образы всплывали после прогона из пьесы Чехова. У меня, правда, не упоминался Гагарин.

Наверно, по мнению «Коперника», после Гагарина Россия не произвела уже ничего заметного. Или, еще вероятней, дело было в том, что пост-карбоновая элита нашего Отечества ушла в банки, а цереброконтейнер того же Шарабан-Мухлюева, стоящий под шконкой, вряд ли мог быть полезен для моего перевоспитания.

С этой задачей должны были справиться виртуалы моих великих соотечественников. Глядя на них, мне следовало переосмыслить самые основания русской культуры, найдя в них корни сотворенного мною злодейства. Эта тюремная технология называлась «The Great Unlearn»[1].

Электронный удар в моем случае наносился в некие центры «русской души», существовавшие только в воображении русскоязычных экспертов CIN. Думаю, сами представляете этих местечковых культурологов на сдельном контракте со спецслужбами. Значительная часть моральной порки не то что не срабатывала – я просто не понимал, что мне, собственно, хотели сказать.

Но это не значит, что в тюрьме мне было легко. Было тяжело и странно.

Да, на психику соседство с классиками давило, и сильно. Но очень быстро мои великие соотечественники превратились в доставучих соседей по камере, о гипотетическом вкладе которых в формирование моей души я даже не вспоминал.

---

[1] «Большое Отучение».

Утро начиналось с того, что лежащий на верхних нарах Гагарин дико кричал:

– Приехали!

И заливался смехом. Просыпалась вся камера (на самом деле, конечно, один я, остальное было подделкой).

Мои соседи выражали свое неудовольствие по поводу наступления нового дня в присущей им манере – Толстой аристократично матерился, Чехов снимал пенсне и протирал его одеялом, Жуков шептал что-то про штафбат, а Чайковский начинал фальшиво напевать одну из своих пьесок.

Дальше был завтрак. Я не понимал, зачем «Копернику» заморачиваться насчет электронной еды. Достаточно было не возбуждать в моем мозгу голод.

Когда я задал этот вопрос адвокату (да, у меня был бесплатный баночный адвокат – слишком заметный кейс), тот объяснил, что подобное делается для поддержания национальной идентичности через тюремную кухню, чтобы мое русское казарменное сознание не стало сознанием просто, поскольку в этом случае наказание теряло смысл.

Адвокат был прав. Меню настолько напоминало преторианскую казарму, что я чувствовал себя почти дома. Сплошная перловка с редкими добавками несвежего мяса. Не то чтобы совсем помои, но близко.

Наш быт походил на казарму еще и проявлениями безобразного юмора. Например, в день рождения Чехова «Коперник» повесил на стену камеры ружье с торчащей из ствола гвоздикой и подписью «Антон Павлович Чехов, иди на /Х-слово/». Мы смеялись весь день, особенно почему-то Жуков. Даже сам Чехов кисло улыбался. Но это веселье, как я уже говорил, было нужно лишь для контраста, высвечивавшего тоску и боль.

Сами исправительные работы, занимавшие большую часть дня, были основаны на стандартной местечковой модели. Просчитывать чернобыльские урановые рудники ради одного зэка выходило накладно – проще оказалось закоммутировать меня на обычную метатюрьму для белых мозгов (слышала бы это афифина ученка, вздыхал я, в смысле про «белые мозги»).

В модели, однако, были сделаны изменения. Во-первых, в поле со мной трудились не американские зэки, а мои виртуальные соседи по камере. Во-вторых, мы собирали не хлопок, как американцы, а картошку. Это было, конечно, сложнее, потому что приходилось ползать по земле.

Хлопок, который собирают американские зэки, черного цвета (это, объяснял адвокат, символизирует грехи белого человека перед черной расой). Моя картошка была самой обычной. Работа была тяжелой главным образом из-за жары.

Многие не понимают, как устроена метавселенская тюрьма для белых мозгов. Да, это огромная плантация, где одновременно трудятся все баночные зэки. Но она – не бесконечное поле, как многие почему-то думают. По полю можно было бы убежать, а из метавселенной никуда не свинтишь. Она замкнута на себя. Пространство здесь разбито на подобия отсеков.

Попробуйте представить себе пологую гору или холм с хлопковыми террасами (в моем случае это были картофельные грядки). На террасах трудятся зэки. По периметру самой нижней террасы стоят электронные NPR-персонажи в черных балахонах с бичами в руках: это *Антикла*, что-то вроде прогрессивного Ку-Клукс-Клана, выполняющего функцию охраны. Дальше – обрыв в пропасть. Дна ее не различить, видны только черные тени.

Прорваться сквозь оцепление Антиклы и броситься в бездну было можно. Я несколько раз это делал и каждый раз терял сознание от болевого шока. Затем я приходил в себя в хате, после чего меня избивали сокамерники, якобы за то, что их на трое суток оставили без пищи.

Бил обычно Жуков – портупейным ремнем, с прибаутками. Гагарин и Чехов брезгливо держали меня за руки и ноги, Толстой же исступленно молился, отвернувшись в угол с иконой.

В общем, прыгать вниз не имело смысла: самоубийство не входило в здешнее меню. На бойцов Антиклы тоже не стоило глазеть слишком долго, потому что скрипт у них был простой и жесткий, а удар бичом заживал целую неделю.

Смотреть следовало вверх.

На вершине холма возвышался роскошный помост, изображавший крышу нью-йоркского пентхауса. На помосте стоял трон. На троне сидел *нигга*.

Кто это, я сейчас расскажу, но, как бывший *призон-американ*, хочу сперва разъяснить местные понятия и рамки.

Базар здесь надо фильтровать почти как у нас. Нельзя, например, путать слово «nigga» с N-словом. N-слово нельзя ни произносить, ни думать. За него отвечают строже, чем за B-слово в Москве или за гендерное местоимение в старообрядческом скиту.

«Нигга» – это как бы уменьшительно-ласкательный термин, означающий примерно то же, что и N-слово, но с правильной эмоциональной подсветкой, и употреблять его не запрещено. Но делать это нужно с оглядкой.

Вообще, говорить здесь вслух как ходить по минному полю. Но все время молчать тоже опасно. Лучше всего повторять слово в слово за кем-то, кто уже прошел по минам – именно для поиска таких шаблонов и существуют соцсети.

Делать это надо с улыбкой и таким видом, словно все произносимое только что пришло тебе в голову и ты говоришь спонтанно и от чистого сердца. За этим следят. За улыбкой и вообще.

Баночные американские зэки живут в камерах, работают небольшими группами и часто получают добавки к своим срокам за драки и ненавистную речь. Я же, по сути, сидел в одиночке. Вместе со мной на плантации трудились лишь мои виртуальные соседи по камере.

В этом были плюсы и минусы. Плюсом было отсутствие драк (если не считать тех вечеров, когда сокамерники били меня за нарушение дисциплины). Минусы тоже понятны: иной раз я вспоминал, что я абсолютно, космически одинок. Но чувство это, думаю, знакомо любому вменяемому человеку независимо от того, сколько у него соседей по камере. Даже PSRT в свое время доперла.

Теперь про *ниггу*.

Это не главный надсмотрщик, как иногда ошибочно пишут. В баночных тюрьмах они не нужны. Там роль вертухая выполняет все вокруг (в чем и состоит главное назначение любой метавселенной).

Нигга – это получатель метафорических репараций и свидетель белого позора. Что было бы вполне справедливо, будь я англосаксонским мозгом. Но мне, как белому русскому негру, по всем историческим понятиям следовало получать символические репарации от англосаксов самому. Начиная как минимум с монгольского ига и польского нашествия. Мы пытались продавить эту тему с адвокатом, но безуспешно.

Баночные американские зэки каждый день работают на своего *ниггу,* а тот нежится в «аффирмативном потоке символических преференций» (по памяти цитирую адвоката). Но задача *нигги* состоит не в получении преференций – это так, мелочи.

Вы слышали, конечно, про рэп, из которого произошли парковый крэп и вбойка? В Америке он до сих пор сохранился в своем первозданном виде, но не как поп-жанр, а как ведущее направление в тюремной психотерапии. Это одновременно наказание и исправительная процедура, позволяющая вернуть заблудший мозг в социум.

Нигга начитывает зэкам исправительный НЛП-рэп, работая чем-то вроде тюремного терапевта (или экзекутора). Воспитательная программа сочиняет текст, рассчитанный под параметры индивидуальной психики. Текст лечит от супрематизма, генедрогинии и всего прочего – каждому по содеянному и помысленному. Американские зэки, работающие на одной поляне, слышат каждый свое, и многие их драки возникают именно по этой причине.

Понятно, что для исправления позорного и преступного русского рассудка тюремная нейросеть создала совсем особого *ниггу*. Он сильно отличался от стандартных североамериканских образцов и был сформирован на основе отечественного культурного материала.

Это был *Хороший Русский*, сделанный по корректным идеологическим лекалам. Посол той идеальной России, которую прогрессивная общественность еще готова была как-то со скрипом принять. Ролевая модель для заблудившихся рашкованов, желающих вписаться в человечество.

Его звали AIPAC SHAKUR. Он был наполовину негром, наполовину евреем[1].

Удивляться тут нечему – «Коперник» бил в самую точку. Такими же были и наши Михалковы-Ашкеназы, вся генетическая династия (еврейские и негритянские гены им добавили инженерно – для международной легитимности, инклюзивности и чего-то там еще: царственный геном два месяца обсуждали

[1] American-Israeli Public Affairs Commitee – американская общественная организация. Tupac Shakur – черный американский рэпер и актер.

в Тайном Совете). Так что выбор нейросети я, конечно, понимал. Больше того, именно по этой причине мой адвокат и сумел в конце концов меня отмазать.

Айпак был пухлым шоколадным добряком средних лет. Иногда в рабочие часы он кидал нам с крыши своего пентхауса еду, гораздо более вкусную, чем тюремная.

Да, мы за нее дрались. На самом деле дрался, понятно, один я – остальное было программным наваждением. Но больно и обидно делалось по-настоящему. Не только за себя, конечно, но и за нашу великую культуру, которую пытались таким образом унизить и отменить.

Если честно, как художники слова Толстой и Чехов заводили меня не особо. Продираться через их писанину было трудно, потому что с карбона утекло слишком много воды и крови. Но больно было глядеть, как два немолодых русских человека, тяжело дыша и препираясь, вырывают друг у друга кусок жареной буйволятины.

Отобрать у них вкусняшку самому мне удавалось редко – в ход шли ногти и зубы, и боль от них была такой, что понимание ее программной природы не помогало ни капли. Я часто вспоминал в этой связи разговоры господина Сасаки с бирманским монахом о пустотности страдания. Монах, я вам скажу, был прав на все сто – ученая мудрость в таких ситуациях как-то забывается.

Иногда Айпак выходил на крышу пентхауса в кипе, иногда с шевелюрой, поделенной на множество квадратиков, каждый из которых кончался маленькой косичкой. На нем было много бриллиантов и блинга – кольца, ожерелья, серьги и пирсинг. Самым массивным украшением была буква «А» из белого золота, болтавшаяся на груди.

Иногда он сжимал в руке менорное копье, похожее на двойной трезубец. Другим частым его атрибутом было серебряное в бриллиантах ведро с охлажденной икрой или шампанским. Во рту у него вкусно дымилась набитая марихуаной сигара, а по краю арены колосились многочисленные паспорта и виды на жительство, позволявшие ему бестрепетно говорить правду.

По скрипту Айпак экологично охотился на диких животных (самой охоты я не видел – на крыше появлялись только ее трофеи). Еще он священнодействовал у алтаря.

Его синкретическая религия называлась «ивудуизм». Ивудуизм учил поклоняться различным анималистическим сущностям как проявлениям и аспектам великого духа, избравшего древних евреев своим доверенным народом. Шутить на эту тему не стоило – главной целью рэп-терапии было как раз пробудить уважение к *другому*.

Я чувствовал себя польщенным, что из-за меня программе пришлось придумать целую религию. Такое, наверное, делают не для каждого зэка.

Главной функцией Айпака была воспитательная работа – пока я ползал вокруг его пентхауса, собирая картошку под раскаленной конфоркой солнца, он читал мне исправительный русскоязычный НЛП-рэп. Айпак мог ставить мне в карму минусы и плюсы – он был авторизованным моральным дилером «Открытого Мозга».

Его начитки при всей их кажущейся примитивности повлияли на меня весьма сильно.

Рэп в целом напоминает наш парковый крэп. Разница в том, что темой большинства крэповых текстовок служит интимная самопрезентация исполнителя. А в тюремном НЛП-рэпе это прогоны на тему идентичности и культуры, разрушающие неправильные кристаллизации в преступном сознании.

До этого я мало интересовался древним оральным искусством, из которого выросла вбойка – но за восемьдесят два года поневоле узнал его очень хорошо. Слушая своего *ниггу* и знакомясь в свободное время с историей жанра, я понял самую суть карбонового рэпа.

Он походил на ковровую бомбардировку с безопасной высоты. Рэпер сбрасывал на слушателя каскад триггерных терминов, залинкованных на последние культурные, политические и социальные события, как бы накрывая сознание клиента множеством зажигательных бомбочек, не нацеленных ни на кого конкретно.

Сознание карбонового человека было похоже на большую помойку, куда вываливали свой мусор разные новостные корпорации, спецслужбы, пропагандисты, агитаторы и прочие сетевые влиятели. Когда туда попадала зажигательная смесь, помойка загоралась сразу во многих местах, и в перемигивании ее нечистых огней чудилось подобие мерцающего мессиджа, но сам этот мессидж зависел главным образом от помойки.

Карбоновый рэпер не добавлял новых смыслов к своей терминологической атаке. Он просто зарифмовывал триггерные слова. Уже одно их перечисление рождало в душе благодарный отклик: слушатель получал подтверждение, что его прошивка актуальна.

Для рэпера же это было достаточно безопасным бизнесом – несмотря на грозную криминально-революционную ауру его речевок, отменить за декламацию триггерного списка было трудно. Поэтому рэпер вроде бы находился в самой гуще актуальных остро жалящих смыслов, но одновременно мог сохранять от них здоровую дистанцию, и посадить его было не так просто.

Когда критики хотели нагадить какому-нибудь рэперу, они отрицали его актуальность. А рэпер, наоборот, высказывал сомнение в актуальности той актуальности, на которую ссылались критики, и вставлял это в свой следующий рэп.

Мне было неясно другое – почему карбоновый человек так хотел быть *актуальным*? Зачем он стремился потратить короткий проблеск жизни на то, чтобы намазаться с ног до головы самым островонючим говном своей эпохи?

В чем был прикол?

Нам это трудно понять, но я думаю, что так проще было найти еду и полового партнера. Ну или карбоновый человек в это верил.

Еще, как я выяснил, в Америке рэперами были главным образом негры, и для самоидентификации им служило «N-слово». Пользоваться им разрешалось только черным. А в России рэперами были евреи (что привело к интересным мутациям жанра, превратив криминальную браваду в нервную исповедь), и у них в ходу было «Ж-слово», употреблять которое безнаказанно тоже могли лишь они. В общем, архаичная система кросс-табуированных самоидентификаций, сладковатый запах тленья и аромат веков.

Я и сам подумывал сделать что-нибудь в жанре рэпа.

Успеха я не достиг, скажу прямо. На вбойку эта техника не похожа, а обращаться с голыми словами без нейросети сегодняшнему человеку трудно.

Но хоть с рэпом не срослось, именно местечковая тюрьма помогла мне занять мое по-настоящему уникальное место в русской вбойке.

*

Когда склоняющееся солнце высвечивало черные балахоны охраны, Айпак кивком отпускал меня с грядки, и я шел работать над своими стримами.

В этом присутствовало как бы перемигивание одного артиста с другим: мои великие сокамерники оставались копать до темноты, и такая избранность, конечно, льстила. Даже не просто льстила – вдохновляла (хотя я и понимал, конечно, что система перестает просчитывать остальных, как только за мной закрывается дверь).

У меня в тюрьме была собственная студия. Это правда.

Но я уже говорил, что такое баночная тюрьма. Такого места на самом деле нет, это набор сигналов, поступающих в мозг. Никакого особого шика в тюремной студии нет. Это такая же точно симуляция, как голая ободранная камера.

Камера, кстати, намного дороже, потому что все ее фичи – ледяные сквозняки, вонь разбитого унитаза, мерзкую засаленность стен и так далее – генерировать куда сложнее. А студия появляется, когда к мозгу подключают музыкальную библиотеку и пару клавишных досок.

Послабление заключалось в том, что мне позволяли заниматься творчеством. Но в современных пенитенциарных системах это что-то вроде дополнительной терапии, и к тому же экономит тюрьме много средств. Поэтому обвинять меня в пособничестве трансгуманистам глупо.

Студия была отличной. Со мною опять работала Герда – не настоящая, увы, а просто лицо на экране.

Но лицо было скоммутировано с имплантом, который сохранился после гибели тела моей подруги, и в этом смысле наш творческий процесс не изменился. Исчезли только мучительные и прекрасные ночные встречи (плохого в это время я уже не помнил).

Новая вбойка теперь выходила у меня раз в неделю, по вторникам, и многие не верили, что один человек может работать с такой скоростью. Творческие импотенты верещали про какой-то кабальный контракт. Верещат и до сих пор.

Люди! Не тупите! Я же сидел на ускоренной перемотке. Для меня за одну неделю проходило целых десять месяцев. Поработать время было. И потом, почему «кабальный»? «Кабальный» – это когда сосут за еду, как те, кто пишет рецензии для «Гнойного». А у меня были просто контракты, и очень даже хорошие.

Что касается сердобольских набросов, будто за моими тюремными вбойками стоят спецслужбы Соединенных Местечек, это вранье. Начались эти сплетни, помню, когда вышла «Ночью Жопа Барынька», мой второй после «Ловите Души» мега-хит. А «Швамбранию» сердоболы не могут простить мне до сих пор, и я их понимаю. Провидчество в нашем мире карается.

Вот только лгать и передергивать не надо.

Да, доступ к историческим архивам у меня имелся, причем такой, какого в Добром Государстве не бывает даже у профессиональных историков. Но это не доказательство моего коллаборационизма. У них просто тюрьмы такие. Я же не виноват.

И это неправда, что мои тюремные вбойки продвигали исключительно забугорную повестку. Наоборот, я никогда не боялся идти против мирового конформизма. Вспомните хотя бы мою «Конспирологию». Это же прямая атака на официальный нарратив «Открытого Мозга».

Забыли? Напомню суть:

Что в нашем мире считается «конспирологией»?

Сегодня это не просто вера в «заговор элит». Проблемы начнутся у любого, кто утверждает, будто главные пружины и механизмы бытия скрыты от наблюдателя и с них должно быть сорвано маскировочное тряпье. Это называется «конспирологическим сознанием».

Над этим принято смеяться – так больше шансов найти еду на помойке, где элита пока что позволяет нам жить.

Но все великие провидцы и реформаторы человеческой мысли были вот именно что носителями конспирологического сознания.

Например, Платон. Он считал, что окружающие человека вещи – зыбкие тени спрятанных от него вечных сущностей.

Или Будда. Для него сверкающее изобилие жизни скрывало за собой пять групп феноменов – безличных, непостоянных и сочащихся болью.

Или Маркс. Для него так называемая демократия и права человека были просто ширмой для классовых интересов буржуазии и эксплуататоров.

Или Ницше. С его точки зрения, сострадательная мягкость христианства маскировала древний ресантимент и попытку порабощения человеческой души.

Или Фрейд. Для него все многообразие духовной и материальной культуры (кроме, может быть, табачной промышленности) скрывало под собой работу могущественных и неодолимых сексуальных инстинктов.

Или Маркузе. Для него за фасадом капиталистического потребления прятался культурный гипноз, навязывающий человеку ненужные ему потребности.

Или Бодрийяр. Для него вся реальность была надувательством и подделкой, состоящей из отсылающих в никуда знаков (и даже смерть не являлась исключением, поскольку точно так же отсылала в никуда – но сказать про это он не ус...).

Или генерал Изюмин. Для адептов критической расовой теории, созданной под его руководством в ГРУ, любой аспект американской жизни был проявлением фундаментального расизма, закамуфлированного белой демагогией.

Список этот можно продолжать бесконечно – завершу его, пожалуй, Шарабан-Мухлюевым. Но про пламенные идеи нашего великого соотечественника вы хорошо знаете и без меня.

Итак, чтобы тебя объявили «конспирологом», достаточно поделиться подозрением, что дела обстоят не совсем так, как втирает нам через имплант каста профессиональных наперсточников, в подлости которых никто особо не сомневается уже несколько столетий.

Что же остается?

Склонись перед Прекрасным Гольденштерном, человек, и замри в позе покорности навсе-

гда. А если живешь в России, склонись перед генералом Шкуро – и пусть от твоего имени склоняет выю перед Гольденштерном уже он.

Но не печалься. Вряд ли твое «навсегда» будет слишком долгим.

Подобный подход к реальности официально проклят современным зеленомыслием. Кстати сказать, не все знают: мозгоправы из конформистского лагеря называются «зелеными» не только потому, что продвигают евро-шариат, а еще и по цвету денег, ходивших на планете до Манделы де Ротшильда.

Мою «Конспирологию» боялись стримить почти везде. Мало того, в Соединенных Местечках два нью-йоркских унгана (позже объясню, кто это) объявили меня сердобольским агентом – и всякая надежда на досрочное освобождение отпала.

МЕМА 21

Вбойщик!

Поскольку нам врут со всех сторон и из всех утюгов, любой честный человек будет объявлен рептильным влиятелем и сердобольским агентом одновременно. Знай это заранее.

Вместо того чтобы сушить сухари, подумай хорошенько, надо ли тебе быть честным.

Перед кем? Для чего? Кто и когда был честен с тобой?

Помни главное – есть большая разница между честностью и правдивостью. Правдивым может быть только знающий, что есть истина. А с этим у людей проблемы, да и у тебя тоже.

Ты можешь быть честным на сто процентов, но это не значит, что ты будешь говорить правду. Это удается очень немногим.

У честности есть лишь одно преимущество – чисто эстетическое.

Нечестное искусство смердит.

*

Самое главное в моей тюремной жизни, однако, происходило не в студии, а по дороге туда – и оставалось моим секретом от Айпака с «Коперником». Понимаю, как это звучит, и сейчас объясню.

Когда я уходил с картофельной плантации, передо мной возникала сначала тюремная дверь, а за ней – песчаная аллея, окруженная кипарисами в кадках. Надо было пройти по ней до другой двери, за которой начиналась студия.

Променад этот был просто коммутационным мультиком. Пока я шагал по аллее, нейросеть подгружала клавиши, Герду и все остальное. Но Герда – спасибо, моя девочка! – грузилась очень долго, почти два часа, потому что каждый раз ее имплант проходил процедуру полной проверки. Понятно, это был баг, но я молчал про него в тряпочку, и скоро эта ежедневная прогулка сделалась главной отдушиной моей жизни.

Именно здесь и началась моя реальная трансформация. На этом променаде я стал практиковать учение Бахии в той форме, в какой оно было описано в опусе господина Сасаки. В увиденном только увиденное и так далее.

Господин Сасаки в свою бытность дзенским адептом писал стихи про пистолет «Намбу». А практикуй он с самого начала как Бахия, вирши его выглядели бы так:

Кипарис, нога, песок.
Кипарис, нога, песок.
Кипарис, нога, песок.

Про практику рассказать особенно нечего. Вернее, говорить можно долго, но это будет о чем-то другом.

Прошло много лет. Меня больше не было

ни между кипарисом и ногой, ни между ногой и песком, ни даже в особо рискованной зоне между песком и кипарисом. А если кто-то и норовил высунуться, то за себя я его уже не принимал.

Постепенно практика пропитала и остальные мои занятия, от сельхозработ (в картошке только картошка, в Айпаке только Айпак) до утренних склок с маршалом Жуковым (здесь было сложнее, но постепенно баланс нашелся).

Не то чтобы в результате практики я понял нечто радикально новое по сравнению со своими вбойками. Но так называемое «спасение» – это ведь не вопрос понимания. Это вопрос привычки. Даже, наверное, рефлексов.

Одно дело взмывать к истине и тут же падать назад в грязное стойло своего ума (что регулярно происходит с любым хорошим поэтом), и совсем другое – взять и вычистить наконец стойло. Не зря это один из подвигов Геракла. Думаю, богом он стал именно из-за него.

Но на этом коммутационном стыке со мной происходило не только хорошее. Было много нелепого и смешного. Именно здесь сердоболам оказалось проще всего влезть в мою тюремную реальность.

Зачем они это делали? Хороший вопрос. Наверно, хотели намекнуть, чтобы я фильтровал базар, потому что они контролируют поляну на глобальном уровне. Или просто гадили, как это вообще свойственно спецслужбам.

В принципе, я их понимаю. Согласен, что мои тюремные вбойки были тенденциозными и злыми, особенно «Ночью Жопа Барынька, vol. 3». Но они были честными. Вы пособирайте восемьдесят лет картоху между матерящимся Толстым и стонущим Чеховым под воспитательный иудео-африканский рэп, а потом будете читать мне мораль.

Повторяю, я всегда говорил что думаю. Но на мои тюремные мысли сильно влиял Айпак Шакур. И это постепенно становилось для сердобольских пропагандонов проблемой. Попытки запугать меня через баночных хакеров предпринимались не раз и не два.

Хакеров, ломившихся в мое личное пространство, было просто опознать по голубоватому мерцанию тюремного файервола, окружавшему все их манифестации. Сердоболы то ли не знали об этом, то ли считали, что я ничего не пойму. Но я, конечно, выкупил бы гостей и без подсветки: спутать их с кипарисами было трудно.

На этой аллее мне попадались не только сердобольские хакеры, но и аффилированные со спецслужбами подглядыватели с канала «Безжалостный феллатор» – в основном грубо сделанные три-дэ-модули, пытавшиеся говорить со мной на английском языке, чтобы порадовать своих дебильных подписчиков. Сетевой адрес моего баночного домена, насколько я знаю, они купили в МИДе, оформлявшем мой тюремный паспорт, хотя утверждали потом, что получили гаданием по «Книге Перемен».

Я не поддавался на провокации – отвечал любезно, но коротко и проходил мимо. Правда, одному, особо наглому, сказал так: «Бро, даже не надейся пойти сегодня на /Х-слово/. Там ты тоже не нужен...»

Это почему-то не показали.

Иногда мои мерцающие визитеры висели в воздухе. Иногда фрагменты их тел, окруженные голубым свечением, торчали из песка. Особенно смешно выглядели потасканные сердобольские тетки со следами многолетних излишеств на лицах, спроецированные меня соблазнять.

Бывало, в пустоте раздавались воркующие голоса, зовущие меня назад в материнское лоно. Я даже думать боялся, что они имеют в виду.

Длилось это, впрочем, недолго – Мощнопожатный начал контротступление в Курган-сарае, впервые применили конную фалангу, и проекционно-идеологический ресурс, усиленный тремя медиа-валькириями, перебросили на азиатское направление.

*

Мой обмен заслуживает отдельного рассказа.

Это, если угодно, была такая же красивая, безнадежная и трижды украденная еще на стадии фьючерса победа, как последний сквелч-feat моей бедной Герды.

Мне помог вброс канала «Безжалостный феллатор». Но делать из этого вывод, что сердоболы специально пытались меня освободить, глупо.

Вброс этот был утечкой секретной информации, и опубликовали ее без всякой связи с моим делом – просто чтобы поднять просмотры. Поэтому я до сих пор считаю свое освобождение и обмен цепью счастливых случайностей. Все произошло само собой.

Но что значит «само собой»? Когда играет оркестр, мелодию создает множество инструментов. Любое «само собой» состоит из огромного числа факторов, и отследить их влияние невозможно. Это как вопрос, сколько соучастников было в расстреле Михалковых-Ашкеназов. Участвовал весь мир.

Развивались события вот как.

Мой адвокат обратил внимание, что наш *нигга* по легенде одновременно еврей и негр. Он начал копать в этом направлении и написал маляву, что Айпак на самом деле не негроеврей, а еврей с *блэкфейсом*. И каждый раз, когда он произносит N-слово, это не легитимный рэп, а лингвопреступление и ненавистная речь.

Я даже не понял сперва, в чем тут дело. По идее, негроеврей и есть еврей, у которого черное лицо, разве нет? Было это в чистом виде казуистикой, малопонятной моему уму виньеткой, но сработало как бомба, как только попало в новости.

В Соединенных Местечках совсем другая логика, и, чтобы понимать ее до конца, надо быть американским адвокатом. У них есть древние законы, не применявшиеся уже лет двести или триста. Вот как раз такой закон нам и помог.

Блэкфейс – это когда белый мажет себе ваксой рожу, чтобы походить на черного. По какой-то причине подобное считается у них страшным преступлением. Никто так не делал уже много веков, потому что дураков нет, но закон остался. Нейросеть «Коперник» из-за ограничений, обязательных по правилу трех мегатюрингов, просто не доперла, что моего *ниггу* можно будет истолковать таким образом.

Удивительно, кстати, что международная общественность не попыталась в свое время лишить наших Михалковых-Ашкеназов легитимности тем же самым способом – бро кукуратору не пришлось бы даже лезть за наганом.

Наверно, клоны все делали как надо и в визге не было нужды.

Выходило, человеческий мозг (мой адвокат был баночником с первого таера) еще способен положить на лопатки могучую нейросеть. Особенно когда помогает другая нейросеть.

Отмазать меня удалось именно благодаря этому казусу, потому что метафорическим блэкфейсом заинтересовались важные американские *ниггаз* – сначала унганы и бокоры (это такие вудуистские шаманы) трех велферлэндов, а потом сам главный заклинатель дождя.

В метавудуизме евреев считают ответственными за смерть барона Самеди. Поэтому синкретические ритуалы, которые Айпак отправлял перед алтарем, были объявлены святотатством и апроприацией.

Айпака обвинили в расизме и колдовстве – для авторизованного морального дилера это смерти подобно. А сослаться на общую косность среды, как делала в таких случаях Афифа, он не мог. Скандал рос снежным комом.

Через неделю по улицам нью-йоркского велферленда уже ходила процессия с огромной моделью работоргового судна. На рее болталось чучело Айпака в капитанском мундире и кипе, а на корме танцевали унганы и бокоры, окропляя прохожих кровью жертвенного петуха.

В результате я стал слишком токсичным грузом для американской пенитенциарной системы, и она сбросила меня при первой возможности.

Возможность эта возникла вот каким образом.

«Безжалостный феллатор» сообщил, что в российских застенках до сих пор хранится и страдает мозг миллиардера Ходорковского.

Это был комсомольский работник карбоновой древности, который хорошо поднял на перестроечных эмиссиях, но не поделил чего-то с сердоболами (или с теми, кто был тогда вместо них) и попал в тюрьму. Потом его отпустили, обменяв на какой-то гуманитарный ништяк, но наших мудрых вождей как всегда обвели вокруг бабушкиного нейрострапона.

«Безжалостный феллатор» сообщил, что мозг Ходорковского до сих пор жив. Якобы он был выкраден сердобольской разведкой еще в позапрошлом веке и хранится теперь в российской мозговой тюрьме, где ежедневно подвергается невыносимым моральным пыткам в качестве воздаяния за вред, принесенный когда-то ветрогенезису.

Главной целью сердобольской дезы, конечно, было уверить человечество, что у нас есть мозговые тюрьмы и баночные технологии. Это, скорей всего, неправда – иначе зачем было бы нашим вождям храниться под Лондоном со всеми вытекающими последствиями? Но прогоны вроде этого запускают регулярно.

Их сочиняют довольно тщательно, чтобы не проколоться на какой-нибудь мелкой детали, но плохо просчитывают медийное эхо. Вот и сейчас произошло то же самое.

Пытки, которым подвергался баночный Ходорковский, были описаны до садизма убедительно, с перечислением множества реальных акторов поздней карбоновой эпохи. По этим сообщениям, баночный опыт экс-олигарха выглядел куда мрачнее моего.

Он якобы был прикован к веслу на яхте (вернее, деревянной мега-галере) главного углеводородного босса карбоновой России. Ходорковский сидел на ручке от швабры, вделанной в гребную скамью, а вокруг галеры гонял по кругу на водном мотоцикле небритый пресс-секретарь этого босса и плевал в гребца всякий раз, когда проезжал мимо его весла. Мало того, ежедневно в трюм спускался сам углеводородный босс и проходил по нему с инспекцией, угощая колбаской всех, кроме Ходорковского.

Происходило это двадцать часов в сутки. Четыре часа было отведено на медицински необходимый мозгу сон без сновидений.

Такая симуляция казалась слишком тупой и жестокой даже для сердоболов, поэтому звучала история убедительно.

Когда баночные правозащитники услышали об этом, они, конечно, подняли страшный хай и стали требовать освобождения Ходорковского. Особенно громко верещали немецкие имамы, спутавшие Ходорковского с толкователем хадисов Ходоровским, жившим на два века позже.

Сердоболы оказались в глупом положении, потому что не могли освободить мозг Ходорковского при всем желании: у них его не было. Но наглость города берет. Когда наш размен предложили на самом высоком уровне, власти поступили просто и гениально.

Сперва они согласились – как бы со скрипом. Подписали необходимые бумаги, посветили харями в новостях, высказались по поводу международной повестки, напирая на важность ветрогенезиса для здоровья планеты. А потом, когда обмен был официально проведен, разморозили чей-то древний мозг, леденевший три сотни лет в жидком азоте, и передали его немецким имамам в транспортировочной банке.

К мозгу прилагалась медицинская бумага, из которой следовало, что все описанные в медиа переживания Ходорковского были основаны на данных объективного контроля – в том смысле, что соответствующие сигналы действительно посылали в его мозг. Но вот воспринимал ли их Ходорковский, российской науке неизвестно.

В наш обмен было инвестировано столько денег, эмоций и медийного прайм-тайма, что зарубежным спецслужбам пришлось сделать хорошую мину при плохой игре.

Они приготовили несколько мемо-роликов от первого лица, где Ходорковский отдыхает в бассейне швейцарской виллы в окружении девочек в бикини. Мол, теперь у него другой нейрофлоу.

Для мороженого мозга действительно сделали такую симуляцию – надо же выкручиваться. Мелким шрифтом был добавлен тот же сердобольский прогон: ролик снят на основе данных объективного контроля. Никто в сети не обратил на это внимания, а если кто и обратил, его тут же пометили оранжевым восклицалом и забанили.

В общем, обмен состоялся. Это была главная новость всех каналов целый месяц, но никто не догадывался, на что именно меня выменяли. Что-то похожее на правду пробубнил через три месяца один только «Ватинформ».

Но обмен не означал, что мой мозг перевезли в Россию. Я так и остался в хранилище под Сингапуром в своей банке первого таера. Я и сейчас там. Просто по соглашению с «TRANSHUMANISM INC.» и пенитенциарными властями Соединенных Местечек меня торжественно перекоммутировали с картофельной плантации на Родину.

Айпак Шакур посвятил мне последний тюремный рэп. В нем он немного смягчил свою непримиримую в политическом отношении риторику и даже назвал меня по имени (до этого он никогда так не делал). Осталась памятная мемо-запись – я часто ее пересматриваю.

Айпак одет по-летнему легко: кипа, имперские трусы от Версаче и два золотых глока на шоколадных ляжках. Сначала он пляшет перед алтарем, по-шекспировски потрясая копьем с насаженным на него буйволиным черепом, потом ударяет ногой в пол и выдает ритмическую начитку.

Быть русским в либеральном нарративе –
как быть евреем в царской России.
Не то чтобы концлагерь, ад и Грета,
но по всем параметрам конкретное гетто.
В каждом гетто где-то спрятана бомба,
Но это почему-то доходит очень долго.
Хотели к звездам в космос? Хотели киберпанка?
Поешьте-ка говна из бункерной банки.
Ребята, отвыкайте от /В-слово/ *горна,*
Лучшее оружие – диван и ведро поп-корна.
Висеть будут все, кто сейчас в Красной Книге,
говорю авторитетно как /Ж-слово/ *и как* /N-слово/.
Кей скоро свалит, и Айпака отключат.
Одному нирвана, другого будет долго глючить.

Цитирую по памяти, там много текста – смутно-мрачного, не до конца понятного, как бы отсвечивающего огнями побед, поражений и погромов.

Умом, конечно, я понимал, что Айпак обращается к моему подсознанию, чтобы активировать неправильные мозговые кристаллизации и затем стереть их. Но его рэп завораживал все равно.

Особенно меня поразила фраза насчет того, что повиснет вся Красная Книга. Сперва я понял Айпака в том смысле, что плохие люди, наворовав и нагадив у себя дома, уматывают в счастливое место, кажущееся им тихой гаванью. Но вместе со своим богатством они привозят туда дурную карму и нависший над ними божий гнев, и тихая гавань становится адом для тех, кто там живет, потому что ад – это любое место, куда пустили чертей. Черти ведь не бывают бывшими.

Но потом до меня дошел настоящий смысл. Он в том, конечно, что любые привилегии со временем становятся проклятием и клеймом. Спрятать их сложно даже с помощью лучших мозгопромывательных технологий, потому что привилегия – как шило в мешке. Это то, что дает одному человеку жизненные перспективы и возможности, отсутствующие у другого. И неважно, как это обставлено и в какой нарратив упаковано – дураков сегодня мало. Лишенные привилегий ненавидят тех, у кого они есть.

Мой *нигга* (для меня это ласкательное слово) производил подобные тексты погонными километрами, день за днем, все восемьдесят два года моей отсидки. Конечно, это способствовало моей моральной трансформации.

Но все кончается.

Обвинение в блэкфейсизме стало для Айпака страшным ударом. Мне стыдно, что к этому имел отношение мой адвокат – а значит, в каком-то смысле и я сам. Но иначе я вряд ли вышел бы на свободу при жизни.

Спасибо, Айпак, ты для меня один из учителей, хотя рифмовать Россию с «нарративом» лично я не решился бы. Хорошая рифма – «мессия», хотя, как подсказывает нейросеть, ее сильно опошлили антропософы в начале двадцатого века. Ну и «агрессия», если сдвинуть ударение на конец слова. Ты восемьдесят лет так делал, знаешь и без меня.

В последних рэпах Айпак не сказал про свою трагедию почти ничего. Бросил лишь пару слов, не замеченных мною сразу, но невыносимо заострившихся после его ухода.

Легкий, почти неощутимый упрек:

Есть должность хорошего русского в Нью-Йорке,
положен пентхаус и ведро икорки.
На это место назначили еврея,
Негры обкурились и вздернули его на рею...

Восемьдесят два года вместе – это не две тысячи, конечно, но тоже немало. Слушая тебя, Айпак, многое понял. Про себя, про Отечество, про то, чего хотят от нас другие народы и страны, про искусство и жизнь вообще. И даже если моя нежность к тебе – результат тюремной рептостимуляции мозга (так уверяли потом сердобольские жандармы), само чувство ведь не делается от этого менее светлым. Тут PSRT тысячу раз права.

Надеюсь, тебе хорошо в твоей нирване, но уверен, что пройдет век, ну максимум два, и человечество тебя разбудит. Такая программа не должна, не может пропасть.

А меня, да, глючит до сих пор.

*

Помните, как я вернулся в Добросуд?

Конечно помните.

Обмен транслировали все каналы и программы – со всех мыслимых и немыслимых POV и ракурсов. Можно было побыть мною, побыть встречающим лицом, увидеть нас со стороны, с высоты птичьего полета, из травы глазами кузнечика и даже в виде визуализированной эхолокации летучей мыши (такое приложение от сисястой ученки с Афифы можно было скачать вместе со свежими анальными патчами).

Избежать меня было невозможно.

Поскольку обмен был международным событием, сценарий встречи писали боты «TRANSHUMANISM INC.» (сердоболы отдают им на откуп все важные мега-презентации, и правильно делают).

Скрипт-боты не слишком лезут во внутреннюю политику, но включают в программу разные пасхалочки, отсылки к последним сериалам, скандалам и вообще актуальному материалу, который опознает широкая масса. Это возвращает глубинному зрителю чувство сопричастности с живой жизнью, а что может быть важнее?

Сначала дали крупный вид моей камеры, где я обнимался на прощание со своими сокамерниками. Потом дверь открылась и я вышел в чисто поле.

В тот момент я не сообразил, что мрачный Толстой, кислый Чехов, хмурый Жуков и жеманный Чайковский навсегда исчезли, когда за мной закрылась дверь. Но жизнь неумолима: вот так буднично перевернулась ее страница.

Родина встречала меня просто, даже аскетично.

В колосящемся поле ждали трое. Впереди – Афифа в сарафане и кокошнике, с хлебом-солью в руках и красной лентой с надписью «РУССКАЯ ПОБЕДА!» через грудь. Два коленопреклоненных раввина в африканских платках-кенте за ее спиной были, конечно, перебором, но у скрипт-ботов «TRANSHUMANISM INC.» своя логика, и нашу аудиторию они принимают в расчет в последнюю очередь, даже когда работают специально на нее.

Думаю, таким образом пытались замять скандал с блэкфейсом – хотя чем африканский платок на шее лучше ваксы на роже? Не понимаю до сих пор.

Я отведал хлеб-соль, мы с Афой деликатно обнялись, и началась целая неделя коммутаций по торжественным собраниям и встречам.

Центральные СМИ про меня в основном помалкивали. Я ведь не из числа сердобольской обслуги. Не веду в эфире криптолиберальный диалог с виртуальным Дядей Отечества. С этим пустым светом без солнца, маскирующим свою бесконечную катастрофу (если что, это означает, что я в полной мере признаю божественную природу генералов Шкуро и Судоплатонова независимо от их текущего бытийного статуса – каждый, кто знаком с моими вбойками, поймет это сразу).

Я, кстати, сделал про это маленький стрим в качестве довеска к своей «Катастрофе». Но ни одного публичного концерта мне не разрешили. Сказали, надо защитить детство, и вообще баночная вбойка непопулярна. Герды рядом не было, поэтому как вбойщик я существовал теперь только в стрим-записи.

Родина сгенерировала для меня умеренно зажиточный хутор под Москвой (после моих тюремных вбоек ожидать от сердоболов пентхаус из лиственницы на проспекте Бессмертных Конников было бы наивно).

Время в России не идет. Оно стоит колом. Веками. Что метафизически верно, ибо минуты и секунды подделываются умом, а истинная реальность есть неподвижная вечность. Но, между нами говоря, лучше бы оно все-таки шло.

Я глядел в окно на гуляющих по двору кур, на пшеничное поле за изгородью, на пролетающих в печальном небе журавлей. Иногда по ночам правительственные хакеры проецировали на стену отхожей будки музыкальную критику на мои стримы, и мне приходилось ее читать. Из всех издевательств сердобольского режима это, конечно, было самым гнусным.

Критики ведь никогда не пишут о том, что как бы рецензируют. Они пользуются нами, художниками, как информационным поводом для того, чтобы пропищать о своем существовании. Смешное здесь в том, что слышим их только мы – и часто расстраиваемся по поводу их писка, хотя никому другому до их дебильных высеров нет дела вообще.

Кстати, если кто-то думает, что в моих наездах на критиков есть что-то личное, это ошибка. Мне они до фени. Просто две глубокие фокус-группы показали, что читатель это очень любит.

Вскоре в гости ко мне стал захаживать сердобольский бот – бритый наголо братоксосед, разводивший на соседнем хуторе разноцветных кур и петухов.

Конечно, в физическом смысле соседями мы не были. Просто его программа использовала в качестве фона ту же местность (а если честно, это как раз меня впихнули в просчитанный для бритого сердобола ландшафт с целью экономии средств).

Сосед этот был не то мусором, не то бандитом, эдаким вертухаем-неунывайкой, созданным сердобольскими психотехниками для одновременного устрашения отщепенцев и вдохновления масс в условиях временных бытовых лишений. Репортажи с его куриного хутора крутили в новостях в качестве социальной рекламы – вы, наверно, много раз видели этого персонажа и помните его тяжелый пристальный взгляд.

– На подножном корму круглый год! Хватает и мне, и родне!

Меня поначалу тоже пытались использовать в соцрекламе. Приходилось вести с этим вертухаем беседы, отрывки из которых транслировали в новостях. Понятно, что говорить с ботом следовало очень осторожно.

Во время своих визитов на мой хутор вертухай усаживался на плетень, закуривал папиросу (сердобольские статистики в это время пришли к выводу, что массовое курение способно привести к экономии картошки в национальном масштабе – но не учли, что табак в семь раз затратнее) и начинал интересоваться моими политическими взглядами. Это утомляло. Если политические взгляды и были у меня до тюрьмы, то полностью пропали вместе с телом.

Разговор с тремя служебными мегатюрингами требует осторожности. У сердоболов постоянно выходят новые законы, по которым сами знаете что, а за каждым словом ведь не уследишь. Лучше помалкивать.

Вскоре бритый вертухай получил еще одну медиа-функцию: стал проводить в интернатах «Юный Конник» утреннюю зарядку на плацу – видели, конечно, эти упражнения для деревянного меча и палки-лошадки. Затем в комплект добавили саженец, привязываемый к спине, и дали гимнастике название «Пилатес» – в честь победоносной римской конницы, как геополитично объяснили в утюге.

Но ко мне вертухай ходил все равно, при необходимости раздваиваясь. Мощность позволяла.

Уходя, бот каждый раз оставлял шестьдесят четыре томика Есенина (видимо, в его скрипте содержался шестнадцатеричный баг), и я складывал их в стопки на заднем дворе.

Вы, думаю, видели мою фотку с этим вертухаем. Мы стоим у бревенчатой стены под кумачовым плакатом:

РОССИЯ, МИР, ВЕТРОГЕНЕЗИС!

Стена настоящая. Аватар тоже мой. А вот плаката там не было. И папиросы у меня во рту тоже.

Я не хочу сказать, что мне было плохо на этом хуторе, нет. В российском экзистенциальном опыте много светлого несмотря на все усилия властей. Услышишь по радио, как детский хор поет «Ветерок», глянешь на юных велосипедистов с проселка, и в глазах уже слезы. Куда они только катят – милые, глупые... Но раз уже вывалился в этот мир, жизнь не остановить.

На «Гнойном» по поводу моего приезда вышла разгромная статья «Возвращение блудливого деда».

В чем меня упрекали? Да, солдатом партии я не стал (так и не понял, кстати, какую именно они имели в виду). Но я до сих пор не уверен, что это мой недостаток. Согласен, эпоха сформировала мою личность – иначе в современном мире не бывает. Но мне эта личность со своим ментальным барахлом особо и не нужна. Ежедневно выскребаю, а к вечеру все равно нарастает.

«Гнойного» было так же мерзко читать, как и до моей отсидки. Но что делать – пока я сидел, всех рептильных влиятелей прибрали к рукам сердоболы (будете смеяться, но

«Гнойный» таки успел получить этот заветный статус).

Кстати, сейчас сердоболы уже не ставят свою черную метку просто так, потому что их клеймо – это как хороший заграничный паспорт, и за него надо заносить. А в мое время достаточно было доноса, что ты против ветрогенезиса и у тебя дома есть черепаха. Люди специально покупали черепах, и одно время шутили, что это как еврейская жена в карбоне. Но времена меняются, и не в лучшую сторону.

Я дал интервью каналу «Национальный Логос» (у них интересный инкубус на заставке, а вот Россия в виде спящей красавицы – это как-то банально), провел встречу с лошадиными генетиками, изучил последние топовые вбойки.

Еще я проскроллил региональный каталог электронных проституток (не впечатлил), скачал несколько свежих анальных патчей для Афифы (скука, поручик), попробовал даже соблазнить холопку из реального коровника через имплант другого холопа (пришлось покупать дорогой софт и платить хакерам, а так все то же самое).

В общем, я пожил сельской русской жизнью у всех на виду, и постепенно меня оставили в покое. А потом началось сами помните что.

Все, о чем рассказывал барон, оказалось правдой.

Девочки в белых платьицах, майнящие гринкоин на велорамах, скандинавские саги, белые бурки, ромашки, вот это все. Вы столько раз видели, что повторять нет смысла. На мой вкус, кстати, поют они ничего – это была хорошая мысль насчет саг.

Мировое внимание было теперь приковано к переходу на тунберг, он же гринкоин.

Отчизна ответила тоже знаете чем – ввела деревяк. Вот просто наклонила всех (в смысле нас с тобой, бро) и ввела. Многие потеряли свои боливары и винили, конечно, нас с Гердой. Винят до сих пор, и формально это правда, так что имя мое до сих пор покрыто позором. С другой стороны, для некоторых я герой. В общем, решайте сами.

Но больше всего в те дни меня поразило другое. Помните сообщение канала «Безжалостный феллатор» про Ходорковского на галере? Никто не думал, но оказалось, что это правда. Только не в том смысле, в каком сообщал канал.

Именно так у нас оформили национальный майнинг.

Тут возможны два объяснения. Самое вероятное – кто-то продал «Безжалостному феллатору» секретную информацию, а канал просто не понял, о чем речь.

Мощнопожатный ведь говорил барону Ротшильду, что наш национальный майнинг должен соответствовать духу справедливости, которую так ценит глубинный народ. Видимо, в это время справедливость как раз оформляли.

Построили огромную телестудию с подвешенной в воздухе галерой с электрогенератором, где сто биохелперов, принимающих себя за клеветников России из-за принудительной имплант-прокачки, сидят на ручках от швабр – и гребут, гребут, гребут, направляя наш мирный корабль в светлое будущее. Все они выращены в Виннице по реальным геномам – одного позвали из криокамеры, другого из могилки.

Говорят, среди майнеров много капитанов бизнеса и деятелей культуры, но установить, кто где сидит, трудно, потому что по гуманитарным причинам на головах у них мешки с номерами.

«Ходорами» их называют условно, главным образом из-за культурного эха моего обмена. Настоящий список гребцов засекречен и регулярно сливается через «Ватинформ». И список, и трансляцию вы видели сами.

Другое объяснение такое: изначально сердоболы планировали оформить майнинг как-то иначе – но после моего обмена и сопровождавшей его медиа-истерики решили действовать по удавшейся схеме. Наверно, рассчитывали на дополнительные уступки от «Открытого Мозга». Но новую партию био-ходорковских никто у них выменивать не стал.

Обычные граждане в это время занимались в основном тем, что вынимали из известного места занозы от деревяка, который с первого дня стали называть еще и «ходором».

Очень вероятно, что происходящее было согласовано с «Открытым Мозгом», хотя медиа визжали про окончательный разрыв страны с мировым трансгуманизмом. Доказательств у меня нет – но как иначе объяснить, что ходор с первого дня меняют на тунберг по пегу «один к одному»? Да и вожди наши как были в банках, так вроде и остались.

Правда, в последнее время ходит слух, что Мощнопожатного тоже уронили с полки, и теперь вместо него какой-то баночный полковник. Но это к «Ватинформу».

Кстати, насчет «Ватинформа» – хочу похвалить их последний ребрендинг. Слово «What-In-For-M(e)» на фоне земного шара смотрится классно, особенно эта перевернуто-двойная W-M. Только орел зря, уже где-то было. И еще я надеюсь, что слухи об их покупке «Открытым Мозгом» преувеличены.

Вот так возник новый мировой баланс добра и альтернативного добра. Но за бугром сбережения людям поменяли – а что произошло у нас, вы помните. Уже пять веков живем от конфискации до мобилизации, а сердоболы из своих усадеб рекомендуют рожать больше детей, потому что нужно же кого-то зачислять в конницу.

– Чтоб с пеленок лошадками деревянными играли, сабельками...

Хотя, с другой стороны, рождаемость следует повышать даже для целей революционной борьбы с режимом – ведь надо же будет свергать подземных негодяев, когда по радио опять заведут «Wind of Change». Так что спорить с этим тезисом я не стану. Я вообще уже ни с чем не спорю.

В общем, народу стало не до меня.

Шли дни, и я начал понемногу понимать, что моя эпоха ушла. Я теперь был баночный вбойщик, а это даже при всеобщем понимании экстраординарности моих обстоятельств – билет в никуда.

И дело тут было не только в моем баночно-рептильном статусе. Просто, как я написал в объяснительном письме в жандармерию, всякое время выбирает своих певцов, и мой специфический голос вряд ли сможет взять нужную сегодня ноту. Ну не поется мне про ветрогенезис и конницу. Господь не дает силы и огня. Придут другие – молодые, смелые, и все сделают аккуратно и недорого.

Хорошо, что я понял это сам.

В общем, напился я пару раз с ботом-вертухаем (из электронных водок лучше всего «трехголовка»), позагорал на завалинке, поглядел в пустое как органайзер небо, да и открыл меню первого таера.

Остальное, думаю, ясно. Мозг в банке есть мозг в банке, со всеми минусами и плюсами.

Бросать хутор просто так было жалко – куры, есенины, проселок в окне... Очень живописная фактура. Я долго размышлял, что с этим сделать, и наконец нашел.

Так я родился еще как художник.

Серия «Внутренняя Эмиграция», помните?

Я сделал серию номерных работ: машущая крыльями курица парит в центре невидимого куба, стороны которого обозначены есенинскими томиками. На заднем плане – бредущий прочь бот-вертухай. Каждая курица ушла в комплекте с шестью книгами.

Признаю, что идею ограничения пространства висящими в воздухе параллелепипедами я позаимствовал у карбонового примитивиста Сальвадора Дали. Но это отнюдь не плагиат, а легитимное подражание, так что «Гнойный» опять воняет не по делу.

Для аукциона я подготовил небольшое теоретическое обоснование с отсылками к акционизму и метавудуизму (спасибо за науку, Айпак):

Динамическая копия исходной акции, выставляемая на продажу, называется в русском акционизме «репродакцией»; в нашем случае интимная подлинность каждой удостоверяется электронным волосом автора, заложенным между страницами книги... и т. п.

Курица, машущая крыльями в попытке взлететь – это ведь тоже в некотором роде акция, разве нет? Значит, можно гнать репродакции.

Как бы там ни было, на мои мерч-токены был спрос, и «Внутренняя Эмиграция» принесла хороший доход, так что я даже заказал у сердоболов дополнительных кур и допечатал серию – благо, есениных на заднем дворе хватало.

Брали в основном латиноамериканские арт-инвесторы, ну и на Гаити купили несколько работ. Целых пятьдесят репродакций приобрел сибирский баночный промышленник, пожелавший остаться неизвестным.

Интересно, что им оказался тот самый Авессалом Птюч, которому номинально принадлежит Афифа – наверно, роет под сердоболов, чтобы не слили из-под Лондона. Но это ваши дела. Авессалом, спасибо! Ты лучший.

Кстати, амстердамский доптираж моей «Внутренней Эмиграции», где стихи Есенина почему-то заменены его биографией, а на курах стоит надпись «не заграница» – это подделка.

Я в своем творчестве не проговариваю таких очевидностей, потому что не считаю своих свидетелей дураками. Кроме того, всегда проверяйте электронный волос между страницами. И намекал я в этой работе вовсе не на заграницу. Наверно, придется объяснить.

Когда твой мозг хранится в подземной шахте, понятие «заграницы» как-то теряет смысл. Нет особой разницы, где твоя банка – в Сингапуре, Житомире или Лондоне. Все зависит только от приходящих по проводам сигналов. Поэтому криптонаезды на Вечных Вождей из-за их якобы непатриотичной позиции по хранению довольно глупы. Были бы технологии, хранились бы у нас. Наверное. Но я сейчас о другом.

С баночником все ясно. Он там, где его мысли, а не там, где находится его мозг. Но ведь так же, в сущности, дело обстоит и с любым нулевым гомиком. Просто у него мобильная банка с хреновой защитой.

Возможна ли эмиграция более внутренняя (и окончательная), чем отъезд из материального мира в свое серое вещество? А мы в этой эмиграции живем с рождения. Возникаем в ней, и в ней же исчезаем. Нигде больше мы никогда не были.

Просто не все понимают.

*

Не буду рассказывать, где и как прошли следующие пятнадцать лет моей жизни. В физической реальности таких мест не существует.

Ну а технически (и юридически) все было сами знаете где. И «я-процесс», и «перья страуса склоненные». Спасибо Александру Блоку и трем мегатюрингам за этот, пусть даже временный, уход от сердобольской курятины в полный достоинства серебряный век.

Пережитые мною состояния сознания и ума трудно описать при всем желании, да и не хочется лишний раз ожесточать гнойных дружков. Если кому-то интересно, подробности есть на «Ватинформе» – они в так называемой «японской папке».

Лучше расскажу о случившемся в моей жизни чуде.

Пенитенциарные власти вернули мне права на имплант Герды. Произошло это по чисто бюрократической причине – имплант, помогавший мне делать тюремные вбойки, был оформлен не как вещдок, а как часть профессионального оборудования.

Во время процесса суду был представлен полный генетический и тренажерный код моей ненаглядной. Тренажерный код – это не то, что она делала в спортзале, а программа, по которой ей наращивали мышцы на плацентокомбинате в Виннице. В общем, полное техзадание.

Это значило, что в Виннице могли изготовить вторую Герду – точно такую же, как первая. Имплант у меня был. Денег, полученных за сердобольских кур, почти хватало. Почти...

Читатель, наверное, не понимает, зачем это было нужно. Ведь я мог сколько угодно общаться с Гердой в баночном измерении (что я и делал): все паттерны ее поведения были записаны на импланте. Фактически Герда и была этим имплантом. Ну и, конечно, шестиствольным офшорным AI.

Но главный понт для любого баночника – его зеркальный секретарь. Как у нас говорят, выезд. Это дорого, и позволить себе такое могут не все. Поэтому на первом таере в ходу зеркальный шэринг и прочие схемы, о которых вы, конечно, знаете из гламурных журналов.

Я вряд ли смог бы позволить себе личный выезд без подработки, но группа анонимных почитателей моего таланта сама предложила вырастить новую Герду – и вставить в нее сохранившийся имплант.

До сих пор не знаю, кто эти люди.

Может быть, они были связаны с CIN и хотели снять еще один новостной сериал с моей девочкой. Например, о том, что сердоболы готовят новое резонансное убийство, а вырастить киллера с другой внешностью просто не доперли (думаю, поверили бы не только у них, но и у нас).

А может быть, это были близкие к сердобольской хунте бизнесмены, пожелавшие хотя бы символически воскресить последнюю Русскую Победу (в патриотических медиа убийство барона Ротшильда до сих пор называют именно так).

В любом случае, от такого предложения трудно было отказаться. И через два года после того, как я его принял, Герду доставили на один из карибских островов в огромной картонной коробке, разрисованной северными оленями.

Вот так я спас свою девочку от Снежной Королевы, вернув ей исторический долг. А на следующий день я впервые подключился к ее импланту в мастер-режиме и прошелся по горячим приморским улицам в ее коже.

Это было что-то удивительное, просто невероятное – ощутить чужое юное тело как свое и попасть под власть женских гормонов, этот спокойный и блаженный кокошник вечности.

Женщина ведь чувствует себя совершенно иначе, чем мужчина.

Вы когда-нибудь думали о том, что женщина – бессмертное существо? В самом прямом смысле. Когда она рожает, ее тело делится и часть его уезжает в вечность. Помирает только женская личность, в реальности которой и так есть большие сомнения.

Поймите меня правильно – мужчина в личностном смысле ничуть не реальней. Просто к бессмертию он причастен одной-единственной клеткой.

Не то чтобы мне захотелось родить через Герду в мастер-режиме, но сама мысль о женском бессмертии не покидала меня долго и стала темой одной из моих баночных вбоек.

Сейчас я провожу со своей девочкой почти все время.

В баночном мире мы живем иногда втроем, иногда впятером. Я имею в виду, что Герд со мной сразу несколько, и действуют они асинхронно – мощность импланта позволяет. Конечно, такого досуга и массажа не было даже у турецкого султана со всеми его одалисками.

Мы проводим баночное время в лесах и горах. Города с их навозной вонью и зеленым потреблением напоказ мы не любим.

Читательнице, конечно, хочется узнать, как детская секс-травма отразилась на моей жизни, прокачал ли я гештальт перед тем как закрыть его навсегда, и все такое прочее. Как писал поэт Пушкин, «читатель ждет уж рифмы «позы»: по жанровому закону в конце мемуара обязателен каминг-аут.

Вот он.

Когда мы вылазим на нулевой таер, где у нас с Гердой одно тело на двоих (это не мастер-режим – многие решения принимает ее имплант), бывает, что мы запираемся на сибирском сеновале, и я слизываю с нашего электронного жезла варенье, бренд которого мне нельзя называть по досудебному соглашению с производителем. В эти минуты я понимаю, что чувствовала сибирская нейролесбиянка, надругавшаяся когда-то над моим детством.

Я почти ее простил. Главным образом потому, что знаю теперь – в переживании, ради которого она так рисковала, нет никакой радости.

Но это еще не все. Иногда я могу погладить нашим общим с Гердой прибором какую-нибудь хорошенькую сибирскую кошечку.

Признаюсь в этом наконец открыто – я не вижу в гладилизме ничего позорного, низменного или страшного. Даже не надейся, бро. Такая же тщета, как и все остальное. Но за восемьдесят лет отсидки Айпак убедил меня, что уважать *другого* недостаточно. По уикэндам можно и нужно подрабатывать *другим* самому.

Я делаю через Герду и кое-что еще. Намекну: фембокс – не просто контактный спорт, а еще и путь длиной во всю жизнь, и я верю, что русская школа будет когда-нибудь одной из сильнейших.

На нулевом таере наше общее тело много передвигается по планете, занимаясь спортом, благотворительностью и случайными половыми связями (номинально все это делает Герда, но я регулярно высовываюсь к ней из банки и не даю использовать профессиональное спортивное снаряжение для унижения мужчин). Нам хорошо вдвоем. Конечно, в гамбургском смысле каждый подлинный творец одинок – но я часто забываю об этом во время секса под нейростимуляцией, и ноша моя легка.

Все это совсем не затрагивает мою душу, потому что в ней давно не осталось ни отвращения, ни привязанности к происходящему. Для меня физическая близость с другим человеком – как мыть пол или полоть грядки, и нужно мне это примерно как Ходорковскому бассейн.

Иногда я на пару недель засылаю Герду в Сибирь пожить в какой-нибудь сельской гостинице вроде «Места Симы», где мы проходили ГШ-реабилитацию. Там я жду связи с духом господина Сасаки или хотя бы с его маяком.

Дух не всегда обращается ко мне прямо, но интересные мысли и идеи посещают, и я делаю из них новые вбойки.

Некоторые из этих мыслей серьезно меня тревожат.

А что, думаю я, если господин Сасаки – и правда я сам?

Я так и не понял, чего он на самом деле хотел – то ли действительно родиться заново, то ли прокатиться в фиктивное будущее на аттракционе «Сансара».

А вдруг моя жизнь и есть этот аттракцион? Такой «Дом Бахии – 2», который господин Сасаки настрочит, проснувшись. Ведь он хотел посвятить следующую жизнь практике – а чем, спрашивается, я занимался восемьдесят лет в баночной тюрьме?

И тогда убийство барона – это не сердобольский заговор, а просто его маленький личный пирл-харбор. В том смысле, что восходящее солнце опять провели, заставив отработать по бесполезным старым жестянкам и огрести по полной.

Быть может, в один прекрасный день я проснусь в той же комнате, где господина Сасаки встречали два жреца-каннуси. Мое неземной красоты тело отразится в зеркале, и в дверь впорхнет пара соскучившихся полногрудых якудз с сиреневыми глазищами в пол-лица...

Как говорили карбоновые рэперы, от сумо да от трюмо не зарекайся. Но пока Герда рядом, я не хочу менять в своей жизни ничего.

О чем еще я не сказал?

Многих интересует моя гражданская позиция. Слышал от верных людей, что подрейтузная рота критикует в закрытых аккаунтах ее неясность.

Милые мои, да какая же неясность?

Гражданская позиция у меня такая же точно, как у вас. Рептильная поза. На мне и штамп стоит, даже несколько. На миссионерскую больше не пробивает, что бы там ни бубнили на «Гнойном». А если вы упрекаете меня в том, что я не спешу сжечь свое сердце для освещения вашей уборной, так зря. Я давно его сжег именно в этих целях, просто вы не заметили.

Спрашивают, созерцаю ли я закаты и восходы Прекрасного Гольденштерна и испытываю ли при этом симптомы счастливого слезовыделения. Знаете, в банке можно созерцать, а можно не созерцать. Где сейчас проходит граница ненавистной речи, я не знаю, так что отвечу уклончиво.

Спрашивают про мое отношение к современной вбойке.

Друзья, я никого не слушаю. Мне правда неинтересно, как другие сумасшедшие размазывают говно по забору – тем более что это не их говно, а «Открытого Мозга». Но две знаковые истории я все же прокомментирую.

Во-первых, конечно, трагедия PSRT. Я правда сочувствую ей от всего сердца. Семнадцать лет лагерей есть семнадцать лет лагерей, и это для нулевого таера не шутка.

Как до такого дошло? В кругах профессиональных вбойщиков консенсус совпадает с версией «Ватинфрома». Мол, генерал Шкуро пожелал встретиться с великой вбойщицей в бутике «Базилио», чтобы по своему обыкновению овладеть ею как рыжий кот серой кошечкой. Героическая PSRT подключилась к бутику через специально созданный для свидания интерфейс и в знак протеста расцарапала Мощнопожатному всю морду.

Звучит красиво. Но почему тогда сердоболы ждали целый год, перед тем как ее арестовать? Я думаю, что истина проще и гаже. Сердоболы посадили PSRT именно за творчество. Конкретно – как выразилась Герда, за слишком глубокие психоделические врубы.

За пару месяцев до посадки у нее вышла вбойка «Убийца при Луне».

Я встречаю своего рыжего котика на пороге. Я гляжу в его желтые глазки, на его доверчиво подрагивающий хвостик – и мне кажется, что никого добрее и ласковее не может быть... Он ластится ко мне, трется шейкой о мою ногу, жалобно мяучит, будто жалуясь на жестокость жизни...

И тут я вспоминаю, как он играл вчера с умирающей мышью. Как бил когтистыми лапами, как покусывал за шею, регулируя ее смерть... И тогда я понимаю, что мой ласковый рыжий котик – это безжалостный ночной убийца. Он убивает в темноте, убивает под луной, убивает каждую ночь, и вовсе не для того, чтобы жить.

Он убивает чтобы убивать... Не потому, что он зол. Просто такова его природа. И одной своей гранью он повернут ко мне, а дру-

гой – к темной безжалостной ночи. Могу ли я изменить этот мир?

Я вздыхаю, склоняюсь над его миской и насыпаю ему еды.

Криптолиберальная критика поняла это в том смысле, что PSRT продолжает опыты с веществами и с кетамина перелезла на аяхуаску. А вот сердоболы увидели ситуацию немного иначе.

Они решили, что у PSRT действительно было свидание с генералом Шкуро в бутике «Базилио», и она не только расцарапала ему морду, но еще и публично наезжает на него за Курган-Сарай. Интимные привычки Мощнопожатного ведь хорошо всем известны, особенно баночным спецслужбам. В общем, сердоболы конкретно триггернулись на «рыжего котика».

Мне бы такое даже в голову не пришло. PSRT, видимо, тоже не сообразила, как ее могут понять, потому что баба она смышленая и осторожная, а кошачьи масти в ее вбойках ротируются по требованию производителей корма, с которыми у нее контракт. Но у сердоболов совсем по-другому работают мозги.

Бедняжке припомнили все – и гладилизм, и латентную кормофилию, и особенно этот бесплатный образ борцухи с режимом, из-за которого ее регулярно приглашали на стримы в Соединенных Местечках.

Не думаю, что команду прижать PSRT к ногтю дали с самого низа – скорей всего, выслуживался какой-то гомик-прокурор. Поэтому есть шанс, что по следующей амнистии ее отпустят. Особенно если Мощнопожатного на самом деле уже слили.

Еще надо сказать про вет-вбойщика CMSF и полученную им Нобелевку по литературе.

Какая там была формулировка? «За бесстрашные усилия по популяризации чтения, освобождающего человеческую сексуальность от электронной диктатуры кафиров и мунафиков».

Я согласен, что чтение освобождает от электронной диктатуры. Но где бесстрашие и где CMSF?

Нобелевку по литературе не давали уже двести семьдесят лет, потому что не алгоритму же ее вручать, а тут вот нашли кандидата. Конечно, книги он популяризировал. Но сам ведь не сочинил ни строчки.

Думаю, прав «Ватинформ» – комитет специально искал представителя славянских наций с большим процентом неандертальских генов, чтобы с одного взгляда на рыло все было ясно.

Вот только люди, утверждающие, что это было сделано для унижения славян, вообще ничего не понимают в современной Европе. Сделано это было исключительно для продвижения неандертальской инклюзивности. И я такой подход приветствую, потому что у премий все-таки должны быть объективные критерии.

В общем, парню повезло. Заполучил деревянную усадьбу на Николиной горе и заседает теперь в Думе в качестве общественного наблюдателя. И расшифровка у него уже не «come at my smiling face», a «civil monitoring of state finances»[1]. Но в творческом отношении, конечно, он давно труп.

Еще спрашивают про последнюю сенсацию – ходора, генерирующие энергию для деревяк-майнинга, запели «Ветерок». Я не верил, пока сам не увидел трансляцию.

Многим чудится в этом намек на грядущую оттепель. Я тоже люблю эту песенку (хотя она не для хора страдальческих баритонов), и хорошо, если оттепель действительно начнется – но вопрос в том, чему именно начальство даст отмерзнуть. Потому что у каждого тут свои ожидания, и часто они прямо противоположны. Так что я поостерегся бы излишнего оптимизма.

Хотя верить в лучшее надо всегда. В конце концов, баночные вожди вечны только номинально. Даже этот новый полковник, вернее сказать, слухи про него (имя на «Ватинформе»

---

[1] гражданский контроль государственных финансов.

пока не знают). Кем бы он ни оказался – три, ну четыре столетия, максимум пять – и свежий ветерок действительно повеет.

Правда, опять непонятно, в какую сторону.

Вы посмотрите на последние десять тысяч лет – почему вы думаете, что наше время будет каким-то другим? Разве мы, люди, стали хоть немного лучше? Добрее? Честнее?

Все, что происходит сейчас, уже много раз происходило. И в карбоне, и раньше, и позже. А хитрой подлости в мире не становится меньше. Наоборот, она мутирует, метит себя знаками непререкаемого добра и становится неуязвимой.

Но я вовсе не хочу сказать, что не верю в гуманизм – я в него верю и очень даже ценю. И меня ужасно расстраивает, что многие у нас в Отечестве потеряли всякое доверие к этому понятию.

Вот один подпольный сибирский философ пишет: гуманизм – это привилегия тех, кто живет на вершине великой пирамиды из черепов, а русского человека разве туда пустят? Пора бы уж допереть, мы не субъект истории, а ее расходный материал. Те самые черепа. Какой еще гуманизм и так далее.

Не хочу начинать долгий спор, бро, поэтому очень кратко: на вершине пирамиды из черепов – они же. У истории вообще нет субъекта. Только черепа.

Разница между этажами заключается исключительно в косметике и анестезии. У нас ее меньше, и нам, с одной стороны, страшнее жить, а с другой – проще проснуться и понять, в какой мир мы попали.

Если отбросить электронную иллюзию, ничего кроме смерти здесь нет. Сплошной упавший самолет с кадавром в кабине, как писала одна из моих инкарнаций. Сделан он из самолетиков поменьше с крошечными мертвецами внутри, а самолетики сделаны из совсем мелких самолеток, и все они разбиваются, разбиваются, разбиваются...

Такой трупно-авиационный фрактал. Но до обитателей верхних этажей это начинает доходить только в хосписе, да и то не всегда. Мешает кокаиново-героиновый коктейль.

Будда специально ходил на пустырь, куда сволакивали мертвецов, а мы на нем живем. Во всяком случае, в информационном смысле.

Но гуманизм возможен и здесь. Счастье тоже.

Гуманизм – это просто. Это значит быть чуть добрее друг к другу, пока мы живы. И не только к своим генетическим репликантам, бро, а к любому, кто появляется в прицеле твоего жала. Потому что твое накачанное справедливостью острие вряд ли причинит вред кому-то другому, но рано или поздно совершенно точно воткнется в жопу тебе самому. Да и люди помогут, не сомневайся.

Про счастье скажу пару слов в конце для тех, кто забыл мои вбойки.

Что еще я хотел... Ага, вот. Дети часто спрашивают в письмах: в чем смысл жизни? Ой, деточки, как будто жизнь – это что-то такое серьезное и длинное, и надо искать ее смысл. Моргнул, и ты взрослый. Моргнул – старая рухлядь. Моргнул, а открыть веки уже не смог.

Жизнь, даже баночная, настолько коротка, что единственный ее смысл – это успеть переодеться в чистое. А тут уж у каждого свое, так сказать, видение ситуации, и зависит оно от того, куда мы покупаем билет на колесе «Сансара».

Ладно, говорят мне, может быть, в отдельной человеческой жизни смысла нет, но есть ли он в истории? Может быть, некая тайная сила, секретное общество и так далее по списку.

Что тут сказать. Мы так устроены, что все время ищем эту тайную силу и сокровенный смысл и надеемся, что в происходящем есть хотя бы чей-то шкурный интерес.

Но нету даже его, ребята – я понял это, когда увидел, как разлетается на рыжие брызги искусственная голова барона Ротшильда. *Всякая /X-слово/,* как сказал в миг прозрения философ Пятигорский, цветет в нашем саду мгновенных форм бесплатно и бескорыстно.

Бенефициаров не найти – во всяком случае, среди людей.

Да и зачем нам этот смысл? Если бы у всех нас в увиденном было только увиденное, в услышанном только услышанное и так далее, неужели мы жили бы хуже?

Была бы у нас необходимость убивать барона и отправлять ходор-галеру в ее тревожное путешествие? Пришлось бы нам выковыривать деревяк-занозы из известного места, морщась от боли и ужаса? Петь «Ветерок» на утреннем плацу под взглядом бритого вертухая? Разменивать будущее наших детей на кур с его хуторка?

Мы были там. Были сям. Были между. А где мы теперь?

Вопрос, впрочем, сугубо риторический – ответа он не требует. Так что лучше я отвечу на другой, который мне действительно часто задают.

Старый монах говорил, что практика занимает много жизней. Продолжаю ли я ее и в какой форме? Или для меня все это просто болтовня и сон господина Сасаки? Как я понимаю свой «летитбизм» сейчас? И какой совет я дам идущим по тому же пути?

Не думаю, что научу чему-то полезному – научить вообще нельзя, можно только научиться. Но, если хотите, я честно покажу, где зарыта моя колокольня.

В летитбизме, о Бахия, только летитбизм. Никакого «понимания» подобных вещей не бывает отдельно от действия. И нет никакой «практики» отдельно от повседневной жизни. Поэтому я просто опишу, как выглядит моя обычная прогулка – и объясню, что слова «переодеться в чистое» означают лично для меня.

Помните, я рассказывал про кипарисовую аллею, которая соединяла мою камеру с тюремной студией? Я ходил по ней восемьдесят два года и очень к ней привык. Поэтому я воспроизвел ее почти в том же виде, только растянул на целых пятьсот километров.

Получился отличный променад. Я добавил к нему залив, склоняющееся оранжевое солнце и легкий бриз. В банке все это сделать – раз плюнуть.

Если отключить усталость, по променаду можно гулять неделями. Через каждую пару-тройку километров со стороны суши появляется то пирамида Хеопса, то Эйфелева башня, то римский форум, каким он был при поздних Антонинах, и так далее. Всякие достопримечательности, с которыми я не успел ознакомиться в теле. Бывает, захожу посмотреть.

Что я делаю во время прогулки? Да ничего особенного. И вот в этом «ничего особенного» моя практика и состоит.

Я иду между рядами кипарисов и гляжу вперед. Я не ищу никаких перемен, и мой ум ни за чем не следует. Я даже не могу сказать, что «позволяю феноменам свободно проявляться» – ничто в этом мире (включая меня самого) не нуждается в моем позволении и не подчиняется моим запретам.

В те дни, когда на душе у меня безветренно и тихо, я вижу, что любая эмоция, любая тревога, любое желание, длящееся больше секунды – это раскаленный уголь, сжатый мною в руке. Пока я считаю его своим, я горю в аду, но я так привык к боли, из которой сделаны мир и я сам, что даже не обращаю на это внимания.

У каждого из нас много-много рук, и мы сжимаем в них огромное количество углей. Но если мы начинаем замечать их сами, если мы понимаем, что «думая мысли» и «переживая чувства», мы просто истязаем тех «себя», которых создаем этой же процедурой, тогда наши выдуманные руки начинают по очереди разжиматься и отпускают свою фальшивую добычу.

Покой и воля, угаданные Пушкиным, не слишком поддаются описанию, потому что все наши слова сделаны из углей. Но я попробую. *Покой и воля* – это когда в прозрачной ясности присутствия никого нет, и это «никого нет» не стремится ни к чему.

Только это еще не все.

Тайну покоя я знаю, сказал Николай Рерих в стихотворении про привратника, охраняющего пустые покои. Так у него шепчет сам герой.

Сегодня эту тайну можно наконец открыть.

Чтобы покой оставался пустым, ему необходим вышибала, умеющий работать с посетителями. Вот я и есть такой привратник – и одновременно такой покой. Но это не значит, что во мне есть что-то особенное. От большинства людей я отличаюсь только одним – у них дома не все, а у меня там вообще никого.

Это возвышенное, тонкое, наилучшее. Во всяком случае, из того что я видел, включая баночную тюрьму и всемирную известность. И это совсем рядом. Именно оттуда мы и ныряем всю жизнь в говно и никак не можем остановиться. Никак не можем вернуться домой. И знаете, по какой причине?

Чтобы покой наступил, надо перестать за него бороться. Единственное действие (или не-действие, кому как нравится), позволяющее вернуться в божественную природу – это принять все как есть вот прямо сейчас. Научиться жить в «сейчас» без жалоб и экстазов, опираясь на то, что есть в этом миге. А там, если поискать, найдется все. В том числе и следующая ступенька, не видная ни из какого другого места.

Это и значит для меня «переодеться в чистое».

И здесь сердобольская хунта не только не мешает – она, наоборот, активно помогает.

Сердоболы со своими партнерами из «Открытого Мозга» обгадили абсолютно все, что было в наших жизнях, кроме точки «сейчас», до которой они не знают как дотянуться (сами они в ней не были, только слышали про нее от разведки).

Мало того, если в глубине души вы мечтаете переехать в спокойную и тихую страну из той жопы, куда нас привели великие баночные умы, вам тоже сюда. Автобус отправляется каждую секунду, но в него пускают только в чистой одежде.

На этом пути есть один секрет. Надо научиться прощать себе свое несовершенство. Надо иметь не только настойчивость, но и терпение. А захотеть, чтобы наши хватающиеся за боль пальцы побыстрей разжались, как раз и означает обзавестись сжимающей уголь рукой – самой мощнопожатной из всех.

Поэтому я не ищу покоя. Я не хочу воли.

Я иду дальше по бесконечной аллее, вслушиваюсь в свое воображаемое тело, слежу за облаками, и когда я вижу солнце, я просто вижу солнце, когда я слышу шум ветра, я слышу шум ветра, а когда навстречу мне бредут мерцающие голубым огнем сердобольские боты – неважно, в пространстве ли моего ума, в окружающей ли недействительности – я молча отвожу взгляд и не искушаю их никакой надеждой вообще.

МЕМА 22

Вбойщик!

Let it be.

Другой дороги к счастью просто нет.

Содержание

Литературно-художественное издание

ЕДИНСТВЕННЫЙ И НЕПОВТОРИМЫЙ. ВИКТОР ПЕЛЕВИН

Пелевин Виктор Олегович

KGBT+

Ответственный редактор *Ю. Селиванова*
Выпускающий редактор *Е. Шукшина*
Художественный редактор *К. Гусарев*
Компьютерная верстка *О. Шувалова*
Корректор *Н. Сикачева*

Страна происхождения: Российская Федерация
Шығарылған елі: Ресей Федерациясы

ООО «Издательство «Эксмо»
123308, Россия, город Москва, улица Зорге, дом 1, строение 1, этаж 20, каб. 2013.
Тел.: 8 (495) 411-68-86. Home page: www.eksmo.ru E-mail: info@eksmo.ru
Өндіруші: «ЭКСМО» АҚБ Баспасы,
123308, Ресей, қала Мәскеу, Зорге көшесі, 1 үй, 1 ғимарат, 20 қабат, офис 2013 ж.
Тел.: 8 (495) 411-68-86. Home page: www.eksmo.ru E-mail: info@eksmo.ru.
Тауар белгісі: «Эксмо»
Интернет-магазин : www.book24.ru

Интернет-магазин : www.book24.kz
Интернет-дүкен : www.book24.kz
Импортёр в Республику Казахстан ТОО «РДЦ-Алматы».
Қазақстан Республикасындағы импорттаушы «РДЦ-Алматы» ЖШС.
Дистрибьютор и представитель по приему претензий на продукцию,
в Республике Казахстан: ТОО «РДЦ-Алматы»
Қазақстан Республикасында дистрибьютор және өнім бойынша арыз-талаптарды
қабылдаушының өкілі «РДЦ-Алматы» ЖШС,
Алматы қ., Домбровский көш., 3«а», литер Б, офис 1.
Тел.: 8 (727) 251-59-90/91/92; E-mail: RDC-Almaty@eksmo.kz
Өнімнің жарамдылық мерзімі шектелмеген.
Сертификация туралы ақпарат сайтта: www.eksmo.ru/certification

Сведения о подтверждении соответствия издания согласно законодательству РФ о техническом регулировании можно получить на сайте Издательства «Эксмо» www.eksmo.ru/certification

Өндірген мемлекет: Ресей. Сертификация қарастырылмаған

Дата изготовления / Подписано в печать 06.09.2022.
Формат 84x108 $^{1}/_{32}$. Гарнитура «Newton».
Печать офсетная. Усл. печ. л. 29,4.
Тираж 80 000 экз. Заказ 4855/22.

Отпечатано в соответствии с предоставленными материалами
в ООО «ИПК Парето-Принт», 170546, Тверская область
Промышленная зона Боровлево-1, комплекс №3А
www.pareto-print.ru

18+

Москва. ООО «Торговый Дом «Эксмо»
Адрес: 123308, г. Москва, ул. Зорге, д.1, строение 1.
Телефон: +7 (495) 411-50-74. **E-mail:** reception@eksmo-sale.ru

По вопросам приобретения книг «Эксмо» зарубежными оптовыми покупателями обращаться в отдел зарубежных продаж ТД «Эксмо»
E-mail: **international@eksmo-sale.ru**

International Sales: International wholesale customers should contact Foreign Sales Department of Trading House «Eksmo» for their orders.
international@eksmo-sale.ru

По вопросам заказа книг корпоративным клиентам, в том числе в специальном оформлении, обращаться по тел.: +7 (495) 411-68-59, доб. 2261.
E-mail: **ivanova.ey@eksmo.ru**

Оптовая торговля бумажно-беловыми и канцелярскими товарами для школы и офиса «Канц-Эксмо»:
Компания «Канц-Эксмо»: 142702, Московская обл., Ленинский р-н, г. Видное-2, Белокаменное ш., д. 1, а/я 5. Тел./факс: +7 (495) 745-28-87 (многоканальный).
e-mail: **kanc@eksmo-sale.ru**, сайт: www.**kanc-eksmo.ru**

Филиал «Торгового Дома «Эксмо» в Нижнем Новгороде
Адрес: 603094, г. Нижний Новгород, улица Карпинского, д. 29, бизнес-парк «Грин Плаза»
Телефон: +7 (831) 216-15-91 (92, 93, 94). **E-mail**: reception@eksmonn.ru

Филиал ООО «Издательство «Эксмо» в г. Санкт-Петербурге
Адрес: 192029, г. Санкт-Петербург, пр. Обуховской обороны, д. 84, лит. «Е»
Телефон: +7 (812) 365-46-03 / 04. **E-mail**: server@szko.ru

Филиал ООО «Издательство «Эксмо» в г. Екатеринбурге
Адрес: 620024, г. Екатеринбург, ул. Новинская, д. 2щ
Телефон: +7 (343) 272-72-01 (02/03/04/05/06/08)

Филиал ООО «Издательство «Эксмо» в г. Самаре
Адрес: 443052, г. Самара, пр-т Кирова, д. 75/1, лит. «Е»
Телефон: +7 (846) 207-55-50. **E-mail**: RDC-samara@mail.ru

Филиал ООО «Издательство «Эксмо» в г. Ростове-на-Дону
Адрес: 344023, г. Ростов-на-Дону, ул. Страны Советов, 44А
Телефон: +7(863) 303-62-10. **E-mail**: info@rnd.eksmo.ru

Филиал ООО «Издательство «Эксмо» в г. Новосибирске
Адрес: 630015, г. Новосибирск, Комбинатский пер., д. 3
Телефон: +7(383) 289-91-42. E-mail: eksmo-nsk@yandex.ru

Обособленное подразделение в г. Хабаровске
Фактический адрес: 680000, г. Хабаровск, ул. Фрунзе, 22, оф. 703
Почтовый адрес: 680020, г. Хабаровск, А/Я 1006
Телефон: (4212) 910-120, 910-211. **E-mail**: eksmo-khv@mail.ru

Республика Беларусь: ООО «ЭКСМО АСТ Си энд Си»
Центр оптово-розничных продаж Cash&Carry в г. Минске
Адрес: 220014, Республика Беларусь, г. Минск, проспект Жукова, 44, пом. 1-17, ТЦ «Outleto»
Телефон: +375 17 251-40-23; +375 44 581-81-92
Режим работы: с 10.00 до 22.00. **E-mail:** exmoast@yandex.by

Казахстан: «РДЦ Алматы»
Адрес: 050039, г. Алматы, ул. Домбровского, 3А
Телефон: +7 (727) 251-58-12, 251-59-90 (91,92,99). E-mail: RDC-Almaty@eksmo.kz

ISBN 978-5-04-169174-5

9 785041 691745 >